KB058521

나, 너 그리고 나눔

이어령 전집
24

나, 너 그리고 나눔

한국문화론 컬렉션 4
대담_국내 지성인들과의 대화집

이어령 지음

21세기북스

추천사

상상력과 흥의 근원에 관한 깊은 탐구

박보균 | 문화체육관광부 장관

이어령 초대 문화부 장관이 작고하신 지 1년이 지났습니다. 그러나 그의 언어는 여전히 우리 곁에 남아 새로운 것을 볼 수 있는 창조적 통찰과 지혜를 주고 있습니다. 이 스물네 권의 전집은 그가 평생을 걸쳐 집대성한 언어의 힘을 보여줍니다. 특히 '한국문화론' 컬렉션에는 지금 전 세계가 갈채를 보내는 K컬처의 바탕인 한국인의 핏속에 흐르는 상상력과 흥의 근원에 관한 깊은 탐구가 담겨 있습니다.

선생은 우리 시대를 대표하는 지성이자 언어의 승부사셨습니다. 그는 "국가 간 경쟁에서 군사력, 정치력 그리고 문화력 중에서 언어의 힘, 언력言力이 중요한 시대"라며 문화의 힘, 언어의 힘을 강조했습니다. 제가 기자 시절 리더십의 언어를 주목하고 추적하는 데도 선생의 말씀이 주효하게 작용했습니다. 문체부 장관 지명을 받고 처음 떠올린 것도 이어령 선생의 말씀이었습니다. 그 개념을 발전시키고 제 방식의 언어로 다듬어 새 정부의 문화정책 방향을 '문화매력국가'로 설정했습니다. 문화의 힘은 경제력이나 군사력같이 상대방을 압도하고 누르는 것이 아닙니다. 문화는 스며들고 상대방의 마음을 잡고 훔치는 것입니다. 그래야 문화의 힘이 오래갑니다. 선생께서 말씀하신 "매력으로 스며들어야만 상대방의 마음을 잡을 수 있다"라는 말에서도 힌트를 얻었습니다. 그 가치를 윤석열 정부의 문화정책에 주입해 펼쳐나가고 있습니다.

선생께서는 뛰어난 문인이자 논객이었고, 교육자, 행정가였습니다. 선생은 인식과 사고思考의 기성질서를 대담한 파격으로 재구성했습니다. 그는 "현실에서 눈뜨고 꾸는 꿈은 오직 문학적 상상력, 미지를 향한 호기심"뿐이었다고 말했습니다. 그는 마지막까지 왕성한 호기심으로 지知를 탐구하고 실천하는 삶을 사셨으며 진정한 학문적 통섭을 이룬 지식인이었습니다. 인문학 전반을 아우르는 방대한 지적 스펙트럼과 탁월한 필력은 그가 남긴 160여 권의 저작물로 남아 있습니다. 이 전집은 비교적 초기작인 1960~1980년대 글들을 많이 품고 있습니다. 선생께서 젊은 시절 걸어오신 왕성한 탐구와 언어의 발자취를 따라가다 보면 지적 풍요와 함께 삶에 대한 진지한 고찰을 마주할 것입니다. 이 전집이 독자들, 특히 대한민국 젊은 세대에게 문화 전반을 아우르는 교과서이자 삶의 지표가 되어줄 것으로 확신합니다.

추천사

100년 한국을 깨운 '이어령학'의 대전大全

이근배 | 시인, 대한민국예술원 회원

여기 빛의 붓 한 자루의 대역사大役事가 있습니다. 저 나라 잃고 말과 글도 빼앗기던 항일기抗日期 한복판에서 하늘이 내린 붓을 쥐고 태어난 한국의 아들이 있습니다. 어려서부터 책 읽기와 글쓰기로 한국은 어떤 나라이며 한국인은 누구인가에 대한 깊고 먼 천착穿鑿을 하였습니다. 「우상의 파괴」로 한국 문단 미망迷妄의 껍데기를 깨고 『흙 속에 저 바람 속에』로 이어령의 붓 길은 옛날과 오늘, 동양과 서양을 넘나들며 한국을 넘어 인류를 향한 거침없는 지성의 새 문법을 만들기 시작했습니다.

서울올림픽의 마당을 가로지르던 굴렁쇠는 아직도 세계인의 눈 속에 분단 한국의 자유, 평화의 글자로 새겨지고 있으며 디지로그, 지성에서 영성으로, 생명 자본주의…… 등은 세계의 지성들에 앞장서 한국의 미래, 인류의 미래를 위한 문명의 먹거리를 경작해냈습니다.

빛의 붓 한 자루가 수확한 '이어령학'을 집대성한 이 대전大全은 오늘과 내일을 사는 모든 이들이 한번은 기어코 넘어야 할 높은 산이며 건너야 할 깊은 강입니다. 옷깃을 여미며 추천의 글을 올립니다.

추천사

시대의 언어를 창조한 위대한 상상력

'이어령 전집' 발간에 부쳐

권영민 | 문학평론가, 서울대학교 명예교수

이어령 선생은 언제나 시대를 앞서가는 예지의 힘을 모두에게 보여주었다. 선생은 한국전쟁이 끝난 뒤 불모의 문단에 서서 이념적 잣대에 휘둘리던 문학을 위해 저항의 정신을 내세웠다. 어떤 경우에라도 문학의 언어는 자유가 되어야 한다는 신념으로 문단의 고정된 가치와 우상을 파괴하는 일에도 주저함 없이 앞장섰다.

선생은 한국의 역사와 한국인의 삶의 현장을 섬세하게 살피고 그 속에서 슬기로움과 아름다움을 찾아내어 문화의 이름으로 그 가치를 빛내는 일을 선도했다. '디지로그'와 '생명자본주의' 같은 새로운 말을 만들어 다가오는 시대의 변화를 내다보는 통찰력을 보여준 것도 선생이었다. 선생은 문화의 개념과 가치의 중요성을 일깨우고 그 새로운 방향을 제시하면서 삶의 현실을 따스하게 보살펴야 하는 지성의 역할을 가르쳤다.

이어령 선생이 자랑해온 우리 언어와 창조의 힘, 우리 문화와 자유의 가치 그리고 우리 모두의 상생과 생명의 의미는 이제 한국문화사의 빛나는 기록이 되었다. 새롭게 엮어낸 '이어령 전집'은 시대의 언어를 창조한 위대한 상상력의 보고다.

일러두기

- '이어령 전집'은 문학사상사에서 2002년부터 2006년 사이에 출간한 '이어령 라이브러리' 시리즈를 정본으로 삼았다.
- 『시 다시 읽기』는 문학사상사에서 1995년에 출간한 단행본을 정본으로 삼았다.
- 『공간의 기호학』은 민음사에서 2000년에 출간한 단행본을 정본으로 삼았다.
- 『문화 코드』는 문학사상사에서 2006년에 출간한 단행본을 정본으로 삼았다.
- '이어령 라이브러리' 및 단행본에서 한자로 표기했던 것은 가능한 한 한글로 옮겨 적었다.
- '이어령 라이브러리'에서 오자로 표기했던 것은 바로잡았고, 옛 말투는 현대 문법에 맞지 않더라도 가능한 한 그대로 살렸다.
- 원어 병기는 첨자로 달았다.
- 인물의 영문 풀네임은 가독성을 위해 되도록 생략했고, 의미가 통하지 않을 경우 선별적으로 달았다.
- 인용문은 크기만 줄이고 서체는 그대로 두었다.
- 전집을 통틀어 괄호와 따옴표의 사용은 아래와 같다.

  『 』: 장편소설, 단행본, 단편소설이지만 같은 제목의 단편소설집이 출간된 경우

  「 」: 단편소설, 단행본에 포함된 장, 논문

  《 》: 신문, 잡지 등의 매체명

  〈 〉: 신문 기사, 잡지 기사, 영화, 연극, 그림, 음악, 기타 글, 작품 등

  ' ': 시리즈명, 강조
- 표제지 일러스트는 소설가 김승옥이 그린 이어령 캐리커처.

차례

III 21세기의 바람을 읽는다

부록

편집 후기

저자의 말

부싯돌의 섬광

글을 쓴다는 것은 독백에 가까운 것이다. 읽는 사람의 얼굴이 보이지 않는다. 그래서 쓰는 것은 논밭을 일구어 씨를 뿌리고 농작물을 재배하고 그 결실을 저장하는 농민과 같고, 읽는 것은 풀을 찾아 공간을 횡단하는 유목민과 같다고 비유한 사람도 있다.

그러나 대화는 쓰고 읽는 서로의 입장을 넘어선다. 농민이며 동시에 유목민의 역할을 하는 것이 바로 대화의 양식이라고 할 수 있다. 동서 할 것 없이 전문적인 글쓰기가 정착하기 이전의 양식들은 대화 양식을 통한 사고 전달이 주류를 이루었었다.

『논어』의 경우처럼 수많은 경전들과 그 사도使徒들과의 문답과 대화를 바탕으로 한 것들이다. 소크라테스와 플라톤의 철학적 성찰만이 아니라 시문학에 있어서도 문답가의 대화 양식으로 된 것들이 많다. 그러나 구텐베르크의 인쇄 미디어가 사고의 영역을 지배하면서 점점 대화의 양식이나 정신은 우리 주변에 자취를 감춰가기 시작한다. 글쓰기와 글 읽기는 거의 개인의 독백 형태로 전환되어 간 것이다.

나는 대화를 즐긴다. 남에게 오해를 살 만큼 사람들과의 담론하기를 좋아한다. 다만 대화의 훈련이 되어 있지 않은 한국의 풍토에서는 자신의 의견을 자유롭게 펴지 않거나 담론 자체를 기피하려는 경향이 있어서 혼자 독백이나 강의가 되는 일이 많다.

그래서 나는 신문이나 잡지 혹은 방송사에서 대화의 자리를 마련할 경우 사양하지 않고 응해왔다. 글쓰기와는 달리 이러한 대화는 대개 묵은 신문, 잡지의 과월호 표지와 함께 퇴색해 버리는 경우가 많다. 한 권의 책으로 남기보다 휴지가 되어 쓰레기통에 버려진다. 그것을 늘 아쉽게 생각하던 차에 이번 라이브러리 기획의 마지막 권으로 대화집을 엮게 되어 매우 기쁘다. 문자 그대로 대화집이기에 이 책은 나의 반쪽 저술에 지나지 않는다. 나머지 반은 이 대화에 참여해 주신 분들의 몫이라고 할 수 있다. 하지만 대화는 엄격하게 말해서 너와 나로 가를 수 없다. 서로 생각을 나눈 것이기에, 다른 말로 하자면 융합한 것이기에 그것은 '나'와 '너'가 하나가 된 제삼의 인격 제삼의 언어가 창조된 것이라고 할 수 있다. 부싯돌에서 튀는 불꽃처럼 두 개가 마주친 섬광, 그것을 읽어주기 바란다.

2006년 8월

이어령

I

젊은이와의 대화

병든 장미와 가시나무 새들

대담자: 김혜경

출발하는 자의 불안

김혜경 선생님을 막상 이렇게 만나 뵈니 도리어 말문이 막히는데요……. 참 이상한 일이에요. 전엔 선생님을 만나면 할 말이 무척 많을 것이라고 생각했는데……. 지금은 아무 생각도 나지 않거든요.

이어령 사람은 다 그렇지요. 그래서 누구나 처음 만나게 되면 평범한 인사말로 시작합니다. '어디서 사느냐', '부모님이 계시냐', '나이는 몇이나 되느냐' 이렇게 따분하고 상투적인 말밖에는 할 수가 없어요. 그러다 보면 형사가 된 것이 아니면 피의자가 심문을 받는 느낌이 들어요. 나도 그런 걸 많이 경험했어요. 노벨상을 탄 프랑수아 모리아크를 처음 만났을 때 중요한 말은 한마디도 못 하고 그저 '건강이 어떠십니까?', '기침이 심하시군요' 이런 이야기를 나누다가 아까운 시간을 다 보냈어요…….

왕진 간 의사도 아닌데 말이오…….

김혜경 전 지금 몹시 불안하거든요. 그래서 더 그런 것 같아요. 조금 있으면 대학을 졸업하니까요. 제가 경험하지 못한 새로운 세계로 나간다는 것이 어쩐지 두렵기만 해요.

이어령 끝나는 것과 시작하는 것 사이에는 언제나 침묵이 있고 이 침묵의 빛은 백색과 흑색을 섞어놓은 회색으로 물들어 있지요. 어둠이 끝나고 아침이 시작되는 새벽도 그런 빛을 하고 있지 않나요? 웃으며 태어나는 아이는 없어요. 새로운 생명은 울면서 태어나는 법입니다. 어렸을 때 백 미터 경주를 해본 적이 있어요? 스타트 라인에서 열을 지어 준비 자세를 하고 있을 때 잠시 동안 딱총 소리를 기다리면서 저쪽 깃발이 꽂혀 있는 골라인을 쳐다보고 있을 때, 그 가슴이 두근거리던 불안. 그 긴장이야말로 가장 생명적인 것이라 생각합니다. 그러니까 김양은 지금이 제일 행복한 순간인지도 모르지요.

'나나'의 생과 '도도'의 삶

김혜경 그렇지 않아요. 선생님! 부모님이나 선생님들은 옆에서 구경하고 있으니까 저희들 마음을 그렇게 미화할 수 있는 여유가 있으신 거지요. 졸업하면 무얼 하겠어요. 결과가 너무 뻔하단 말이에요. 취직을 해봤자 대학 4년 동안 배운 지식과는 아무 관계도 없는 일이나 할 텐데요 뭐……. 그렇지 않나요? 차나 나르고, 그렇지 않으면 서류나 챙기고, 그 일도 못 하면 결혼이나 하고, 4년 동안의 꿈과는 너무나 다른 세계가 시작될 것 같아요.

이어령 지금 김양이 하는 이야기를 들으니 말끝마다 '나' 자가 붙는데 말야…… 이를테면 차나 따르고 서류나 정리하고 결혼이나 하고…… 왜 모든 말에 '나' 자가 붙어야 하는 거지? 그렇게 자주 자기가 하는 일에 '나' 자를 붙여가다 보면 낮잠이 '나' 잘 수밖에 없게 돼요. 그걸 한 번 '도' 자로 바꿔보면 어떨까. 차도 나르고 서류도 정리하고 결혼도 하고…… 그러면 실의의 가시밭이 욕망의 푸른 숲으로 바뀌게 될 겁니다. '나나……'에서 '도도……'로. 무슨 일을 하든지 열정을 가지고 뛰어드는 사람, 그것이 고통이라 할지라도 모든 것을 받아들여서 자기 것으로 만들려는 사람……. 그렇게 되면 미지의 숲으로 가는 탐험가들같이 그 생은 팽팽한 깃발처럼 펄럭이게 되겠지요. 세상엔 하찮은 일이란 없거든. 하찮게 생각하는 버릇만이 있는 것이지. '나나'의 생은 자기에게 주어진 일을 마지못해 하는 생으로 어려움을 비켜서려는 소극적 삶입니다. 그러나 '도도'의 삶은 어려움과 맞서 그것을 넘어서려는 적극적 삶입니다. 운명의 신에겐 앞에서 맞서야지, 뒤통수를 보였다가는 곧 붙잡히고 말지요.

김혜경 유혹까지도요? 사회에 깔려 있는 그 '악' 앞에서도 '도도'라고 말해야 하나요?

이어령 노파 같은 말을 하는군. 파우스트는 악마하고 서로 계약을 했어요. 받아들이라는 말을 타협하고 순응하라는 말로 받아들여서는 안 되지요. 그 정반대지. 피하지 말고 유혹까지도, 악까지도 받아들여서 씨름을 하란 말이지요. 이제 김양이 뛰어들어야 할 생生 앞에는 교과서가 없어요. 빛과 어둠으로 뒤범벅이 되어 있는 양면적인 삶이란 말입니다. 밥에서 뉘를 골라내듯이 잘 씹히는 것만 선택해서 먹을 수 있는 음식이 아니란 말이에요. 너무 규정짓지 말고 맞부딪쳐 사는 태도를 갖지 않으면 현실에 곧 짓눌려 버리거든요. 대학을 졸업하고 사회로 나간다는 것은 '무심無心의 세계'에서 '경험經驗의 세계'로 나간다는 것을 뜻하니까…….

무심의 세계와 경험의 세계

김혜경 '무심의 세계'에서 '경험의 세계'……? 좀 어려운 말씀인데요.

이어령 블레이크라는 시인 알고 있죠?

김혜경 예. 유명한 시가 기억나요. 「병든 장미」라는 시를 쓴 시인 말이지요.

이어령 그렇지. 「The sick rose」. 그러면 그 시를 예로 들어서 설명해볼까? 우리가 이 세상에 태어날 때는 천진난만해서 영혼도 육체도 모두 순결해요. 이것이 무심innocence의 세계지요. 양처럼 유순하고 착한 그 세계에는 악의도 구속도 없어요. 그러나 우리는 곧 어른이 되어 사회에 나오게 되면 경험experience의 세계에 떨어지게 되지. 호랑이 같은 세계, 힘이 없으면, 이빨과 발톱이 없으면 잠시도 살 수 없는 세계로 말이야. 그러니까 에덴 동산에서 추방되어 경험 세계로 떨어진 인류의 역사와 똑같은 것을 개인의 생에서도 되풀이하는 거지요.

김혜경 「병든 장미」를 예로 드신다고 하셨는데, 그 시에 대한 이야기를 빨리 해주세요.

이어령 좀 기다려요. 성급한 질문은 서툰 해답밖엔 가져오지 못하니까. 그렇지, 「병든 장미」 그 시는 이렇게 시작하지요.

> 오! 장미. 그대 병들었도다
> 폭풍이 울부짖던 밤에 날아온

보이지 않는 그 벌레가……

김혜경 그 다음 구절은 제가 읽게요.

그대의 새빨간 환희에 찬
침대를 찾아냈노라.
그래서 그 어두운 비밀의 사랑이
그대 생명을 파괴했나니.

좀 기분 나쁜 시 아니에요?

이어령 직감적으로 알아맞히고 있군. 장미가 환한 아침 이슬 속에서 붉게 피어 있는 것. 그것이 무심의 세계라면, 폭풍우가 몰아치는 밤 난데없이 날아들어 온 벌레에 침식되어 병들어버린 그 장미는 '경험의 세계'를 보여주는 것이지요. 이를테면 순결하던 소녀가 사회에 나와 어른이 되는 과정도 장미가 병드는 것과 다를 것이 없어요.

김혜경 어머나! 그러면 제가…… 아니죠. 저만이 아니죠. 졸업하는 모든 여대생들이 '병든 장미'가 된단 말씀이세요? 블레이크는 참 짓궂은 시인이네요.

이어령 나쁜 건 블레이크가 아니라 '새빨간 환희의 침대……' 그 장미를 발견하고 뛰어든 벌레 쪽이지요. 생은 이렇게 모순으로 차 있어요. 장미가 그렇게 빨갛지만 않았더라면, 그렇게 순수한 환희로 피어나지 않았더라면 벌레도 뛰어들지 않았을 것이지요. 장미가 순수하다는 것은 곧 벌레를 불러들이는 요인이 되는 거니까, 비극은 이미 그 장미의 순수 속에 깃들어 있어요. 아름답고 순결한 장미와 병든 장미는 동일어가 되는 것입니다. 그것이 우리들 생의 아이러니지요.

김혜경 그렇다면 구제는 없나요? 운명 지어진 것인가요? 누구든 그 병으로부터 피할 수 없다는 말씀이신지요?

이어령 생명을 가졌기 때문에 죽음이 있습니다. 생명 없는 돌은 죽을 수도 없지요. 장미처럼 아름답고 순결한 꽃만이 병들 수가 있어요. 잡초는 병들 수도 없거든. 왜냐하면 '새빨간 환희의 침대'가 없기 때문에 벌레가 찾아오지도 않아요. 이것이 우리들 생의 이중성이라는 거지요. 영원한 소녀는 없어요. 소녀의 영혼은 파괴됩니다. 밤과 폭풍과 벌레의 검고 비밀스러운 사랑에 의해서 장미의 영혼은 병을 앓게 됩니다. 소녀뿐인가요. 슬프지만 인간 모두가 그런 장미지요. 생의 기쁨이, 그 영혼이 있기 때문에 죽음의 병이 우리를 파괴하지요. 그것을 우리는 현실이라고 부릅니다.

김혜경 그러니까 학원을 떠나 사회에 나간다는 것은 블레이크의 말을 빌리자면 '폭풍이 울부짖는 밤'으로 나간다는 거군요.

이어령 그렇지! 경험의 세계에는 늘 바람이 불고 늘 어둠이 있기 때문에 아침에 태어난 아이들처럼 천진난만한 마음만 가지고는 살아나기가 힘들지. 밤에는 밤의 사상이 있어요. 겨울에도 봄옷을 입고 다니다가는 감기에 걸리고 맙니다. 그러니까 폭풍이 울부짖는 밤 속에서 살려면 '무심'의 세계에서 '경험'의 세계로 옮아가는 그 병을 앓게 되고, 보이지 않는 벌레들이 파괴하고 있는 그 영혼을 지키기 위해서 싸워야 하는 겁니다.

보이지 않는 벌레

김혜경 '보이지 않는 벌레'란 게 구체적으로는 무엇을 뜻하나요?

이어령 장미를 소녀, 순결한 꿈과 영혼을 가진 여인이라고 한다면, 그 벌레는 음흉스러운 남성들이겠지. 그래서 정신분석학적인 안목으로 읽어보면 여기의 '벌레'는 '뱀'과 마찬가지로 섹스 심벌(성적 상징)이 되는 겁니다. 남성들과의 접촉으로 소녀들은 성의 세계에 눈뜨게 되고 그래서 조금씩 때가 묻고 순결한 영혼은 좀먹게 됩니다. 경험의 세계에서는 동정녀 마리아 같은 것은 없습니다. 그것은 더럽힌 힘을 전제로 해서 살아가는 세계이니까요. 그러나 벌레는 영혼의 기쁨을 육체의 쾌락으로 바꿔놓은 남성들만이 아닙니다. '돈'일 수도 있고 '권력'일 수도 있고 모든 '경쟁'의 싸움이기도 한 겁니다.

김혜경 저는 선생님에게 위안의 말을 들으려고 했는데 도리어 더 큰 공포감을 받는 느낌이에요. 뭔가 무서워져요. 자신이 없어지고요.

이어령 싸움터에 나가는 전사戰士들은 전쟁터를 놀이터로 알아서는 안 됩니다. 그래야만 단단히 무장을 할 게 아니겠어요? 그리고 배를 몰고 첫 항해를 하는 선원들은 바다가 호수가 아니라는 것을 먼저 배워야 해요. 그래야만 단단한 돛과 정확한 나침반을 준비할 테니까. 위안을 받기 전에 이제는 싫어도 그 고통을, 현실의 더러움을 느껴야 할 때가 온 거지요. 회사는 대학 캠퍼스의 잔디밭이 아니고, 교수가 연단에서 어려운 글에 주석을 달아주는 강의실도 아니지요.

아까 벌레 이야기 말야! 원문에는 'invisible worm'이라고 되어 있어요. '보이지 않는 것'이라 했으니 그 벌레는 바로 장미 내면에, 말하자면 밖에 있는 것이 아니라 자신의 그 의식 속에 있는 벌레라는 것을 잊어서는 안 돼요. 더 쉬운 말로 하자면, 가령 여자가 사회에 나오면,

그래서 세속적인 삶과 부딪치다 보면 우선 수치심을 잃게 되지. 뻔뻔스럽게 된다고. 본래 자기가 지니고 있던 의식과 감정이 바뀌어 섬유질적으로 바뀌어가지요.

그것뿐일까? 아름다운 것을 봐도 옛날처럼 그렇게 얼굴이 붉어지지가 않지. 좋은 걸 봐도 웃지 않아요. 징그럽고 더러운 것을 봐도 메스꺼움을 느끼지 않게 돼. 첫눈이 내리는 날에도 환성을 지르지 않지. 생활이 그렇게 자신의 의식과 감정을 마비시켜 버리는 거야. 이것이 바로 생명을 파괴하고 있는 보이지 않는 벌레고, 그것은 기침이나 노크 소리도 없이 우리들 의식의 방으로 잠입하는 거예요. 결과는 결국 본래의 나를 상실하고 만 사람으로 바뀌고 말지요.

특히 장미로 상징되는 여성이 그래요. 원래 더러운 것은 더럽혀지거나 바뀌지도 않지요. 엄격한 의미로 말하자면 여고 시절이나 대학생 시절의 출석부에 적힌 여성의 그 이름들은 현실 속에서 아무개 엄마로 불리는 그 사람과는 관계가 없어요. 모두 딴 사람이 된 거니까.

길들여진 말이 되지 말아라

김혜경 다 그렇게 되나요? 벌레들에 의해서 장미는 모두 병들어 시들어버려야 하나요? 저는 저항심을 느껴요. 사람은 곧 녹아버리는 눈사람이 아니잖아요. 저는 사회에 나가도 오늘의 나를 지켜가겠어요. 평범한 사람들처럼 그렇게 똑같은 순서로 순순히 백기를 들고 항복하고 싶지 않거든요. 대학 4년 동안에 보고 듣고 생각해서 길러낸 그 대학 시절을 물거품처럼 터뜨리고 싶지 않거든요. 그러한 우리들에게 용기를 좀 주세요, 선생님.

이어령 그것 보라고, 해답은 그렇게 혼자서 찾는 거야. 내가 그 말을 먼저 했더라면 날 '이상주의자', 대학 강의실에서나 통하는 백묵 글씨 같은 말이라고 비웃었겠지. 김양은 벌써 싸움을 벌이고 있는 겁니다. 자신의 의식 속에서 꿈틀거리는 벌레와 말이지. 그 싸움의 전략을 세워보면 우선 여자니까 빨래하는 일부터 익혀야죠.

김혜경 참 선생님도, 겨우 그 이야기예요? 저보고 빨래하는 법을 배우라고요?

이어령 속단하지 말아요. 시골 개울에서 빨래하는 사람 본 적 있어요? 빨랫방망이로 힘차게 때 묻은 빨랫감을 두드리고 있는 시골 여자들 말이에요. 그걸 투쟁이라고 생각해 본 적 없어요? 본래의 나를 지켜가기 위해서, 자신의 자아와 '무심의 세계'를 잃지 않기 위해서 매일매일 빨랫방망이로 두드리듯이, 경험의 세계에서 묻은 때를 빨아야 하는 거라고. 때를 묻히지 않고 살아갈 수는 없어요. 피할 수 없다고. 그러나 그것을 빨 수는 있어요. 그래서 시꺼멓게 된 때를 벗겨 본래의 흰빛으로 돌아가게 할 수는 있단 말이지. 때가 묻으면 빨고 또 묻으면 또 빠는 거야. 말하자면 경험의 세계에 남들처럼 길들여져서는 안 되지요. 습관에 빠져들지 말아요.

김혜경 좀 마음이 후련해져요. 사회생활을 한다는 것은 사회가 날 '길들이는 것', 길이 잘 들어야 훌륭한 사회인, 어른이 되었다고 남들이 말하지요. 그것이 우리의 이상이라면 무엇 때문에 우리는 어려운 시험공부를 하고 교육을 받아야 할까? 전 늘 저항심이 있었어요.

이어령 어른들은 그걸 '철들었다'고 말하지. 감정을 속이고 진실을 덮어두고 그럴듯한 거짓말로 남의 비위나 맞추고, 그러면 어른들은 말하지. "얘가 이젠 정말 철이 들었다"라고. 그러면 그런 말을 칭찬으로 알아듣고 만족해야지. 철든다는 말은 무엇일까? 길들여진 말이 되었다는 거지. 야생마가 아니라 낙인 찍힌 말이 되었다는 거지. 그래야 시장에서는 비싼 값으로 팔린다고. 그러나 속아서는 안 돼요. 이 생에 대한 질문을 포기해서는 안 돼. 어렸을 때부터 가지고 있던 그 많은 질문들을 끝없이 찾아 헤매는 삶을 포기해서는 안 되지요.

김혜경 구체적으로 그건 어떻게 사는 삶이지요? '밤에는 밤의 사상'이 있다고 하셨잖아요. 사회에 나가면 남들은 우리를 학생 때와는 다르게 볼 게 아니겠어요? 결혼을 하거나 직장에 가거나, 우린 '사회 안' 사람이 되는 거니까요.

이어령 그렇지. 병을 겁내서는 안 돼. 병들기 이전의 장미로 살 수는 없어. 예수님도 말씀하셨지. '비둘기처럼 순결하고 뱀처럼 교활하라.' 옛날엔 꿈만 꾸어도 꽃이 피었어. 사회에 나오면 꿈을 꾸는 것이 아니라 꿈을 실천하는 겁니다. 꿈을 지키는 것만으로는 안 돼요. 싸우란 말이 남편이나 직장 동료들에게 고함치라는 게 아닙니다. 습관에 젖은 눈으로 세상을 바라보지 않고 태아와 같은 눈으로 세상일을 보자는 말입니다. 똑같은 행동, 똑같은 대상이라도 그것을 바라보고 생각하는 '의식'에 따라 자신의 생의 의미는 달라지니까 말이에요. 편하게 살려고 하니까 우리는 곧 습관에 젖어들어 버리고 어떤 틀 속에 갇혀버리는 거예요. 길들지 않으려면 어떻게 해야 하지요? 우선 사회 분위기는 대학생들만이 함께 모여 생활하던 대학 캠퍼스의 분위기와 다르지요. 그러니까 길들지 않으려면 내가 '돌림을 받는다'는 것에 대하여 두려움을 갖지 말아야 해요. 고독에 대한 용기. 천千 사람이 다 떠나도 나 혼자 남고, 만萬 사람이 다 있어도 나 혼자 떠나야 한다는, 그 자신과 용기를 갖는 훈련이 필요하거든.

김혜경 그건 참 어려운 삶이에요. 너무 고통스럽지 않나요?

이어령 그렇다고! 사람들은 누구나 다 고통을 피하려고 하기 때문에 진짜 행복이 무엇인지를 몰라요. 자, 그러면 끝으로 '가시나무새' 이야기를 할까?

김혜경 '가시나무새'요? 그런 새가 있어요?

이어령 그건 불사조니 봉황새니 하는 상상의 새, 전설 속의 새지요. 왜 콜린 매컬로라는 호주의 여류 작가 소설 있잖아. 그 베스트셀러 책 이름에 나오는 새예요.

김혜경 '가시나무새'가 어떤 새인지는 모르지만 왠지 멋있게 들리네요.

이어령 '가시나무새'는 보통 새와는 아주 다르지요. 보통 새들은 알에서 깨어난 순간부터 꽃이나 나무가 우거진 울창한 푸른 숲을 찾아다닙니다. 거기에 편한 둥지를 틀고 살지. 그러나 '가시나무새'들은 꽃나무나 푸른 나뭇가지를 찾아다니지 않고 황량한 벌판의 가시나무만 찾아다닙니다. 그래서 제일 뾰족하고 억센 가시나무를 찾아서 그 가시로 자신의 심장을 찔러 죽는다는 겁니다.

김혜경 비극적인 새군요. 팔자가 사나운 새.

이어령 그래요. 아주 팔자가 사나운 새야. 그러나 행복한 새지.

심장이 가시나무에 찔릴 때, 그 고통 속에서 새는 비로소 우는 거야. 그 울음소리는 보통 새가 도저히 흉내 낼 수 없는 세상에서 제일 아름다운 소리라는 거지요. 고통 속에서만 창조될 수 있는 영혼, 그 아름다움, 생의 절정에서 울려 나오는 노래지요. 어때요? '참새'가 아니라 '가시나무새'가 되지 않겠어요? 날아가요. 두려움을 갖지 말고 나무를 찾아다녀요. 그러면 김양은 어머니나 언니나 다른 친구들이 흉내 낼 수 없는 아름다운 생의 노래를 창조할 수 있을 거예요.

김혜경 '병든 장미'와 '가시나무새'…… 무슨 소리인지 알 것 같아요. 선생님 말씀을 듣고 있으니까 기지개를 켜고 싶은 생각이 나네요. 잠에서 깨어났을 때처럼 말이에요.

이어령 고마워요. 그러나 나도 '가시나무새'처럼 산 건 아니었지. 다만 그런 새가 되려고 노력하는 것, 그것만은 포기하지 않았어. 자! 손을 봐요. 움켜쥐지 말고 펴봐요. 곤충의 더듬이처럼 그 손으로 찾아야 합니다. 탐욕스러운 손은 항상 무엇을 가지려고 움켜잡지만, 찾는 자의 손은 늘 열려 있지요. 우주의 모든 것을 받아들일 듯이……. 그렇게 손을 펴고 사회에 나가보라고. 권태도, 가난도, 반복하는 일상의 습관도 길을 비켜줄 거예요.(이어령, 『누군가에 이 편지를』, 삼성출판사, 1986.)

돛과 닻이 있는 행복론

대담자: 서성신

지느러미로 걸어 다니는 물고기

서성신 선생님은 늘 바쁘게 사시는 것 같아요. 혼자 쉴 수 있는 시간이 아쉽지 않으세요?

이어령 '바쁜 꿀벌은 슬픔을 모른다'는 속담 알지요? 나의 바쁜 생활은 이 속담을 역으로 이용한 생활 방식인지도 몰라요. 혼자 있는 시간의 두려움을 이기기 위해서는 여러 사람들과 미친 듯이 얽혀 있거나 무슨 일엔가 몰두하는 것…… 그것이 최상의 약입니다.

서성신 아니, 제 말씀은 혼자 조용히 계시고 싶은 유혹을 받지 않으시냐는…….

이어령 왜 남의 약점을 자꾸 캐려고 하죠? 사실 고백하자면 바쁠 때일수록 밀실에의 그리움은 배가됩니다. 가정에서, 직장에서 그리고 책이나 원고지에서 멀리 탈출하고 싶어져요. 그래서 가끔 여행을 하는 거예요. 그것도 아주 먼 곳, 전화도 걸려 오지 않고 방문객조차 없는 외국으로 떠나지요. 외국은 아무리 많은 사람이 살고 있어도 이방인에겐 하나의 무인도니까요.

서성신 일상생활에서 벗어난 그때의 기분을 알고 싶네요.

이어령 불안한 자유지요. 비행장에서부터 후회합니다. 늘 괜히 떠났다는 생각을 하게 되지요. 금붕어는 이따금 어항의 수면 밖으로 주둥이를 내밀고 바깥 공기를 호흡합니다. 그렇다고 금붕어를 어항에서 완전히 꺼내 바깥 세상에 내놓으면 어떻게 될까요? 곧 죽고 말겠지요.

서성신 어항을 떠나서는 잠시도 살 수 없는 금붕어……. 만약 그런 금붕어의 운명을 거부하는 금붕어가 있다면 어떨까요? 어떻게 생각하세요.

이어령 독신주의자 말씀이군요. 그런 금붕어가 있다면 한번 보고 싶은데요……. 그리고 그 용감한 금붕어를 향해서 물어보고 싶군요. '그 지느러미로 걸어 다닐 수 있니'라고.

서성신 역시 반대하시는군요. 인간은 가정 없이 혼자 살 수 없다는 거지요. '지느러미'는 '다리'가 아니니까요.

이어령 반대한다고 말하지는 않았습니다. 다만 그 가능성 여부를 따지고 싶다는 거지요. 한자의 '군群'은 양羊 자 변을 씁니다. 약한 짐승일수록 떼를 지어서 삽니다. 그런데 반대로 '독獨'자를 보세요. 구犭변은 개의 종류를 뜻하는 것이잖아요. 발톱과 이빨이 단단한 사나운 맹수는 혼자 살아가는 습성이 있어요.

일반적으로 볼 때 독신주의자들은 평범한 사람들과 달리 무엇인가 강한 이빨과 발톱을 가진 사람이라 할 수 있지요. 그러니까 역사책에 나오는 위대한 인물 가운데에는 '독신'들이 많습니다. 4대 성인 중에서 결혼 생활을 한 사람은 마호메트뿐이지요. 예수와 석가는 물론이고, 공자는 결혼을 했지만 결국 실패하고 혼자 살았습니다. 예술가, 과학자의 예를 들면 끝이 없어요. 결혼을 했어도 독신이나 다를 바 없는 생활을 한 사람도 많고요. 콜럼버스가 신대륙을 발견했다는 것은 무엇을 뜻하나요? 그가 아내의 눈치나 살피고 어린 자식들에게 사줄 크리스마스 선물 걱정이나 했더라면 어떻게 해도海圖에도 없는 땅을 찾아 목숨을 건 항해를 했겠어요. 결혼은, 그리고 가정이라는 것은 '돛'이 아니라 '닻'입니다. 미지의 바다로 나가는 항해자에게는 '닻'이 필요 없고, 반대로 항구에 조용히 정박해 있으려는 선박에는 '돛'이 없어요. 그러나 한번 생각해봐요. '닻'이나 '돛'이 없는 배는 다 같이 완전치 않아요. 그것은 고장 난 배지요.

서성신 그러면 결혼하는 것도 독신으로 있는 것도 다 완전치 않다는 말씀인가요? 대체 그런 상태란 어떤 경우지요? 자꾸 저를 미궁으로 빠뜨리지 마시고 확실한 이야기를 해 주세요.

이어령 한니발 장군은 애꾸눈입니다. 그래서 옆얼굴을 그리면 눈먼 사람으로 보이기도 하고, 반대편 옆얼굴을 그리면 성한 사람처럼 보이기도 합니다. 그래서 아첨을 좋아하는 화가들은 눈 멀지 않은 쪽의 프로필만 그렸다는 거지요. 결혼 생활이냐? 독신 생활이냐? 이러한 경향도 한쪽으로만 생각하면 사실과는 어긋난 엉뚱한 편견이 생겨납니다. 양면성을 생각해보자는 겁니다.

서성신 그건 알겠지만요. 배는 '돛'과 '닻'을 다 같이 가지고 있어야 하지만 인간은 결혼 생활과 독신 생활을 함께할 수 없잖아요?

이어령 결론이 먼저 나오게 생겼으니 우선 돛부터 이야기를 시작해볼까요? 독신주의자만이 아니라 사람들은 결혼을 선택하고도 '혼자 있기를 원할 때'가 많습니다. 특히 창조적인 일을 하려고 할 때는 일상의 생활에서 풀려나려고 합니다. 항해를 할 때는 무거운 '닻'이 방해가 되니까요. 그는 그 순간 결혼한 것을 후회하게 되지요. 그 사람은 결혼 생활을 하고 있다, 저 사람은 독신으로 살고 있다, 이런 외형상의 형태가 문제되는 것은 아닙니다. 왜냐하면 결혼한 것을 후회하고 '차라리 혼자 자유롭게 살았으면 좋겠다'라고 생각하는 순간, 그는 독신주의 철학에 빠지게 되는 것이니까요. 그 반대의 경우도 마찬가지예요.

서성신 무언가 창조적인 생활을 하려고 할 때는 독신주의적인 사고로 흐르게 된다고 하셨는데, 남녀가 부부 생활을 한다는 것이 창조적 생활에는 적합하지 않다는 건가요?

이어령 그렇지요. 가령 예술가의 경우를 듭시다. 남녀 할 것 없이 예술가 중에는 독신들이 많아요. 레오나르도 다 빈치와 미켈란젤로가, 태양처럼 타오르는 보리밭을 그렸던 우리 불쌍한 고흐가 그랬어요. 생각해보세요. 조르주 상드가 부엌에서 앞치마를 두르고 수프를 만들고 있는 모습을 말이에요. 장난감을 던지고 아우성치는 아이들과 침대보를 빨고 있는 잔소리 심한 아내의 비위를 맞추며 「악의 꽃」을 쓰고 있는 보들레르……. 어울리지가 않아요. 그런데 결혼한 예술가라 할지라도 마찬가지예요. 밴 위크 브룩스라는 비평가가 통계를 낸 걸 보면 문학사에서 가장 위대한 걸작들은 대부분 호텔 방에서 쓰였다는 거예요. 작가들은 글을 쓸 때 가정에서 벗어나 독신자처럼 호텔 생활을 한다는 거지요. '홀로 있는 공간' 그것이 창조의 공간이 된다는 것은 도스토예프스키의 생활에서도 예외가 아니었어요. 그는 결혼을 했으면서도 늘 가정 밖에서 글을 썼어요.

서성신 남자의 경우에는 이해가 갑니다. 그러나 여자는 좀 다르잖아요.

꽃은 열매의 그림자인가

이어령 여자에게 '창조적인 작업'을 요구하지 않았던 시절에는 그랬겠지요. 독일어로 3K라고 하면 부엌Küche, 교회Kirche, 아이Kinder를 뜻하는데 동양이나 서양이나 옛날에는 모두 여자의 역할을 가사에 한정 지었습니다. 그러니까 여자의 행복은 가정이라는 항구에 정박해 있는 닻 속에서 구하려 한 것입니다. 그래서 남자가 독신 생활을 할 때는 오히려 사람들이 존경을 하지만, 여자가 독신으로 있으면 경멸을 합니다.

오늘날엔 여자의 역할이 변했어요. 남자와 마찬가지로 예술을, 정치를, 과학을, 하기야 레슬링 경기까지도 하니까요. 여자도 인간인 이상 '애 낳는 기계'로만 만족할 수 없을 때, 그리고 남자와 마찬가지로 미지의 대륙을 향해 새로운 생활을 개혁하려 할 때 '결혼이 지상 과제'로만은 보이지 않지요.

서성신 옛날에는 수녀 정도였지만 요즘엔 독신녀가 상당히 늘어나고 있는 것 같습니다. 여자의 사회적 역할이 증대된 까닭도 있지만 부부 생활이라는 제도에 얽매이고 싶지 않기 때문에, 그리고 남들의 부부 생활에 환멸을 느꼈기 때문에 차라리 독신녀로 있는 게 속 편하다는 친구가 많이 생겨나고 있어요.

이어령 모리아크가 쓴 『테레즈 데케루』라는 소설을 보면 결혼 생활에 회의를 느끼는 한 대목이 나옵니다.

포도 수확기가 되면 농부들은 포도를 딴 뒤에 아직 살아 있는 포도 넝쿨까지 모두 거두어버리는 거지요. 그것을 보고 테레즈 데케루는 자기가 꼭 그 포도 넝쿨 같다고 생각하는 거예요. 자식을 낳아주는 것만으로 그 역할이 끝나버린 여자……. 사람들은 거들떠보지도 않고 넝쿨 같은 여자를 걷어버리는 거지요. 여성의 자아가 눈뜰 때 결혼한다는 것, 자식을 낳는다는 것, 이런 본능의 질서에 대해서 회의를 하게 되는 겁니다. 그보다 더 값어치 있는 일은 정말 없는 것일까? 누구나 나이가 차면 결혼을 하고 집을 장만하고 아이들 기저귀를 빨고 밤늦게 귀가하는 남편의 차임벨 소리에 귀를 기울이고…… 이것이 여자에게 주어진 삶의 전부란 말인가? 이러한 자아의 소리가 시대의 변천에 따라 더욱 강렬하게 들려옵니다. 독신녀의 수는 그렇게 해서 더욱 늘어가지요.

서성신 선생님 말씀을 듣고 보니 여자를 꽃에 비유하는 말이 조금 다른 뜻으로 느껴지네요.

이어령 그래요. 꽃은 화려하지요. 향기가 있어요. 그러나 그 아름다움은 자기를 위해서 있는 게 아니거든요. 꽃은 열매의 그림자에 지나지 않아요. 꽃에는 슬픔과 부재가 있습니다. 시들지 않으면 열매를 맺을 수 없기 때문이죠. 꽃의 독신적 의미란 없는 것이지요.

서성신 그럼 독신녀는 열매를 거부하고 오로지 꽃 자신만을 위해 존재하는 이기주의자란 말씀인가요?

이어령 아니지요. 이기주의자란 말과는 다르지요. 자아의 추구는 아무도 해치지 않아요. 자기에게서 출발하여 자기에게로 돌아옵니다. 도리어 결혼을 하고 자식을 낳고서도 자신의 쾌락을 좇는 유부녀의 방탕을 이기주의로 볼 수 있습니다. 처음부터 결혼을 하지 않았으니까 괴롭힐 남자도, 희생시킬 아이도 없는 거지요. 단지 꽃이 열매를 위해서가 아니라 꽃이 꽃 스스로의 존재 이유를 발견하려는 자아의 실현일 뿐이지요.

서성신 여자는 자아를 발견하려고 하면 반드시 결혼을 부정해야 되나요? 결혼 생활을 개선하여 서로의 자아를 존중하고 여자에게도 창조적 생활을 허락해 줄 수 있는 문제가 아닐까요? 남자의 태도만 달라진다면 말이에요.

이어령 그렇지요. 이상理想의 구름이 흐르지만 않고 제자리에 가만히 있어주기만 한다면요. 결혼은 연애 생활의 연장이 아닙니다. 사랑은 공감에 토대를 둔 것이지만 결혼은 비즈니스처럼 일상적인 이해利害에 뿌리를 박고 있는 거예요. 애정만으로는 못 삽니다. 한여름 밤의 꿈인 숲 속이 아니라 결혼 생활은 바로 이 현실 속에서, 시장과 쓰레기터와 하수도가 있는 이 일상의 공간에다 세우는 거지요.

부부 일심동체라는 것은 신화일 뿐, 실제로 살아가자면 부부 생활은 내란內亂의 연속이지요. 서로가 서로의 꿈을 죽입니다.

부부는 닮아간다지 않아요? 개성의 모를 쳐서 둥글둥글하게 닳아빠진 조약돌처럼 되어야 합니다. 부부는 그래도 괜찮아요. 여기에 자식들이 나타납니다. 또 한 번 꿈이 꺾여요. 부부는 다 같이 생존의 의미를 자식을 위하여 바치는 겁니다. 그러니까 자아를 가질수록 결혼 생활은 고통스러운 것이 됩니다.

서성신 그런 자아라면 버리는 것이 낫잖아요.

이어령 그러게 말입니다. 동물은 자아가 없어요. 먹고 성생활性生活을 하고 자식을 번식하는 것…… 선악과를 따 먹은

탓인지 생의 이 같은 조건은 동물과 조금도 다름없으나 자아란 것이 있어 자기 자신을 볼 줄 압니다.

그것이 비극이고, 끝내는 동물적 의미의 나를 거부하여 '독신'으로 살아가려는 사람까지 낳게 된 것이지요. 결혼을 해도 독신으로 살아도 다 같이 불행합니다. 양성兩性이 있다는 것은 무엇을 의미합니까? 결혼하라는 거고, 자식을 낳으라는 거고, 그것을 기르라는 거예요. 원래 만들어지기는 그렇게 만들어졌는데, 인간은 단지 만들어진 상태로서의 존재가 아니라 자신을 '만들어가는 존재'이기도 합니다. 신처럼 밝은 눈을 가지고 있으니 말이에요. 독신으로 살아서 해결된다면 오죽 좋겠어요.

서성신 이젠 '돛'의 얘기를 했으니 '닻'을 이야기하시자는 거군요.

이어령 그래요. 개구리는 물에서도 살고 땅에서도 삽니다. 인간 역시 결혼의 땅에서도 살고 독신의 땅에서도 살아가는 양서류적 존재거든요. 여성들이 잘 읽는 '니나'의 경우를 생각해 보십시오. 결혼한 사람들이 독신의 생을 그리워하듯이 독신자들은 결혼의 생을 또 아쉬워합니다. 어떤 위대한 삶을 살아도 이것 없이는 불안해요. 니나는 저녁에 전등불이 켜 있고 온 식구가 식탁에 앉아 있는 남의 집 창문을 엿봅니다. 그리고 자기도 그런 집에서 남편과 자식들과 함께 지내고 싶다는 유혹을 느낍니다. 이 이중성만이 생의 실상에 가까운 것입니다. 배가 항해한다는 것과 항구에 정박해 있다는 것은 정반대처럼 느껴지지만 배의 기능으로 볼 때는 하나입니다. 똑같은 것입니다. 항구의 물은 더럽습니다. 기름이 떠다니고 오물들로 가득합니다. 항구의 배는 배답지가 않아요. 왠지 아세요? 그건 그 물이 고여 있기 때문입니다. 대해大海만큼 신선한 바람이 불지 않기 때문이에요. 그러나 그것은 무덤일까요? 항구는 배의 무덤일까요……. 그렇지 않습니다.

서성신 닻에 매여 한곳에 머물러 있는 배, 그 배의 의미는 항해를 해본 적이 있는 선원만이 알고 있다…… 이렇게 말씀하시고 싶은 거지요?

이어령 그렇습니다. 호메로스는 위대한 두 개의 서사시를 우리에게 남겨주었어요. 『일리아스』는 가정에서 떠나 트로이를 원정한 영웅들의 이야기이고, 『오디세이아』는 원정길에서 집으로, 아내에게로 귀환하는 영웅의 이야기입니다. 둘 다 모험과 고난이 있습니다. 우리들의 생도 그렇습니다. 결혼 생활과 독신 생활, 그것은 두 편의 서사시이며 동시에 작자는 하나입니다. 어느 것이 어느 것보다 낫다고 말하지 말아요. 독신자의 생활 속에는 결혼 생활자의 모습이 깃들어 있고, 결혼 생활자에게는 거꾸로 독신자의 모습이 깃들어 있습니다. 서로 보완해가며 균형을 잡고 있어요. 영원한 '앰비밸런스ambivalence'지요.

서성신 그런데 아까 말씀하시기를 '독신자는 강한 자다'라고 칭찬하셨는가 하면, 그리고 또 뭐라고 하셨더라…… 그래요. 어항 바깥의 금붕어에게 '어디 한번 지느러미로 걸어봐라'라고 비꼬시기도 하고, 선생님은 대체 어느 쪽이신가요?

결혼은 단지 항구일 뿐

이어령 애써 '독신', '결혼'의 도식적 사고의 위험성을 말했는데 다시 원점으로 돌아가자는 겁니까? 독신주의자는 예외적인 것이라는 걸 강조하려고 한 거예요. 인간은 누구나 다 그렇게 강할 수가 없습니다. 금붕어가 바깥 공기 속에서 살아가는 강아지나 고양이가 될 수 없는 것처럼, 인간이 양성兩性으로 구분되어 태어난 이상 독신자로 생활한다는 것은 지느러미로 걸어 다니라는 것처럼 어렵다는 거예요. 그러나 어렵다는, 불가능하다는 것 때문에 잘못이라고는 할 수 없어요. 인간은 새로 태어나지 않았지만 어떤 새보다도 높게 멀리 날아가는 가능성을 현실화했잖아요.

서성신 그러면 한국의 경우 독신으로 살기를 원하는 여성이 있을 때 그 가능성은 어느 정도지요?

이어령 남자는 혼자 살아가는 기술을 알고 있으니까 '독신남'은 사실 마음만 먹으면 가능하지요. 그러나 '독신녀'는 아직 일러요. 사회가 '독신녀'를 받아들일 만큼 변화되지 않았기 때문이죠. 생활 문제만이 아니라 '독신녀'에 대한 편견 때문에 자유롭기는커녕 구속이 될 뿐 아니라 자아의 실현은 더 어려워져요. 특수한 사회에서의 특수한 독신녀로 성공한 삶은 있지만, 일반적인 모델이 되기에는 이른 감이 있어요. 가정 중심의 유교적 전통이 아직도 우리 머릿속에 꽉 차 있으니까요.

서성신 앞으로 여자도 독신까지 가지 않는다 하더라도 자의식을 분명히 가지고 살아야 할 것 같아요.

이어령 그것이 결론일 수도 있어요. 삶의 방식에 '절대'란 없습니다. 무엇이 행복인가? 어떻게 살아가는 것이 가장 의미 있는 것인가? 자기의 삶은 자기의 것이니, 자기의 의사대로 결정 지어야 합니다. 용기가 필요해요. 남이 다 손가락질해도 그것이 자기에게 맞는 삶의 방식이라면 모든 걸 뿌리치고 그 길을 걷는 거예요. 결혼이 여성의 전부였던 시절은 지났습니다. 꼭 남들이 결혼을 하니까 그저 웨딩마치에 발을 맞추는 여성은 백화점의 그 예쁜 마네킹과 다를 게 없어요.

결국 배는 '닻'과 '돛'이 있을 때 제구실을 합니다. 주식회사처럼 40퍼센트의 주만 소유해도 그 회사의 주인이 되듯이 결혼의 주도 40퍼센트만 차지해야지, 100퍼센트를 독점하려고 하면 생은 낭비되고 말지요. 결혼을 해도 독신자가 지니고 있는 자아의 자유를 잃지 말아야 해요. 자아를 상실하고 지렁이들처럼 얽혀 사는 가정 생활에는 썩은 하수도처럼 부패와 정체의 삶밖에 없어요. 거꾸로 독신자로 있어도 '안정'을 구하는 조용한 일상의 행복을 무시해서는 절대로 안 되지요. 히틀러는 독신자여서, 가정 생활을 못 해본 사람이었기 때문에 그 끔찍한 범죄를 저지른 것이기도 합니다. 닻이 없이 그냥 항해만 하는 배는 부서지고 말지요.

서로 결여된 부분을 보완해 가려는 슬기가 있으면 결혼을 해도 독신으로 있어도 '삶'은 행복에 가장 가까운 별을 바라볼 수 있게 되는 것이라고 생각해요.

서성신 끝으로 독신녀로 살아갈 생각이 있는 여성에게 꼭 들려줄 말씀 하나만…….

이어령 욕심도 많으시군요. 설마 그 독신녀가 서양은 아니겠지요? 내일은 내일의 바람이 분다. 독신으로 살아갈 것을 결심했다 할지라도 내일은 또 내일의 선택이 있으니까, 만약 멋있는 남자, 그리고 귀여운 아이를 가질 만한 가능성이 있을 때는 결단을 내려도 좋다. 왜냐하면 독신주의는 종교도 이념도 아니므로 그 제단의 희생양이 될 필요는 없기 때문에. 결혼은 '무덤'이 아니라 단지 '항구'라는 것을…….

사랑, 죽음보다 높은 키

대담자: 김경희

상실한 언어로서의 사랑

김경희 현대에 와서 '사랑'이란 말처럼 천박하게 되어버린 것도 드문 것 같아요. 그런 말을 입에 담기가 쑥스러워지고, 그래서 그런지 오늘의 주제를 말씀드리기가 아주 어렵게 느껴집니다.

이어령 대중의 시대에는 모든 언어가 값싸게 팔리고 타락되어 가죠. '평화'라는 말, '자유'라는 말, '애국'이라는 말…… '사랑'이란 말이 특히 그렇지요. 진지하게 말하려고 해도 유행가 가사 같아서 닭살이 일어납니다. 그러고 보면 우리의 옛 선조들은 아주 현명했던 것 같아요. 사람들은 귀한 물건을 함부로 거리에 내놓지 않습니다. 장롱 깊숙이 감춰두지요. 사랑이란 말 역시 자기 가슴속 깊이 묻어두었던 겁니다. 서양 사람들은 그러지 않았어요. 껌을 씹듯이 '아이 러브 유'니 사랑이란 말을 서슴지 않고 입박으로 냅니다. 우리에게 있어 사랑이란 말이 밥이란 말처럼 일상용어가 된 것은 역시 서구화된 근대 이후의 일입니다.

김경희 그러나 쓰이기는 옛날부터 쓰인 것이지요?

이어령 말 자체야 물론 있었지요. 그러나 사랑이란 말이 처음부터 연정戀情을 뜻했던 것은 아니었죠. 고어로 '사랑한다'는 말은 단순히 '생각한다'는 것을 의미했습니다. 고려가요를 배워서 알고 있겠지만 사랑을 뜻할 때는 '괴다'란 말을 썼어요. 사랑이 오늘날과 같은 뜻으로 쓰인 것은 조선조 후기의 일이에요.

김경희 마음속으로 생각하는 것, 그것이 곧 사랑의 어원이었다는 말씀이시죠? 말만 가지고 봐도 한국인의 사랑은 행동파가 아니었군요. 생각만 하는 사랑, 본질적으로 그건 짝사랑이겠네요.

이어령 요즘은 어때요? 짝사랑이란 게 별로 없는 것 같은데…… 개방적인 사회이기 때문에 사람들을 쉽게 만날 수 있지요. 그런데 바로 '쉽게'라는 것이 오히려 현대인의 사랑을 불가능하게 만드는 요인이 됩니다. 남녀간의 사랑만이 아니라 모든 애정은 쉬운 땅에서 움트지 않는 나무거든요.

김경희 선생님은 굉장한 보수주의자이시고 또 구식이시네요.

무엇 때문에 어려운 땅에서만 사랑의 나무가 움튼다고 믿으시는 거지요?

이어령 그래요. 모든 기계는 신식일수록 좋지요. 프로펠러 비행기보다는 제트 여객기가 편하고, 돛을 단 배보다는 모터보트가 쾌적합니다. 스위치를 넣자마자 화면이 밝아지는 신식 전깃불이 구식 등잔불보다 훨씬 편해요. 기다릴 필요가 없으니까요. 구식 기계는 신식 기계보다 불편하고 그만큼 비기능적이지요. 신제품이란 한마디로 우리를 보다 '쉽게' 살아가게 하기 위해서 개량된 도구들입니다. 그러나 불행히도 인간의 애정은 기계가 아니거든요. 애정에는 무슨 편리한 신발명 특허권 같은 것이 없습니다. 애정은 편리함을 추구하는 것이 아니기 때문에 처음부터 구식일 수밖에 없는 거라고 생각해요.

김경희 사랑과 기계는 정반대의 성질을 가지고 있다는 말씀이시군요. 그러니까 기계가 지배하는 사회, 기능적인 편한 것이 가치의 척도가 되어 있는 현대 문명사회에서는 사랑의 나무가 자랄 수 없다…… 일단 그렇게 정리하면 될까요? 그런데 여전히 궁금한 게 있어요. 잘 이해되지 않는 건 어째서 사랑은 고난, 고통, 어려움 그런 데서만 움튼다는 것인지요? 편안한 사랑도 있을 수 있잖겠어요?

이어령 그렇지. 현대인은 고통의 참뜻을 모르기 때문에 사랑의 참뜻도 이해하지 못하는 거라고 생각해요. 모성애와 부성애…… 어느 쪽이 더 아이에 대한 사랑이 강한가? 아무래도 어머니 쪽이지요. 여자는 아이를 잉태하고 산고의 어려움을 통해서 아이를 낳기 때문이에요. 남자는 그 고통을 몰라요. 그렇기 때문에 여자보다 아이에 대한 사랑도 희박한 거예요. 관념론자의 얘기라고 비웃지 말아요. 짐승들에게 무통분만을 시키면 자기가 낳은 새끼에게 애정을 표시하지 않는다는 과학자들의 보고도 있으니까……. 산을 참으로 사랑하는 사람은 땀을 흘리며 위험과 고통 속에서 산정에 오릅니다. 그런 사람을 등산가라고 부르지요. 그러나 케이블카를 타고 편안히 그 위에 오른 사람들은 산에 대한 깊은 애정을 모르지요. 하물며 생명을 사랑하는 데 있어서야 말할 것도 없지요.

김경희 만드는 것은 힘들고 쓰는 것은 쉽지요. 생산과 소비의 차이도 그런 관점에서 본다면 '소비의 시대'라는 현대가 역시 '쉽게 살아가려는 시대'라는 것을 실감할 수 있겠군요.

이어령 옳아요. 고통이 따르지 않는 창조는 없어요. 창조적인 것은 고뇌의 밤을 지나서야 비로소 얻어질 수 있는 햇빛 같은 것입니다. 현대인은 창조에서 얻는 기쁨보다는 소비에서 얻는 쾌락을 더 좇고 있기 때문에 사랑 또한 창조의 형태가 아니라 소비의 방식으로 나타나게 되는 겁니다.

김경희 사랑을 만약 음료수의 성질로 바꿔본다면 오늘날 사랑을 우유라고 할 수 있을까요? 포도주의 사랑은 환상적인 도취이고 우유의 사랑은 영양가만 있어 그냥 맨송맨송하게 살만 찌게 하는…….

이어령 물론 그렇게도 볼 수 있지. 그러나 더 중요한 것이 있어요. 포도주는 담그자마자 마셔서는 안 되지. 어두운 지하실에서 묵힐수록 제 맛이 우러나오거든. 시간과 함께 발효한단 말이지. 포도주는 우리에게 기다림과 참을성을, 그리고 한 방울의, 가장 값진 한순간의 그 도취를 위해서 오랜 침묵이 필요하다는 것을 가르쳐줘요. 그러나 우유는 짜내는 그 순간이 가장 신선해요. 조금만 묵혀두어도 변질되고 썩어버리지. 보자마자 마셔버려야 불안하지 않은 것이 우유의 특성이지요. 미국 문화로 상징되는 현대의 우유 문화는 빨리 소비해 버리는 것, 먹어 없애는 것, 발효를 거부하는 것에 그 특징이 있어요. 그러나 프랑스적인 것으로 상징되는 전통적인 포도주의 문화는 소비보다 발효되는 창조의 그 시간이 더 길고 묵을수록 완전하다는 데 그 특성이 있습니다. 요즘의 인스턴트 러브는 우유의 문화, 녹기 전에 먹어버리는 아이스크림 문화의 대표적인 풍속이라고 할까요.

김경희 사랑은 발효식이라 날것은 맛이 없다는 말씀이시죠? 그런데 창조적인 사랑과 소비적인 사랑의 차이에 대해서 더 얘기를 듣고 싶은데요.

이어령 창조는 쉽게 말해 만드는 것 아니겠어요? 우린 왜 무엇을 만들려고 하지? 없으니, 비어 있으니 만들어내려는 의지가 생기는 거요. 충족된 사람은 아무것도 만들려고 하지 않아요. 그러니까 무엇인가를 만들려는 창조의 정신은 먼저 '무無의 인식'으로부터 출발하는 거지. '텅 비어 있는 상태', '없는 상태'에서 벗어나려는 거지요. 목마른 사람이 우물을 판다는 속담이 있듯이 생명의 갈증을 느껴보지 못한 사람은 창조에 대한 충동도 없는 사람이에요. 짐승은 창조하지 않아요. 창조의 자각이 없어요. 벗어나려는 의지와 의식이 없기 때문에 주어진 상태에서 소비만 하고 있는 거지요. 창조는 환경에 대한 도전이며, 변화의 요구이고, 자신의 존재를 증명하는 일입니다.

김경희 잠깐만요. 창조는 '무'에 대한 의식에서부터 출발한다고 하셨지요? 창조적인 사랑도 그런가요? 허무에서부터 생겨나는 사랑이 창조적이란 말씀이신가요?

이어령 그래요. 창조는 '무'에서 출발하고 소비는 '유有'에서 출발하지요. 그러니까 출발점은 정반대라고. 김양은 불문학 전공이니까 프랑스어의 '아무르'가 라틴어로 '아모르'에서 나왔다는 것을 잘 알겠지? 그런데 프랑스어로 죽음을 뭐라고 하지?

김경희 모르!

이어령 그래 모르! 그것 역시 라틴어에서 나온 말이오. 죽음을 뜻하는 '모르'에 '아'자만 더 붙인게 '아모르', 즉 사랑이지. 사랑의 감정은 죽음의 의식과 칸막이 하나로 막혀 있는 방이지요. 직접적인 어원 관계는 몰라도 두 말은 서로 닮았지요. 사춘기의 여자가 자꾸 '죽고싶다!'라고 말하는 것은 '사랑하고 싶다'라는 말의 변주에 지나지 않아. 인간은…… 생명은…… 죽도록 운명 지어져 있는 존재지요. 빛이 있는 것은 퇴색하고 손아귀에 쥐어져 있는 것은 먼지로 바뀌고 말지요. 권력, 명예, 부 그런 찬란한 빛도 이 죽음의 한계를 느끼는 순간 모든 것이 무無로 돌아가고 말지. 아까 내가 말했지요. 창조는 '무'를 느낄 때 출발한다고……. 이 텅 빈 자리를 메우기 위해서, 변화시키기 위해서 사랑은 눈을 뜨지요. 이성적인 사랑이든 신神에 대한 사랑이든…… 그래서 본질적으로 사랑은 슬픔이나 고통적 부정에서 피는 역설의 꽃이 되는 거라고…….

김경희 그럼 사랑은 무엇을 만드나요? 죽음만이 가로놓여 있는 심연에서 사랑은 어떤 변화를 가져오는 것이지요? 시간의 감옥…… 그렇지요? 죽음을 잉태한 삶은 모두 시간의 감옥 속에서 살고 있어요. 그 감옥을 부수는 다이너마이트만큼 사랑은 폭발력이 있을까요?

이어령 공장의 기계를 견학하면서 이 기계는 무엇을 만드나요? 저 제품은 어디에 쓰는 거예요? 그런 식으로 물어서는 안 되죠. 기계도 창조를 하지. 그러나 기계는 반드시 소비하기 위해서 무엇인가 만드는 것이니까 처음부터 '무'를 되풀이하는 데 지나지 않아요. 사랑이 만들어내는 것은 그런 것과는 달라. 사랑은 죽음을 빛낸다기보다는 그 공포의 죽음을 아름다운 것으로 바꿔놓는 거지요. 아닙니다. 거의 동시적인 것인지도 모르지. 영국의 형이상학파 시인들은 모두 그런 투로 연시를 썼어요. 죽음과 사랑은 동정의 안팎 같은 것으로.

김경희 마벨의 「수줍은 연인에게」라는 시가 생각나는군요.

시간의 날개가 달린 마차가 급한 걸음으로 내 등 뒤에서 다가오는 소리를 늘 듣지요. 그러면 우리들 눈앞에는 광막한 영원의 사막이 펼쳐질 뿐 그대의 아름다움도 볼 수 없게 되겠지요. 그리고 그대의 대리석 무덤 속에 내 노래가 메아리쳐 울리지도 않겠지요. 무덤이란 조용하고 훌륭한 장소이지만 누구도 거기에선 서로를 끌어안을 수는 없겠지요.

이어령 그보다 더 소중한 구절은 그 시의 끝 부분에 있는 "자, 우리들 모든 힘과 그 상냥함을 뭉쳐 둥근 하나의 공을 만듭시다"라는 것이지요. 창조적인 사랑이란 자아의 영역을 넓히는 것, 쉬운 말로 하면 두 사람이 하나의 세계를 형성하는 데 있어요.

김경희 소비적인 '사랑'은 그런 것이 없나요? 죽음도 의식도, 둘이 하나가 되는 자아의 확대 같은 것도.

있는 것과 없는 것의 두 형태

이어령 소비의 감정은 '있는 것'을 전제로 한 것이라 했지요. 눈앞에 있는 세계는 텅 빈 무가 아니라 꽉 차 있는 것이지요. 돈, 명예, 권력…… 세계를 그런 욕망의 덩어리로 보는 거지요. 그런 음식이 생의 식탁에 영원히 마련되어 있는 것으로 알고 있기 때문에 '소비의 정신'은 그것을 하루속히 먹어 치우는 것, 즉 누리고 소유하는 데 혈안이 되지요. 거기에선 이기주의밖에 나올 것이 없어요. 소비적인 사랑의 유형은 남자는 여자의 먹이가 되고 여자는 남자의 먹이가 될 뿐 둘이 하나가 되어 자기가 한 번도 가보지 못한 새로운 존재의 세계를 만들어내지는 못합니다. 그 유명한 노자의 말이 있지요. 그릇은 비어 있어야만 무엇을 담을 수가 있다는 말!

김경희 그러나 어떻게 내가 타인의 생명과 합쳐질 수 있을까요? 저는 그것 때문에 사랑이 불가능한 명제로 보여요. 아무리 두 사람이 열렬히 사랑한다 해도 틈이 있어요. 결국 인간은 '남'이라는 그 울타리를 부술 수가 없지요.

이어령 각자 타인에게 있어서 하나의 섬이지요. 멀리 떨어져 있는 섬들……, 수백만 명이 모여 있는 도시도 알고 보면 수백만 개의 무인도가 모여 있는 바다라고 할 수밖에 없어요. 감기만 걸려도 우리는 내가 혼자라는 것을 깨달아요. 아무리 사랑이 두터워도 내가 남의 병을 대신 앓아줄 수도 없고 남이 내 죽음을 대신 죽어줄 수도 없습니다. 혼자지요. 아무리 가까운 사이라 해도 생명은 남이 대신해 줄 수 있는 것은 아닙니다.

옷은 빌려줄 수도 있고 권력은 이양할 수도 있으며 명예나 돈은 상속할 수도 있어요. 그런데 하나하나의 생명만은 '내 것'이고 또 절대적으로 '남의 것'일 뿐이에요. 죽음에서 사랑이 싹튼다는 얘기를 이제는 믿겠어요? 왜냐하면 물질과 달리 생명적인 것은 죽음을 통해서만 느낄 수 있는 것이지요. 죽음 앞에서 나는 언제나 혼자입니다. 그렇기 때문에 생명적인 내 존재를, 홀로 있는 내 존재를 깨닫는 순간 권력이나 돈이나 명예가 모두 부질없는 것으로 보이지요. 단지 죽음 앞에서도 가치 있는 것은 나를 어떻게 확대시키느냐 하는 것입니다. 생명을 시간적으로 확대시키는 것은 영원의 발견이고 공간적으로 확대시키는 것은 다른 사람(남)과의 결합입니다.

인간이 어떻게 시간의 감옥에서 뛰어나올 수가 있고, 인간이 어떻게 타자의 울타리를 뛰어넘어 들어갈 수 있느냐고 물었지요? 바로 그거예요. '민주주의가 반드시 이상적으로 완벽한 정치 체제는 아니다. 그러나 인간이 만든 제도 가운데 그보다 나은 제도가 없기 때문에 우리는 그것을 신봉하는 것이다'라는 말처럼 사랑이 과연 죽음을 뛰어넘는 영원인지 타자(남)의 벽을 뛰어넘는 사다리인지 확실치 않지만, 그런 힘을 가진 것으로 인간이 발견한 행위 가운데 사랑 이상의 것이 없기 때문에 우리는 그것을 신봉할 수밖에 없는 거예요.

소비적인 사랑과 창조적인 사랑

김경희 선생님은 영원의 대륙, 타인의 섬으로 향하는 사다리인 그런 사랑을 해보신 적이 있으신가요?

이어령 거꾸로 내가 묻고 싶은 말인데…… 사랑이란 말을 공감이란 말로 고쳐보면 좀 더 내 말뜻이 확실해질 거예요. 우리가 만약 음악을 같이 들을 때, 듣는 사람은 각자 남이지만, 음악을 통해서 공감을 하면 그 영혼은 하나가 되는 것입니다. 음악의 활동을 통해 나는 나의 좁은 울타리 밖으로 나와서 타인의 영혼과 함께하고 넓은 존재의 광장으로 나가는 것이지요. 음악은 사랑의 힘과 가장 닮은 데가 있습니다. 모든 예술이 그래요. 내가 문학을 하는 그것 역시 사랑의 또 다른 형태지요. 정치는 남을 지배할 수 있어도, 예술처럼 남과 하나가 되는 공감으로 어울리게 할 수는 없습니다. 그래서 나는 정치가가 안 된 겁니다. 돈은 남의 것을 내 것으로 만들 수 있지만 그의 마음을 살 수는 없어요. 예술적인 공감은 나눌수록 커지지만 돈이나 권력이나 물질은 함께 나눌수록 자기 몫이 적어져요. '이익'을 나누는 세계…… 그것이 소비의 세계라면 공감을 나누는 세계는 창조의 세계예요.

김경희 종교도 예술 같은 건가요? 사랑, 음악, 시, 이 자리에 신을 갖다 놓으면 그 신을 통해 영혼의 공감을 느끼고 '나'의 존재가 확대되는 것이라고 말할 수 있겠네요.

이어령 그래요. 나는 기독교인이 아니지만 신을 믿는 사람에게 있어 신은 바로 음악과도 같은 존재지요. 예수가 특히 그래요. 남을 사랑한다는 것은 내가 그 '남'이 된다는 것입니다. 남의 고통까지도 제 고통으로 느끼는 거지요. 입학시험을 칠 때 제일 애태우는 사람은 누구일까요? 그의 부모거나 그를 사랑하는 사람일 거예요. 이렇게 남을 사랑한다는 것은 자기가 편하기 위해서가 아니라 거꾸로 고통을 겪기 위해서입니다. 예수의 십자가는 전 인류의 고통을 걸머지는 상징입니다. 사랑과 고통은 절대로 분리해서 생각할 수 없어요. 예수는 그가 괴로워한 만큼 우리에게 그 사랑의 크기를 증명한 게 되지요.

김경희 그런 관점에서 보면 현대인은 사랑을 완전히 상실했다고 하는 편이 옳을지 모르겠어요.

이어령 슬픈 결론입니다. 현대인은 자기 짐을 덜기 위해서 사랑을 하지요. 고통을 피하고 마비시키기 위해서 사랑을 합니다. 권력의 수단, 돈의 수단, 세속적인 생활의 방편으로 사랑을 이용하는 겁니다. 자동 기계를 이용하듯이…… '러브 머신'의 시대가 온 것이지요. 사랑은 구식이어야 한다는 말을 수긍해야 해요.

김경희 그런데 어째서 예수님의 사랑은 전 인류로 향했는데 남녀간의 사랑은 박애주의가 아니고 서로를 독점하려는 1대1의 사랑이어야 하는 건가요? 자아의 확대라면, 사랑이 보편적 공감의 영역이라면 남녀 간의 사랑도 그런 방향으로 확산되어야 할 게 아녜요? 그런데 만약 그랬다가는 찬미는커녕 지탄의 대상이 되잖아요?

이어령 그 때문에 사랑의 시대를 주장하는 히피들은 '그룹 메리지[群婚]', '프리섹스' 등을 내세웁니다. 그러나 에로스의 단계는 감각적 결합을 위주로 한 것이기 때문에 그 한계가 있어요. 남녀의 사랑이 그냥 에로스적인 채로 확대되어 가는 것이라기보다 차원이 높아지면서 그 성애性愛는 예술로, 인류애로, 종교로 추상화되며 넓어지는 것이지요. 현대의 비극은 에로스적인 사랑이 이렇게 단계를 넓혀가면서 추상적인 데까지 확대되지 않고 있다는 것이지요. 비록 그것이 남녀 간의 성애라 할지라도 진정한 사랑의 관계라면 사물을, 자연을, 세계를 바라다보는 그 시선은 달라질 것입니다. 사랑이 무엇인지 아는 사람은 자기 애인만을 사랑하는 데서 그치지 않지요. 작은 풀잎, 흘러가는 구름, 길가의 조약돌까지도 깊은 감동을 가지고 바라보게 될 것입니다. 모든 생명을 어제와는 다른 눈으로 바라보게 되는 것이지요.

김경희 소비 형태의 사랑은……?

이어령 피로…… 지쳐버리는 사랑이지요. 자꾸 편협해지고 이기주의로 흐릅니다. 서로를 쾌락의 도구 이상으로 생각지 않지요. 어느 작가는 현대 사회를 '사랑의 사막'이라고 표현했어요. 현대인은 사랑을 하는 게 아니라 마치 담뱃갑에서 담배를 꺼내 피우는 것 같다는 거지요. 다 타버리면 내버리고 발로 비벼버리는 것. 이 이상의 의미를 가진 연애를 발견할 수 없다는 겁니다.

거짓말이 아닙니다. 요즘엔 남녀가 사랑 때문에 정사를 했다는 기사가 좀처럼 없잖아요. 배신한 애인을 죽이는 이야기는 있어요……. 사랑의 키는 죽음보다 한 치라도 높아야 해요. 그렇지 않다면 인간은 단지 죽기 위해서 태어난 것뿐이니까요.(이어령, 『누군가에 이 편지를』, 삼성출판사, 1986)

여자는 누구나 시인이다

대담자: 김승희

'꿈의 역학'을 상실한 시대

김승희 평소부터 존경해 온 선생님과 함께 이런 자리에서 시詩에 관한 이야기를 하게 된 것을 기쁘게 생각합니다. 20세기 후반인 지금에 와서 시는 어느 세기에 있어서보다 훨씬 더 고독한 존재가 되어버렸습니다. 시인 역시 알렉산더 포프나 앨프레드 테니슨의 시대처럼 사회와 대중 독자들을 향해 영향력을 행사한다는 건 이미 있을 수 없는 일이 되어버렸는데, 선생님께서는 그것을 어떻게 생각하시는지요?

이어령 요즘 사람들은 돈 주고 안 사는 것은 무가치하고 불필요한 것으로 생각하는 경향이 있지요. 가령 공기, 돌 무더기, 태양으로부터 흘러내리는 햇빛과 같은 것이 그것인데, 돈 안 주고 구할 수 있는 품목 가운데 가장 대표적인 것이 꿈꾸는 일이죠. 꿈—이것은 현실에 아무런 영향도 안 준다고 생각하기 쉽습니다. 꿈의 역학은 현실적 생활 공간에 있어서는 무력한 것이라고 생각해버리기 쉬운데…….

보들레르는 이미 그것을 통찰하고 「알바트로스」라는 시에서 이렇게 쓰고 있어요.

> 시인도 또한 이 구름의 왕자와 흡사한 것
> 폭풍 속을 넘나들고 사냥꾼들을 비웃지만
> 갑판 위에선
> 그 거대한 날개가 오직 걸음걸이를 방해할 뿐—.

꿈이 큰 날개가 현실의 길을 걸어가는 데는 오히려 불편하고 거추장스럽게 느껴진다는 것입니다.

그런데 시라는 말을 일차적으로 옮겨보면 현실에서 가지고 있지 않은 것, 나에게 결핍된 것을 생각하는 몽상이 아니겠어요? 그 몽상이 우리의 현실을 움직인다는 '꿈의 역학'을 상실했기 때문에 현대인은 시를 상실한 것입니다.

김승희 선생님의 저서 가운데 『현대인이 잃어버린 것들』을 읽은 적이 있어요.

이어령 백화점에 가면 하루가 멀다 하고 새 물건들이 쏟아져 나오고 있지만 현대인은 그에 못지않게 많은 것을 잃어가고 있는 것 같습니다.

김승희 시도 현대인이 잃어버린 유실물 품목에 낄 것 같다는 생각이 드시지 않아요?

이어령 현대인은 무엇이든지, 행복도 냉장고나 세탁기처럼 사는 것이라는 습관이 몸에 배어 있습니다. 아무리 소중한 것이라도 거저 얻을 수 있는 것, 누구나 가질 수 있는 것은 값어치가 없다고 생각하는 버릇이 있어요. 그래서 정말 돈 없이는 얻을 수 있는, 그리고 누구나 당연히 가질 수 있는 꿈의 권리를 잃어가고 있지요. 그러니까 상실하고서도 상실했다는 느낌마저 들지 않아요……. 그 대표적인 것이 바로 '꿈'이에요.

김승희 그렇지요. 꿈은 구름처럼 허망한 것이라 생각하고 있어요. 현대인은 현실이라는 종교를 믿고 있으니까 '꿈' 같은 비현실은 모두 쓰레기통에 내버려야 한다고 믿고 있지요. 그런데 꿈을 잃었기 때문에 또한 시도 우리의 현실로부터 멀어졌다는 말씀이신가요?

이어령 시와 꿈은 다 같은 상상력의 아들이니까 그들의 핏줄은 똑같죠. 사람들은 시라고 하면 으레 별, 달, 구름 그리고 꽃…… 이런 것들을 생각하게 마련이지만, 시는 그런 예쁜 대상 속에 있는 것이 아닙니다. 상상력이 없는 사람에게 별이나 달은 단지 하나의 천체에 지나지 않지요. 시는 그것을 바라보는 시선, 상상력을 지닌 마음속에 있는 것입니다.

김승희 꿈의 가난뱅이, 상상력의 빈곤…… GNP가 아무리 올라가도 이러한 가난은 없앨 수가 없군요. 아니, 종류가 다른 새로운 가난의 도전이 시작되고 있다고 하는 편이 좋을 것 같은데요.

시는 몽상의 언어

이어령 GNP…… 그렇지, 한 나라의 부를 측정하는 또 하나의 GNP가 있어요. 그것은 신의 God, 자연의 Nature, 시의 Poetry의 첫 문자를 모아놓은 약자지. 현대인은 신과 자연과 시를 잃어가고 있지요. 우리가 진정으로 걱정해야 할 것은 국민총생산의 그 GNP가 아니라 신, 자연, 시의 또 다른 GNP입니다.

김승희 오늘날에는 꿈을 가진 사람일수록 바보가 되는 것이지요. 벌써 1920년에 발표된 에즈라 파운드의 걸작 시집 『휴 셀윈 모벌리Hugh Selwyn Mauberley』 속에서도 이런 시구를 읽을 수 있어요.

시대가 요구하는 것은
주로 즉석에서 만드는 석고상이나
값싼 통속 영화일 뿐…….
분명 아니야.
확실히 아니지.
내일을 응시하는 모호한 몽상보다는 차라리 허위가 나은 것

이어령 사실은 20세기 이전부터도 그랬는지 몰라요. 인류의 역사 가운데 진정으로 시가 승리한 시대, 꿈이 대접받았던 시절은 아마 없었을 거예요.

그래서 셰익스피어는 시인을 미치광이와의 사랑에 열중해 있는 사람과 한자리에 놓았지요. 그 공통점, 그들의 주소는 다 같이 꿈꾸는 상상력의 집에 있다는 것이지요. 연금술사들은 모두 존재하는 물질의 내부에 태胎가 있다고 생각했지요. 그래서 연금술을 금속의 태생학胎生學이라고도 불렀어요. 옛날에는 과학도 이 '꿈'으로 했던 것입니다. 물질의 내면, 그 태로 들어가기 위해서는 몽상이 필요했으니까요.

시는 몽상의 언어인데 다른 말로 하자면 세 번째의 손, 세 번째의 눈, 세 번째의 발이라고나 할까……. 에드거 앨런 포가 '정원'에 그토록 심취한 이유를 생각해봐

요. 자연은 신이 준 것이지만 인간은 주어진 그 현실에 만족하지 않고 그 자연을 수정하고 다시 꾸며서 정원을 만들었지. 즉 발전시킨 것, 인간이 창조한 또 하나의 자연으로 보았기 때문이죠.

그러니까 포의 '정원'에 대한 의지는 시에 대한 의지와 똑같은 것입니다. 시는 이렇듯 꿈의 몫과 현실의 몫을 언제나 가지고 있는데 현실 속에서 나오지 않는 꿈이란 존재하지 않기 때문이죠. 이 꿈과 현실의 승부 없는 영원한 씨름, 그 긴장이 바로 시가 탄생하는 자리인 것입니다. 흔히 시라고 하면 사람들은 꽃, 구름, 별 그런 것들을 생각하기 쉽지. 이를테면 시적인 것이 있고 비非시적인 것이 따로 있다고 생각하는데 그것은 잘못이지요. 딜런 토머스의 「내가 쪼개는 이 빵은」을 예로 들어 볼까요?

내가 쪼개는 이 빵은
일찍이는 연맥이었다.
이국의 나무에서 핀 이 포도주는
그 열매 속에 파고들었다…….
일찍이 그 포도주 속에서 여름의 피는
포도 넝쿨을 장식한 살 속에서 흘러들었다.

일찍이 이 빵 속에서 연맥은 즐거이 바람에 흔들렸다.
사람은 태양을 부수고 바람을 끌어내었다.
당신이 쪼개는 이 살, 당신의 혈관 속에서
황량하게 하는 이 피, 그것은 관능의 뿌리와 수액에서 태어난 연맥과 포도였다.
당신이 마시는 내 포도주, 당신이 씹는 내 빵은

빵과 포도주는 매일 대하는 식탁의 양식이지요. 가장 일상적이고 비시적인 것이라 할 수 있어요. 그런데 딜런 토머스는 거기에서 시를 발견한 것입니다. 생활인은 하나의 빵 앞에서 영양분, 가격, 소화 여부 등을 따지겠지만 시인은 빵 자체에 깃든 시적 이미지를 찾아내는 것입니다.

시인의 눈은 빵을 쪼개어 그 속에 잠들어 있는 시간을 흔들어 깨우지요. 그리고 그 속에서 바람에 흩날리는 호밀밭, 살아 있는 식물의 기쁜 세계, 하나의 야생적 전원을 찾아내는 것입니다. 그리하여 시인의 눈을 통해서 우리가 일용하는 양식들은 밭이 되고, 포도주는 나무가 되는 것인데 조금 더 연상해 들어가면 여름의 피(태양빛)와 여름 들판의 바람들이 꺼내지고 어느새 식물의 세계는 천체적인 것, 우주적인 것으로 이어집니다.

엄청난 마술이 아닙니까? 시인이 빵 앞에 홀로 앉아 있을 때는 외롭지만 빵을 쪼개는 순간 우주여행을 하게 되고 시인은 우주를 이렇게 먹어버리는 것입니다. 이리하여 식물과 천체와 우주의 사라져버린 계절들은 빵을 먹고 있는 시인의 몸속에서 한 식구가 되어버려요.

시의 역진보적逆進步的 기능

김승희 그렇다면 그러한 꿈이 생성되는 몽상의 세계, 즉 시가 생활 속에서 왜 필요한가를 설명해 주시겠어요?

이어령 시는 어떤 것이든 아날로지analogy(비유, 유추)의 방법을 쓰고 있는데 모든 사물들이 제각기 자기만의 질서를 가지고 살아가는 가운데 시인은 그 속에 내재한 공통적 유사성을 찾아낸다는 점에서 현실의 벽을 깨뜨리는 몽상의 기능을 가지고 있다고 볼 수 있어요.

이상李箱의 「시 제12호」를 보면 빨래터에서 빨래를 빨아 너는 행위에서 그는 전쟁과 평화의 모습을 발견하고 있습니다. 희게 나부끼는 정결한 빨래를 비둘기, 즉 평화로 보고 때 묻은 빨래를 방망이로 때리는 것은 비둘기의 학살, 즉 전쟁으로 보고 있지요. 그리고 빨래가 더러워지면 다시 빨아야 된다는 그 평범한 사실에서, '전쟁은 평화의 어머니'라는 역설과 전쟁과 평화는 끝없이 반복된다는 진리를 꺼내고 있습니다.

그냥 빨래만 하는 주부들은 빨래 속에서 그 역설을 영원히 꺼내지 못할지도 모르지요. 그러나 시는 밥그릇, 밥상, 빨래와 같은 일상의 뻔한 의미들을 풍부하게 해가고 있기 때문에 시인의 꿈은 현실을 떠날 수 있게 하는 것이 아니라 현실을 증식시킬 수 있다는 것입니다.

김승희 그저 뻔한 일상의 죽은 의미들 속에서 그러한 의식의 마술을 부활시킬 수 있으려면 시인은 분명 기이한 감각을 가져야 할 것 같은데요?

이어령 이왕 이야기가 나왔으니 기가 막힌 비유를 하나 더 들어보겠어요. 모든 인간의 감각은 청각, 후각, 시각 이렇게 분화되어 있지만 시인의 감각은 심화되어 총체적으로 되어갑니다.

「위린Urine」이라는 시에서 이상은 눈으로 보는 파초선芭蕉扇을 '비애에 분열하는 원형 음악과 휴지부'라고 말하고 있어요.

그의 시는 눈으로 보는 사물 속에서 원형 음악을 들어요. 이것을 '공감각'이라고 부르는데……, 이것은 시인이 아니라도 그래요. 우리는 모든 감각이 통합되기를 원하지요. 왜 우리는 '화상 전화'도 아닌데 전화기 앞에서 표정을 쓰고 제스처를 쓰고 있습니까? 눈으로 볼 때라 해도 청각이나 후각이 정지되어 있는 게 아니지요. 우리의 감각은 거미줄처럼 서로 얽혀 있기 때문입니다. 그런데 생활은 이런 감각을 서로 떼놓으려고 하고 어떤 한 감각만을 사용하게 하는데, 시는 거꾸로 이것을 통합하는 것입니다.

그러니까 우수한 시를 읽어보면 우주 과학처럼 우리의 꿈을 미래로 미래로 연장시켜 주기보다는 이미 사라져버린 원시적인 것으로 되돌려주는 '역진보逆進步의 기능'을 가지고 있습니다.

현대인들은 모두 발전을 원하지요. 그러나 우리가 진심으로 원하는 것은 '원시 숲으로의 회귀, 태내胎內로의 복귀'인데 통속적으로 그것을 추억이라고 부를 수 있겠지요. 시는 그러한 '역진화의 발전'을 하게 하는 것입니다. 그러니까 시의 중요성을 안다는 것은 지금 끝없이 옵티미스틱optimistic한 우주 과학을 신봉하는 사람들에게 하나의 반명제反命題를 던지는 것이라고나 할까요.

그렇기 때문에 이상은 '유리컵'이란 편리한 말을 두고도 마치 선사시대의 인간이 갑자기 튀어나와서 최초로 유리컵을 보는 것처럼 '홍수를 막는 백지'라고 표현했지요. 왜 시인은 편리한 말을 두고도 이런 '원시적 사유의 메타포'를 쓰는 것일까요? 이태백의 시 한 구절을 생각해봅시다.

> 내 어렸을 적에 달이란 말을 알지 못하여
> 백옥의 쟁반이라 불렀노라

여기에서 보듯이 시인은 때 묻은 일상용어를 거부하려는 의지를 갖고 있습니다. 우리는 사물로서 보지 않고 언제나 그 이름을 통해서 바라보기 때문이죠. 그 습관화된 언어는 사물의 진정한 의미를 덮고 있는 먼지입니다.

시인이란 '역성장의 시선으로 사물을 바라보는 사람'이라는 원리를 알고만 있다면 시인이 된다는 것이 그렇게 어려운 것만은 아닙니다. 태아의 눈으로 이 세상을 바라볼 수 있다면 무의미하고 피곤하며 권태롭기만 하던 이 세상이 천국의 이슬처럼 보이게 될 겁니다.

태아의 눈앞에서 인류의 그 긴 역사란 결국 무엇을 의미하는 것일까요? 습관화돼 가는 시간, 때묻어가는 시간과 다름없을 겁니다. 아담과 이브가 천지창조 제7일째의 눈으로 이곳에 내려온다면 여기가 곧 에덴이 되는 것이지요.

타락한 것은 이 세계가 아니라 이 세계를 바라보는 인

간의 눈인 것입니다. 용기를 가져야지요. 태아의 눈으로 사물을 바라본다면 바로 이 자리가 에덴일 수 있다는 이야기는 곧 논리, 습관, 기능에 오염되지 않고 사물과 만난다면 이 세계를 에덴으로 개조시킬 수 있는 희망이 우리에게도 있다는 것입니다.

그러면 곧 만물은 '경이'가 되지 않겠어요? 똑같은 자연, 매일 보는 자연이라 할지라도 새벽 안개 속에서 서서히 출현하는 저 숲과 집과 강물들은 왜 우리에게 그토록 아름답게 보일까요? 그것은 사물이 안개 속에서 광명 속으로 서서히 드러날 때 지친 습관과 의미의 옷을 벗어버리고 서서히 다시 습관으로부터 살아나기 때문이지요.

시는 잉태하고 분만하는 것

김승희 아까 말씀해주신 딜런 토머스의 식탁에 있어서의 마술, 이상의 빨래의 법칙과 전쟁과 평화의 역설은 아주 놀라웠습니다. 시와 여성에 관하여 말씀을 좀 해주세요.

이어령 나는 '여성은 누구나 시인이다'라고 생각하고 있어요. 너무 많은 시인이 있기 때문에 다시 이상을 예로 들어보자면, 그는 「육친肉親의 장章」이란 시 속에서 이렇게 썼지요.

나는 24세.

어머니는 바로 이 낫세에 나를 낳은 것이다.

성 세바스티안과 같이 아름다운 동생. 로자 룩셈부르크의 목상을 닮은 막내 누이. 어머니는 우리들 3인에게 잉태 분만의 고락을 말해주었다. 나는 3인을 대표하여―드디어―

어머니 우린 좀 더 형제가 있었음 싶었답니다

―드디어 어머니는 동생 버금으로 잉태하자 6개월로서 유산한 전말을 고했다.

그 녀석은 사내랬는데 올해는 19(어머니의 한숨)

3인은 서로를 알지 못하는 형제의 환영을 그려보았다. 이만큼이나 컸지―하고 형용하는 어머니의 팔목과 주먹은 초췌하여 있다. 두 번씩이나 각혈을 한 내가 냉정을 극極하고 있는 가족을 위하여 빨리 아내를 맞아야겠다고 초조하는 마음이었다. 나는 24세, 나도 어머니가 나를 낳으시듯 무엇인가를 낳아야겠다고 생각하는 것이었다.

라고 쓰고 있습니다.

천재라고 부르는, 조금은 이상 성격자로까지 보이는 이상에게 있어 '시인의 모럴'은 바로 어머니가 아이를 낳는 것과 같은 것입니다. 어머니는 시인이 시를 낳은 것의 모델이 되는 것이지요.

이 시를 유심히 읽어보면 어머니가 세 아이들을 낳았다는 것보다 사산死産했다는 것이 시인에게 더 중요한 모델이 되는 것 같습니다.

우리는 비유에 너무 잘 속아서도 안 되지만 여성이 생명을 분만하고 시인이 시를 쓰는 그 유사성의 비유만은 믿어야 할 것 같아요.

여자가 혼자서는 아이를 낳을 수 없고 여자가 남자를 만나야 아이를 낳을 수 있는 것처럼, 시인도 시를 쓰기 전에 무수한 사물들과 만납니다. 시인은 자기의 상상력만 가지고는 절대 시를 쓸 수 없으며, 오히려 시인은 시를 쓰는 게 아니라 자기가 접촉하는 무수한 사물들에 의해 자기 속에 담겨진 시를 꺼내는 것이라고나 할까요. 즉 '분만'이 되는 것이지요. 이러한 분만이 곧 애정이라고 할 수 있습니다.

시는 생명 바로 그 자체

김승희 그러니까 사물에 의하여 시가 꺼내지고 남자에 의해서 아기를 낳게 되는 그 수동성이 시인과 여성 사이의 공통점이라는 말씀이시군요.

이어령 그렇지요. 대지는 비어 있기 때문에 씨앗과 비와 태양을 받아들여 생명을 잉태합니다. 시인의 마음 역시 한 의미의 수태고지受胎告知를 받기 위해 비어 있기를 희망합니다. 그리하여 시인은 선입견, 목적의식 같은 것을 거부하는 거예요.

나는 아무리 현대라고 해도 적극적인 여자, 맹렬 여성을 여성의 본질이라고 생각해본 적이 없습니다. 정적인 것이 반드시 전근대적인 여인상일까요? 대지가 적극적으로 움직인다면 그것은 지진이 됩니다. 불모의 땅, 죽음의 땅이 돼버리는 거지요. 이 거대한 수동성이 여자의 특성이라면, 여자는 이미 시인인 것입니다.

김승희 그렇지만 '수동적으로 비어 있는 마음'만 가지고는 시인이 될 수 없지 않을까요? 그 외에 중요한 무엇이 더 있어야 할 것 같은데요.

이어령 물론이지요. 그래서 두 번째로 내가 이야기하려는 것은 이미 현대처럼 노동이 분화되기 이전부터 수를 놓거나 옷감을 짜는 것은 여성의 몫이었다는 것입니다.

저 신화시대의 문학 『일리아스』를 한번 살펴보세요. 남자들이 전쟁터에서 잔인한 피를 대지 위에 뿌리고 있을 때 성 안의 헬레네는 무엇을 했나요? 오디세우스가 10년 동안 저주받은 운명의 바닷길을 표랑하고 있을 때 그의 아내 페넬로페는 무엇을 하고 있었지요?

헬레네는 서로 싸우고 죽이는 전쟁의 역사 속에서 전쟁을 한 바늘 한 바늘 수틀에 옮기고, 페넬로페는 베틀에 앉아 옷감을 짜고 있었습니다. 이 두 여인의 출현은 시를 탄생케 하는 인류 최초의 단서였어요. 그 미美의 수틀과 생生의 옷감, 이것이 전쟁의 현실을 이겨내는 여성들의 몫이었지요.

김승희 그러나 헬레네와 페넬로페는 왕비였고, 지금 대부분의 여성들은 부엌과 육아에 시달리느라고 미의 수틀과 생의 베틀 앞에 앉아볼 여유조차 없지 않을까요?

이어령 그러나 내가 마지막으로 말하려는 점은 '부엌과 안방과 요람'에 있어 온 여성에게 깃든 시인적 소질이라는 것입니다. 저 잡초와 같은 야채들이 여자들의 요리하는 손에 의하여 멋진 미각으로 바뀌는 기적을 낳고, 어머니들이 키우는 어린것들이 2~3년 후에 우연히 방문해 보면 늠름한 생명으로 변해 있는 것을 볼 수 있지 않습니까? 정말로 슬기로운 여성의 안방은 매일 신선한 새 방으로 바뀔 수 있는 것입니다.

시인은 우리들의 운명이나 자연들을 신이 주신 것보다 더 낫게 변화시키는 요리사이며, 그것들을 성장시켜 가는 요람을 흔드는 손이 아니겠어요? 시인의 요람, 시인의 부엌—이 속에서 자연은 성장하고 그 맛을 바꾸어

갑니다.

그러나 이 세 가지의 특징이 생활 속에서만 그대로 '반복'된다고 해서 시는 아니지요. 이 자질들을 '창조적으로 옮길 때' 비록 시를 쓰지 않는다고 해도 모든 여성은 시인이 될 수 있는 겁니다.

이 소질들을 화장대 앞에서, 길거리에서, 혹은 파티장에서 다 유산시켜 버리는 것이 오늘의 여성인 것 같습니다. 이 유산의 슬픔은 시인을 시인이게끔 하는 마지막 자격을 부여합니다. 정치가나 물질을 탕진하는 경제인들은 오히려 유산의 즐거움 속에서 살고 있는데 그들은 귀중한 생명을 그렇게 다 흘려보내고 아픔조차도 느끼지 않아요.

김승희 그러니까 '생명이 유산된 아픔'을 느끼기만 한다면 여성들에게 있어서 시는 아주 쉽게 회복될 수 있다는 말씀이신가요?

이어령 그렇지요. 모든 비유의 숲을 지나서 우리의 이야기는 결국 평범한 데로 되돌아왔는데 '시는 생명 그 이상도 그 이하도 아니고 생명 그 자체다'라는 말입니다. 그러니까 생명이 존귀함을 잃으면 시는 상실되는 것이고 생명이 존귀함을 회복하면 시는 회복되는 것입니다.

결국 시인이나 여자가 남자보다 우수한 점이 있다면

본능적으로 '생명의 소리'를 더 잘 들을 수 있다는 거예요.(이어령, 『누군가에게 이 편지를』, 삼성출판사, 1986.)

여자를 아름답게 하는 것들

대담자: 이준경

문학 속에서 그려진 헬레네의 미

이준경 회화와 마찬가지로 문학에도 여성미를 추구한 것이 많을 것 같습니다. 특히 육체에 깃든 그 아름다움 말이에요. 작품을 분석하는 솜씨로 오늘은 여성미에 대한 선생님의 관점을 중심으로 이야기를 나누고 싶습니다.

이어령 서양 문학의 족보를 캐 올라가면 위대한 서사시인 호메로스가 나옵니다. 그의 작품 『일리아스』에는 절세의 미녀인 헬레네가 등장하지요. 그리스의 영웅들이 10년 가까이 트로이의 벌판에서 싸우는 그 서사시는 바로 약탈당한 헬레네를 탈환하려는 이야기입니다. 그러니까 문학의 제1장 제1절은 여성미로부터 출발한다고 해도 과언이 아니겠지요.

이준경 얼마나 헬레네가 아름다웠으면 10년 동안이나 전쟁을 계속했을까요? 그러면 그 서사시에는 헬레네의 모습이 어떻게 묘사되어 있습니까?

이어령 그게 바로 문제예요. 호메로스가 헬레네의 모습을 직접 묘사한 대목은 다만 그녀가 하얀 팔과 아름다운 머릿결을 가지고 있었다는 정도이지요. 그 외에는 헬레네를 바라보는 트로이의 노인들이 어떤 반응을 보였는가로 간접적인 암시만을 던지고 있어요.

즉 망루에 나선 헬레네의 모습을 보고 그들은 저만한 미녀를 위해서라면 그들의 자식이 전쟁터에 나가 죽어도 결코 헛된 일이 아니라는 거지요. 문학은 이렇게 미술과는 달리 미의 대상을 직접 표현하는 것보다는 그것에 대한 반응이나 사건으로 상상케 하는 상징적 기법을 쓰는 것이 특징입니다.

이준경 미술가들을 헬레네를 어떻게 그렸을까요?

이어령 세계 제일의 미녀, 모든 여성미의 표준이 되는 헬레네를 그린다는 것은 보통 어려운 일이 아니지요. 그래서 즈크시즈라는 화가가 나체로 서 있는 헬레네를 그릴 때, 한 모델을 쓰지 않고 크로톤의 내로라하는 소녀들을 전부 모아놓고 각각 아름다운 부분만을 따서 조합해 놓았다는 거예요. 그러니까 머릿결은 A, 눈은 B, 입술은 C, 몸매는 D…… 이렇게 최고의 장점만을 따서 그렸다는 거지요. 그러니까 여성미의 가장 아름다운 조각보를 만든 셈이지.

이준경 그 그림을 보고 싶군요. 그걸 좀 더 자세히 설명해 주실 수 없어요? 문학가의 탁월한 표현으로 말이에요.

이어령 '미'라는 것은 그렇게 주워 모으는 것이 아닙니다. 그 화가가 조안나 왕녀를 보자마자 자기가 그린 헬레네보다도 더 아름다웠다고 감탄을 한 걸 봐도 알 수 있지요. 그리고 그 조안나 왕녀가 얼마나 아름다웠는가를 니프스라는 시인이 예찬한 글이 있으니까!

이준경 그것도 호메로스식 묘사인가요?

이어령 그렇지 않아요. 그 글에서 주관적인 미사여구를 다 빼놓고 보면 객관적 여성미의 기준이 몇 군데 남게 되는데, 첫째 키는 중키, 너무 마르지도 너무 뚱뚱하지도 않고…… 그 다음이 중요합니다. 긴 머리칼은 황금빛으로 빛나고 있었고, 귀는 작고 둥글어서 입술과 잘 어울렸고, 손은 얼굴 길이와 똑같았다는 것.

이준경 그러니까 여성미의 균형에 대한 단서가 있군요. 손의 크기는 얼굴의 길이와 같아야 하고 귀는 입술과 대응해야 된다는…….

이어령 역시 전문가라 빨리 핵심을 꿰뚫는군요. 그리고 또 있어요. 눈빛은 다크 브라운(흑갈색), 살결은 장미가 눈 속에 녹은 것 같고……. 유방은 향기로운 복숭아를 닮았다…… 잔뜩 늘어놓고 나서는 '결코 아름다운 것은 자연 속에만 있는 것이 아니다. 인체를 능가할 만한 미는 어디에도 없다'라고 결론을 짓고 있어요. 여성이 지닌 육체적인 미가 꽃이나 보석과 같은 단순한 자연미보다 뛰어난 것은 그 속에 정신이 깃들어 있기 때문이라는 거지요.

이준경 그런데 좀 의심이 드네요. 어떻게 그 왕녀의 구석구석을 세밀하게 잘 알고 있었을까요?

이어령 니프스는 의사로서 지체 높은 미녀를 아주 가까이에서 볼 수 있는 행운을 가졌다는 거지요.

여성의 머리카락에 깃든 마성

이준경 그런데 이상한 것은 호메로스도, 니프스도 그리고 동서東西 할 것 없이 미녀를 묘사하는 데 여성의 머릿결을 빼놓지 않는다는 점입니다. 여성미의 근원은 머리카락에 있는가 보죠? 사실 지금도 여자들의 미용이라고 하면 미장원을 연상하니까요.

이어령 옛날부터 우리나라에서는 '삼단 같은 머리털'이라는 표현이 있었지요. 그리고 여성을 그린 조선조의 풍속화를 봐도 제일 눈에 띄는 것은 여성의 머리예요. 머리를 감는다든가 구름처럼 딸아 올린 헤어스타일, 이런 것이 강조돼 있어요. 그러니까 지금처럼 성형수술을 하거나 가짜 눈썹을 달 줄 몰랐던 옛날이라 할지라도 머리만은 진짜 머리가 아닌 가발이 유행했으니까……. 양귀비 같은 중국의 미녀들에 대한 것도 문헌을 보면 그 헤어스타일이 수십 종류나 되었다는 것이 나와요. 가장 심미적인 보들레르도 자기의 애인을 묘사하는 데는 으레 그 신비한 머리카락에 깃든 마성魔性을 강조합니다. 끝없이 굽이치는 머리카락의 물결은 여성미를 탐닉하고 또 그것을 찾아가는 소리 없는 바다의 파도지요. 여성미의 신비한 섬나라를 찾는 항해의 물결, 그것이 머리카락의 미예요.

생각해봐요. 여성이 자신의 육체에서 미를 가꾸는 데 가장 선택권이 있고 또 용이한 것으로 머리카락을 따를 만한 것이 없어요. 머리카락에는 손톱처럼 신경이 없기 때문에 기를 수도 있고 짧게 자를 수도 있어 자기가 원하는 조형미를 부여할 수 있거든요. 코를, 눈의 형태를, 얼굴 윤곽을 헤어스타일처럼 쉽사리 바꿀 수는 없습니다. 여성의 머리카락은 여성미가 잠들어 있는 동화의 숲이지요. 잠자는 공주가 깊은 수면에 빠져 있는 그 동화의 숲…… 여성은 그것을 깨워 거기에 생명력을 줄 수 있는 최초의 미용법을 발견한 것이지요.

이준경 오늘의 우리 여성들에겐 좀 불리하게 들리네요. 현대 여성은 옛날 여성과 달리 길게 머리카락을 기를 수 없어요. 활동해야 되니까요. 그리고 또 동양 여성들은 서구의 여성에 비해 머리카락에 깃든 미의 자원이 부족하거든요. 우선 색깔이 거의 같은 흑색이고요. 머리카락도 굵고 뻣뻣하고 그들처럼 곱슬머리의 컬도 없어 대단히 불리해요. 이를테면 개성이 없거든요. 그게 그 머리예요.

이어령 동서양을 비교하기 전에 우선 남녀의 비교부터 해볼까요. 남자는 머리를 내버려둬도 여자들처럼 길게 자라지 않는다고 해요. 그런데 여성은 평균 75센티미터까지 자라고 또 남자보다는 숱이 많은 것이 특징이라는 거지요. 그러니까 두발은 여성의 미점美點이 되는 거라고 할 수 있어요. 그런데 조금 전에 말을 한 동양 여인의 불리한 점은 저도 인정합니다. 서양에서도 여자 머리는 짧아졌지요. 산업화되면서 여자들이 공장에서 일을 하는 데 긴 머리는 방해물이 되기 때문입니다. 그렇지만 서양의 여인들은 머리카락의 색이 혈액형보다도 많아서 검은 머리, 블론드, 블루네트, 그리고 빨간 머리에서 은빛까지 다양합니다. 뭐 이 때문에 붉은 머리칼을 가진 여성들은 마녀魔女라 하여 중세 시대에는 생명의 위협까지 받기도 했지만……. 그리고 백인 여자들은 머리카락이 가늘고 약간 곱슬거려 자연적인 컬이 생기지요.

이준경 그래서 명동에 서서 여자들의 행렬을 바라보면 한결같이 그 머리들이 새까만 연탄을 이고 가는 것처럼 보여요. 말하자면 그냥 흑색이 뭉친 덩어리로 보이는 거지요.

이어령 한숨 쉴 것 없어요. 그래서 직선적이고 굵은 동양 여성의 머리카락이 지니고 있는 미의 자원을 옛날 우리 어머니들은 잘 살릴 줄 알았어요. 땋아서 내리거나 참빗으로 빗어 쪽을 찌거나 거기에 알맞은 헤어스타일을 발굴한 것입니다. 그런데 퍼머넌트나 단발머리형의 서구적 헤어스타일, 그러니까 백인 여자의 머릿결에나 맞는 그 헤어스타일을 들여오고 나서부터 그 특성을 상실하게 된 거죠.

오해하지 마십시오. 옛날처럼 쪽을 찌라는 게 아닙니다. 현대적인 헤어스타일이라 할지라도 우리 여성의 머릿결의 특성을 살리는 쪽으로 연구를 하라는 겁니다. 왜 그 볶아서 올리는 헤어스타일 있잖아요? 흑인들의 머리카락이 우리보다 더 짧고 그 대신 타다 만 것처럼 곱슬거리는데 그 단점을 살린 헤어스타일이 바로 그것이지요. 미에는 사실 모델이란 게 없어요. 그건 언제나 미래적인 거지요. 개발하고 끝없이 변하는 가운데 생겨나는 '놀라움'…… 그 놀라움을 개발해 내는 겁니다.

눈은 여성미의 여왕

이준경 사실 그런 것 같아요. 서양 사람들은 우리의 평면적인 얼굴과는 달리 입체적이지 않습니까? 그런데도 그들은 그 입체성을 더 강조하는 화장법을 써서 아이섀도를 비롯해 이른바 입체 화장이란 것을 합니다.

그런데 우리나라 여성들은 특수한 경우를 제외하면 짙은 눈 화장을 하거나 속눈썹을 달지 않지요. 오히려 그런 화장이 맞지 않아요. 평면적인 얼굴을 애써 입체화하려는 데서 마치 길짐승이 날짐승을 흉내 내는 것 같은, 이것도 저것도 아닌 결과가 나오지요.

이어령 이젠 '눈' 이야기로 화제가 옮겨지는군요. 슈츠라스의 이론입니다마는 여자의 미, 그 얼굴을 지배하는 것은 눈이라고 했어요. 눈의 미는 여성의 모든 미를 유정화有情化하는 힘을 가지고 있기 때문이라는 거죠. 그래서 위대한 화가들은, 특히 라파엘로 같은 천재는 마돈나를 그리는 데 그 눈을 강조하여 어린아이의 눈처럼 얼굴에 비해 크게 그렸다는 겁니다. 그래서 시인들은 여자의 눈을 '영혼의 창'이라고도 했고 '어둠 속의 별'이라는 추상적인 말로도 표현했어요. 얼굴이 아름다우면 육체의 다른 결함이 은폐되고, 눈이 아름다우면 얼굴의 다른 결함들을 은폐됩니다. 그러니까 여성미의 여왕은 아무래도 '눈'인 것 같아요.

이준경 제가 앙케트 조사를 해본 결과, 여성들이 제일 미에 대해 관심을 갖는 곳이 어디냐 하는 해답의 80퍼센트가 눈이었어요.

이어령 마네킹은 아무리 예쁘게 만들어놓아도 죽어 있는 미입니다. 그건 눈이 죽어 있기 때문에 그래요. 여성의 미는 물건의 미가 아닙니다. 살아 있는 영혼의 아름다움이지요. 모든 것이 아름다워도 눈이 죽어 있다면 생명감이 없어요. 그리고 눈빛은 화장수로는 만들어낼 수 없어요.

몸 깊숙이 숨어 있는 교양과 지성의 반영체이기 때문에 눈의 미는 내면의 미용(지성)으로만 획득되는 것입니다. 그리고 다른 것은 다 변해도 눈만은 그렇지 않아요. 신체의 부분에서 제일 먼저 성장이 정지해서 완성되는 것이 눈동자이기 때문에 열 살이 되면 그 한도에 달한다고 합니다. 다만 눈꺼풀과 안과眼窠(눈구멍)의 크기만이 변하지요. 눈이 예쁜 여자는 늙어도 그 미를 간직할 수가 있어요.

이준경 그러나 시대가 변하면서 여성미의 강조점도 달라질 것 같은데, 현대 여성의 미점美點은 어디에 있을까요? 또 옛날과 어떻게 달라졌는가, 이 점이 참 궁금하네요.

이어령 무엇보다도 육체라는 개념 자체가 달라진 것 아니겠어요? 중세나 봉건 시대에는 육체를 죄악의 덩어리로 봤고 오직 정신과 부덕만을 강조하려 했지요. 근대화되면서 육체는 아름다운 것이라는 숭배, 찬미, 긍정이 일어났어요. 이래서 육체를 수줍음과 죄악 속에 가두어두지 않고 노출시키려는 여인 풍속의 혁명이 일어납니다. 서양에서는 18세기 말부터 벌서 육체의 노출미가 유행하여 유방이 작은 아가씨들의 고민을 덜어주기 위해 밀랍으로 만든 인조 유방이 발명되고 그 판매가 성행합니다. 뿐만 아니라 옷감도 되도록 얇은 것을 입어 육체의 미를 드러내 보이려고 해서 반나체의 옷이 유행합니다. 그래서 어느 비평가는 그것을 비꼬아 "북풍이 불면 감기에 걸린다. 그런데도 그 유행은 사라지지 않으니 의사, 약제사, 장의사 들이 돈을 버는구나"라고 말했지요. 이것이 2백년 전 이야기니까, 노출증이 요즘의 유행이라고만 할 수는 없지요.

이준경 얼굴의 아름다움이 여성미의 대명사가 되었던 시대는 지난 것 같습니다. 몸 전체의 균형, 그리고 총체적인 조화, 여기에 현대적인 여성미가 있는 거라고 생각해요. 재미난 현상은 같은 대학생이라고 해도 보수적인 시골에서 올라온 남학생들은 데이트 상대를 고를 때 얼굴 위주이고, 도시에서 자란 남학생은 스타일을 더 존중한다는 거지요.

이어령 옛날의 문화는 좌식 문화여서 보료를 깔고 앉아 여자의 미를 방 안에서만 대하게 됩니다. 그러니까 뜯어보는 미, 즉 얼굴 위주의 미를 생각하게 됩니다.

그러나 현대는 자동차 문화라고 하듯이 동적인 생활을 합니다. 지나치면서 보는 미는 부분적이 아니라 총체적인 패턴의 미입니다. 장미의 시대가 가고 길가에 무더기로 피어 있는 팬지와 제라늄 같은 군집성 꽃의 시대입니다. 한 송이 한 송이 섬세한 그 아름다움보다는 집합미가 우세해지지요. 그래서 인체에서 가장 미운 무릎까지 드러내놓는 미니가 유행했던 것은 미의 관점이 부분에서 통합으로 옮겨졌기 때문이라고 할 수 있어요. 옛날에는 여자를 향해 예쁘다고 했지만 요즘엔 '날씬'하다고 합니다. 각선미나 팔등신 같은 육체의 균형, 피부빛 이런 것들이 얼굴 중심의 여성미를 확대시켜 놓았지요. 그러니까 이제는 자기의 미점이 어디에 있는가를 알면 그곳을 창조해 시선을 유도함으로써 누구나 미녀의 대열에 낄 수 있는 가능성이 많아졌다고 볼 수 있습니다.

미의 세 가지 유형

이준경 하지만 우리나라에서는 근대화됐다고는 하면서도 아직 여성미에 대한 심한 편견이 있는 것 같습니다. 여자가 지나치게 예쁘게 가꾸거나 유행을 따르면 금세 욕들을 하고 부정적인 눈으로 바라보지요. 재미난 것은 데이트를 할 때 자신의 상대가 너무 멋을 부리고 눈에 띄는 차림을 하면 남자들은 누가 볼까 봐 기가 죽는다는 거지요.

이어령 우리는 오랫동안 유교 전통에서 살았기 때문에 미의식보다는 윤리 의식이 압도적이었습니다. 꽃도 좀 섬세하고 예쁘면 기생꽃이라 했고 또 제비의 날씬한 몸매를 보고는 평양 기생이라고 비유한 민요도 있습니다.

'선'한 것이 '미'였지요. 그래서 아이들이 착한 일을 하면 '너 참 예쁘다'라고 합니다. 선과 미를 동일시했다는 것은 윤리적 기준으로 모든 가치 평가를 했다는 증거지요.

사람만이 아니라 '아름다운 것'에 좀 무신경해서 집을 꾸며놓고 사는 것, 간판을 다는 것, 특히 색채감 같은 것은 후진성을 면하지 못했어요. 제가 프랑스에 있을 때 들은 얘기입니다마는 한국제 실크 전시회에 참석한 프랑스인들의 공통된 견해는 색감이 우중충하다는 거였어요. 밝고 뚜렷하지 못하고 죄지은 것처럼 자지러들어가는 주눅들린 색채라는 거지요. '미'가 '윤리'에 너무 억압되어 있기 때문이에요. 아름답다는 것은 잘못이 아닙니다. 죄가 아녜요. 그것은 삶의 기쁨이며, 행복의 표현이지요. 나는 여성들이 아름다워지려고 하는 노력을 경멸해 본 적이 없어요. 다만 아름다워지는 노력으로 더 추악해지는 현상을 경멸할 뿐이지요.

이준경 어떤 것이 미美인 줄 모르기 때문에, 그에 대한 기회와 훈련이 부족하기 때문에, 사치스러워지는 것이 곧 아름답게 되는 것으로 착각하는 현상이 많이 있어요. 특히 그런 경향은 부유층에 많지요. 값비싼 것 속에만 아름다움이 있는 것 같은 착각, 밍크의 모피 속에 아름다움이 들어 있는 줄로 알거든요.

이어령 육체도 또한 영혼처럼 신이 주신 거에요. 요란한 장신구나 의상은 도리어 육체로부터 시선을 빼앗아가지요. 육체는 살아 있다는 것의 표현입니다. 발랄해야 해요. 천진할수록 나체는 음해 보이지 않고, 음침할수록 나체는 추악해 보이는 겁니다. 그늘에서 밝은 곳으로 여성미는 전진해야 됩니다.

이준경 선생님의 말씀을 듣고 있자니까, 미의 해방이라는 중요한 과제를 느끼게 되는군요. 오히려 여성미를 억압할 때 이지러지고 삐뚤어진 오늘 같은 부작용이 생기는 게 아닌가 생각됩니다. 여자가 조금만 아름다워지려고 거울을 들여다보거나 옷맵시를 가꾸면 어른들은 으레 "저것이 얼굴값 하려고 든다"라거나 "커서 무엇이 되려고 저러는 거냐"라고 꾸중을 합니다. 그러니 오늘날의 여성들이 추구하는 미가 병적으로 흐를 수 밖에 없어요. 그늘 속의 미가 되어버리고 마는 거지요. 끝으로 바람직한 여성미란 과연 무엇인지 말씀해주세요.

이어령 워커라는 사람은 고대 신화의 여신으로 세 가지 타입의 여성미를 규정하려고 한 적이 있었지요. 제1형은 디아나 형으로 동적인 미입니다. 제2형은 비너스로 육체의 미라고 불렀어요. 비너스는 미의 여신으로 신체 자체가 아름답지요. 제3형은 미네르바의 정신의 미입니다. 미네르바는 지혜의 여신입니다. 오늘날의 말로 바꾸면 지성에서 풍기는 미겠지요.

이준경 선생님은 어느 쪽이신가요? 그리고 현대 여성은 어느 쪽이어야 하나요?

이어령 우선 차례대로 이야기해 보지요. 지금까지의 여성미, 전통적인 여성미는 제2형인 비너스형입니다. 그러나 속은 텅텅 비어 있으면서 신체만 발달하고 다듬어진 여성이 있다면 그림을 쳐다보듯이 그냥 쳐다보는 것으로 족하지요. 그러나 무시할 수는 없어요. 미, 그 자체가 여성의 재능이니까! 단지 그 미를 뒷받침하는 무엇이 있어야 그 미는 아침 이슬의 운명에서 벗어나지요. 사실 미라는 것은 무지개처럼 덧없이 걷혀버리기 때문에 한층 더 아름다운 매력이 있는 것인지도 모르지요. 시들지 않는 꽃은 이미 꽃의 매력을 상실하고 있어요. 백치미는 그것대로 충분한 미점이 있지만 쉬 권태에 빠져 바람직한 게 아니라고 생각해요. 더구나 머지않아 '쾌락 로봇'이 나오게 되리라는데, 이렇게 되면 이 형의 타격이 크지요.

이준경 그러면 제1형인가요?

이어령 현대적이지요. 농구 코트나 배구장에서 뛰는 여성은 모두가 아름답지요. 동적인 미입니다. 물고기는 그물에 걸려 퍼덕일 때 그 비늘이 제일 아름답게 보여요. 그것은 살아 있는 은銀 비늘이지요. 여성들의 동태적인 미는 잠든 생명을 깨우는 응원가이며, 슬픈 현실 속에서도 살고 싶다는 애정을 불러일으키는 바닷바람이지요. 그러나 정지되어 있을 때 너무 허전해요. 그저 그것뿐 여운이 없거든요.

이준경 역시 제3형 지성미 쪽이시군요.

이어령 아녜요. 그런 여성은 피곤해요. 미는 모성의 우물에서 솟아나는 청순성이 있어야 해요. 미네르바 형의 미에는 깊숙이 감싸주는 안락한 정이 없지요. 그런 여성은 놀라움과 긴장을 주기는 하지만, 때로는 가시를 가지고 있어 찌릅니다. 내출혈이 심합니다. 더구나 그 '삐딱'한 여자들 있잖아요? 사이비 미네르바보다는 차라리 저는 비너스 쪽을 택하고 싶어요.

이준경 그러시다면 대체 어느 쪽이신가요? 무엇인가 꼭 선택을 하라면 어떻게 하시겠어요?

이어령 워커 같은 학자의 말은 어디까지나 체계를 위한 체계일 뿐 현대 여성이라면 이 세 가지를 모두 지니고 있어야지요.

이준경 너무 큰 주문이네요.

이어령 이상理想일 뿐이지요. 요즘 학생들은 사랑도 스테레오로 하려는 경향이지요. 남자나 여자나 옛날의 사랑은 '모노'라는 거지요. 한 남자, 한 여자하고만 사랑하는 풍속을 그들은 그렇게 말합니다. 스테레오는 두 여성, 또는 두 남성을 동시에 사랑하는 방식이라나요.

이준경 부도덕하군요.

이어령 윤리에 압박된 미의 식민지! 그게 좋다고 권장하는 게 아녜요. 제1형의 미를 대하면 제2형이나 제3형이 그리워지고, 제3형의 미를 대하면 제2형의 미에 대한 결핍감이 생기지요. 비너스를 숭배한다 해서 미네르바를 버릴 것이며, 미네르바를 좋아한다 해서 디아나 여신을 적으로 돌리겠습니까? 미는 꼭 소유하는 것이 아닙니다. 한 사람과 사랑을 해도 다른 미의 가치를 느끼고 찬미할 줄도 알아야지요. 왜냐하면 어떤 여성도 세 여신을 합친 것처럼 완벽한 미를 갖출 수는 없기 때문에 인간이 여성미를 찾는 사랑의 이야기는 노상 해피엔드만은 아닙니다. 슬퍼도, 괴로워도, 부도덕이라 해도 그것이 미를 찾는 인간의 운명, 인간의 현실이라는 겁니다.

이준경 고맙습니다. 결국 그렇게 될 수는 없어도 여성들은 지적인 미, 동적인 미, 외모의 미 모두에 무관심해서는 안 되겠다는 충고이기도 하군요. 저도 그렇게 되도록 노력해 보겠어요.(이어령, 『누군가에 이 편지를』, 삼성출판사, 1986.)

텔레비전은 에덴의 뱀인가

대담자: 양원자

타인 지향적인 TV

양원자 선생님은 언론계에도 있으셨으니까, 오늘은 대중매체인 '텔레비전과 여성'에 대한 말씀을 나누고 싶어요. 현대 여성들의 생활은 옛날 여성들의 생활과 달라졌는지요? 그 변화를 측량하는 데 텔레비전만큼 좋은 저울도 없을 것이라는 생각이 듭니다.

이어령 그렇습니다. 텔레비전은 노크도 없이 우리들의 생활, 우리들의 내실 속으로 들어왔습니다. 그러고는 안방 한구석에 자리를 차지해버렸어요.

문제는 이 방문객이 한번 들어와서는 좀처럼 나갈 생각을 하지 않고 있다는 데, 어느 가정에서나 이제는 한 식구로 살아갈 수밖에 없다는 점에 있습니다. 말하자면 현대 생활의 한 부분이 되어버린 거지요.

양원자 내실도 들어온 현대의 방문객이 우리에게, 특히 여성들에게 어떤 영향을 주고 있는지 우선 그것부터 알아보았으면 해요.

이어령 이런 경우를 생각해 봅시다. 옛날 옛적에 말입니다. 산모퉁이에 뗏집을 짓고 살아가는 나무꾼의 한 가정이 있었다고 가정해 봐요.

눈이 많이 내린 날, 길을 가던 나그네가 이 집 문을 두드립니다. 그들을 외로우니까 이 예고 없는 방문객을 맞아들이고, 아랫목 자리를 비워줍니다. 화롯가에 온 식구가 모여들어 이 낯선 방문객과 신기한 마음으로 인사를 합니다. 그 방문객은 여러 가지 이야기, 많은 마을을 지나오며 들었던 이야기들, 이상한 뉴스, 호화로운 도시, 귀족들의 생활, 이런 것들을 밤을 새워 이야기해 줍니다.

어떻게 되었을까요? 이 나무꾼의 아내는? 딸과 아이들은?

분명히 그 방문객을 통해서 바깥 이야기를 듣고 끝내는 어떤 변화들이 일어나게 될 것입니다. 딸과 아내가 제일 먼저 영향을 받을 거예요. 도시 여자들이 입는 야회복, 보석, 화려한 무도회……. 그리고 아들 녀석은 방문객을 따라 먼 바다나 도시로 함께 떠나고 싶어할 거예요.

양원자 예, 짐작이 갑니다. 무슨 말씀이신지……. 나무꾼은 행복하든 불행하든 자기 환경 속에서만 살아왔는데, 밖에서 손님 하나가 들어오면서부터 갑작스레 외부 세계의 영향을 받게 되었다는 거죠. 그리고 그 겨울밤의 방문객 같은 것이 텔레비전이고 그 나무꾼 집안이 바로…….

이어령 그렇지요. 대개 그런 뜻이지요. 그러나 너무 결론을 서둘지 마십시오. 텔레비전은 현대인의 생활에 새로운 환경을 제시했다는 것입니다. '대학'과 '인쇄술'과 함께 인류의 3대 발명품 중 하나라고 칭찬하는 사람도 있었거든요.

아무리 문을 굳게 닫아도 남들의 생활이 안방을 거침없이 들이닥칩니다. 원래 텔레비전이라는 상품 자체가 타인 지향적인 성격을 띠고 있으니까요.

양원자 어려운 말인데요. 타인 지향적이라뇨? 구체적으로 그 말뜻을 좀…….

이어령 다른 물건은 일단 사 오면 남의 눈에 띄지 않는 안방이나 응접실로 들어가게 되지요. 그러나 텔레비전만은 안테나를 달아야 하기 때문에, 안방에다 놔도 바깥에까지 다 알려지게 마련입니다. 동네 사람은 말할 것도 없고, 길을 지나가는 사람들도 지붕만 보면 이 집이 텔레비전을 장만했는지 못 했는지를 금세 알 수 있거든요.

피아노나 냉장고는 집 안에 들어가 보기 전에는, 그리고 방마다 조사해 보지 않고서는 남이 알 수 없지요. 그렇지만 텔레비전은 안테나만이 아니라, 텔레비전 프로가 화제로 나오면 애들이고 어른이고 끼질 못해요. 텔레비전이 없다는 것이 금세 드러나게 되지요. 그래서 초기에 텔레비전이 그처럼 빠른 속도로 보급된 이유가 거기에 있다는 것이지요.

양원자 그러니까 자기는 필요 없다고 생각해도 남들이 다 가지고 있으니까 별수 없이 남들에게 끼기 위해서 텔레비전만은 안 살 수 없다는 것이지요?

이어령 텔레비전이 처음 나온 무렵 미국에서는 상품 조사를 했는데 우선순위……, 즉 제일 먼저 장만하는 상품 품목 제1위가 바로 텔레비전이었지요.

양원자 그런데 타인 지향적이라는 말에 대해서는 아직 설명이 없으셨잖아요?

이어령 그게 바로 타인 지향적이라는 겁니다. 남들이 다 하니까 따라하는 것, 자기가 좋아서 하는 것보다는 남들이 다 좋다고 하니까 할 수 없이 따라갈 수밖에 없다는 마음, 그것이 타인 지향성이죠. 텔레비전의 안테나는 바로 그 타인 지향성이라는 현대 종교의 '십자가' 같은 상징물이지요. 특히 여성이 더 그 피해를 입지요.

광고와 TV문화

양원자 왜 하필 '여성'이라고 한정을 지으시지요? 텔레비전은 여성만이 보는 것은 아니잖아요?

이어령 텔레비전 같은 대중매체가 생겨나기 전부터 여성에게는 텔레비전적인 성향이 있었거든요. 가령 여자애와 남자애를 한번 길러보십시오.

남자애들은 수수하고 털털합니다. 세수도 잘 하지 않아요. 남들이 자기를 어떻게 보는가 하는 데 별로 신경을 쓰지 않지요. 그런데 여자애들은 달라요. 남의 시선을 인식하지요. 아무 옷이나 입으려 하지 않아요. 남들 앞에 자기가 어떻게 보일 것인가 하는 데 더 신경을 씁니다. 텔레비전 문화는 여성적인 그 타인 지향성을 더욱 부채질한다는 겁니다.

양원자 광고 말씀인가요? 텔레비전 광고 선전이 여성들의 타인 지향적인 소비 성향을 높여준다는 것이지요?

이어령 그 이야기는 천천히 뒤에서 하지요. 우선 남편과 아내가 텔레비전 드라마를 구경하고 있을 때, 아내 쪽은 텔레비전 드라마의 내용 만이 아니라 화면에 나오는 탤런트의 헤어스타일, 의상, 가구, 장식물, 정원들에 일일이 코멘트를 합니다. 우리에게도 저런 것이 있으면 좋겠다느니, 남들은 다 저러고 사는데, 이건 집이 아니라 돼지우리라느니, 셈이 많은 여성일수록 잠시도 속 편하게 텔레비전을 보는 일이 없지요.

양원자 사실 문제예요. 텔레비전 드라마는 중류中流 가정, 직업도 무슨 회사 사무원이라고 되어 있는데 무대 세트는 상류층의 초호화판입니다. 별수 없지요. 남들은 다 저렇게 사는데 자기네만 빠진다고 생각하는 것이지요. 이래서 주부들은 소외감을 느낍니다.

이어령 남편들은 주눅이 들고요. 즉 텔레비전은 자기 가정으로 향하는 시선을 끝없이 타인의 방으로, 타인의 거실로, 그리고 타인의 시선으로 끌어냅니다. 아무리 개성이 있는 사람도 텔레비전을 1년 이상 보고 있으면 어느새 타인 지향적 인간이 되어버릴 수밖에 없어요. 그들의 말씨를 부지불식간에 흉내 내게 되고 그들의 가치관과 성격에 동화되어 버리고, 이렇게 해서 '텔레비전형 인간'으로 탄생되고야 마는 것입니다.

양원자 뿐만 아네요. 가정주부들이 화제라는 것도 반 이상은 간밤에 본 텔레비전 드라마나 탤런트, 쇼 프로의 여가수들 이야기죠.

이어령 이 방문객, 그것도 '심야의 방문객' 텔레비전은 한 식구가 모여 앉아 서로 이야기할 은밀한 시간까지도 비집고 들어오지요. 가족끼리의 대화가 없어지고 텔레비전만을 응시합니다. 물론 텔레비전을 보면서도 이야기를 할 수는 있지요.

그러나 한 눈으로 텔레비전을 보고 또 한편으로는 애들과 이야기하고…… 집중하기보다는 '건성건성'으로 말하고 대답합니다. 텔레비전은 '건성건성' 사는 방법을 가르쳐주는 가정교사이기도 합니다. 현대인은 '건성건성 지내는 것'이 날로 심해지는 것 같아요. 그런 면에서는 정말 텔레비전은 상징적이에요.

텔레비전을 보면서 뜨개질도 하고, 텔레비전을 보다가 대문을 열어주고, 심지어 애들은 만화책을 읽거나 숙제를 하면서도 텔레비전을 켜놓지요. 어느 하나에 몰두하지 않고 이렇게 사방에 주의를 흩어놓고 살아가는 '건성건성의 삶', 이것이 텔레비전형 인간의 특성입니다.

양원자 텔레비전이 부부나 부자 간의 대화를 단절케 한다고 하셨는데 반대의 경우도 있어요. 저희 집에는 시어머니가 계신데, 텔레비전 때문에 곧잘 스스럼없이 대화를 나눌 수도 있고 응석을 해도 멋쩍지가 않아요. 한국 가정에서는 때로 텔레비전 때문에 그나마 온 가족이 함께 모이고 공동의 화제를 가질 수 있는 행운이 생기지요.

이어령 그늘이 있으면 반드시 빛도 있는 법이지요. 텔레비전은 인간 관계를 수평적으로 만드는 기능도 가지고 있지요.

그런 점에서 텔레비전을 반권위주의적 매체라고도 합니다. 그것이 문자를 매체로 한 책과 영상을 매체로 한 텔레비전의 커다란 차이점입니다.

문자는 계급적인 매체라, 문자 중심의 문화는 지식·교양 등의 격차를 벌려놓습니다. 신문만 보더라도 그렇지 않아요? 정치면에는 한자를 섞어 씁니다. 무식한 사람은 정치에 관심을 가질 필요가 없다는 투지요. 경제면쯤 되면 더 심합니다. 그런데 사회면만은 한글 전용으로 쓰입니다. 한자를 모르는 가정부나 애들도 교통사고와 강도가 들어왔다는 것쯤은 알아야 하니까요. 그러나 텔레비전은 계급성이 높은 문자와는 달리 눈으로 보고 귀로 듣는 것이니까, 교양과 지식의 차이를 요구하지 않습니다.

그래서 대학교수인 주부와 의무 교육만 마친 가정부가 같은 책을 보는 경우는 없어도 텔레비전만은 정답게 함께 시청합니다. 텔레비전 매체는 계급의 장벽이나 연령의 벽을 무너뜨리고 평준화, 수평화의 문화를 만듭니다.

그래서 텔레비전은 시어머니와 며느리, 그리고 주부와 가정부 사이에도 공동의 화제를 만들어주며 동시에 합석의 자유를 주는 것입니다. 그러나 '평균적'인 것을

'평등'한 것으로 오해해서는 안 되지요. 한자리에 앉아서 보기 때문에, '누구에게도 맞지 않는 침대'일 수도 있는 것입니다.

글씨의 언어에서 말의 언어로

양원자 애들이 문제지요. 어른들 책은 못 읽어도 텔레비전의 어른들 프로는 볼 줄 압니다. 텔레비전이 생기고 나서부터 애들의 생각이나 말씨가 어른 빰치게 깜찍해졌어요. 텔레비전은 아이들의 순진성을 없애고 있어요. 극장 입구에서처럼 텔레비전 앞에 감시원을 둬 연소자 입장 금지를 시킬 수도 없고.

이어령 텔레비전과 제일 친한 것이 아이들이고, 그 다음은 여자들입니다. 대개 아버지들은 술집 출입이 바빠 늦게 들어오지요. 그런데 좀 쉬려고 하면 텔레비전을 보라고 야단입니다. 인기 프로는 본능적으로 남에게 권해 보고 싶은 생각이 들어, 여럿이 모여 보고 싶어 하니까요.

양원자 애들에게 프로를 묻는 사람도 많잖아요. '그 프로가 채널 몇 번에서 하니'라고 말이지요.

이어령 애들만 어른 프로를 보는 게 아니라 거꾸로 어른들이 애들 프로도 많이 봅니다. 「6백만 불의 사나이」니 뭐니 하는 것이 있죠. 텔레비전과 같은 대중문화는 애를 어른으로 만들고 어른을 애로 만든다는 거지요. 그래서 텔레비전 시대에는 '애들 같은 어른', '어른 같은 애들'이 많이 생긴다는 거예요.

양원자 이래저래 주부는 힘이 듭니다. '애 같은 어른'인 남편에겐 어머니 노릇을 해야 하고, '어른 같은 애들' 앞에서는 아내 같은 역할을 해야 하니까요. 애들 키우기가 어려워졌어요.

이어령 텔레비전은 여성을 위해서 만들어진 것이나 다를 바 없어요. 옛날 여성들은 밤이면 으레 바늘에서 해방되었어요. 재봉틀이 생기고 양장점 같은 것이 생겨 여자는 바늘에서 해방되었어요. 그 말은 밤이 심심해졌다는 겁니다. 이 심심함을 남자처럼 술집에서 풀 수가 없어요. 이때 반가운 초인종을 누른 것이 텔레비전의 출현이었죠.

양원자 아까 선생님께서 혼자서 텔레비전을 보지 않고 여럿이서 보려고 하는 심리가 있다고 하셨지요? 사실 가정주부가 텅 빈 방 안에서 텔레비전과 마주 앉아 있으면 여간 외로운 게 아녜요. 등잔 밑에서 바느질을 하던 여자보다 더욱 외롭게 느껴집니다.

이어령 알 만합니다. 저도 미국이나 프랑스에 있을 때, 빈방에서 텔레비전을 혼자 지켜보았던 경험이 있었으니까요.

텔레비전은 사람을 더욱 외롭게 해요. 사람처럼 이야기하고 얼굴을 가지고 있기에, 그러나 그것이 진짜가 아니고 가짜 영상이기에 더욱더 슬퍼지고 자신이 외로워집니다.

이것도 역시 텔레비전과 책의 차이점인 것 같습니다. 독서삼매경이란 말이 있듯이 책은 혼자 읽도록 되어 있어요. 저도 어렸을 때는 골방에 들어가 몰래 혼자서 독서를 즐겼지요. 그러나 텔레비전 매체는 책과 달라서 시청자가 많을수록 신이 나요. 책이 개인주의적인 매체라면 그만큼 텔레비전은 집단적인 매체입니다. 텔레비전에는 계급성이 없었던 것처럼 개인주의적인 배타성도 또한 없습니다.

그래서 텔레비전은 활자 시대의 근대적인 인간형과는 다른 현대적 인간형을 만들어내고 있다는 맥루한의 말은 따지고 보면 거짓이 아닙니다.

양원자 좋은 점도 있어요. 그러나 텔레비전이 책의 문화를 없애간다는 것은 슬픈 일이라고 봅니다. 더구나 책을 쓰시는 선생님 입장에서는 더욱 그럴 거예요.

이어령 아무리 컴퓨터와 텔레비전 같은 전자매체 시대가 와도 책이 없어질 리는 없지요. 다만 문학 자체의 성격은 텔레비전의 영향으로 바뀌어갈 가능성이 많습니다. 책은 감각보다도 관념의 세계를 전해줍니다. 그러나 텔레비전은 관념까지도 눈으로 보고 귀로 듣게 하는 '오디오비주얼'의 메시지를 사용하니까 관념보다 감각의 문화를 부채질합니다. 텔레비전 시대에는 시나 소설이나 감각성을 띠어야 환영을 받습니다. 이미지가 없는 문학은 퇴보되고 말 것입니다.

오늘날 미국에는 '텔리빙글리시'란 말이 있는데 이것은 텔레비전 영어란 뜻의 합성어입니다. 말 자체가 텔레비전으로 변해 가고 있어서 요즘 미국 소설, 작년에 오 헨리 단편 일등상을 탄 단편에도 그런 것이 있었지만, 단어 자체를 소리 나는 대로 적어 무슨 소리인지 잘 모르겠습니다. 문자 언어인 글씨에도 회화會話 언어인 말로 그 질이 바뀌고 있으니까 문학도 변하지요.

양원자 간판이나 상품 이름만 해도 그렇지 않아요? 문자 언어가 아니라 이상한 회화 용어에서 따온 것들이 많던데요.

이어령 다방 이름에 '또와주', 다시 와달라는 말이지요. '오늘도', '다시봐' 그리고 상품명에는 나와 함께 든다고 해서 '나랑드슈', '타미나', '유니나'……. 대단한 언어의 혁명입니다. 이런 발상도 따지고 보면 관념 언어인 책이 아니라 텔레비전에서 생겨난 감각이지요.

TV, 소비 상자

양원자 그런 말들을 전파하는 힘 자체도 텔레비전 아녜요?

이어령 그래요. 낳아서 기르기까지 합니다. 광고 말입니다. 텔레비전의 기능 가운데 가장 큰 영향을 주는 것이 바로 그 광고입니다.

그리고 그것은 현대 여성에게 직접적인 영향을 행사합니다. 소비 성향과 유행, 경쟁심, 행복의 가치 기준…… 이런 모든 가치관이나 생활 방식이 실은 텔레비전 전파를 타고 전달되는 광고의 홍수 속에서 결정되는 것이지요.

옛날 서정시인 사포는 강물에 익사해서 죽었지만 현대의 사포는 광고의 홍수 속에서 익사해 가고 있습니다.

양원자 텔레비전이 여성 취향으로 되어가고 있는 것도 상품의 소비를 위한 것이라 할 수 있겠지요. 주로 여자들이 물건을 사니까요.

이어령 남자들은 벌고 여자들은 씁니다. 광고주들은 남자의 캐비닛을 털기보다는 여자의 핸드백을 여는 쪽이 더 수월하다는 것을 잘 알고 있으니까요. 남자는 세금에서 풀려날 날이 없고 여성은 광고에서 자유로워질 날이 없습니다. 매일 밤 텔레비전에서 방송되는 그것이 가정 비극을 다룬 드라마든 와일드한 축구 경기든 한결같이 들리는 소리는 '사세요', '쓰세요', '소비하세요'라는 속삭임입니다.

현대인은 비누나 약 광고와 교환 조건으로 베토벤의 「환희」 교향곡을 듣고 있는 형편이지요.

양원자 하지만 광고가 필요 없는 것만은 아니죠. 상품 광고도 일종의 뉴스고 생활 정보니까요.

이어령 물론이지요. 단지 그 뉴스나 정보가 되풀이되고 있다는, 매일 밤 똑같이 되풀이되고 있다는, 그 반복성이 우리의 비판 능력을 마비 시키고 있다는 점에 문제가 있어요.

언젠가도 말했습니다만 현대인은 생산과 창조의 기쁨보다 소비에서 그 기쁨을 맛봅니다. 그래서 자연히 여성의 행복도 소비의 충족도에 의해 결정되는 것입니다. 사람들은 행복의 지수를 광고가 안내한 그 시장에서의 소비량으로 삼는 수가 많습니다.

미국에서 광고 사진을 조사해 본 결과 여성, 그것도 누워 있는 여성의 이미지가 많다는 겁니다. 누워 있다는 것은 무방비 상태의 수동성을 의미하는 것이지요. 이 수동적인 이미지야말로 광고가 만들어내는 현대적인 성격입니다.

양원자 텔레비전을 보는 행위 자체도 그렇지 않을까요? 시간을 허비하기 위해서 텔레비전 앞에 가정주부가 쭈그리고 앉아 있으니까요.

이어령 같은 이야기지요. 신이 인간에게 준 시간은 엄격하고도 공평합니다. 제왕도 거지도 각기 배당된 시간만은 모두가 100년 이내입니다. 시간만은 독점이란 것이 없어요. 그런데 단지 그것을 쓰는 태도에 따라 정반대의 기능을 발휘합니다.

'창조의 시간'과 '소모의 시간'…… 같은 시간이라 해도 그것이 창조의 힘으로 작용하느냐, 소모로 작용하느냐에 따라 시간은 엄청난 두 개의 다른 세계를 전개해 주고 있어요. 보세요, 주부들이 텔레비전 앞에서 무려 수동적으로 한 시간을 죽이고 있을 때…… 그걸 킬링 타임killing time이라고 하지요. 밖에서 그 칠흑의 시간 속에서도 나무들이 자라나고 있으며, 열매는 익어가고 있고, 잠시도 쉬지 않고 대지는 무엇인가를 창조해 가고 있어요.

행복의 나라는 창조하는 왕국이요, 죽음의 나라는 소모하는 왕국입니다. 죽음은 소모의 극치입니다. 그래서 저 번쩍거리는 상품, 온갖 소비품이 미태를 부리고 화려한 빛을 뿌려도 결국 소비의 극치 속에는 죽음의 그림자가 도사리고 있는 것입니다. 여성의 사치, 여성의 허영, 샘 많은 여성들의 경쟁심은 맹목적인 소비 경쟁으로 역사의 수레바퀴를 돌리고 있지요.

물론 텔레비전만이 소비 풍조를 조장한다고 할 수는 없지만, 우리는 적어도 텔레비전을 '바보 상자'라고 부르기보다는 '소비 상자'라고 부르는 게 적당할 것입니다.

교환가치와 사용가치

양원자 얘기를 듣고 있으니 조금 우울해집니다. 텔레비전의 영상 속에서 '거짓된 행복의 나라'를 보고 그곳에 이르기 위해 애쓰고 있는 현대의 여성…… 여기에서 다시 창조의 나라로 그 삶의 양식을 바꾸는 길은 없는 걸까요?

이어령 너무 절망할 것은 없어요. 에덴 동산에서 살던 아담과 이브도 악마와 함께 살지 않았습니까? 문제는 그 유혹을 받아들인다 할지라도 그 이상의 다른 것을 가지고 있으면 되니까요.

양원자 그 다른 것이란 뭐예요?

이어령 벌써 시작되고 있잖아요. 그 질문 속에 말입니다. 텔레비전 앞에서 그냥 무장 해제를 하고 있던 사람들이 자의식을 갖는 것만으로 이미 그 '다른 것'은 시작되어 가고 있는 것입니다.

우리는 소비하기 위해 태어난 것이 아니라는 것, 남들이 그런다고 덩달아 춤을 추는 꼭두각시가 아니라는 것. 누구의 장례식인 줄도 모르고 곡을 해서야 되겠습니까?

양원자 텔레비전 문화가 무엇인지를 똑똑히 인식만 한다면 텔레비전을 봐도 그 피해가 적다는 말씀이신가요?

이어령 거기에서 멈추면 안 됩니다. 허상을 위한 욕망…… 이것이 오늘의 우리를 피로하게 만드는 근본적인 원인입니다.

모든 남편들은 모두들 입버릇처럼 말하지요. '아, 피곤하다.' '아, 피곤하다.' 진짜 창조의 욕망에는 피곤이 없습니다. 열정적으로 사랑을 하는 사람들 입에서 피곤이란 말이 나오던가요? 격정적인 화가가 밤을 새워 그림을 그리고, 시인이 밤새도록 언어를 매만지며 한 편의 시를 쓸 때 그들의 입에서 '피곤'이란 말이 나오던가요? 진짜로 하고 싶어서 하는 일에는 피로가 오지 않습니다.

광고나 텔레비전의 영상은 교환가치일 뿐 사용가치와는 별개의 것입니다. 우리는 지금 교환가치 속에서만 생을 누리고 있기 때문에 실체 없는 허상을 좇고 있는 겁니다. 무지개 같은 것을 말입니다. 교환가치를 사용가치로, 허상을 실체로 바꿔놓는 것, 그것이 바로 소비의 시간으로부터 창조의 시간으로 생활의 키를 돌리는 것입니다. 옛날 여성들은 여우에 홀려 눈벌판을 헤맸지요. 그러나 현대의 여성은 광고와 소비의 욕망이라는 허깨비에 홀려 도시 속에서 방향 없는 방황을 계속하는 것입니다.

양원자 끝으로 한 가지만 더 묻겠습니다. 텔레비전 프로를 개선하면 반대로 오늘의 여성에게 더 참신한 바람을 불러일르킬 수 있는 이점도 있을 게 아닙니까? 주부의 교양이나 삶의 양식에 대한 정보 같은 것 말입니다.

이어령 맥루한은 '미디어 이즈 메시지Media is message'라고 했어요. 유명한 말이죠. 텔레비전은 그 프로 속에 무엇을 담느냐에 의해 결정되는 것이 아니라, 텔레비전의 매체적인 성질이 이미 그 메시지(내용)라는 겁니다. 그러나 메시지를 어떻게 바꾸어주느냐에 따라 텔레비전은 선신善神이 될 수도 있고 악신惡神이 될 수도 있을 겁니다.

그러나 고양이에게 방울을 다는 사람이 누구일까가 문제입니다. 텔레비전은 광고주라는 스폰서에 의해 움직이죠. '돈이 나오는 것에서 명령이 나옵니다.'

텔레비전 프로를 개선하는 것보다 텔레비전과 맞설 수 있는 다른 메시리를 구하려 드는 것이 훨씬 현실적이라고 봅니다. 텔레비전 말고도 재미난 것은 얼마든지 있지요. 연극을 보세요. 시를 읽으세요.

텔레비전 앞에서만 멍청이 있지 말고 옛날 여인들처럼 뜨개질을 하거나 수를 놓으세요. 아닙니다. 우리 어린것들의 얼굴을 마주 보세요. 내 자녀들의 눈을 가만히 들여다보고 그 숨결에 귀를 기울여봐요. 그게 어째서 텔레비전에서 나오는 그 화면보다 못하겠습니까?

영혼의 대화를 하십시오. 그대 여성들은 비단 생명을 잉태하는 자궁만이 아니라 새로운 감성, 새로운 가치를 잉태하는 머릿속의 신비한 자궁도 갖게 될 것입니다. 노여워하지 마세요. 하체만 발달한 여성들에겐 행복을 기대할 수 없어요. 머릿속에 무엇이 있어야지요.

머릿속의 생각들을 지우기 위해서 텔레비전 앞에 앉아 있어서는 안 됩니다. 텔레비전은 아이들의 필통 속에 들어 있는 지우개가 아닙니다. 나쁜 것은 텔레비전이 아니라 텔레비전에 금세 동화되어 버리는 여성들 자신입니다.

양원자 현대 여성은 그 점에서 옛날 여인들보다 몇 배나 현명하고 몇 배나 용기가 있어야겠지요.

이어령 좋은 결론입니다. 옛날 여성은 자신이 어리석을 때 기껏해야 남자의 유혹에 빠지는 것 정도였지요. 이제 여자를 유혹하는 것은 카사노바만이 아닙니다. 여러 곳에서 여자들을 유혹하고 있지요.

이 유혹을 이길 수 있을 때 이브가 뱀을 물리치는 새로운 신화가 생깁니다. 그리고 우리들의 가정, 사회, 국가의 그 에덴을 지킬 수가 있어요. 어리석은 여자에게 있어서는 텔레비전이 에덴의 뱀이며 그 상품은 현대의 선악과인지도 모릅니다.(이어령, 『누군가에 이 편지를』, 삼성출판사, 1986.)

어머니에게도 면허증을

대담자: 문성혜

고아를 닮아가는 요즘의 아이들

문성혜 저는 애를 둘 둔 어머니입니다. 사람들은 세상이 많이 달라졌다고 하는데 어머니와 자녀의 관계도 예외인 것 같지 않아요.

오늘은 이 젊은 어머니들이 옛날의 그 어머니들, 할머니 세대의 어머니들과 어떻게 달라졌는지 그것을 여쭈어보고 싶습니다. 선생님이 보시기에 어떤 느낌이 드시는지요?

이어령 시대가 바뀌어도 캥거루는 배에 붙은 주머니에 자식들을 넣고 기르지요. 암탉은 병아리들을 옛날과 같은 방식으로 품을 것이고, 제비들은 똑같은 질서로 둥지에 있는 제비 새끼들에게 모이를 물어다 줄 것입니다.

그러나 인간은 그렇지가 않아요. 옛날 어머니와 같은 방식으로 애를 기르려 하지 않습니다. 앞가슴을 풀어 헤치고 젖을 빨리던 그 옛날의 어머니들 초상은 이제 우유병을 빨리고 있는 광경으로 바뀌었으며, 등에 아이를 업고 다니던 어머니는 유모차를 끌고 다니는 새 어머니상으로 바뀌어가고 있지요. 외형이 이렇게 변했는데 어머니의 마음에도 변화가 왜 생겨나지 않겠습니까?

문성혜 그렇게 변한 것을 단도직입적으로 나쁘게 생각하세요, 좋게 느끼시나요? 우선 인공 수유부터 말입니다.

이어령 어디엔가도 글을 썼습니다마는, 어머니가 아이에게 젖을 먹인다는 것은 단순히 영양을 공급한다는 의미 이상의 것이 있습니다.

가만히 보세요. 어머니가 아이에게 젖을 먹일 때는 누구나 다 본능적으로 왼쪽으로 끌어안습니다. 그것이 정상 위치인데, 그쪽은 바로 심장이 있는 쪽 아닙니까! 아이들은 젖을 빨면서 어머니의 심장이 뛰는 소리를 듣는 것입니다. 심장의 고동은 하늘이 주신 음악이고, 그 리듬 속에서 아이들은 영양 이상의 것을 받게 되는 거예요.

어느 심리학자가 실험을 해봤지요. 젖먹이 아이들을 A, B 두 그룹으로 나눠놓고 A그룹에만 스피커로 어머니의 심장 고동 소리를 들려줍니다. 그러면 그 그룹의 아이들은 잠도 잘 자고 보채지도 않는데 그렇지 않은 B그룹 아이들은 반대 반응을 보입니다. 물론 B쪽에 스피커를 틀어놓으면 역시 반대 현상이 일어나지요.

빵만으로는 살 수 없다는 말은 젖먹이 아이들에게도 진리입니다. 아이들은 젖만으로는 살아갈 수 없어요. 어머니의 따스한 품속, 심장의 리듬, 그러한 청각과 촉각 역시 미각 못지않은 발육의 조건이 되는 것이죠.

문성혜 그러면 현대의 어머니들은 우유를 먹임으로써 아이들에게 빵의 조건밖에 해결해 주지 못한다는 말씀이시군요.

그러나 현대사회의 조건은 여성을 가정에만 묶어둘 수 없지 않아요? 저는 작곡 전공인데, 어머니이면서도 동시에 피아노 교사의 역할을 해야 되니까요.

이어령 바로 그 점이지요. 옛날의 어머니들에게는 아이를 기른다는 것이 거의 100퍼센트의 구실이요 보람이었지만, 이제 시대가 바뀌어서 그 역할은 반 이상 줄어들었지요.

그렇다고 현대의 젖먹이 아이들이 어머니의 역할을 반만 원하도록 변화된 것은 아니잖아요? 그러니 나머지 부분을 대신해 주는 대용모代用母가 있어야 합니다. 그것이 우유이고, 유모차이고, 또는 보모죠. 그래서 열쇠 아이가 생겨나는 거예요.

문성혜 열쇠 아이라니요?

이어령 외국에서 맞벌이 부부들은 아파트에 아이를 혼자 놔두고 열쇠를 채운 뒤에 나갑니다. 새장 같은 침대에서 젖먹이 아이는 혼자서 잠들고, 혼자서 보채고, 혼자서 고무 젖꼭지를 물며, 혼자서 자라나는 것이지요. 부모가 있어도 요즘 아이들은 모두 고아를 조금씩 닮아가고 있어요. 아파트 열쇠가 키워주고 보호하는 열쇠 아이들은 고아나 다를 게 없어요.

문성혜 알겠어요. 선생님은 요즘 어머니들이 마땅찮다는 의견이시군요. 하지만 말이에요, 온종일 여자가 집 안에 있다고 해서 애를 반드시 잘 키운다고는 할 수 없잖아요. 스물네 시간 아이를 끼고 살아가는 육아 방식이 결코 이상적이라고는 할 수 없을 것 같아요.

이어령 모자라는 것도 문제지만 넘쳐나는 것도 문제지요. 옛날 어머니는 아이를 과잉보호해서 키웠지요. 그래서 어리광 피우는 응석받이로 길렀어요. 그것이 바로 '응석' 문화입니다. 주체성이 없고 의존적인 성격이 되어 위기에 직면했을 때 혼자 힘으로 처리하며 꿋꿋이 살아나가는 기질이 결여된 문화, 즉 의존적 문화를 만들어낸 것입니다. 왜 TV 같은 데 보면 요즘에도 '아이구 내 새끼야!'라는 말이 나오잖아요. 이 맹목적인 '내 새끼' 의식이 아이들을 오도했지요.

그러나 요즘 어머니들은 옛날 어머니의 좋은 점보다 나쁜 점을 그대로 이어받았고, 거기에 한술 더 떠서 현대 어머니의 단점까지 합쳐져 더욱 나빠져 가고 있습니다.

사랑은 촉촉히 내리는 비처럼……

문성혜 현대 어머니의 단점이란 그러니까 과잉보호가 아니라 과소보호가 되는 건가요?

이어령 이를테면 그런 거지요. 대용모 밑에서 어머니의 아늑한 꿈을 모르고 자라난 아이들…… 그 아이들은 응석 문화가 아니라 소외의 문화, 비정의 문화를 만들게 되지요.

정서의 불안정으로 소년 범죄 같은 것이 생겨나게 되지요. 이런 에피소드가 있어요. 청소년 문제를 가지고 국제 세미나를 열었을 때, 왜 현대의 청소년 범죄가 증대되어 가고 있는가 하는 것으로 육아 방식 문제가 논란되고 있을 때, 한 흑인 학자가 일어나 이렇게 말하더라는 거예요. "소젖 먹고 자란 아이들이 소가 되지 않는 것만 해도 다행이지 그 밖에 또 뭘 기대한단 말입니까"라고 호통을 쳤다는 거예요.

문성혜 그래도 요즘 어머니들이 아이들을 외롭게 기른다는 것은 사실과 좀 다르다고 봐요. 옛날보다 아이들의 권한이 더 커졌고, 더 많은 자유를 누리며, 부모와 지내는 시간도 많아졌어요. 휴일만 되어도 길에는 아이를 안고 다니는 사람 천지잖아요.

이어령 그래요. 그런데 그게 문제라는 거지요. 대개 아이들은 어머니가 아니라 남자들이 안고 다니더군요. 왜 그런지 아세요? 애들을 직접 키우지 않은 인텔리 어머니일수록 자식에 대한 죄의식이 있는 거예요. 직장에 나가고 또 자기 볼일 때문에 애를 혼자 놔두었다가 같이 있을 기회가 있으면 발작적으로 애를 끌어안고 유난스럽게 구는 거지요.

비정상이에요. 사랑의 가뭄이 계속되다가 홍수를 맞이하는 경우와 같지 않습니까? 애들도 식물과 같아서 자주자주 적당한 비가 내려야 잘 자랍니다. 촉촉하게 내리는 비처럼 사랑도 그렇게 내려야 합니다. 가뭄도 문제지만 홍수도 문제예요. 그러니 결국 아이들은 심리적으로 불균형을 이루는 겁니다. 그것을 애를 더 사랑하는 현상으로 봐선 안 돼요.

문성혜 그건 그럴지도 몰라요. 하지만 애들에게 어머니가 줄 수 있는 것은 따뜻한 젖가슴만은 아니잖겠어요? 어머니도 이제는 사회적으로 무엇인가를 해서 지성적이고 보람 있는 모상母像의 이미지를 아이에게 주어야 할 때라고 생각합니다.

이어령 마르셀 프루스트의 어머니는 지식인이었지요. 그런데 프루스트가 어린 날을 회상한 글을 보면 사회적으로 명성 있는 어머니, 지성이 넘치는 어머니상에서 플러스보다는 마이너스 감정을 더 많이 받은 것 같아요.

야외 파티에서 밤늦게 돌아온 어머니가 굿나이트 키스를 해주고 자기 방으로 돌아갑니다. 어머니는 바쁘시니까요. 프루스트는 어머니를 밤새 기다렸던 거예요. 그러나 키스만 해주고 침실로 들어간 어머니…… 그 자리에는 파티장에서 꽂았던 장미꽃 한 송이가 떨어져 있을 뿐이지요. 어린 프루스트는 어머니의 가슴 깃에서 떨어진 그 장미를 주워 들고 그 냄새를 맡아가며 잠이 드는 거예요.

어린이들이 요구하는 어머니는 퀴리 부인 같은 학자도 엘렌 케이 같은 사회운동가도 아닙니다. 슈퍼 우먼은 아이들에게 프라이드를 주기보다는 좌절감을 더 줍니다.

문성혜 그럼 선생님께선 '모든 어머니여, 가정으로 돌아가라!'라는 복고적인 구호를 부르짖으실 거예요?

이어령 그렇게만 할 수 있다면 얼마나 좋겠어요. 그래야 하는데도 여자는 어머니나 아내이기 전에 한 인간입니다. '어머니'가 된다는 것과 인간이 된다는 것은 반드시 같은 것일 수는 없지요. 그러니 고민이 되고 문제가 있고 함께 풀어봐야 할 심각한 수수께끼가 있는 게 아닙니까? 구호를 부르짖는 사람은 행복합니다. 구호는 결론이니까요. 우리는 단순한 결론보다 모색을 소중히 해야 합니다.

상실해 가는 '어머니'의 본능

문성혜 가령 저의 경우 아이를 집에 두고 피아노 교습이나 음악에 관계된 일로 밖에 나가는 일이 많아요. '음악가'로서의 나도 '어머니'로서의 나 못지않게 중요하답니다. 그러나 반드시 어느 쪽 하나를 희생해야 된다고는 생각지 않아요. 양쪽 구실을 다할 수 있으니까요. 거기에서 현대 어머니의 슬기를 찾아야지요.

이어령 '음악가'가 되기 위해 밖에 나가 있을 때 아이가 난로에 덴다거나 마루에서 떨어져 다치는 일이 생긴다면…….

문성혜 그런 일은 없어요.

이어령 행복한 어머니십니다. 어머니에게는 아들이 실제로 화상을 당했느냐 추락했느냐가 문제일 수 없습니다. 실제로 아이가 무사해도 어머니의 마음은 늘 그런 생각을 하게 마련이고, 마음속에서 매일 아이들은 손을 데고 매일 툇마루에서 떨어지고 있는 것입니다.

밖에 나가 피아노를 칠 때 어머니는 아이 생각 때문에 음악에만 몰두할 수 없을 거예요. 떨어져 있어도 떨어져 있는 게 아니요, 다치지 않아도 다친 것과 같기 때문에, '어머니'로서의 나와 '음악가'로서의 나는 평화공존만 하는 게 아니지요. 갈등을 느낍니다. 반드시 두 역할이 이상적이고 합리적으로 처리되는 것만은 아니지요.

문성혜 그렇다고 옛날의 어머니처럼 여자들에게 아이들 기저귀나 갈아 채우며 살라고 할 수는 없잖아요.

이어령 그래서 비극이 시작되는 거지요. 옛날에는 남성과 여성의 분업이 합리적으로 되어 있었지요. 아버지는 밖에 나가서 일하고 여자는 가정에서 살림을 합니다.

인류 최초의 분업은 부부의 역할, 즉 어머니와 아버지의 역할에서 시작된 거죠. 그래서 우리나라 말의 호칭을 봐도 어머니는 '안'사람이고 아버지는 '바깥'사람입니다. 사회와 문명의 조건이 달라졌어요. 그 결과 이 분업이 깨져서 여자의 역할은 '가정'의 울타리 안에서만 한정되기를 거부합니다.

매년 여자들의 눈부신 사회 진출이 늘어가요. 여의사,

여변호사, 여교사, 여교수…… 그래서 여자들의 손은 요람을 흔드는 일에서만 자기 보람을 찾던 시대에 조종弔鐘을 울리게 되지요.

그에 비해서 아이들은 어떤가요? 여자들이 사회적 역할을 하기 위해 바늘에서 해방될 수는 있어요. 재봉틀과 양장점이 생겼으니까요. 부엌으로부터 해방될 수도 있어요. 기계가 어려운 부엌일을 도와주면 열 배나 그 능률이 오르니까 말이에요. 그러나 모든 가사는 기계화로 해결이 되지만 '아이'만은 기계나 타인에게 맡길 수가 없지요. 생명을 가진 아이는 음식이 묻은 그릇이나 양말대님 같은 것과 다르니까요.

불행히도 모든 동물 중에 발육이 제일 늦은 것이 사람이랍니다. 어느 뱀은 알에서 나오자마자 물속을 헤엄쳐 다니고 송아지는 태내에서 나오자마자 네 발로 뛰어다닙니다. 그러나 인간은 태어나서 일어서는 데 1년이 걸리며 숟가락질을 배우고, 더운 것 찬 것을 가리며 말을 배우는 데 수삼 년이 걸립니다. 수염터가 잡혀가는 고등학교 학생들에게도 보호자는 여전히 필요하답니다. 이러한 조건은 조금도 변하지 않았는데 어머니의 조건과 역할은 급속도로 달라져가고 있어요. 우선 사실 분석부터 명확히 해야지요.

문성혜 사실 분석이라니요? 구체적으로 어떻게 하는 것이지요?

이어령 고민을 하고 위기의식을 가지라는 거예요. 즉 애들이 다치지 않고 병들지 않고 잘 자라나고 있으니 문제가 없다고 생각해서는 안 된다는 것입니다. 외면만 보지 말라는 거예요. 어머니 상이 달라졌다! 그래서 아이들의 성격이나 인격에는 어떤 변화가 생겼는가 조용히 생각해 보자는 거지요.

어느 초등학교 선생이 말하더군요. 집안이 좋고 어머니도 훌륭한 분인데, 그 아이는 시간 중에 하도 손가락을 빨라서 입이 헤질 지경이라는 거예요. 조사를 해봤더니 어머니가 바쁘셔서 유모가 키웠다는 거예요. 애정의 결핍에서 욕구불만이 생기고 그 현상으로 자기 손가락을 빠는 것이지요. 이런 아이들은 초등학교 교실에만 가도 수두룩한데, 어머니들은 성적표나 건강만 보고 '할렐루야'를 부르고 있지요. 안으로 썩어 들어가는 것은 보지 못합니다.

문성혜 어머니들은 심리학자가 되어야 하겠군요.

이어령 농담이 아니라 그래야 된다는 겁니다. 사회적 역할을 포기하라고 하지는 않겠어요. 그러나 그런 역할을 하려면 배나 신경을 써서 '어머니' 교육도 받아야 된다는 겁니다. 그만큼 보상하는 길을 배워야지요.

젖먹이 아이들은 말을 모릅니다. 그들이 가지고 있는 말은 '웃음'과 '울음'뿐이에요. 만족할 때는 웃고 불만족하거나 거북한 것이 있으면 울지요. 아이들 곁에서 늘 같이 하는 옛날 어머니들은 경험으로 아이들 언어를 들을 줄 알고 대화할 줄도 알아요. 그러나 현대 어머니들은 같이 있을 시간이 부족하니까 '어머니'의 본능도 상실하게 되지요.

생각해보세요. 옛날 문명이 발달되지 않은 숲 속의 원주민들은 나침반 없이도 본능으로 방향을 알아냈지요. 숲에서 방황하는 일이 없습니다. 현대인은 문명 생활을 하다가 그런 본능을 잃은 대신 정확한 나침반을 가지고 있으니까 숲에서 방황하지 않아요. 그런데 나침반을 준비하지 않고 숲 속으로 들어간 현대인을 생각해 보세요. 틀림없이 길을 잃지요. 한국의 현대 어머니들은 바로 나침반을 준비하지 않고 숲 속으로 뛰어 들어가 방황하고 있는 상태와 비슷합니다. 전통적인 어머니의 상에서 벗어났으나 본능에 대처할 현대적인 나침반은 아직 마련 못하고 있어요. 여기에 위기가 있다는 겁니다.

문성혜 구체적으로 그 나침반은 어떻게 준비되는 것인가요?

이어령 옛날엔 아이를 낳으면 자연적으로 어머니가 되었습니다. 하지만 현대의 여성들은 아이를 낳았다고 해서 다 어머니가 되는 것이 아녜요. 위험천만합니다. 어머니의 교육을 받아야 비로소 어머니 구실을 할 수 있는 여성들이 많아졌어요. 본능을 잃어버렸으니까 그 자리를 교육(나침반)으로 메워야지요. 의학, 심리학은 물론 교육학 등 많은 것을 알고 있어야 해요. 그렇지 않으면 어린 생명을 망쳐놓게 됩니다. 아닙니다. 우선 아이들 자체에서 배워야 해요.

아이와 동시에 태어나는 어머니

문성혜 아이들에게서 배우라니요? 자기 아이 말인가요?

이어령 그렇습니다. 아이를 낳는다는 것은 동시에 자기 자신도 태어난다는 것을 의미합니다. 탄생하는 것은 아이 쪽만이 아니라 그 아이를 낳은 어머니도 그 어린 생명에 의해 탄생하게 되는 것입니다. 아이를 낳기 이전까지는 단순한 여자였지요. 그러나 애를 낳는 순간 '어머니'로 태어난다는 겁니다. 사물을 보는 눈, 인생을 생각하는 의식이 달라집니다.

구체적인 이야기를 할까요. 어느 여류 시인이 있었는데, 결혼을 하고서도 그 시나 사고방식이 처녀 때와 조금도 달라진 것이 없었어요. 그런데 첫애를 낳는 순간 모든 것이 달라지더군요. 다른 사람을 보는 것 같았어요. 시도 달라지고요.

하루는 나에게 와서 이런 이야기를 했습니다. "선생님! 젖먹이 갓난아이도 꿈을 꿀까요?" 나는 웃었지요. 꿈을 꾸려면 무엇을 보고 듣고 말하고 해서 경험이 생겨나야 할 텐데 막 태어난 아이가 무슨 꿈을 꾸겠느냐고요. 그리고 농담을 했지요. 만약 꿈을 꾼다면 태내의 깜깜한 어둠이나 어머니의 젖꼭지, 그렇지 않으면 비닐 젖꼭지뿐일 거라고요.

그러자 그 여류 시인은, 그 어머니는 자신만만한 소리로 내 말을 반박하더군요. "아녜요. 선생님, 분명히 젖먹이 아이들은 잠잘 때 꿈을 꿉니다. 나는 잠들어 있는 아이의 얼굴을 보고 있었지요. 그런데 잠자면서 웃는 거예요. 행복하고 신비로운 광경을 꿈속에서 보지 않았다면 어떻게 잠자면서 웃을 수 있을까요? 생각해 봤어요. 갓난아이들은 무슨 꿈을 꿀까? 꽃일까? 별일까? 아닐 거예요. 그런 것은 아직 못 봤으니까, 그렇다면 무엇을 보고 웃었을까? 우리가 한 번도 이 세상에서 볼 수 없는 것, 생명이 탄생되는 저쪽 세계의 풍경. 나는 나의 시가 가짜란 것을 알았습니다. 신에게 기도를 했지요. 아이가 태어나기 전에 본 것을 꿈꾸는 그 세계를 내 언어가 그릴 수 있게 해달라고요."

나는 놀랐습니다. 그 여류 시인은 아이에게서 시를 배우고 있었어요. 어머니가 된다는 것이, 아이를 두 팔에 안고 있다는 것이 그처럼 강하고 그처럼 슬기롭고 그처럼 아름다운 것인가……. 부러웠습니다. 아이를 통해서 그 어머니는 생명의 의미를 듣고 있었으며, 아이의 미소를 통해서 어느 책에도 씌어 있지 않은 언어를 배우고 있었습니다.

문성혜 누구나 어머니라면 그런 것을 느끼지요. 단지 표현하지 못할 뿐이지요.

이어령 표현할 수 있는 만큼 인간의 의식은 깊어지지요. 다 시인이 되라는 게 아니에요. 사회적 역할과 애를 키우는 역할이 공존하려면 그 시인의 경우처럼 그것을 서로 연결시켜 삶의 의미를 풍부하게 할 수 있는 자각적인 노력이 있어야겠다는 겁니다.

문성혜 그 시인은 어떻게 되었나요? 다른 어머니보다도 애를 잘 키웠나요? 시가 훌륭해진 만큼이요.

이어령 그 아이는 그 시인에게 어머니가 무엇인가를 가르쳐주고는 떠나버렸어요. 그 애는 얼마 안 있어 백혈병에 걸려 죽었답니다.

문성혜 세상에 그럴 수가!

이어령 오늘의 어머니들은 부끄러워할 줄 알아야 해요. 그 여류 시인은 이 세상에서 가장 귀중한 게 무엇인지를 알았어요. 세상의 어머니들이 얼마나 어리석은지도 알았지요. 백혈병이라는 선고를 받은 순간 이 젊은 어머니는 슬픔 속에서 그것을 본 것이지요. 시가 무력하다는 것, 권력이 보잘것없다는 것, 돈이 지푸라기라는 것, 다이아몬드가 돌 덩어리라는 것…… 이 어린 생의 죽음 앞에서 우주를 준들 그 어머니가 만족했을 것입니까?

어머니들, 특히 젊은 어머니들, 허영심이 많고 샘이 많은 어머니들, 지성적이고 야심적이며 똑똑한 어머니들, 당신들은 우주와 바꿀 수 없는 어린 생명을 품속에 끌어안고 있는 겁니다. 불평하지 마세요. 무엇이 중요하고 하찮은 것인가를 빨리 아세요. 어머니가 된다는 것은 바로 그 생명의 무게를 깨닫고 그걸 지키고 내 품속에 끌어안는다는 의미를 안다는 것입니다. 그래서 어머니가 된다는 것은 전 우주를 향해 눈을 뜬다는 것이고, 그 우주를 향해 탄생되어 간다는 의미입니다.

문성혜 그러니 가정에서 되도록 아이들과 함께 있으라는 충고이시군요. 그러고 싶지 않은 어머니가 어디에 있습니까!

이어령 생명의 사랑과 존귀함을 깨닫는 것만으로는 부족하지요. 다음엔 방법, 그것을 표현하고 실천하는 수단을 배워야 해요. 가끔 저는 극장에 애를 데리고 와서 애가 운다고 구박하는 젊은 어머니를 봅니다. 길거리에 아이를 방치해 놓은 어머니, 봄날 벚꽃 구경 갔다가 애를 잃어버린 어머니! 여러 형태의 어머니들을 봅니다.

분노가 치솟아요. 저런 어머니들에게 아이를 맡기다니! 모욕감이 일어나요. 자동차를 몰려면 운전면허증이란게 있어야 하는데, 어째서 그보다 몇 배나 더 중요한 애를 기르는 데는 어머니 자격시험과 면허증을 발부하지 않는지 이상스러울 때가 많아요.

문성혜 어머나, 어머니 면허증이라니요! 아버지는 면허증이 없어도 되고요?

이어령 아버지는 운전 조수니까 면허증이 없어도 돼요. 자, 이야기를 끝냅시다. 어린아이를 낳았다고 다 어머니가 되는 것이 아니며, 여자는 애를 낳으면서 자신도 동시에 어머니로 탄생되어야 하는 준비가 필요한 거예요. 밖에 있든 안에 있든 현대 문명은 본능만으로 살아가기에는 너무 복잡하니까. 어머니도 자연 발생적인 모성애만으로는 부족합니다. 새로운 자장가를 배워야 합니다.(이어령, 『누군가에 이 편지를』, 삼성출판사, 1986.)

의상 문화론

대담자: 박임향

벌과 동시에 구제의 사랑이

박임향 요즘 연재 중인 선생님의 장편소설 제목이 『의상衣裳과 나신裸身』으로 되어 있는데, 오늘의 대화가 바로 그 의상에 대한 것입니다. 왜 소설 제목에다 '의상'이란 말을 내세웠는지요? 무언가 오늘의 화제와 관련이 깊을 것 같은데요.

이어령 물론 옷과 관계가 있지만, 그건 좀 더 상징적인 의미로 쓴 거예요. 알몸이 자연 그대로의 인간이라면 옷은 문화 속에서 살고 있는 인간입니다. 우리는 두 개의 나 속에서 살고 있지요.

박임향 그러니까 우리들의 삶은 자연과 문화의 대응 속에, 또 그러한 모순 속에 있다는 말씀이시군요. 선생님은 어느 쪽을 더 중요하게 생각하시는지요?

이어령 그 어느 쪽도 아니기 때문에 그러한 제목을 붙인 것이지요. 동물은 단지 피부와 털밖에는 없지 않습니까? 인간만이 의상을 걸쳐요.

몸만 그런 것이 아니지요. 동물은 자기의 본성을 감추거나 꾸미는 일이 없기 때문에 그 감정도 본능 그대로의 알몸이지요. 그런데 인간은 마음에도 옷을 입힙니다. 눈물이 흐를 때도 웃어야 할 때가 있고, 주먹을 쥐어야 할 때도 부드러운 몸짓을 해야 할 경우가 있어요. 교양이라는 옷은 늘 희로애락을 숨기고 억제하며 다른 모습으로 꾸며냅니다.

박임향 그 교양이 지나치면 위선이 되지 않습니까? 거꾸로 너무 솔직하면 야만이 되고요. 참 살기 어렵네요.

이어령 다시 말하면 옷 입기란 그만큼 어려운 것이지요. 성서를 보면 맨 처음에 옷 이야기가 나옵니다. 옷이 인간의 문화를 대표하는 상징으로 쓰이고 있어요.

박임향 알겠어요. 선악과를 따 먹은 아담과 이브가 처음 한 행위가 나뭇잎으로 앞을 가린 것이지요. 갑자기 자신의 알몸이 부끄러워서 말입니다.

이어령 에덴 동산에서 추방되었다는 것은 곧 자연 그대로의 환경에서 살지 못하고 인간 독자의 환경 속에서 살아가게 되었다는 의미입니다. 맥루한은 의상을 제2의 피부라고 했습니다마는 나뭇잎으로 앞을 가리는 순간 바로 제2의 환경들이 생겨난 거지요. 그것을 기독교에서는 원죄의 역사라고 부릅니다.

박임향 참 이상하지요. 그렇다면 자연에서 문화로 인간의 환경이 바뀌어갈수록 그만큼 원죄는 커지고 낙원은 멀어진다는 역설이 생겨나지 않나요?

이어령 물론 그렇지요. 그러나 한 가지, 문화가 곧 죄악이 되는 것은 아닙니다. 의상은 원죄의 깃발이지만 동시에 구제의 표시이기도 합니다. 에덴 동산에서 추방될 때 하나님은 아담과 이브를 불쌍하게 여겨 가죽 옷을 한 벌씩 지어줍니다. 죄를 지었지만 신은 그들을 그냥 버릴 수 없었지요. 죄인일망정 신은 그들에게 애정을 보여주었고, 그것이 가죽 옷의 선물로 나타나지요.

박임향 하나님이 벌하면서도 최초에 주신 선물…….

이어령 그래요. 옷은 원죄를 짓고 헤매는 인간에게 최초로 보여준 구원의 약속입니다. 옷으로 상징되는 인간의 문화와 그 문명 속에는 '벌'과 동시에 '구제의 사랑'이 함께 깃들어 있는 것이지요.

인간은 짐승의 상태로 돌아갈 수 없게 되었지요. 알몸을 가꾸는 의상을 만들어가며 살아야 합니다. 그 문화를 어떻게 펼쳐 나가느냐 하는 것으로 벌과 구원의 두 갈림길에 나서게 되는 것입니다. 의상의 문화는 시대와 사회, 그리고 사람들의 신분과 성을 구별해 주는 기호입니다.

박임향 말씀을 듣고 보니 옷의 상징적 의미가 매우 큰데요. 인간 생활의 3대 요소를 의식주라고 하지 않아요? 그중에서도 왜 옷이 첫 손가락에 꼽히는지 알겠군요.

이어령 알몸에 의상을 걸치면서부터 인간 문화가 시작된 것처럼 날 것을 그냥 먹지 않고 불에 구워서 익혀 먹는 순간에 또한 인간 문명이 생겨납니다. 그리고 역시 동굴에서 살다가 집을 짓는 순간 인간의 역사는 시작되지요. 그러므로 의식주 모두가 인간 독자의 환경을 만들어내면서 동물적인 자연생활로부터 인간적인 문화생활이 시작된다고 할 수 있겠어요. 그래서 옷을 자세히 관찰해 보면 인간 문화의 구조를 파악할 수 있어요. 옷은 문화를 해독하는 지도이기도 하지요. 역사를 항해하는 돛이기도 하구요.

탄생에서 죽음에 이르는 의상

박임향 재밌네요. 번거로우시겠지만 옷의 변천을 통해서 인간의 문화가 어떻게 변해 왔는지 이야기해주시겠어요?

이어령 아담과 이브 때부터 말입니까? 나는 의상 연구가가 아닙니다. 그러나 문제없어요. 왜냐하면 인류의 역사를 축소해 놓은 것이 바로 인간의 일생이기도 하니까. 탄생하는 순간에서 죽는 순간까지의 옷 입는 버릇과 심리를 따져보면 인류의 긴 의상사를 점칠 수 있을 거예요.

박임향 그렇군요. 아이들은 이 세상에 옷을 입고 태어나지 않지요. 우리의 먼 조상들이 알몸이었던 것처럼요.

이어령 에덴 동산은 어머니의 태내와도 같습니다. 외계의 환경과 내가 일치되어 있는 상태, 태내에서는 옷을 입지 않아도 덥거나 춥지 않습니다. 어머니의 체온 속에 있기 때문이지요. 그 피와 영양도 모태 안에 있지요. 태내에 있는 아이는 아무런 불편도 없이 그리고 노력을 하지 않고서도 성장합니다. 물론 알몸의 상태로…….

그러다가 태어나면서 이 모체의 에덴 동산에서 추방되지요. 탯줄이 끊깁니다. 최초의 의상은 바로 아담과 이브가 앞을 가렸던 나무 이파리 같은…….

박임향 강보…… 기저귀 말씀이시지요.

이어령 그렇지요. 기저귀야 말로 최초의 그 의상입니다. 그것이 조금 발전하면 체온을 유지하기 위한 실용적 의상으로 나타납니다.

박임향 그렇지요. 돌날까지 아이들의 옷에는 외관보다 살결을 보호하는 실용성이 더 중요하니까요.

이어령 그러다가 조금 크면 자신의 신분을 나타내는, 즉 성별이라든가 유치원, 초등학교 학생 등의 제복과 비슷한 옷을 입지요. 인류의 의상도 그런 순서로 발전해 왔다고 말할 수 있어요.

박임향 그래서 옛날에는 아무리 돈이 많아도 평민이 귀족과 같은 옷차림을 하지 못한 것이군요. 옷이 사회적 신분을 나타내는 신분 증명서의 구실을 했던 시대…….

이어령 지금은 사실 가정부나 주인집 마님이나 패션 자체가 다른 것은 아니지요. 법으로 금지되어 있지도 않아요. 그러나 옛날에는, 18세기만 하더라도 옷은 신분에 의해 엄격히 규제되었지요.

박임향 다음엔 사춘기의 옷이겠네요.

이어령 옷이 성적인 상징과 사랑을 부르는 꽃으로 등장하지요. 사춘기의 남녀에게 있어서 말이에요. 우아하게 보이는 것보다는—옷의 우아함은 신분의 존귀함을 나타내는 것이니까요—성적으로 매력 있게 옷의 기능이 변합니다. 권위주의적인 의상의 시대가 지나고, 성애性愛 위주의 의상 시대가 온 것이 20세기 패션이라고 해도 과언이 아녜요.

박임향 그러니까 의상의 역사로 볼 때 우리가 살고 있는 현재는 바로 사춘기 남녀, 즉 이십 대쯤에 속하나요?

이어령 반드시 그런 것은 아닙니다마는 크게 보면 그래요. 그래서 현대의 의상은 입은 것처럼 보이면서 실은 '알몸=자연성'을 어떻게 강조하느냐에 신경을 쓰고 있어요. '벗은 것처럼 입어라.'

박임향 에덴에 가까워졌군요.

이어령 권위주의적 의상은 껴입을수록 돋보이지만…… 옛날 우리 선비들 옷을 생각해보세요. 열두 폭 치마도요. 그러나 에로티시즘의 의상은 벗을수록 돋보이지요. 미니의 유행이 그렇고 슬리브리스sleeveless 옷이 그래요.

박임향 그런데 요즘에 유행하는 루스룩loose look은 그렇지 않잖아요. 지난겨울에 유행했던 승마복 차림도 그렇지 않고요.

이어령 더 지능적으로 된 거지요. 미니가 감각적인 노출이라면 루스룩은 심리적인 노출으로 한층 단수가 높아진 겁니다. 루스룩은 잠옷을 연상시키지요. 미니를 보고 놀란 적은 없지만, 루스룩이 처음 나왔을 때 난 멋도 모르고 웬 여자가 침대에서 나와 거리를 쏘다니는가 몹시 놀랐으니까요.

뿐만 아니지요. 루스하다는 것은 그 옷맵시만이 아니라 여자의 마음까지도 루스해 보이게 하지요. 풀을 먹여서 주름이 빳빳한 여자의 주름치마는 정숙하고 범하기 어려운 엄격성을 연상시키지만, 주름이 풀어진 것 같은 루스룩은 왠지 헤프게 보여요. 고급스러운 노출 효과, 성적 도발의 방법입니다.

박임향 그러나 유행이 변했어요. 이제 거리에 나가봐도 각자 자기 개성에 맞추어 옷을 입지요. 아주 다양해졌어요.

이어령 획일화되어 가는 문화에 대한 반발입니다. 모든 문화가 획일성에서 벗어나려고 몸부림치고 있어요. 이것이 오늘날의 대중문화가 지니고 있는 커다란 과제 중 하나입니다.

어딘가에도 글을 쓴 적이 있습니다마는 현대 의상의 패션이 지니고 있는 특징은 '노No 3S'로 집약될 수 있습니다. 즉 옷으로부터 노 시즌No season—계절이 없어지고, 노섹스No sex—성 구별이 없어지고, 노 스타일No style—일정한 스타일이 없어졌다는 것이지요.

박임향 남자들의 패션은 여성에 비해 요란하지 않지만, 옷에 대한 관심은 여자 못지 않은 것 같아요. 여자만 옷에 대해 관심이 있다는 건 잘못된 말인 것 같습니다.

이어령 이브가 선악과를 먼저 따 먹었듯이 아무래도 옷은 여성의 것이지요. 그러나 여자니 남자니 할 것 없이 요즘의 변화는 평등성에 있다고 할 수 있을 겁니다. '공작 혁명'이라고 해서 최근 들어 남자들의 와이셔츠가 화려해졌어요. 10여 년 전만 해도 감히 상상할 수 없었던 울긋불긋한 색채가 남자들의 와이셔츠를 물들일 때 거꾸로 여성들은 남자 같은 청바지에 러닝셔츠를 입고 거리를 활보합니다. 성차 없는, 유니섹스 스타일이 등장했지요. 그러고 보면 의상이 성을 과장시켰던 시절은 이미 사라져가고 있다는 생각이 듭니다.

박임향 그렇다면 말이에요. 성을 과장한 에로티시즘의 의상적 기능인 사춘기적 시대가 사라지고, 이제는 삼십 대의 장년기로 의상의 역사가 접어들었다는 말씀이신가요?

이어령 맞아요. 삼십 대는 한창 활동할 시기이고 여자도 아이를 기르느라 정신이 없을 때지요. 의상으로 상징되는 인류 역사는 개인으로 치자면 삼십 대쯤 된 것이 아닌가 생각됩니다.

삼십 대의 부부를 생각해 보십시오. 남자들이 밖에 나가 있는 동안 이미 신부 티를 벗은 그 주부는 남편이 벗어놓고 간 양말을 주워 신고 겉저고리 소매를 걷어붙이고 있는 일이 많지요. 의상의 역사도 그런 시기에 접어들어서 편하게만 입는, 걸치기 위해 걸치는 그런 권태기로 접어든 것이 아닌가 하는 생각이 들어요. 그런 풍속을 유니섹스인 청바지의 유행 같은 데서 찾아볼 수 있을 겁니다.

만드는 여성에서 소비하는 여성으로

박임향 요즘은 여자 옷이라 해도 맞춤보다는 기성복이 대인기입니다. 그만큼 사람들이 바빠진 것 같아요. 그리고 옛날엔 밖에 나갈 때면 으레 성장盛裝을 하는 버릇이 있었지만, 요즘엔 파티나 특별한 경우가 아니면 화려한 옷을 입지 않습니다.

이어령 옷은 원래부터 여성 문화에 속해 있었던 것이죠. 처음엔 옷감부터 여자의 손으로 만들어졌지 않습니까? '견우직녀'의 전설만 보더라도 남자는 소를 몰고 여자는 옷감을 짰어요. 「서경별곡」이라는 고려 때의 노래를 봐도 여자의 일은 '질삼뵈(길쌈베)'로 상징되어 있습니다.

그러다가 산업혁명이 일어난 뒤 옷감을 공장에서 짜게 되자 여자들은 옷을 만드는 일에만 전념하게 됩니다. 바느질이지요. 그것이 다시 양장점으로 옮겨져 이제는 가정집에서 재봉틀조차 구경하기 힘들어졌습니다. 옛날의 여자 혼숫감은 재봉틀이 첫손에 꼽혔으나 요즘엔 냉장고나 장롱입니다. 옷감을 만들고 옷을 마르던 여자들이 이제는 유일한 옷의 소비자로 바뀌어 '만드는 여성'에서 '입는 여성'이 되어버린 것입니다. 이것이 다시 양장점의 맞춤 의상에서 기성복으로 전향되어 갑니다. 컴퓨터로 재단하면 거의 기성복과 맞춤옷의 차이가 없어져 버립니다.

의상 패션의 변화만 아니라 옷을 만들어 입는 측면에서 보더라도 여성의 의미, 그리고 우리가 살고 있는 이 시대의 의미가 옛날 의미에서 어떻게 변모되어 가는지 그 상징적 의미를 깨달을 수 있을 겁니다.

박임향 그만큼 여성들은 옷에 대해 수동적으로 되어가고 있군요. 그러니 생활에 대한 태도도 수동적으로 되어간다고 할 수 있겠어요.

이어령 참 역설적인 일입니다. 여성은 끝없이 평등과 해방을 부르짖어왔고, 옛날에 비해 적극적이고 행동적인 성격으로 변모해 온 것 같은데 자신의 생명과 생활에 대해서는 매우 수동적으로 되어가고 있음을 알 수 있습니다. 옷감을 만들고 그것을 깁는, 이를테면 자신의 사랑과 운명의 의상을 스스로의 손과 머리로 창조해 가는 열정을 상실해 가고 있다는 겁니다.

남이 짠 옷감과 만들어준 옷을 입듯이 그렇게 삶을 누려가고 있는 것이지요. 서툴고 거칠지만 자기 손으로 자기 옷을 만들듯이 개성 있는 삶의 방식을 찾아야 할 것입니다.

박임향 현대인의 의상을 통해 오늘의 여성 문화를 이야기해봤습니다. 의상의 미래관은 어떤가요? 우리는 의상의 역사를 겨우 삼십 대 정도밖에 말하지 않았으니까요.

이어령 늙으면 옷을 수수하게 입지요. 옷을 입었다는 의식마저 없어집니다. 엘리엇은 늙음을 이야기하는 시에서 '바짓가랑이가 헐렁해지는 플란넬 옷을 입는다'라는 표현을 했는데, 앞으로 인류의 의상은 '눈에 띄지 않는 것', 전문 용어로 말하자면 '인볼브먼트involvement'의 의상 시대가 올 것이라고 생각해요.

박임향 좀 어려운데요. 구체적으로 말씀해 주시겠어요?

이어령 권위주의적 의상은 쓸데없는 장식이 많다는 것이 특징입니다. 번쩍거리는 '단추', '레이스', '금이나 은으로 된 술' 이런 것들이 의상 패션의 아랫목을 차지하고 있었지요. 장중하고 신비하고 장식적인 효과를 옷의 생명으로 삼고 있습니다. 이런 옷은 불편함을 주지만 입는 사람에게 우월감을 일으키게 하지요.

그러나 에로티시즘의 의상은 개방적이고 노출적이라 단순한 형태로 바뀌어갑니다. 장식적인 것을 없애고 가벼운 느낌을 줍니다.

그런데 기능주의 시대로 접어들면 활동 위주의 옷이 되며, 작업복이나 청바지처럼 옷에 관심을 두지 않는 방법으로 패션이 바뀌어가죠. 그러나 다 같이 '옷을 입었다'라는 자의식을 강조하고 있다는 면에서는 다를 것이 없어요.

'인볼브먼트의 의상 시대'에는 옷이 완전히 자신의 피부인 것처럼, 옷을 입은 사람이나 그것을 바라보는 사람이나 그 시선이 몸과 옷으로 분리되지 않고 하나가 되는 것을 이상으로 삼게 될 것입니다. 이를테면 '수수한 옷', '유난스럽지 않는 옷', '눈에 띄지 않는 옷' 말이에요.

박임향 문명의 최후 단계에는 어떤 의상이 생겨날 것인지?

이어령 저는 예언자가 아닙니다. 그러나 인간은 태어날 때 기저귀를 차는 최초의 의상이란 게 있듯이 죽으면 수의를 입게 되지요. '기저귀에서 수의'…… 이것이 인간의 일생이요, 인류 문화의 시작과 마지막을 상징하지요.

박임향 수의라고요? 그런 의상은 어떤 걸까요?

이어령 보십시오. 만화나 영화에서 이따금 몇백 년 후의 지구인들을 그린 상상극이 등장하지 않던가요? 인간들이 입고 다니는 옷은 우주복 같은 것, 하얗고 번쩍 거리는, 우주의 방사선을 막는 특수한 복장의 모드입니다. 그것은 인류의 수의입니다.

그때의 옷은 권위나 에로티시즘이나 기능이나 혹은 '인볼브먼트'가 아니라 단지 서바이브survive하기 위한(살아남기 위한) 최후의 환경이 되는 것이지요. 최후의 심판일에 입는 그 최후의 옷은 공해와 방사선을 막는 것, 옷을 벗으면 곧 죽어버리는 외로운 의상이 될 것입니다.

박임향 우울하네요.

이어령 걱정 마세요. 우리들 시대에는 그런 것이 나타나지 않을 거예요. 인류 의상의 역사는 겨우 사춘기 시대를 벗어났으니까 희망은 많아요.

옷은 문화의 우주, 육체는 자연의 건축

박임향 의상의 철학이란 것이 가능해질 것 같은데요.

이어령 농담이 아닙니다. 그 시대의 풍속과 문화, 인간의 정신 내부를 들여다보고 싶으면 우선 그들이 입고 다니는 옷을 관찰해 보라! 그렇게 말할 수 있습니다.

박임향 옷은 인간이 스스로 만들어낸 환경의 깃발이라고 하셨지요. 그런데 인간은 문명으로부터 도피하여 원시의 자연으로 돌아가기를 희망하지 않나요? 해수욕장에 가면 성적인 것이 아니라 해도 그 알몸의 유혹을 느끼지요.

이어령 바다와 나체 인간은 끝없이 역사의 시간으로부터 신화의 시간으로 복귀하려고 했습니다. 그것이 축제의 습관입니다. 일상생활은 역사와 문화에 얽매여 있지만 축제일에는 거기에서 벗어나 신화의 시간으로 복귀하려고 합니다. 바캉스 때 바다로 가는 것은 일종의 여름 축제이지요.

반드시 바다나 축제일만이 아니라 인간은 하루 동안에도 그 사이클을 되풀이합니다. 집에서 밖이나 직장으로 나갈 때는 옷을 입습니다. 그러나 집에 돌아오면 옷을 벗어 던집니다. 옷을 입을 때의 마음에는 긴장과 투쟁과 조직 속으로 들어가는 문화에의 참여(노동)가 생겨나지만, 옷을 벗어 걸 때는 거꾸로 그 문화에서 해방되어 해이와 휴식과 개인으로 돌아오는 본능의 잠 속으로 몰입합니다. 그것이 잠옷의 생리지요.

이 노동과 휴식, 참여와 이탈을 되풀이하면서 사람들은 살아갑니다. 옷만 입고도 살아갈 수 없고, 또 알몸으로만 살아갈 수도 없는 게 인간이지요. 이 양극을 시계추처럼 오락가락하면서 개인의 삶은, 그리고 인류의 역사는 전개되어 갑니다. '옷은 문화의 우주, 육체는 자연의 건축'이지요. 그 사이 조화를 찾아내는 것이 인간의 행복이기도 하고요.

박임향 끝으로 여성이 어떻게 옷을 입어야 이상적인지 남자의 입장에서 말씀을 해주시겠어요?

이어령 뻔한 대답이 아니겠어요? 자기에 어울리는 개성적인 복장이야말로 최대의 멋이라고요. 흔히들 그렇게 말하지요.

그러나 저는 조금 달라요. 개성이란 남과 동떨어진 것을 의미하는 게 아니지요. 남과 함께 있을 때, 같이 호흡할 때, 그러면서도 다른 분위기를 풍길 때만 진정한 개성미가 생겨나는 겁니다. 유행을 나쁜 것이라고만 생각하는 것은 잘못입니다.

우리가 동시대에 살고 있다는 기쁨, 남과 함께 똑같은 계절을 살아가고 있다는 아이덴티티의 하나가 바로 그 유행입니다. 그러나 그것이 형식적인 것이 되어서는 안 되지요. 유행 속에서 개성을 찾아라, 이것이 내 엉거주춤한 충고입니다. 비록 원죄의 상징이라 할지라도 에덴동산 아닌 이 도시의 문명 속에서 살아가려면 옷을 입는 긍지도 높여야 해요. 공작새의 깃털이 아무리 아름다워도 인간의 의상만 하겠습니까? 공작새는 죽을 때까지 한 옷만 입고 살지만 인간은 자기 스스로의 선택에 의해 스스로 다른 옷을 바꿔 입으며 살아갈 수 있지요. 그러므로 누더기 옷이라도 공작새의 깃털보다는 아름답고 자유로운 것이에요. 그것은 인간이라는 증거이고, 생명의 표현이며, 자유의 표정입니다.

옷은 내외(안과 바깥), 상하(위와 아래), 좌우(왼쪽과 오른쪽)의 구조를 가지고 있지요. 우주 공간의 축소예요. 옷을 입는다는 것은 바로 우주를 내 몸으로 끌어들인다는 것과 같아요.

왜 유학자들이 옷 입는 법(의관)을 단정히 하라고 가르쳤겠어요? 단순히 사치를 부리기 위해서가 아니라 개성과 내 생명을 외부로 표현하기 위해서 옷을 입어야 해요.

박임향 감사합니다. 옷 하나 입는 것에도 그렇게 많은 의미가 숨어 있다는 것을 느끼니 머리가 무거워지는 것이 아니라 가벼워지는군요.(이어령, 『누군가에 이 편지를』, 삼성출판사, 1986.)

II

나 그리고 우리를 말한다

1950년대 전후문학戰後文學의 길

대담자: 이상갑

이상갑 안녕하십니까? 바쁘신 가운데 교수님께서 저희 《작가연구》의 대담에 응해 주신 데 대해 먼저 감사의 말씀을 드립니다. 《작가연구》는 매호 기획 대담란을 마련하고 있습니다. 창간호에는 유종호 선생님께서 1950년대 문학에 대해서 개인적으로 가지고 계신 생각을 정리해주셨고, 2호에는 김경린 선생님께서 후기 모더니즘 시 운동에 대해서 전반적으로 말씀해주셨습니다. 그리고 최근 3호에는 1950년대 문학과 계기적인 성찰이라는 관점에서 염무웅 선생님을 모시고 1960년대 문학과 문단의 전반적인 현상을 살펴보았습니다.

선생님께서는 전후문학 비평을 본 궤도에 올려놓으신 분으로 평가되고 있습니다. 그래서 이번 선생님과의 대담에 거는 저희들의 기대는 그만큼 큽니다. 나아가 선생님께서는 1950년대에 '저항의 문학'으로 대변되는 현실

지향적인 비평 활동을 해오시다가 4·19 이후 1960년대로 접어들면서 외형상 방향 전환에 가까울 정도로 상당한 변화를 보이고 계신데, 요즘 공부하는 후학들로서는 그 변화와 의미와 계기가 무엇보다 궁금하기도 합니다. 그리고 저희가 알기로 1960년대 이후 그렇게 왕성한 비평 활동을 하시지 않은 것으로 알고 있는데, 그런 전후의 사정에 대해서도 많은 궁금증을 가지고 있습니다.

더욱이 1950년대에 왕성하게 활동하신 분들 가운데는 지금 연세가 많아서 활동을 안 하시는 분들이 많이 계신데, 오늘 선생님께서 말씀하시는 사항들은 자료적인 면에서도 상당히 의미 있으리라 생각합니다. 이미 1950년대 연구는 어느 정도 진척된 바 있고, 최근에는 소장 학자들을 중심으로 1960년대 문학 연구에 대한 관심이 갈수록 높아지고 있습니다. 이런 면에서 1950년대 문학과 문단의 제반 현상을 1960년대와의 계기적인 관점에서 살펴보는 것은 의미 있으리라 생각합니다.

선생님께서는 문단에 공식적으로 등단하기 훨씬 앞서서 「우상의 파괴」라는 글을 발표하시면서부터 이미 본격적인 비평 활동을 하신 것으로 압니다. 선생님께서 그 글을 《한국일보》에 발표하신 것이 22세 때로 압니다만 구체적으로 언제였습니까?

문단 등단 과정과 전후 상황

이어령 그렇습니다. 「우상의 파괴」는 대학을 막 졸업할 무렵인 1955년 봄 《한국일보》에 게재된 것이지요. 그러나 그 이전에도 《예술집단》이라는 문예지에 「환상곡幻想曲」과 「마호가니의 계절」이라는 소설을 발표한 적이 있고, 《문리대학보》에 「이상론李箱論」 등 작가론을 발표하여 대학가만이 아니라 문단에서도 제 글을 읽은 사람들이 더러 있었지요. 그리고 추천을 받기 이전에도 이미 일간 신문에 월평을 쓰고 《신세계》 등의 월간지에 「나르시스의 학살」(조연현 씨의 이상李箱 읽기의 잘못에 대한 비판)과 같은 평론을 발표했지요.

방금 공식적이라는 말을 하셨는데, 저는 바로 그러한 공식적 경로로 문단에 등단하는 것에 대해서 저항감을 가지고 있어서 《문학예술》에 평론 추천을 받기 이전의 1955년을 저의 문학 출발점으로 삼고 싶습니다.

이상갑 유종호 선생님의 말씀에 따르면 서울대 《문리대학보》에 선생님께서 박맹호 씨와 함께 소설도 간간히 발표하셨다고 하던데요.

이어령 예, '노주蘆洲'라는 고색창연한 익명으로 「환幻」이라는 소설을 발표했지요. 또 대학 신문에 시를 발표하기도 하고, '이원李元'이라는 익명으로 《대학신문》 현상 소설에

응모, 최규남 총장으로부터 상을 타기도 했지요. 따지고 보면 《문리대학보》 자체가 당시 학예부장이었던 제가 편집인이 되어 장정에서, 편집 교정까지 모두 도맡아 했어요.

여담이지만 《문리대학보》의 제자題字는 생물학과에 다니던 김정현을 졸라 그의 백씨였던 서예가 김응현 선생으로부터 공짜로 써 받은 것이고, 그 책 디자인은 제가 잘 피우던 필립 모리스 담뱃갑을 색깔 샘플로 한 것입니다. 학생이 무슨 양담배냐고 하겠지만 당시의 국산 담배는 군인들이 피우는 화랑 담배 정도여서 누구나 미군 부대에서 흘러나온 값싼 양담배를 피웠지요. 1950년대의 서브Sub 컬처는 러키 스트라이크와 필립 모리스, 그리고 C 레이션 박스의 카키색 콘드 비프 통조림 등으로 요약될 수 있을 것입니다. 그리고 하이 컬처는 그 학보에 삽화로 사용된 루오나 자코메티, 그리고 학보의 유일한 연재물이었던 키에르케고르를 위시한 실존주의 등이었어요. 물론 다음호 표지는 색깔이 바뀌었지만 《문리대학보》의 표지 디자인과 그 내용들은 1950년대의 한국 문학의 분위기를 진솔하게 담고 있지요.

이상갑 그 당시 재미있는 일화는 없었습니까?

이어령 원래 《문리대학보》는 피난지였던 부산에서, 지금 《조선일보》에 칼럼을 쓰고 있는 사학과 홍사중 등이 중심이 되어 창간된 것인데, 환도 직후 체제를 바꿔 본격적인 학술 잡지 형태로 내놓게 된 것입니다. 당시만 해도 매체가 거의 없었던 때라 요즘의 교내지와는 성격이 달랐습니다. 나오자마자 동이 났는데 대학가는 말할 것도 없고 문단과 학계에까지 널리 읽혀 화제가 되었지요. 한국 최초로 T. S. 엘리엇의 「황무지」를 최승묵·이태주 등 영문과 학생 셋이 공동으로 완역 전재全載를 했고, 불문과의 이형동이 아라공, 엘뤼아르를 비롯, 프랑스의 저항시를 원문과 함께 소개하여 젊은 문학도들에게 큰 감동을 주었어요. 불문과의 박이문과 최근 세상을 떠난 미술 평론가 이일 그리고 독문학과의 송역택 등이 릴케론과 시를 기고했고, 국문과의 신동욱이 서정주론을 썼지요. 물론 박종홍 교수를 비롯한 많은 교수님들의 글도 실었어요. 일일이 거명할 수 없지만 당시 《문리대학보》의 필진 거의 모두가 오늘날 각계에서 지적 작업을 하고 있지요.

민음사 사장인 박맹호는 학보에 작품을 발표한 적은 없지만 《자유공론》인가 어느 잡지사의 현상 소설에 당선되어 기성 문단에 직접 진입했지요. 이승만 독재정치를 우회적으로 비판한 내용 때문에 발표가 보류되기는 했지만, 그 소설의 주인공 맥파로와 함께 일부 내용이

구전으로 널리 퍼졌지요. 그 당시 유종호는 교내 문학 활동보다는 번역으로 문단 활동을 시작했지요. 영문학 쪽에서 각광을 받았던 최승묵은 「우계雨季」라는 소설을 쓰고 현대 소설 이론들을 발표해서 기대를 모았는데 아깝게도 대학원 때 요절하고 말았어요. 대학은 달랐지만 문리대에서 청강을 하기도 한 고석규도 일찍 세상을 떠났어요. 이 두 사람은 모두 저와 절친한 사이였는데 생존해 있었다면 한국 평단은 좀 더 달라졌을 거예요.

이상갑 방금 말씀하신 그분들이 대부분 동기분들이신가요?

이어령 서로 비슷해요. 지금은 서기로 학번을 말하지만 우리 때는 단기였지요. 전쟁 나던 해 입학한 83학번(단기4283년)으로는 김열규, 홍사중, 피난처에서 입학한 84학번으로는 박이문과 소설가 오상원이있고, 그리고 85학번이 저와 신동욱, 최일남 등이고 환도 후인 86학번이 유종호일 것입니다.

이상갑 저희들이 1950년대 상황을 알기 위해 주로 참고할 수 있는 자료라는 것이 고은 선생님의 책인데, 이와 관련하여 그 당시 젊은 대학생들이 가지고 있었던 의식의 공통분모라고 할까요, 그런 것이 있다면 어떤 것이 있을까요?

이어령 1950년대는 아직 기술되지 않았다고 보는 것이 정확하겠지요. 왜냐하면 그 세대의 진정한 증언자들은 모두가 '침묵의 증언자'들이기 때문입니다. 시집을 끼고 다니다가 어느 날 갑자기 길거리에서 징집되어 전쟁터로 갔다 영영 돌아오지 않았거나, 외국 군대를 따라다니며 통역을 해주다가 외국으로 떠나서 영영 돌아오지 않았거나, 혹은 불타는 소돔의 성을 뒤돌아보다가 그냥 소금 기둥이 되어버렸거나…… 그렇지요. 저만 해도 소금 기둥이 될까 봐 1950년대를 회고하는 글을 거의 쓰지 않았지요. 이 대담이 처음일 것 같군요.

그래요. 굳이 그때의 대학생들이 지닌 의식을 건축과 같은 조형물로 가시화할 수 있다면 아마 부산 피난 시절의 판잣집 가교사와 미군들이 쓰다가 내준 환도 후의 동숭동 문리대 건물, 그리고 폐허의 도시 지하실 한구석을 차지하고 있던 음악 감상실이 될 것입니다. 보통 때 같았으면 담과 벽 때문에 똑바로 갈 수 없었던 길을 우리는 자유롭게 넘어다녔지요. 폭격으로 부서져 설계 도면처럼 구획만 남아 있는 남의 집 부엌과 화장실과 거실을 가로질러 '르네상스'나 '돌체' 같은 음악 감상실을 드나들 때의 그 역설적인 자유로움. 그래요. 우리가 믿고 의지할 수 있었던 것은 조국도, 이념도, 철조망도 아니라 붕괴된 벽을 횡단하여 만난 모차르트, 그리고 베토벤과 브람스의 음악이었어요. 맨정신으로는 도저히 살아갈 수 없었던 우리 세대의 주기도문은 '우리에게 일용할 양식daily bread을 주옵시고'가 아니라 '우리에게 일용할 음악daily music을 주시옵고'였지요. 차이코프스키의 「비창」은 성당 없는 우리 세대의 미사곡이었고요. 물론 오늘의 세대가 즐기는 빌보드 차트에 오른 팝이나 랩이 아니라 용케 폭격 속에서도 깨지지 않고 살아남은 SP판의 바늘 소리와 함께 들려오는 클래식이었어요. 그러니까 음악 감상 전문 다방이었던 '돌체'나 '르네상스'는 1950년대 젊은이들이 모이는 카타콤이었다고 할 수 있겠지요.

그냥 음악 감상실만 다닌 게 아닙니다. 문리대 바로 앞에 있는 다방에서 생물학과의 김신환—이탈리아에서 활약하다가 서울시 오페라 단장을 했던 그분 말입니다—이 음악 감상회를 열기도 했지요. 전공과 관계없이 입추의 여지가 없도록 학생들이 모여들었어요. 해외 시 낭송회의 밤도 열었는데 마로니에 교정은 젊은이들로 덮였지요. 커피는 쓸수록, 음악은 무거울수록, 시는 난해할수록 젊은이들의 통과제례가 되었던 거죠. 글을 쓰는 사람들인데도 1950년대의 얼굴들은 모두 그곳에 있었어요. 이규태는 학교는 달랐지만 그때 아마 '르네상스'였던가 음악실의 디스크자키로 있어 친숙한 얼굴이 되었고요.

이상갑 지금도 《조선일보》에서 칼럼니스트로 활동하고 있는 그 이규태씨 말입니까?

이어령 바로 그분이에요. 신기한 것은 음악 감상실이 명동의 술집과 밀집해 있었는데 우리 문학 청년들이 술에 취해 주정을 하고 다녀도 이른바 명동 깡패들이 그냥 놔두었어요. 글쓰는 사람, 시인이라고 하면 모두 존경하고 봐주었던 시절이었거든요. 1950년대는 깡패와 술집 마담과 시인이 공생하는, 그런 어수룩한 순정과 낭만이 있었던 때예요. 돈도, 데모를 할 자유도 없었던 젊은이들이었지만 폭격 맞은 폐허의 도시, 명동은 문학적 상상력을 키워주는, 표지조차 떨어져 나간 이상한 한 권의 시집이었지요.

이상갑 선생님의 말씀을 들으면 그 당시를 직접 경험하지 못한 저희들로서도 전쟁으로 죽은 사람들의 비애와 살아남아 있는 자들의 상처와 죄의식 같은 것이 깊이 느껴집니다. 이와 관련하여 전쟁을 직접 경험하지 못한 세대일수록 우리 모두의 미래를 위해서 이런 사실을 분명히 확인하고 점검해 두어야 할 것 같은 책임감이 더욱 강하게 느껴지기도 합니다.

6·25 전쟁 당시 경험하신 것 중에서 지금까지 오래 기억에 남을 정도로 특별한 사건은 혹시 없으십니까?

이어령 수업은 거의 휴강이었고, 특히 국문과 현대 문학은 가르칠 교수가 없었어요. 기성 문인 중에 대학을 나온 사람이 거의 없었기 때문에 특강 형식으로 강사를 모셔다가 들었지요. 흑판에 'fiction'을 'piction'이라고 쓰는 강사가 있었는가 하면, 그레이엄 그린의 소설 이야기를 하다 말고 그게 같은 작가인 줄 알고 난데없이 줄리언 그린의 『제3의 사나이』로 튀는 분이 없나, 브라네스의 낭만주의 사조사를 토씨 하나 틀리지 않고 그대로 베껴다가 한 시간 내내 노트 필기를 시키는 분이 없나, 그래서 그 실망과 분노는 질문 공세로 바뀌고, 그 결과는 교단에 다시 나타나지 않은 강사 선생들의 학점을 받아오는 고생이었지요. '워털루의 승전'이 이튼 교정에서 이루어졌다지만, 우리의 기성 문단과의 전쟁은 바로 문리대 대학 강의실에서 시작된 것이지요. 심지어 한국의 국보라고 자처하시던 양주동 선생마저도 『두시언해』 강의 시간에 사격을 당했지요. '나그네 시름이 어찌 일찍부터 오리오[客愁何曾着]'의 언해를 잘못 풀이하시다가 국어학을 하는 안병희의 질문을 받고 혼이 났지요. 그리고 나는 시험 답안지에다 선생의 문학 이론을 공박하는 장문의 글을 쓰기도 했고요. 우리가 전후 캠퍼스에서 익힌 것은 '권위를 의심하라. 그리고 스스로 생각하라'였습니다.

이상갑 그러면 구체적으로 「우상의 파괴」라는 글을 발표하신 동기나 전후 배경은 어떠했습니까?

이어령 나 자신이 무슨 특별한 의도를 갖고 그 글을 발표한 것은 아닙니다.

이상갑 그러면 우연한 계기로 쓰시게 되었다는 말씀이신가요?

이어령 현상 문예에 투고를 하는 것과는 달라서 아주 우연한 계기로 이루어진 것이에요. 당시 김규동 씨의 시집이 출간되어 명동의 '동방싸롱' 이층이었던가 하는 데서 출판기념회가 열렸었지요. 그때 친구들과 음악실에서 돌아오던 길에 불청객으로 그 자리에 끼게 되었던 것이지요. 더구나 문인들의 축사가 끝난 뒤 독자도 한마디 하라는 사회자의 권고를 받고 제가 객기를 부려 한국 모더니즘에 대한 즉석 비판 연설을 했던 것이지요. 지금은 다 잊어버렸지만 "한국 모더니스트들의 언어는 우라늄과 같은 방사선 물질과 같은 것으로 시간이 흐르면 납덩이로 변하고 마는 것이다"라고 말했던 대목이 기억납니다.

그것이 문단의 화제가 되어 당시 《한국일보》의 문화부장이었던 한운사 씨의 귀에 들어가게 되고 기성 문단에 할 말이 있으면 한번 글로 써보라는 청탁을 받게 된 것이지요. 당시 문단 상황은 모윤숙 씨가 주재한 《문예》가 폐간되고 조연현 씨가 주도하는 《현대문학》과 오영진 씨와 시인 박남수 씨의 《문학예술》, 그리고 김광섭 씨의 《자유문학》이 문단 마당이었는데 거기에 끼지 않고 글을 쓴다는 것은 거의 불가능에 가까운 것이었지요. 저는 그때나 지금이나 파당성을 가장 싫어하기 때문에, 그리고 사회 참여 문학을 주장하던 때라 자연히 제일의 표적으로 삼은 것이 김동리 씨와 조연현 씨가 주축이 된 《현대문학》파였지요. 결과적으로 《문학예술》과 《자유문학》은 저에게 호의를 갖는 상황이 되었고요. 뿐만 아니라 《현대문학》의 편집장으로 계셨으면서도 오영수 선생은 저의 편이 되어주셨고, 노천명 시인은 속이 다 시원하다고 누하동 집으로 초대해 격려를 해주셨어요. 그 뒤 소설을 쓰시겠다는 엽서를 보내주셨는데 곧 돌아가시고 말았어요.

이상갑 예, 그렇게 해서 「우상의 파괴」가 나오게 되었군요. 그런데 그 후 《문학예술》 1956년 10월호에 「현대시의 환위와 환계-시 비평, 방법서설」로 작고하신 백철 선생님의 초회 추천을 받으시고, 같은 해 《문학예술》 11·12월호에 걸쳐서 「비유법 논고 상·하」라는 제목으로 공식 등단한 것으로 알고 있습니다. 특히 초회 추천작에서 그 당시 인상 비평과 재단 비평의 폐해를 강하게 지적하셨는데, 이런 폐해는 1965년 초·중반까지 기존 한국 문협과 문총의 대립 구도와 함께 번역 비평, 인상 비평, 이런 것들에 많이 있었거든요. 그 당시 등단 과정은 어떠했습니까?

이어령 잘 알고 계시는군요. 기성 문단을 향해서 '노'라고 말해야 할 사람들이 그분들에게 작품을 내놓고 결재용 도장을 받는다는 것은 도저히 용납할 수 없는 모순이라고 생각했지요. 그래서 신춘문예나 잡지의 추천을 거치지 않고 혼자 힘으로 창작 활동을 하리라고 결심을 했던 참이었지요. 그런데 《한국일보》의 월평란에서 김송 씨의 소설을 비판했더니 '족보에도 없는 비평가'라는 반박문이 들어오지 않았겠어요. 그때 상처를 입은 저는 요즘 해체주의자들 말대로 '그들의 논리를 이용하여 그들의 논리를 해체하는 방법'을 써야겠다고 다짐을 하고는 《문학예술》의 편집 책임자셨던 박남수 선생의 추천 권유를 받아들이기로 한 것입니다. 그리고 추천위원이 당시 뉴크리티시즘에 관심을 많이 갖고 계신 백철 선생이라는 이유도 있었고요. 더구나 신문에는 단편적인 글밖에 발표할 수가 없어서 문예지에 본격적인 문학론을 써서 단평 위주의 평단 풍토를 바꿔놓자는 속셈도 있었습니다.

이상갑 그런데 일부에서는 선생님께서 유명해지기 위해서 그 당시 기성세대를 신랄하게 공격하고 우상 파괴를 했다고 보는 시각이 있기도 합니다.

이어령 기성세대를 공격해서 누구나 다 유명해지는 것이라면 이 세상에 그보다 더 쉬운 일이 어디 있겠어요? 하기야 자기 이름을 내 걸고 작품을 발표하는 문인이라면 누구나 다 유명해지고자 하는 욕망이 있겠지요. 바이런이 시집을 내고 아침에 눈을 떠보니 하룻밤 새 유명해져 있었다는 일화처럼 《한국일보》 문화면 전면에 「우상의 파괴」가 나온 후 제가 잘 드나들던 명동의 동방싸롱에 나가보니 명사가 되어 있더군요. "「우상의 파괴」 읽었어?"라는 말이 한동안 문단의 인사말이요, 화두처럼 되었으니 말이에요. 그러나 정말 중요한 것은 '이 아무개가 유명해지기 위해서 「우상의 파괴」를 썼는가'가 아니라 '어째서 그까짓 신문의 시평 하나가 그렇게 이 아무개를 유명하게 만들 수 있었는가'일 것입니다.

이승만 대통령이 정치적 우상이었듯이 문단 역시 우상들이 지배를 하고 있었지요. 그 권위와 인습이 얼마나 솥뚜껑처럼 내리눌렀기에 그 작은 숨구멍 하나에도 그처럼 큰 힘이 터져 나왔겠어요? 저는 그것을 우상이라고 불렀지만 보이지 않는 유리 감옥이라고도 했지요. 젊은이들은 선배 문인들의 세트에 갇혀 있으면서도 자기가 그 유리 벽 속에 갇혀 있는 줄을 몰랐던 거지요. 지금은 낡은 판박이 말이 되었지만 당시의 젊은이들에게 자기를 '신세대'라고 부를 낱말조차도 주어지지 않았거든요.

그러니까 「우상의 파괴」는 아예 문학을 포기할 각오를 하고 쓴 글이었지요. 우리를 억누르는 그런 질식 상태에서 기성세대를 공격한다는 것은 유명해지려는 욕망이 아니라 '숨 쉬고 싶다'라는 호흡의 문제였지요. "한국 문학 세대라는 의식이 처음 생겨나게 된 것은 이어령 때부터다"라고 말한 어느 문인의 글을 읽을 때도 저는 낯이 뜨거워졌지만 "「우상의 파괴」는 유명해지기 위해 기성세대를 공격한 것이다"라는 가십에 대해서도 저는 얼굴을 붉힐 수밖에 없어요. 발가벗은 임금님이라고 외친 어린아이의 말을 듣고 사람들이 비로소 자신들이 헛본 것을 깨닫게 되지요. 「우상의 파괴」라는 그 글은 그 이상도 그 이하도 아닙니다.

이상갑 앞서 기존의 모더니즘 운동이 이론에 대한 명확한 이해도 없이 아주 피상적으로 전개된 데 대해 비판하셨는데, 구체적으로 어떤 측면에서 비판적으로 보셨는지요?

이어령 1930년대의 이상을 좋아한 까닭은 그의 모더니티에 대한 동시대인의 감동이 있었기 때문이지요. 이상의 수필 한 줄만 읽어봐도 알 수 있듯이 그의 난해성이나 실험성은 당시 서구와 일본에서 유행하던 다다니 쉬르니 하는 모더니즘의 유행을 모방하고 추종한 것이 아닙니다. 「날개」의 경우처럼 근대의 도시 체험이라는 감각과 독창성을 지니고 있었지요. 그러나 1950년대의 조향 등 이른바 모더니스트들의 작품에서는 그런 감동을 느낄 수 없었던 것이지요. 그들의 난해성에는 뒤샹 같은 앙프로망스의 오브제도 찾아볼 수 없었고, 감성과 이성을 통합한 엘리엇의 객관적 상관물이나 시적 긴장감 같은 것도 없었지요. 시론이란 것도 1930년대 I. A. 리처즈를 공부했던 김기림, 조이스를 알았던 최재서만 한 것도 없었어요.

당시 모더니즘에 대한 공격은 모더니즘 자체에 대한 것이라기보다도 문학의 독창성에 대한 모방성의 문제로서 1950년대의 모더니즘이 지니고 있는 아류에 대한 부정이라고 할 수 있습니다. 구체적으로 저는 모더니스트들의 언어가 근대적 사물로서의, 그리고 근대적 자아의 출혈로서의 언어가 아니라 단지 카페 간판 같은 외래어의 유행어로 도배질을 한 것이라고 생각했던 것이지요.

전통론과 전후 세대의 자의식

이상갑 앞의 이야기를 토대로 이제는 자연스럽게 전통 문제로 화제를 옮겨보죠. 선생님께서는 전후 비평을 평하시면서 6·25 이후에 등장한 '민족 전통론'과 '사회 참여론' 등이 1930년대 중반 김환태·최재서 등의 비평보다 오히려 앞선 시기의 비평 행위와 비슷할 정도로 진전이 없다고 하셨는데, 여기에는 선생님께서 한국 근대문학을 보는 시각이 어느 정도 드러난 것으로 보입니다. 이와 관련하여 선생님께서는 '전통'을 '실제에 있어서 영향을 발휘하는 것' 또는 '지향의 태도'라는 의미로 이해하시면서, 전통 단절론적인 견해를 내세우신 것 같은데…….

이어령 당시 전통 논쟁의 패러다임은 몇 가지로 나눠볼 수 있을 것입니다. 김동리의 제3 휴머니즘의 무속주의적 논쟁, 그리고 외래문화를 사대주의로 몰고 '내 것'을 찾아야 한다는 이른바 신토불이身土不二의 국수주의적 민족 전통론들이지요. 한눈으로 알 수 있듯이 시대적 상황 의식과는 동떨어진 논의들이었지요. 그러한 전통은 현실 인식으로부터 도주하는 은둔 문학, 패배주의 문학으로 비쳤지요. 더구나 그러한 전통론은 문학의 장르나 언어를 대상으로 한 내재적 비평이 아니라 문화 일반의 외재적 비평에 속하는 것으로, 당시 사르트르의 참여 이론에 동조하면서도 동시에 뉴크리티시즘에 관심을 갖고 있었던 저로서는 당연히 그러한 전통론에 반기를 들 수밖에 없었지요.

특히 근대 문학의 전통성이라고 할 때 전통 논의는 더욱 의미가 없어지지요. 쉽게 말해서 이광수의 언어는 우리 세대의 언어에 별로 영향을 끼치지 못했어요. '하거니와' 투의 '용장체冗長體'로는 절규에 가까웠던 우리 세대의 호흡과 인식을 도저히 표현할 수 없었지요. 물론 스토리 중심의 이야기꾼으로서의 소설 미학도 화조풍월의 시도 모두가 젊은 세대의 문학적 버팀목이 되어주지 못했던 것이지요.

전통이란 강이나 산맥처럼 면면히 이어지면서 재생산되어 가는 어떤 흐름이요, 그 에너지요, 그 기준인데, 한국 근대문학의 역사를 보면 알 수 있듯이 그것은 강이 아니라 제각기 파놓은 웅덩이지요. 낭만주의다 리얼리즘이다 모더니즘이다 하는 문학사조들이 동시적으로 나타나거나 증권시장의 주가처럼 불과 몇 년 사이에 오르락내리락 뒤바뀝니다. 동인지 하나와 작품 몇 편이 실린 것을 두고 무슨 주의 무슨 파라고 가르쳐온 것이 한국의 근대 문학사가 아닙니까?

이상갑 요즘에는 거의 그렇게 가르치는 데가 없는 줄로 알고 있는 데요.

이어령 그러면 얼마나 좋겠어요. 아직도 대학 입시 국어 시험 준비를 하는 학생들은 작가 소개나 작품을 배울 때 반드시 무슨 주의 무슨 파라고 해서 '폐허'다 '창조'다 하는 것들을 외우고 있지요. 그리고 여전히 문학 교육도 작품 분석보다는 전기적 비평이 주류를 이루고 있지요. 그렇지 않으면 「메밀꽃 필 무렵」의 허생원이 왜 장돌뱅이냐를 설명하기 위해서 조선총독부의 토지 수탈 정책을 연구하거나……. 그런 점에서 오늘의 문단도 1950년대의 문단 풍토와 별로 달라진 게 없다는 생각이 들어요.

이상갑 그런데 물론 선생님께서도 전통을 전면 부정한 것은 아니시지만, 해방 이전 작품 중에서도 그 나름대로 선생님께서 말씀하신 리얼리즘 문학의 성과에 근접하는 작품들도 있거든요. 예를 들면 염상섭의 『삼대』 하나만 들어도 그렇습니다.

이어령 그렇지요. 그러나 『삼대』 자체가 어떤 문학적 전통에서 생산된 것일까요? 그것을 거슬러 올라가면 허균이나 박연암이 아니라 서구 리얼리즘이 나오잖아요. 그것이 담고 있는 내용보다는 리얼리즘의 소설 방법 자체가 바로 리얼리즘이기 때문이지요. 우선 1950년대 문인들의 실제 내부를 들여다봅시다. 해방되자마자 식민지 교육에서 벗어나 처음으로 한글을 배우고 중학교를 나와 고등학교와 대학 시절을 전쟁 속에서 보낸 젊은이들은 제 나라 문학 작품보다는 외국 문학에 더 많은 영향을 받고 자랐지요. 아무리 독재라도 해도 우리에게 가까운 정치 제도는 왕조가 아니라 의회와 대통령이 있는 서구식 민주주의였기 때문에 세종대왕보다는 링컨이 더 큰 영향을 주었지요. 마찬가지로 염상섭의 『삼대』를 읽고 리얼리즘을 이해하고 전통으로 삼기보다는 발자크나 플로베르의 소설에 훨씬 익숙해져 있어요. 말할 것도 없이 한국 문학 전집보다 세계 문학 전집이 더 많이 팔리고 더 많은 영향을 주었어요. 한용운·서정주의 시는 훌륭한 근대문학의 전통이라 할 수 있지요. 하지만 그 당시 젊은이들 중에는 보들레르나 랭보를 읽고 시인이 되려고 한 사람의 수가 더 많았을 것입니다.

'석유 먹은 듯 석유 먹은 듯 가쁜 숨결이야'를 읽으면서 '핫슈 먹은듯 가쁜 숨결'의 보들레르의 시구를 떠올리지 않은 사람이 몇이나 있었는지 의문입니다. 그리고 민족 시인이라고 하는 윤동주의 시를 읽으면서 릴케를 연상하지 않은 사람도 역시 드물 것입니다. 이미 그분들의 시 자체가 정철이나 윤선도에게서 영향을 받은 것이 아니라 서구 근대문학과 접목된 것이기 때문입니다. 그러므로 전통의 부재론이든, 단절론이든, 그것은 당위론이 아니라 실재론으로 제기되었던 것이지요. 그래서 그것은 개인의 기호나 주장이기에 앞서 1950년대의 세대가 지니고 있는 한 현상이요, 운명이라고 하는 것이 옳을 것 같군요.

이상갑 《경향신문》에서 벌인 김동리 씨와의 논쟁도 그런 맥락에서 일어난 것입니까?

이어령 지금 보면 '실존성'이라는 지엽적인 말 한마디를 놓고 벌인 논쟁처럼 보이지만, 사실은 우리 문학의 본질 문제를 담고 있어요. 우리 근대문학은 늘 개념도 확실치 않은 외래 문학사조가 들어와 수박 겉핥기로 유행했다가 사라지곤 했지요. 낭만주의도 자연주의도 모더니즘도 다 그랬어요. 실존주의도 그렇게 들어왔다가 그렇게 사라져버렸지요. 그러한 풍토에 쐐기를 박기 위해서 한말숙 씨의 작품을 '실존성'이라고 평한 김동리 씨에 대해서 '실존성'의 개념을 밝히라고 한 것이지요. 작품은 물론 그 이론적 배경이나 그 뜻도 제대로 검증하지 않은 채 유행어처럼 떠돌던 실존주의란 말을, 그것도 실존주의가 아니라 '실존성'이라는 애매한 말로 작품을 재단하는 것에 대한 비판이었지요. 우리만 해도 옛날과는 달리 실존주의를 저널리즘을 통해서가 아니라 이휘영·손우성 교수의 강의를 통해 사르트르와 카뮈의 작품들을 직접 읽고 박종홍 선생의 철학 강의를 통해서 그 사상의 기초 이론을 훈련받았거든요.

염상섭 씨의 「표본실의 청개구리」를 자연주의 문학의 대표작이라고 하는 것에 대해서 반론을 제기한 것이나, 김동리 씨의 「실존무」 논쟁이나 다 같은 맥락에서 이루어진 것입니다. 말하자면 풍설에 지배되는 한국 문단의 지적 검증부터 시작하자는 것이었지요. 마술로부터의 해방에서 근대성을 찾으려고 했던 사회학자들처럼 말이지요.

이상갑 그런데 선생님의 입장은 전통 부재론 쪽에 오히려 가깝다는 생각이 듭니다. 단절이든 뭐든 참고할 만한 전통이 존재하지 않기 때문에 오히려 그 공백을 다른 것들이 메웠다고 말할 수 있는데, 그것은 바로 자기 문학의 여러 가지 아이덴티티를 그런 식으로 형성할 수 밖에 없었던 것이라고도 할 수 있지만, 한편으로는 자기 문학의 정체성이 갖고 있는 한계와 비극적인 모습일 수도 있거든요.

이어령 문학을 내재적인 구조로 파악할 때는 전통 부재론이 되는 것이며, 문학을 외재적인 사회 문화와 연결할 때는 전통 단절론이 되는 것이라고 할 수 있습니다. 가령 저 자신이 「장군의 수염」이나 「환각의 다리」를 쓸 때는 전통 부재론자의 입장에서 창작을 하게 됩니다. 지금까지 어느 누구도 시도하지 않았던 소설 형식과 방법론으로 기술해 가고자 했으니까 김동리나 그 이전의 김만중은 전통 부재지요. 그러나 『흙 속에 저 바람 속에』와 같은 한국 문화론을 담론으로 할 때의 나는 전통 단절론자의 입장을 취하게 됩니다. 근대화를 위해서는 전 근대적인 한국인의 생활 풍습이나 사고방식들을 돌파하려고 했기 때문이지요. 특히 전통은 쇠사슬처럼 그 쇠고리들이 반대 접합으로 이어지는 것이기 때문에 그 단절 의식을 통해서 오히려 전통과 접목되지요. 전통을 부르짖는 사람들이 실은 인습에 젖어 전통을 단절시키는 역할을 한다는 역설적 결과에 대해서 주목할 필요가 있어요.

이상갑 그런데 우선 조금 전에 말씀하신 전통에 관한 관념들이 이미 특정한 개인의 문제가 아니라 세대가 전체적으로 공유하고 있던 문제라고 말씀하셨는데…….

이어령 일본을 우리 조국이라고 배우며 일본말을 배우고 성장한 사람들입니다. 한글세대와는 다르지요. 문학과 언어는 분리해서 생각할 수 없는 것인데, 우리는 소학교와 중학교에서 일본 국어 교과서로 일본어를 국어로 배운 사람들인 것입니다. 기타하라 하쿠슈[北原白秋]의 동시를 서정주나 한용운의 시보다 먼저 배운 세대들입니다. 식민지에서 해방된 우리가 내 조국을 처음 발견했을 때와 마찬가지로 한글을 배우고 나서 첫선을 보인 우리 문학에 대한 그 환멸감. 그리고 기대와 애정이 클수록 실망과 증오도 커지는 법이지요. 심리학에서 말하는 '살부殺父 상징象徵'이 전통의 부재, 단절 또는 파괴로까지 향하게 한 것이지요.

이상갑 그러면 선생님, 그럴 때 제가 그런 세대의 한 세대 뒤의 사람으로서 느끼게 되는 의문점인데요, 그 당시 쓴 비평이나 작품들을 읽을 때 저는 그런 의문이 많이 있습니다. 이 당시 활동하셨던 젊은 분들, 이십 대 중반의 젊은 분들이 전쟁 체험이라든지 전쟁이 끝난 뒤의 전후 현실에 대한 인식이, 서구가 제2차 세계 대전을 전후해서 경험했던 것과 한국 전쟁 이후 경험했던 것들의 차이의 특수성을 들여다보는 것을 너무 등한시해 버리고 체험의 동질성, 이것에 너무 집착해 버린 감이 있거든요…….

이어령 무슨 이야기인지 알겠어요. 문학자는 사회과학자나 역사학자와는 다릅니다. 역사를 분석하는 사람 혹은 이데올로기로 사고하는 사람들이 아니지요. 가령 『서부전선 이상없다』라는 글을 읽을 때 우리에게 남는 것은 그 시대의 전쟁을 얼마나 차이화하고 그 특수성을 반영했는가 하는 것이 아닙니다. 그 소설의 감동은 전쟁 속에서의 '집단'과 '개인'의 삶에 대한 보편적 체험인 것이지요. 독일군도 프랑스군도 마찬가지예요. 창칼로 싸울 때와 미사일로 싸우는 현대와 다를 것이 없지요. 전쟁에서는 한 사람의 죽음 같은 것을 문제시하지 않는다는 점에서 말이지요. 소설에서의 주인공의 죽음은 모든 것의 종말을 의미하는 것이지만 서부전선의 시각에서 보면 '이상없다'이지요. 그것이 역사와 소설의 차이이기도 해요. 그런데 역사나 사회적인 관점에서 문학을 재단하려는 사람들은 살아 있는 한 개인을 다루는 소설 언어를 무시해 버리고 집단적 의미만을 부각시키려고 해요. 그런 점에서 전쟁은 인간만이 아니라 문학도 죽이지요.

어떤 고정된 역사관이나 문학관에서 보면 1950년대의 전쟁, 전후 체험의 문학의 역사적 상황을 등한시한 것처럼 보일지 모르지만 저는 바로 그 점이 1950년대 문학의 순수성, 그래서 전쟁의 의미를 더욱 문학적으로 잘 반영한 것이라고 생각하고 있어요. 그것이 바로 역사에 개칠을 한 1980년대의 6· 25를 소재로 한 소설과 다른 점이라고 생각해요.

전쟁은 어떤 경우에도 특수화하거나 '영웅'을 만들어서는 안 된다는 생각에서 쓴 것이 《한국일보》에 연재한 나의 「전쟁 데카메론」입니다. 그리고 승자의 싸움이나 패자의 싸움과 관계없이 전후의 상처와 의식의 공통분모를 찾기 위해서 쓴 것이 바로 《경향신문》에 연재한 「오늘을 사는 세대」이며, 제가 직접 편집한 『세계 전후 문제 작품집』입니다. 우리의 전후 인식은 군복을 벗는 것이 아니라 그것을 탈색해서 입었던 거지요. 군복의 카키색이 빠지고 나면 그 밑에 감춰져 있던 원래의 바탕색이 드러나듯이 말이에요.

저는 지금도 그렇게 처절한 이데올로기의 비극적 전쟁을 겪고서도 그것에 대한 철저한 절망과 허무를 느끼지 못했던 전후의 풍토에 놀라움을 갖고 있는 사람이지요. 그런 점에서 한국 문학은 전후문학을 제대로 갖지 못했다는 말이기도 해요. 전쟁을 푹 삭이지 못했기 때문에 아직도 그 선 음식을 먹고 체증에 걸려 있는 것이라 할 수 있습니다.

'저항의 문학'과 1950년대 비평

이상갑 그런데 1950년대 선생님 비평을 포함해서 전반적으로 이 시기의 비평을 구호 비평이라고 비판하는데, 이 문제에 대해서는 어떻게 생각하십니까?

이어령 구호 비평이라니요? 저는 지금까지 구호와 싸우기 위해서 글을 써온 사람입니다. 문학의 언어를 '신념의 언어'가 아니라 '인식의 언어'로 생각해왔기 때문이지요. 문학을 도구나 어떤 목적을 위한 수단으로 생각하는 사람들은 문학의 언어를 '신념의 언어'로 착각하지요. 거기에서 비평도 작품도 모두 구호가 되어버리는 것입니다. 그런 관점에서 보면 구호 비평은 1950년대의 비평이 아니라 민중문학을 주장한 1970년대의 비평들이 아닐까요? 역사적으로 어떤 독재자도 문학을 죽일 수는 없었지요. 문학은 다만 문인들 스스로의 이데올로기 구호에 의해서 죽지요. 거의 한 세기 동안 '신념(혁명)의 언어'로 무장한 나치의 선전 문학이나 소비에트 문학이 문학을 죽였던 것처럼 말입니다.

이상갑 이 점과 관련해서 어떤 글을 보니까 선생님께서는 우리 비평사를 간략하게 개괄하면서 신경향파 문학이나 프로 문학에 대해 아주 부정적으로 보고 계시더군요.

이어령 그렇지요. 저는 좌파든 우파든 이데올로기로부터 문학의 자율성을 지키려고 애써온 사람입니다. 이데올로기에 의해서 크게 위기를 맞았던 한국의 문학은 1930년대의 경향파 문학과 1970년 이후의 민중파 문학이었다고 생각합니다. 일본의 경우 나프NAPF를 중심으로 한 1930년대의 '가니고센'과 같은 이른바 경향파 문학이 한동안 문단을 풍미했지만 오늘날 일본 문학 전집 어디에도 그런 작가와 작품이 수록되어 있지 않습니다. 문학성은 없고 이념만 추구한 결과지요. 어떤 이데올로기든 이데올로기의 문학적 생명은 시사적인 글처럼 생명이 짧아요.

이상갑 그러면 『저항의 문학』과 관련하여 이념 서적에 대한 독서 과정은 어떠했습니까?

이어령 『저항의 문학』은 이른바 사르트르와 같은 사회 참여 문학에 근거를 둔 비평집이지요. 그런데도 문학을 어떤 사회나 정치 변혁의 목적이나 수단으로 사용하려 한 것이 아닙니다. 조금 전에 말씀드린대로 '신념의 언어'가 아니라 '인식의 언어'로서의 비평이었지요.

저는 고등학교 시절 이른바 소련 문학을 필두로 한 '아까홍'(마르크스-레닌주의의 공산주의 서적)과 칠리코프·이렉키·엘렌부르크 등 이른바 『신흥 문학 전집』(사회주의 리얼리즘 작품들)에 실린 작품들을 많이 읽었어요. 물론 일제 때 나온 책들이지요. 그러나 그와 동시에 앙드레 지드와 스펜서·케스틀러의 작품 그리고 한국의 박영희·김팔봉 등 사회주의 이데올로기 문학에서 탈피하여 순수문학을 지향한 1930년대 예술가들의 글도 많이 읽었지요. 젊은 시절에 문학적 상상력과 상징의 수혈을 받은 것은 랭보·보들레르·도스토예프스키 등이었고, 사상적으로는 니체나 키에르케고르 그리고 슈타이너 같은 사람들이었어요.

『저항의 문학』에서 억압받는 민중에 대한 언급을 하면서도 사회주의 리얼리즘 쪽으로 흐르지 않았던 것은 바로 볼셰비키 혁명에 대한 지적 검증을 거친 책을 많이 읽었기 때문이지요. 실존주의라고 해도 사르트르의 『문학이란 무엇인가』보다는 카뮈의 『시시포스의 신화』 쪽에서 더 많은 영향을 받았기 때문이지요. 역사를 선형적으로 발전해 가는 진보 개념으로 보지 않고 반복적인 부조리의 구조로 보는 시각을 익혔거든요. 그리고 6·25를 통해서 이데올로기의 폭력적 언어를 직접 체험도 했고요. 전후에는 말로·사르트르·카뮈를 대학에서 배웠고, 르네 웰렉의 아카데니즘으로서의 문학 이론이나 I.A. 리처스와 수잔 K. 랭거 등의 언어와 상징 철학 등을 접하기 시작했어요. 사실 저는 강의실보다는 대학 도서관에서 살다시피 했으니까요. 다양한 독서가 저를 외곬의 편향된 문학으로 빠지지 않게 한 것이라고 생각해요.

이상갑 제가 생각하기로는 선생님께서 초회 추천작인 「현대시의 환위環圍(Umgebung)와 환계環界(Umwelt)」라는 글에서 "시의 궁극적 문제는 환위에서 자기가 안주할 수 있는 환계를 형성하려는 데 있다"라고 보고, 이것을 생명과 미학의 최고의 원리라고 하셨는데, 여기에서 이미 순수 지향적인 자세가 분명히 나타나거든요. 특히 이 문제는 1960년대 선생님의 문학 활동을 이해하는 데 중요한 하나의 근거가 된다고 저는 생각하는데요…….

이어령 정말 정확하게 보셨어요. 지금까지 그 비평에 대해서 언급한 분을 만나보는 것도 처음이고요. 한국 평단은 마르크스주의적 비평가들처럼 환경(사회·역사 등)을 기준으로 문학을 재단하는 외재적 비평과 그와는 반대로 인상주의 비평처럼 오로지 개인의 인상이나 상상력에만 의존하는 내재적 비평이 대립되어 왔지요. 이 깜깜한 쌍굴에서 빠져나가려고 몸부림칠 때 내 앞에 섬광처럼 나타난 것이 바로 생태학자 윅스퀼의 새로운 환경론이었지요. 그는 외계의 모든 요인 가운데 생물의 주체성에 관여하는 요소만이 환경이라고 생각한 획기적인 이론을 발표했습니다. 그래서 그는 생물의 물리화학적 외계를 환위라고 했고 생물 주체가 지닌 기능 환경에 구속되는 환경을 환계라고 구분했지요. 쉽게 말해서 사람과 개가 똑같은 길을 함께 걸어가도 감각기간과 환경을 수용하고 대응하는 신체조직의 시스템에 따라 서로 다른 환경(세계) 속에 있는 것이지요. 이 이론을 문학에 적용하면 문학 작품은 직접적인 역사나 사회의 환경Umgebung의 수동적 산물이 아니라 문학의 기호성(언어)과 그 구조와 얽혀 있는 독자적 기능인 환경의 세계Umbelt로 파악할 수 있게 되지요. 저는 당시 미군 부대에서 흘러나온 과학 잡지에 소개된 웍스퀼의 이론을 읽고 그것을 문화 비평에 적용하려고 한 것입니다.

그리고 그런 이론을 실천하기 위해서 문학의 환경을 지배하는 언어, 즉 메타포 연구를 한 것인데 그것이 두 번째의 추천 작품인 「비유법 논고」입니다. 제가 그 비평을 발표한 것은 1956년이었는데, 웍스퀼의 이론이 시비오크와 같은 기호학자에 의해 발굴, 평가되고 환위와 환계의 이론이 기호학자들의 연구지인 『세미오티카』에 특집으로 소개된 것은 1982년의 일입니다. '우상의 파괴'나 김동리 씨와의 논쟁에 대해서 관심을 갖고 있는 사람들은 많지만, 웍스퀼의 환경론과 문화 기호론적 발상을 거의 30년이나 앞서 한국 비평 문학에 실험해보려고 했다는 사실에 대해서 알고 있는 사람은 한 사람도 없어요. 문단 가십이나 신변잡기를 통해서가 아니라, 이와 같은 학술적 접근으로 1950년대 문단을 좀 더 심층적으로 분석하는 노력이 필요할 것입니다.

이상갑 그러면 이념에 대한 불신을 가지고 있으면서도 '저항의 문학'을 쓰신 구체적인 이유는 무엇입니까?

이어령 거듭 말하지만 1950년대 제 문학 비평의 출발점은 쌍갈래길이 교차하는 지점, 즉 참여문학 이론과 그와는 대조적인 신비평 이론이었지요. 방향이 서로 다른 두 길의 교차점이 바로 앞에서 말한 윅스퀼의 환경론이고요. 그러나 전후의 참담한 현실 속에서 그리고 이승만 독재하에서 저는 참여론 쪽에 더 많이 기울어져 있었지요. 날씨가 너무 추우면 가야금을 아끼는 사람도 그것을 부수어 때지요. 그러나 4·19 이후 저는 참여문학보다는 신비평, 그리고 기호학이나 구조주의 같은 데에 더 기울어집니다. 아무리 추워도 가야금을 장작개비로 써서는 안 된다는 생각이 강해지게 된 것입니다.

4·19 이후의 문단 사오항과 순수·참여 논쟁의 자장

이상갑 방금 선생님께서 4·19 이후의 변화에 대해 잠깐 언급하셨는데, 이제는 4·19 이후와 관련하여 이야기를 나누어 보도록 하지요. 먼저 4·19가 선생님의 문학 또는 그 당대의 문인들에게 미친 영향에 대해 알고 싶습니다.

이어령 4·19가 일어났을 때 저는 사르트르의 말대로 언어를 총탄과 같은 것이라고 생각했고, 글을 쓰는 발화 행위 자체가 바로 표적을 향해 방아쇠를 당기는 것과 같은 것이라고 믿었지요. 그러나 나는 전후의 평화를 평화로 생각하지 않았던 것처럼 4·19의 혁명에 대해서도 새로운 회의를 품게 되었지요. 4·19 후 '만송족晩松族'이니 뭐니 하는 또 하나의 폭력을 목격했기 때문이지요. 지금까지 침묵하던 문인들이 때를 만났다는 듯이 이른바 참여문학으로 돌아섰지요. '저항의 언어'는 '폭력의 언어'로 타락되어 갔습니다. 그렇지요. 어떤 가혹한 독재도 문학을 죽이지 못한다고 했습니다. 하지만 문인들 스스로가 문학을 죽이는 경우는 많지요. 당시에 쓰인 "이승만의 사진을 찢어다가 밑씻개를 하자"라고 하는 시들에서 나는 시의 자유가 아니라 시의 무덤을 보았던 것입니다.

사실 저는 4·19 전에 저항의 문학을 썼고, 임화수가 데모대에 폭력을 휘둘렀을 때 그리고 그가 사회 참여를 논했을 때 그에 대해 반대하는 「대체 사회 참여란 무엇인가」라는 글을 썼습니다. 또 「지성에 방화하라」는 특집을 《새벽》 잡지에 기획하여 저항 문인들을 집결시켰지요. 하지만 막상 4·19가 성공하고 난 뒤에는 오히려 《동아일보》에 문학의 언어는 다이너마이트가 아니며 그것으로는 역사의 빙산을 녹일 수가 없다는 요지의 글을 씀으로써, 문학의 정치성과 일부 참여문학의 허구성을 지적한 글을 발표했습니다. 물론 5·16이 일어나기 전 가장 자유로운 언어의 황금기에 말입니다. 순수한 저항이 정치화되는 것을 보면서 나는 4·19의 또 다른 상처를 느꼈지요.

이상갑 《새벽》을 직접 만드실 무렵의 전후 사정은 어떠했습니까?

이어령 《새벽》지는 1950년대 당시 흥사단의 장이욱 선생이 발행하고 실질적으로는 김재순 의원이 주관한 것으로, 《사상계》보다도 더 독재 체재에 투쟁을 해온 전위적 종합지였어요. 그때 저의 글을 읽은 김재순 씨의 권유로 편집 자문을 맡아 편집 기획일을 도왔지요. 사무실이 명동 근처에 있어서 밤늦게 일을 하고, 퇴근 무렵에는 김재순 씨나 실무 책임을 맡고 있던 김시성 씨와 명동극장에서 마지막 회 영화를 보기도 하고 술집을 기웃거리기도 했어요. 물론 그 당시 저는 경기 고등학교 선생으로 있었기 때문에 월급은 학교에서 받고 실제 일은 《새벽》에서 한 셈이지요. 그때 저는 1950년대 상황에서 도저히 상상할 수 없었던 중편 정도 분량의 문학 작품들을 전문全文 게재하는 대담한 편집 기획을 세웠습니다. 그것이 플라스코의 『제8요일』, 케스트너의 『파비안』 그리고 최인훈의 『광장』 등이고, 문단에 선풍을 몰고 왔어요.

이상갑 『광장』은 1960년 11월호 《새벽》지에 실린 것으로 알고 있습니다. 흔히 이 작품이 4·19의 중요한 성과로 꼽히는 이유는, 그것이 처음으로 분단 문제를 본격적으로 다루었다는 점에서인데, 선생님께서는 이 작품을 어떻게 평가하셨고, 게재하게 된 구체적인 동기는 어떠했습니까?

이어령 저와 가장 가까운 문우가 시인 신동문이에요. 제가 가는 곳이면 어디고 함께 있었지요. 《새벽》, 《경향신문》 특집부, 신구문화사의 『세계 전후 문제 작품집』 편집 등 기회 있을 때마다 저는 신동문씨와 함께 일하려고 했어요. 《새벽》에서도 편집 일을 권유했는데 최인훈이 중편 분량의 『광장』을 썼다는 정보를 귀띔해 주더군요. 그러나 막상 읽어보니 남도 북도 거부하고 중립국 인도를 선택하는 전쟁 포로 이야기라 당시의 상황에서는 발표하기 힘든 작품이었고요. 함석헌 옹이 남북 양비론을 폈다가 필화로 고생한 사실도 있었고요. 그러나 제가 용기를 갖고 이 작품을 게재하게 된 것은 지금 알려지고 평가되고 있는 것처럼 그런 줄거리나 정치·사회적 발언이 아니라 그 작품이 지니고 있는 문학성 때문이었어요. 따지고 보면 남도 북도 선택할 수 없는 지식인의 고민 같은 것은 이미 재일 교포인 장혁주의 소설을 비롯해서 아주 흔한 주제였지요. 제가 그 작품을 높이 평가한 것은 그러한 관념을 작품으로 형상화해 내는 작가의 예술적 감각과 설득력이였어요. 나는 김성한·장용학 씨와 같은 지적 소설에 큰 공감을 하면서도 한편으로는 그것이 아무래도 리얼리티의 뼈가 없어 연체동물 같이 느껴졌지요. 그런데 굵고 튼튼하며 곧은 등뼈를 지닌 척추동물 같은 관념 소설이 등장한 것이지요. 인도를 단순한 이데올로기적 중립으로 보면 너무도 도식적이라 재미가 없지만 소설의 미학적 효과로 보면 패러독스나 아이러니의 효과를 극대화시키는 작용을 하지요. 풍속소설이나 신변잡기의 틀 안에서 벗어날 수 없었던 종래의 소설과는 분명히 차별화되는 높은음자리표를 읽을 수 있었거든요. 저는 다시 그 『광장』을 『세계 전후 문제 작품집』을 비롯해 제가 편집하는 모든 문학 전집에 반드시 수록했고 최인훈과의 교우도 두터워졌어요. 《세대》지의 편집 고문을 맡고 있을 때는 연재소설을 청탁해서 『회색의 의자』를 얻게 되었지요.

이상갑 선생님께서는 김수영 시인도 초기에는 호의적으로 평가하셨는데, 두 분의 관계는 어떠했습니까? 이 점은 선생님과 김수영 시인의 4·19 이후의 변화, 그리고 1960년대 후반 두 분 간의 논쟁과 관련하여 궁금한 점이기도 하거든요…….

이어령 문학관의 차이로 문인들이 서로 차가운 관계로 벌어진 것은 역시 1970년대 들어서면서부터의 일이라고 봅니다. 김수영 씨와는 연령의 차이가 조금 있지만 같은 세대 의식의 유대를 갖고 친하게 지낸 문인 가운데 한 분입니다. 결혼하기 전 제가 성북동에서 살 때는, 윗집에 조지훈 선생이 사셨는데, 가끔 김수영 씨가 늦게 찾아와 자고 가는 일도 있었지요. 김수영 씨의 틀니를 담가둔 주전자 물을 멋모르고 마신 적도 있었지요.

김수영 씨의 시들은 감성과 지성이 잘 조화를 이룬 시로, 제가 아주 좋아했었지만, 4·19 직후 직설적인 사회고발시를 썼고 1960년대에 들어서면서 점점 시가 달라지고 경직되어 가는 것 같았지요. 저와 《조선일보》에서 논쟁을 할 때도 인간적으로는 아주 친해서 술이나 마시자고 제의했더니 선뜻 좋다고 하더군요. 그러나 웬일인지 그 자리에 못 나온다는 통고를 받았지요. 그러고는 얼마 안 되어 교통사고로 세상을 떠났기 때문에 서로 따뜻한 대화를 나누지 못했던 것이 한이 되었어요. 문학관이나 이념이란 것이 대체 무엇입니까? 그것은 끝없이 변할 수 있는 것이지요. 나는 이 세상에 친구와의 우정을 멀리하고 등을 돌릴 만큼 그렇게 위대한 이념이란 것이 존재하지 않는다고 생각했기 때문에 정치가 아니라 문학을 택했던 것입니다.

이상갑 1960년대 후반 김수영 시인과의 논쟁에서도 드러나지만 선생님께서 주장하시는 '참여' 개념의 본질은 단순히 '현실 저항'의 의미가 아니라, '참인간을 향한 문학'이라는 의미로 읽힙니다. 즉 '정치화되고 공리화된 사회에서 꽃을 꽃으로 볼 줄 아는', 즉 순수한 문학에서 참여의 가능성을 보고 계시는 것 같아요. 그런데 이런 견해는 1950년대 '저항의 문학'을 강조하실 때도 이미 엿보였다고 보는데요…….

이어령 옳습니다. 바로 그 점이지요. 그 논쟁에서도 밝힌 대로 누가 '붉은 꽃'을 그림으로 그렸다고 합시다. 그때 중앙정보부에서 "왜 하필 하고많은 꽃 가운데 붉은 꽃을 그렸느냐, 공산주의자가 아니냐"라고 한다면 얼마나 기가 막히겠습니까? 실제로 전후에는 그런 일이 많았어요. 그러나 그 반대의 경우를 생각해 봅시다. 하고많은 꽃 가운데서도 붉은 꽃을 그린 것은 그 화가가 민중 혁명을 나타낸 것이고 훌륭한 그림이라고 칭찬하는 비평가들을 말이지요. 그들은 정반대의 입장에 있지만 그림 속의 꽃을 꽃 자체의 아름다움으로 보지 않고 정치적 시각으로 보고 있다는 점에서는 똑같은 사람들이지요. 저는 김수영 씨의 "불온하기 때문에 좋은 시다"라는 말이 바로 그렇게 들렸지요. 불온 유무로 시를 평가한다면 가장 훌륭한 평론가는 불온을 가려내는 정보부원이 될 것입니다. 왜냐하면 그것은 뒤집어 생각하기만 하면 되는 것이니까요. 저는 불온 시를 매도한 것이 아니라 시를 불온 유무로 따지는 사람들을 비난했던 것입니다. 체제와 반체제의 싸움에서 저는 그 이분법적 범주에 속하지 않는 '비체제'의 문학을 고수했지요. 김수영과의 논쟁은 김수영의 문학을 비판한 것이라기보다 바로 그러한 제 문학적 입장의 선언이었던 거지요.

이상갑 선생님께서 5·16 당시에 신문사의 논설위원으로 계시지 않았습니까?

이어령 5·16 전부터, 즉 4·19 직후부터 논설위원을 했습니다. 4·19 후에도 저는 문학을 이용하지 않고 직접 신문의 논설이나 사회, 문명 비평의 형태를 통해서 사회 참여를 계속해 왔습니다. 신문사에서, 그것도 야당 성향의 신문의 전담 칼럼에서 거의 매일 사회·정치·문화 문제를 다루었지요. 1980년대 초까지 말입니다. 남정현·한승헌 등 문인들이 필화에 걸리면 법정에 나가 함께 싸웠지요. 그리고 한편으로는 에세이스트로서, 『흙 속에 저 바람 속에』가 그렇고 『바람이 불어오는 곳』·『신한국인』·『축소지향의 일본인』 등 문명 비평을 통해서 사회적 관심을 표명했지요. 지금은 대학에서 문학 강의가 아니라 '한국인과 정보사회', '한국 문화의 뉴 패러다임'을 강의하고 있지요. '저항의 문학' 이후에도 저의 사회적 관심, 그리고 문명·문화에 대한 참여 의식은 조금도 변한 적이 없어요. 다만 문학을 통해서 하지 않았던 것이지요.

4·19세대 문인들의 등장과 세대 논쟁의 의미

이상갑 바로 이런 점에서 김수영 시인과의 논쟁도 이해할 수 있겠군요. 문학적으로 《창작과 비평》(이하 《창비》로 줄임)과 거리가 있었던 것도 그 때문이고요.

이어령 아시다시피 《창비》를 창간한 곳은 바로 제가 『세계 전후 문제 작품집』을 기획하여 베스트셀러를 만들고 작문 교과서를 낸 신구문화사지요. 그 출판사에 신동문과 염무웅을 소개한 것도 저였고요. 그리고 초기의 《창비》 멤버들 가운데 많은 작가들, 황석영·송영 등과도 가까이 지냈으며, 당시 신인이었던 황석영을 추천서까지 써서 《한국일보》에 『장길산』을 연재하도록 했습니다. 물론 『장길산』의 구상과 자료 등 시놉시스를 보고 말입니다. 《창비》의 문학적 성향과 관계없이 작품성이 있는 사람들이면 나는 다 포용하고 평가해 온 셈입니다.

한국의 풍토는, 나와 다른 것을 용서하는 다원적 문화 가치의 사회가 아니잖아요. 그래서 나를 비판하는 사람들이 있지만 그것 때문에 내 쪽에서 멀리한 사람은 없어요. 그런데도 내가 돕고 가까이했던 문단 후배나 내 손으로 직접 문단에 추천을 한 제자들이 저의 곁을 많이 떠났어요. 저는 정치가를 사랑한 적이 없지만 문인이면 다 사랑합니다. 문화부 장관의 현직에 있을 때도 저는 최정희 선생이 돌아가셨을 때 국무회의에 발의하여 전례가 없는 장례 비용을 예비비로 도와드렸습니다. 문인들은 국민들로부터 대우를 받아야 한다고 생각했기 때문입니다. 하지만 말만 문인이지 정치인이나 사회운동가와 다름없는 문인들이 많아 그 동질성이 날로 사라져 가고 있는 것은 안타까운 일이지요.

이상갑 물론 김현 선생님도 《창비》에 글을 쓰기는 했지만, 언어에 대한 관심의 측면에서 선생님과의 관계가 주목됩니다. 김현 선생님도 선생님께서 이전에 말씀하신 것과 같이 샤머니즘과 상투형의 언어 폐해를 아주 끈질기게 지적하셨거든요. 심지어 선우휘 선생님도 이것의 폐해를 분명히 하고 있습니다. 선생님께서도 「명과 실의 배리背離—역성혁명적 한국 근대 문화」라는 글에서 한국의 시는 장식적인 이미지만이 바뀌었지 기능적인 이미지로 시학이 달라지지는 못했다고 지적하시면서, '시는 감정의 노래가 아니라 사물이나 인간을 인식하는 방법'으로 보셨습니다. 이런 면에서 김현 선생님이 시인 내면의 상실성과 자각적 언어에 대한 인식을 통해 궁극적으로는 역사 현실에 대한 관심으로 문을 열어놓고 있는 측면이 강하다는 점에서, 두 분의 언어관에 차이가 있다고 보는데요…….

이어령 김현은 제가 관여하여 《자유문학》에 평론 추천을 받게 됩니다. 서울대학에 출강을 하면서 김승옥·김치수·염무웅 등과 알게 된 학생 중 하나지요. 문단에 등단하기 전부터 저의 집에 와서 문학 담론을 많이 나누었지요.

김현은 여러 가지로 문학적 토양이 나와 비슷한 데가 많아요. 바르트를 읽고, 그룹 뮤를 읽고, 러시아 형식주의와 크리스테바 같은 후기 구조주의자들을 읽은 것도 저와 같지요. 다만 지적하신 대로 김현과 제 나이 차이는 그렇게 많지 않아도 세대 차이는 분명히 있었지요. 사회와 역사에 대한 태도 면에서 그렇지요. 역사에 화상을 입은 우리 세대는 역사 자체를 부정하려 해요. "카이사르의 것은 카이사르에게 주어라"라고 생각하면서 카이사르의 것이 아닌 문학으로 카이사르의 세계에 저항하려고 한 것입니다. 대담 첫머리에서 음악 이야기를 한 것처럼 '일용할 양식'을 위한 것이 아니라 '일용할 음악(상상력)'을 더 소중히 여겼어요. 음악적 상태란 항상 초월적인 무엇을 희구하는 상태지 역사와 일상의 사회로는 환원할 수 없는 것이지요. 그 점이 김현과 나의 차이일 것입니다. 단순하게 비교하자면 결국 나에게 있어 언어는 '에트르être(존재론적인 것)'인 데 비해서, 김현은 '아브와르avoir(소유적인 것)'의 세계라고 할 수 있을 것입니다. 물론 나도 김현도 궁극적으로는 언어를 '드브니르devenir(생성적인 것)'로 향하는 것으로 보았지만 그 과정이 달라요.

이상갑 그러면 그 당시 《창비》와 《산문시대》, 이른바 '1965년대 비평가'들이, 선생님이 포함된 1950년대 전후 문학을 '1955년대 비평가'라고 하며 차별화를 시도하는데, 이런 언어관의 차이 외에 어떤 계기가 작용했다고 보십니까?

제가 보기에는 1960년대 상황에서는 '1965년대 비평가' 그룹도 시대 현실에 대한 명확한 방향 설정보다는, 《창비》와 《산문시대》가 각각 '역사주의'와 '문화주의'라는 좀더 포괄적인 방향에서 이야기될 수 있지 않을까 생각합니다. 사실 그들의 문학은 '진정한 역사의식의 확립'이라는 관점에서 서로 간에 계속적인 의미 상승 작용을 하고 있거든요…….

이어령 이른바 《창비》와 《문학과지성》(이하 《문지》로 줄임)은 1960년대 이후의 문단을 주도해 온 양대 산맥이라고 할 수 있어요. 그러나 저의 입장에서 보면 같은 가지에서 피어났지만 색이 다른 두 송이 꽃과 같은 것이었지요. 다만 《문지》는 좀 더 온건하게 사회와 역사에 접근했을 뿐입니다. 그리고 문학의 구조를 열린 것으로 생각해왔지만 문학적 기호의 세계를 부정하지는 않는 사람들이었어요. 개개인이 조금씩 다르기는 하지만요……. 1950년대 비평과 차별화하려는 것은 당연한 일입니다. 1950년대 비평가가 바로 그 차별화에 의해서 세대의 연대 의식을 가졌으니 말입니다.

하지만 차별화가 곧 분파 의식이 되어서는 곤란하지요. 문단적인 공도 컸지만 《창비》와 《문지》는 또 그만큼 한국 문화 풍토에 분파 의식을 낳은 부정적 측면도 없지 않아요. 그러다 보니 《창비》도 《문지》도 '신념의 언어'에 빠지게 되는 수가 많았다고 봅니다. '신념의 언어'를 지배하는 것은 '동어 반복'인데 1960~1970년대의 문학에는 이 지루한 동어 반복이 문단을 휩쓸었고, 지금도 그 메아리가 남아 있어요.

친체제나 반체제나 체제주의자라는 점에서는 같지요, 체제 자체가 악이라고 생각하고 있는 사람으로서 마지막으로 의지한 데가 비체제라는 성城이었어요. 그 성 속에서 분파적인 것과는 영원히 함께 섞일 수 없는 '개인'으로 남아 있기를 희망했지요. 역사의식이라고 했지만 나에게 중요한 것은 문학 의식, 창조 의식이었어요.

김현과 나의 차이는 유치환의 「깃발」을 놓고 작품 분석을 한 것을 보면 아주 명확하게 드러나지요. 나는 유치환의 「깃발」을 땅과 하늘의 중간에 매달려 있는 존재로서 공간적으로 파악하지요. 그것은 실제의 역사로는 환원될 수 없는 자율적인 문학적 구조 안에 있는 의미이지요. 그러니까 유치환의 '깃발'은 땅에 있는 짐승이면서도 하늘로 향해 날아오르려는 '박쥐', 그리고 '물고기'이면서도 어부가 잡아 장대에 매달아 말리고 있는 '악구'의 이미지와 상동성을 띠는 것으로 파악됩니다. 지상의 구속과 하늘의 초월이라는 모순과 그 양의성에서 아우성치는 존재들이지요. 그러나 김현의 시선은 스웨덴 병원선의 적십자 깃발, 인공기와 태극기 등 깃발의 내용으로 쏠려 있으며, 그 의미를 역사의 시간으로 환원시키려고 합니다. 나에게 있어서의 공간은 그에게서는 시간이 되는 것이고, 나에게 있어서 깃발의 시니피앙signifiant은 그에게 있어서 시니피에signifié가 됩니다. 정반대지요. 누구나 김현의 방법은 쉽게 체험할 수 있어요. 그렇기 때문에 방금 말씀한 대로 문학을 역사 의식으로 수렴하는 방법은 비문학인에게도 쉽게 먹혀들지요. 1990년대에 와서 역사의식 일변도로 문학을 보려는 태도에도 패러다임의 변화가 일고 있습니다. 나도 김현도 아닌 새로운 세대가 등장한 것이지요.

이상갑 선생님의 이런 생각이 혹시 《문학사상》을 만드신 것과 연관이 있으신지요?

이어령 저는 문단과 분파에 관계없는 문학 의식을 갖고 있는 잡지를 만들고 싶었지요. 그래서 《문학사상》은 문단적인 발언보다는 해외 문학사조나 문학 연구 방법론을 소개하거나, 혹은 한국 문학의 자료 발굴이라든가 하는 데 주안점을 두었어요. 그래서 정치적 목적만을 추구하는 문학보다는 예술적 감동을 추구하는 문학 독자들을 키워나가려고 했어요. 한때 《문학사상》이 순수문예지로 7만 부까지 찍은 기록을 세웠던 것도 그런 이유에서라고 봅니다.

저의 경우 《문학사상》을 창간하여 십수년 이끌어왔지만 리더십이 없어서인지 문단에 '문사파文思派'란 분파를 만들지 않았어요. 그리고 제 자신이 어떤 문단 그룹에도 끼지 않았지요. 섹트와 관계없이 좋은 문학을 하는 작가·시인이면 모두 손을 들어주었어요. 그랬기 때문에

『제3세계 문학 전집』 등 후배들의 작품을 편견 없이 고루 포용하고 '이상문학상'에서도 분파 없는 시상을 했다고 자부하고 있어요.

이상갑 이와 관련하여 선생님께서 이미 앞부분에서 부분적으로 1950년대의 지적 풍토와 문학인들의 내면 자세에 대해서 깊이 있게 말해주셨지만, 구체적으로 '1965년대 비평가'와 1950년대 중반 이후에 등장한 선생님 세대 사이의 세대 논쟁에는 '세대 논쟁'이라고 하기에는 협소한 무언가 깊은 의미가 담겨 있다고 보는데요…….

이어령 저는 1950년대의 세대에 속해 있지만 그것을 문단의 분파 의식과 관련 짓지는 않았습니다. 그랬기 때문에 앞서 말한 대로 역사의 화상을 입은 세대로서 외계를 그 피부로 감각하기에는 너무나도 어렸다고 봅니다. 그렇기 때문에 오히려 그 피부와 부러진 뼈를 싸매는 붕대와 깁스 노릇을 하는 문학적 장치, 즉 상상이라든가 유동하는 시니피앙이라든가 하는 것들에 주목한 것이지요. 그래서 저는 제3세대론을 주장했고 한글세대니 4·19 세대니 하는 말을 붙여준 것입니다. 그래서 소설로는 「환각의 다리」와 구체적인 작업으로는 『제3세대 문학 전집』을 만들었어요. 김승옥·최인호·이청준 뒤에는 이문열을 포함한 문인들을 그렇게 부르기는 했지만 실제로 제가 생각하는 제3세대 문학의 비전과 반드시 일치하는 것이라고는 할 수 없어요.

이상갑 그런데 1960년대 4·19 세대는 전후 세대와의 논쟁에서 세대론을 내세우며 선생님과 유종호 선생님을 동시에 전통 단절 쪽으로 몰거든요. 그럴 때 유종호 선생님은 토착 언어에 관심을 기울이는데, 사실 자신을 중도 좌파로 이야기하신 유종호 선생님과는 이후 문학 활동 면에서도 많은 편차가 있다고 보는데요…….

이어령 유종호 씨와 저는 같은 세대로 같은 시기에 문학 비평을 했지만 문학적 입장은 서로 다릅니다. 그가 토박이 언어에 관심을 둘 때 오히려 저는 그것이 영어든 프랑스어든 나의 내면 의식을 폭발시킬 수 있는 전압을 가진 것이면 모두 수용하려고 했지요. 아리스토텔레스가 '외국어는 모두 시적인 것처럼 보인다'라는 말을 한 것처럼 현실을 낯설게 하는 인식의 언어라면 모든 것을 수용하려고 했어요. 이상이 외래어나 아이를 '아해兒孩'라고 괴벽스런 한자를 함께 사용해서 오스트라네니ostranenie의 효과를 준 것처럼 말입니다.

유종호는 『비순수의 선언』과 같은 초기 비평집에 잘 나타나 있듯이 순수한 문학 의식보다는 역사·사회의식 쪽으로 기울었던 비평가였지요. 같은 세대라고 해서 모두가 일란성 쌍둥이일 수는 없지 않나요? 단지 방향은 달라도 그것을 향해 가는 걸음걸이는 어딘지 닮은 데가 있어요. 유종호의 문학과 사회를 연결하는 쇠고리는 고무줄 같아서 유연하지요. 1970년대의 민중파 비평가들처럼 콘크리트로 붙여놓은 것과는 다릅니다. 1950년대의 사람들은 무엇을 하든 교조주의로 흐를 만큼 굳은 '신념의 언어'를 갖고 있지 않았기 때문이지요. 데모를 한 번도 해보지 못한 세대거든요.

이상갑 선생님께서는 우리 문학 또는 정신의 큰 맹점의 하나가 시민 정신의 결여라고 하시면서, 4·19는 우리 역사 가운데 최초로 있었던 시민 혁명이며 자각된 민권 운동이라고 말씀하신 적이 있는데, 이른바 4·19 세대 문학에 대한 평가와 관련하여 지금은 어떻게 생각하시는지요?

이어령 그렇게 썼지요. 그것은 나의 세대에 대한 반성문이기도 했고요. 우리는 관념적으로는 근대인이고 근대의 자아를 갖고 살아가는 사람들이었지만 실제로는 '시민으로서의 나', '역사 속에서의 나'로 돌아오면 뿌리가 없었지요. 그랬기 때문에 더욱 문학적·상상적 세계에 들어가려고 했는지 모르지요. 역사의 자폐증 환자가 된 사람들을 필연적으로 열려진 문학 배의 갑판에 묶으니 알바트로스로서 시인이 아니라 수평선을 향해 자유롭게 날아가는 날개를 지닌 시인들을 상상했던 것이지요. 역사의 노예가 아니라 역사를 밟고 올라서서 그 고삐를 잡고 있는 창조적 욕망 말이지요. 그러나 그러한 제3세대, 한글과 4·19와 텔레비전 시대에 성장한 한 세대들의 출현은 경이로운 것인데도, 실제로 그 작품에서 보여준 것은 알바트로스가 아니라, 혹은 눈은 지상을 보고 꽁지는 하늘을 향해서 날아오른다는 멜롭포스의 새가 아니라, 그것은 고목 나뭇가지에 앉아서 가난한 마을 풍경을 굽어보고 있는 까마귀의 모습과 가까운 것이었어요.

이상갑 4·19와 관련하여 이 같은 선생님의 심정을 드러낸 작품이 1969년 《세대》지에 발표된 「환각의 다리」라는 작품 같은데요…….

이어령 아마 4·19를 주제로 한 소설로, 프랑스 말로 번역 소개된 것은 「환각의 다리」가 처음이라고 생각됩니다. 4·19가 하나의 혁명이라면 그것이 소설이라는 언어 텍스트에 있어서도 혁명으로 나타나야 한다고 생각했던 것이지요. 정치의 독재 체제가 붕괴하는 것은 바로 소설을 만들어가는 작가나 화자의 독재성에서 벗어나야 한다는 것이기도 합니다. 정치의 독재는 권력화된 한 사람의 발화 행위가 전 텍스트를 지배하는 것이지요. 그래서 4·19의 역사 체험을 문학 담론으로 담기 위해서 화자가 없는 또는 이중적으로 된 소설을 쓰려고 한 것입니다. 그래서 스탕달의 소설 전문을 놓고 그것을 한국말로 풀이해가는 불문학도의 의식의 흐름을 추적하는 형식으로 그 소설을 구성한 것이지요. 그러니까 이 소설에는 세 가지 텍스트가 상호성을 지니고 있어요. 하나는 스탕달의 「바니나 바니니」라는 소설 텍스트, 그리고 두 번째는 그것을 가르치고 있는 교수의 메타 텍스트, 그리고 마지막으로는 그것을 읽어가고 있는 여주인공의 내면에서도 일어나고 있는 4·19의 텍스트지요. 언어도, 공간도, 주인공도 모두가 오늘날 포스트모던 소설에서 사용하고 있는 것처럼 차용과 텍스트 상호성, 그리고 텍스트의 해체와 같은 실험적 수법으로 쓰인 것입니다.

즉 4·19의 역사적 사건을 문학적 패러다임으로 바꿔 놓으려고 한 것이지요. 수술대에서 다리를 잘린 환자는 이미 다리가 없어졌는데도 그것이 그대로 살아 있는 것처럼 느끼는 것이지요. 그래서 긁으려고 하고 일어나 디디려고 한다는 것이지요. 이렇게 수술 뒤에도 여전히 감각 속에서 남아 있는 다리를 '환각의 다리'라고 불렀는데 그것이 바로 인체가 기계처럼 부품으로 구성된 것이 아니라는 증거지요. 이미 '환위'와 '환계'에서 언급했듯이 우리의 신체성은 환경에 대해서 수동적으로 대응하는 기계가 아니라 의식의 지향성에 의해서 반응하는 주체성을 지닌 것이지요. 혁명이냐 사랑이냐, 집단이냐 개인이냐 하는 낡은 이분법적 스탕달로 구성된 「바니나 바니니」의 텍스트를 해체시킴으로써 서구적인 이항 대립과 역사 결정론적인 기계주의를 해체해 보려고 한 것입니다. 제가 제3세대라고 한 것은 바로 「환각의 다리」의 주인공처럼 참여와 순수가 하나로 되는 통합적 상상력을 지닌 세대를 의미하는 것이었지만, 오히려 현실은 제1세대의 주자학도들처럼 경직되어 갔지요.

이상갑 그런데 사실 선생님께서는 김현 선생님을 '제3세대'로 분류하신 적이 있거든요.

이어령 그랬지요. 그렇게 기대했고, 사실 그는 그런 방향으로 조금씩 다가가고 있었지요. 저에게 있어서 김현은 아주 소중한 존재였습니다. 어떤 형태로든 제 언어를 발전시킬 수 있는 기능성을 가장 많이 가진 비평가였어요. 제3세대를 좀더 보편적인 세계적 문맥 속에서 이야기하자면 제1세대 전근대의 문학, 제2세대 근대의 문학, 제3세대 후기 근대 문학으로 도식화할 수 있습니다. 구체적으로 제3세대가 있느냐 그것이 누구냐가 아니라 필연적으로 문학을 시간축으로 볼 때 그리고 거기에서 세대의 분절이 이루어질 때 그러한 상정이 가능하다는 것입니다.

어쩌면 당위론에 가까운 것이지요.

최근 문학 상황과 앞으로의 과제

이상갑 이런 점에서는 선생님께서 앞서 말씀하신 '제3세대 문학'이란 미래의 과제로 볼 수 있겠군요? 그런데 방금 선생님께서도 말씀하셨지만 우리 사회 내부의 시민 복권이나 정치 자유는 차치하고라도 남북 대립이라는 극한적인 상황을 염두에 둘 때, 우리 사회를 근원적으로 규정하는 분단 문제에 대한 인식은 무시할 수 없다고 봅니다. 이런 점에서 1950년대부터 분단과 통일 문제에 대해 관심을 기울인 최일수 시에 대한 평가는 어떠합니까? 선생님의 「우상의 파괴」라는 글을 보면 최일수 씨를 외국 문학을 선불리 번역, 평가하는 '영아의 우상'이라고 평가하시고 계신데요…….

이어령 이젠 기억조차 나지 않는군요. 역시 젊었을 때라 좀 심한 이야기를 한 것 같군요. 그분은 《현대문학》지를 통해 등장한 비평가인데, 당시 조연현의 대변인 같은 글을 많이 쓰고 있어서 세대 의식이 없는 '새끼 우상'이라고 불렀던 것 같습니다. 비평가들이 최일수 씨처럼 되지 말고 조연현 씨의 문학적 인습에서 벗어나서 자유로운 사고를 하라는 뜻으로 말이지요.

이상갑 그분의 비평 활동에 대해서는…….

이어령 방금 말씀하신 대로 최일수 씨는 1960~1970년대에 들어서서 통일론을 문학의 지상 과제로 내세우지요. 극단적으로 말하자면 통일 문제를 문학을 평가하는 잣대로 삼고, 거기에서 벗어난 문학은 나쁘고 거기에 유효한 것은 좋다는 식의 논조를 폈습니다. 통일이 민족의 제일 과제라고 생각하는 것과, 그러니 그것이 곧 문학의 목적이요 기준이 되어야 한다는 것은 별개입니다. 문학은 어느 시대, 어느 상황에서도 절대 언어에 예속되어서는 안 됩니다. 따라서 문학은 논설이나 격문이 아니지요. 문학의 지상 과제가 통일이라면 통일을 이룩한 뒤의 문학은 무용지물이 될 것이며, 문학 자체도 필요 없게 될 것입니다. 정치와 법, 그리고 기술에는 고전이란 것이 없어요. 문학만이 시공을 초월한 고전적 가치를 창출할 수 있는데, 그것이 바로 문학의 언어가 정치와 법과 기술의 언어와 다르다는 증거입니다.

이상갑 그에 대한 제 생각은 이렇습니다. 통일 자체가 중요한 게 아니고 분단된 상황이 남과 북으로 갈라져 있는 공간에 살고 있는 사람들의 삶을 인간다운 삶으로 지향하도록 만들지 못하니까 무엇이 지금 남쪽, 북쪽에 나누어져 있는 사람들에게 필요한가? 이것은 상황이 좀 다르다고 생각하는데요…….

이어령 그러나 삶을 규정하는 원인은 하나가 아닙니다. 문학은 민족이나 사회의 단위로서가 아니라 한 사람 한 사람 살아 있는 한 인간으로서의 개인을 읽는 것이기도 하지요. 그래서 그것이 전체의 공감으로 확산되는 것이지요. 분단 상황에서 오는 영향은 크지만 오직 그것으로만 삶의 문제를 설명할 수 있다고는 생각지 않아요. 가령 암에 걸려 죽는 사람이 있을 때 그가 왜 그렇게 죽어야 하는가를 분단 상황만으로는 설명할 수 없어요. 더구나 암에 걸린 것이 그가 아니라 왜 나인가도 설명할 수 없지요. 그러니까 어느 시대 어느 상황 속에서나 종교가 있었던 것이며 문학이 있었던 것입니다.

우리에게 분단 상황보다도 더 위기의 상황이 있다면 모든 것을 분단 원리로, 그리고 남북 원리로 보려는 그 고정관념과 획일주의적 사고일 것입니다. 문화적 다원주의가 오히려 이러한 획일성에서 오는 분단 의식을 소멸시킬 때 통일을 할 수 있는 기회가 역설적으로 다가오게 될는지도 몰라요.

이상갑 지금까지 선생님 말씀을 들으면서 전후 상황도 충격적이었지만, 4·19 이후의 부정적인 상황도 선생님의 문학 활동에 큰 영향을 미친 것 같습니다. 그것이 오늘날 문단과 거리를 두고 최근 《조선일보》의 「다시 읽는 한국 시」 작업으로까지 이어지고 있는 것 같은데요……. 이와 관련하여 최근 문단을 보는 솔직한 심정은 어떠신지요?

이어령 저는 평생을 창조적인 작업을 위해서 살아왔어요. 누가 하라고 해서 한 것이 아니라 바로 그것이 나의 삶 그 자체의 즐거움이었기 때문입니다. 솔직한 이야기로 요즘 문인의 사회적 책임이나 역사 의식이니 하는 말을 많이 들어왔지만 지금은 문학 그 자체가 붕괴되고 있는 세상이지요. 세계적으로 그래요. 제가 문학을 할 때만 해도 문인은 사회의 지도자이며 스타였지요. 근대화를 이끌어온 것도 정치인이 아니라 문인들이었고, 독재와 선봉에 싸워온 것도 정치인이나 사회운동가보다 문인들이었어요. 그런데 어때요? 요즘에는 랩 가수나 개그맨이나 TV 탤런트가 스타들이고 대중 사회의 중심을 이루고 있습니다. 박찬호와 서태지의 시대지요.

저는 문학을 한 번도 중단한 적이 없었습니다. 그런데도 문학에서 멀어진 것같이 생각하는 것은 제 자신이 변한 것이 아니라 세상이 그렇게 바뀐 것이지요. 이제 문학을 해도 누구도 관심이 없어요. 문학과 정치가, 문학과 경제가, 그리고 문학과 대중이 관련될 때만 사람들이 그 덤으로 문학에 귀를 기울여요. 그러니까 그런 문학이 성공하면 할수록 독자와 대중은 문학에서 멀어지게 되지요. 그들의 꽃은 아름다움이 아니라 꿀 때문에 잠시 꽃에 앉았다가 날아가는 겁니다.

제가 《조선일보》에 '문학의 해' 기념으로 「다시 읽는 한국 시」를 연재한 이유도 그 점에 있습니다. 식민지 때의 독자들은 문학보다는 독립운동이 절실했기 때문에, 그것이 사랑을 노래한 것이든 자연과 계절의 아름다움을 노래한 것이든 독립운동과 결부시켜 저항의 노래로 풀이해야만 시에 대해서도 관심을 기울였지요. 일제는 많은 것을 빼앗아갔지만 가장 중요한 것은 바로 문학을 문학으로서 읽는 재미와 아름다움마저도 빼앗아갔지요. 일제에서 해방된 오늘까지도 그 빼앗긴 문학 읽기의 자유는 수복되지 않은 체제로 있어요. 아직도 한용운의 「님의 침묵」을 조국 상실의 침묵으로 읽고 있는 사람들이 많기 때문이지요. 그 다양한 시적 의미를 누가 이렇게 메마르게 만들었을까요? 식민지 치하의 상황은 문학을 문학으로 읽는 여유와 자유를 허락하지 않았지요. 그래서 나는 문학과 시의 복권을 위해서 한국 시 다시 읽기를 시도했던 것입니다.

지금도 마찬가지예요. 분단의 가장 큰 비극 가운데 하나는 문학을 이데올로기화해서 문학의 자율성을 빼앗아버린 데 있지요. 문학의 자유로운 표현이나 주제를 하나의 이데올로기와 몇 개의 절대 언어로 묶어놓은 것이 누구입니까? 식민지 상황과 마찬가지로 분단 상황은 문학이 문학으로서 존재하는 자율성을 막아놓고 오직 이데올로기의 한 통로에만 출입구를 열어놓았던 것이지요. 통일이 되어도 상처 입은 문학은 회복되기 힘들 것입니다. 솔제니친이 세계적으로 유명해졌을 때 업다이크는 이렇게 말했지요. "정치적 탄압이 존재하는 곳에서 사는 문인은 얼마나 행복한가. 그는 정치적 프리미엄으로 문학의 가치를 높인다. 그러나 정치적 탄압을 받지 않은 사람들은 문학 그 자체로 승부해야 하니 화제성도 얻기 힘들고 쉽게 유명해질 수도 없다"라고 말입니다.

이제 우리나라에서도 문학에 정치적 프리미엄이 붙어 다니던 시절이 사라지고 말았어요. 이념 서적의 붐이 가시듯 금제된 이념으로 대중의 관심을 끌었던 시대도 지나갔어요. 우리에게 시급하게 남아 있는 것은 대니얼 벨의 말대로 영역의 혼란에 대한 자각일 것입니다. 마르크스나 헤겔의 역사 결정론은 인간을 호모 파베르homo faber로 본 것이지만, 인간은 동시에 '호모 픽토르homo pictor', 즉 '상징'을 창조하는 피조물이기도 하다는 것입니다. 두 영역을 혼동해서는 안 된다는 것이지요. 문학은 호모 픽토르의 세계로, 그리스신화나 서사시는 아무리 사회가 진보한 세상에서도 여전히 우리에게 감동을 줍니다. 그리스의 법이나 축성법은 이미 현대에는 통용되지 않는데도 말입니다.

이상갑 이 문제와 관련하여 1990년대 들어 마광수 씨와 장정일 씨의 구속과 예술인에 대한 단속, 그리고 문화예술 분야의 사전 검열 제도와 함께 최근의 문화 정책에 대한 생각은 어떠신지요?

이어령 이것은 문학 작품의 법적 금제가 옳으냐 그르냐가 아니라 가능하냐 불가능하냐의 문제라고 봅니다. 사이버 스페이스 속에서는 모든 포르노가 국경 없이 자유로 넘나듭니다. 통제 불능의 미디어들, 글로벌 네트워크의 출현으로 이제는 국내의 잣대로 무엇이 외설인지 아닌지를 잴 수가 없게 된 것입니다. 길은 단 한가지입니다. 사이버 스페이스의 환경 속에서 자신의 판단력을 기르고 정보를 걸러서 흡수하는 대중의 눈높이와 자질을 길러주는 방법입니다. 그 프로그램을 만드는 것이 금제의 법보다도 우리에게는 더 시급하고 또 유효하다는 것을 알아야 할 것입니다.

그러나 문학인들은 예나 지금이나 끝없는 검열 속에서 글을 써야 한다는 것도 잊어서는 안 될 것입니다. 언제나 상대편이 받기 어려운 서브를 먹이고 또 거치적거리는 그 네트를 사이에 두고 공을 치고 있는 테니스 선수처럼 말이지요.

이상갑 네. 오랜 시간 동안 좋은 말씀을 들려주셔서 대단히 감사합니다. 선생님의 말씀을 들으면서 선생님의 문학에 대한 일관된 애착과 1950년대라는 시대가 지닌 고민과 고뇌의 흔적을 많이 알 수 있게 된 것 같습니다. 오늘 선생님의 말씀은 앞으로 문학을 공부하는 사람들에게 좋은 참고 자료가 되리라 믿습니다. 앞으로도 더욱 건강하시고 하시는 일에 더욱 좋은 성과가 있으시길 바랍니다. 감사합니다.(「1950년대와 전후 문학」, 《작가연구》 제4집, 1997.)

『흙 속에 저 바람 속에』에 대한 새 질문

대담자: 전여옥

내게는 특별한 인터뷰였다. 이어령 교수를 만나기 위해 《중앙일보》 고문실에 도착했다. 약간 이른 듯 손님과 이야기하는 소리가 들렸다. 앉아 있는데도 다 들릴 정도로 큰 소리였다. 손님은 손님대로 열정적으로 뭔가를 설명했고, 이 교수도 맞장구를 쳐가며 뭔가를 열심히 이야기했다. '신나게 사시는구나' 하는 생각이 들었다.

사실 언제 때 이어령인가? 그 옛날 『흙 속에 저 바람 속에』를 읽었던 그의 열렬 여고생 독자들은 지금쯤 육십 언저리에 있을 터인데……. 그런데도 그는 인터넷 주간지 《아이위클리》의 창간 1주년 기념호 인터뷰 대상자다. '영원한 현역'이라는 구태의연한 표현이 필요없는 그는 '그 이상'이다.

오랫동안 이화여대 교수로, 평론가로, 올림픽의 아이디어맨으로 그리고 문화부 장관으로 우리 사회에 있었다. 그러나 지금은 디지털 패러다임에 대해 그 누구보다도 호기심과 열정을 지닌 그의 이야기를 듣고 싶었다.

소박하면서도 격조 있게 꾸민 사무실에서 그가 반갑게 맞아주었다. 거의 주름살조차 없어 오십 대로도 보일 정도였다. 그런 그가 칠십이 내일모레라고 했다. 놀라운 일이었다. 여전히 젊은 그에게 단도직입적으로 물었다.

한국인 기질엔 정보화 성향 있다

전여옥 우리가 디지털 문명에 대해 오해하고 있는 것은 무엇인가요?(나의 질문이 떨어지자마자 그의 물 흐르듯 유창한 달변과 해박한 지식의 퍼포먼스가 시작되었다)

이어령 6·25 때 한 미국 장군이 한국인을 가리켜 레밍lemming, 즉 들쥐 같다고 했어요. 한 마리가 뛰니까 모조리 몰려 뛴다고. 나는 몹시 불쾌했죠. 사실 이런 성향은 동북아시아 퉁구스족의 특징인데 장단점이 있죠. 단점은 덩달아 무조건 뛴다는 것이고, 장점이라면 새것을 찾아 변화하려는 열정이 있다는 점이죠. 한국이 정보화 사회의 최첨단을 간다고 그러죠. 고속 정보 서비스 세계 1위이고, 다른 나라에는 없는 PC방이 있지요.

저는 여기에 오해가 있다고 봐요. 즉 한국인들은 들쥐처럼 덩달아 '빨리빨리 후다닥 받아들여서' 정보화를 추진한 민족이 아니라는 점입니다. 한국인의 특성에는 정보화의 '오랜 전통'과 '정보화 성향'이 있다는 점입니다.

가령 휴대폰만 해도 그래요. 외국에서 애인에게 휴대폰을 선물하면 "왠 개 목걸이냐, 왜 나의 사생활에 개입하느냐?"면서 화를 내는 경우가 많죠. 그러나 우리에게는 애정의 표시—좀 더 닿고 싶고 섞이고 싶다는 밀접한 커뮤니케이션을 원하는 감정의 표시지요. 일본이나 서유럽은 철저히 개인의 영역을 보호하고 쉽게 접근할 수 없게 되어 있어요.

하지만 한국인은 아니죠. 뭐든 나누길 좋아합니다. 새로 이사하면 떡 돌리고 이러잖아요. 말하자면 물질도 나눴지요. 또 '웬 떡이냐?' 하면서 받는 사람도 그저 좋아하면서 받았죠. 정보야말로 나눔, 셰어share 아닙니까? 떡 돌리기를 하면서 동네의 네트워크가 형성되었고 정보의 즐거움을 공유할 수 있는 정보 마인드, 정보 인프라가 형성된 문화적 전통을 갖고 있는 것입니다.

재미있는 해석이다. 산업화에는 안 맞아도 정보화에는 궁합이 맞는 민족이란 말이다.

이어령 일본은 공업화와 산업화에 맞는 민족이죠. 그 세밀한 셈

감각, 아귀가 딱딱 맞아야 직성이 풀리는 민족성을 지니고 있죠. 당연히 제조업에 맞을 수밖에 없습니다. 하지만 한국인은 영 아니죠. 우리는 측정에 서툴고 부정확하고 계산하길 싫어하죠.

우리는 흔히 뭐뭐한 셈치고, 즉 셈한 걸로 하고 이렇게 살아온 민족이죠. 우리나라 버선 봐요, 무슨 치수가 있습니까? 앉아서 발을 밀어 넣었죠. 하지만 이런 기질이야말로 우리가 얼마나 정보화적인 민족인가를 보여주는 것입니다. 정보는 정확성이 아니라 믿음이며 감동이고 퍼지fuzzy이며 플렉서블flexible한 것이니까요.

포르노 사이트 있어서 인터넷 확산된다

전여옥 옳으신 말씀, 동의합니다만 왜 닷컴 기업이 이렇게 죽을 쑤고 있는 것일까요?

이어령 얼핏 보면 문명은 일단 혼란부터 부르는 것처럼 보이죠. 예를 들어 산업사회에 철도가 놓여졌죠. 근데 말 타고 잽싸게 내달리는 열차갱이 느려터진 열차에 올라 손님들 지갑을 싹 털어 갔죠. 그렇다고 다시 역마차를 탑니까? 아니죠. 열차 갱은 열차를 더 빨리 가게 만들었어요.

지금 닷컴의 위기도 그런 거죠. 그 체질을 더 강인하

게 만들면서 탄탄한 정보화 사회로 가게 하는 것입니다. 모든 것이 노이즈noise가 있기에 발전하는 겁니다. 해커가 있기에 보안 장치가 발전하는 거고, 포르노 사이트가 있기에 인터넷이 그렇게 확산되는 겁니다. 아쉬운 것은 우린 왜 피해만 강조하느냐는 겁니다. 혼란! 창조적 해결로 풀어보려는 의지가 없어요.

정보는 물질이 아니죠. e-비즈는 황금알을 낳는 거위라는 생각부터 수정해야 돼요. 정보는 물질이 아닙니다. 아무리 나눠도 없어지지 않아요. 정보는 공기이고 나눠야 하죠. 정보를 갖고 돈을 벌려는 사람이 문제라고 봐요.

전여옥 그래도 지식 정보 사회잖아요. 정보가 돈이 되는…….

이어령 전 정보 그 자체로 돈이 된다고는 생각 안 해요. 공유하고 공개해야 하죠. 해커는 모든 것을 나누고자 했던 히피의 연장선상에 있어요. 그 정신을 잃어서는 안 돼요. 물론 닷컴 기업이 진정 온라인적인가에도 의문은 있습니다. 아마존닷컴을 예로 들자면 나름대로 출판계에 활기를 가져왔죠. 하지만 저는 아마존 철저히 오프라인적 기업이라고 봅니다. 전 세계에 배달하는 인건비와 수수료를 챙기는 택배 회사 비슷해요. 디지털은 장사가 아니죠.

인터넷은 'need'가 아닌 'want'

전여옥 디지털 장사란 어떤 것인가요?

이어령 네트워크를 통한 장사지요. 예를 들면 언제 아이를 낳을지 모르는 산모와 산부인과, 그리고 택시 회사가 네트워크를 통해 산기가 있으면 그대로 연결되는, 그때 남편이 야근을 해도 문제없는 그런 비즈니스죠. 또 다량 판매가 아니라 네트워크를 통해 이제는 절판된 책, 희귀본을 비싼 값을 받고 파는 그런 것이 디지털적 비즈니스라고 전 생각해요.

인터넷이 아니라 에버넷evernet이죠. 왓에버whatever, 후에버whoever, 하우에버however를 충족시키는 고부가가치 장사가 바로 디지털 장사지요.

전여옥 정보화, 네트워크는 어떻게 관리하시죠?

이어령 사람은 나이를 먹을수록 오래 살고 싶어해요. 그래서 이상한 약도 먹고 그러는데, 저는 나름대로 장수법을 갖고 있어요. 예를 들어 전에 내가 한 시간이면 처리한 일을 요즘은 10분에, 아니 1분 안에도 처리할 수 있어요. 정보의 도구를 이용하면요.

예를 들면 '죽느냐 사느냐 그것이 문제로다' 이것을 셰익스피어가 몇 번 썼나 알고 싶으면, 전에는 조교를 써도 한 달이 넘게 걸렸죠. 그래도 안 나왔어요. 하지만 지금은 인터넷 셰익스피어 사이트에 접속하면 순간이죠. 나는 10년에 할 일을 1년에 하면서 엄청나게 오래 사는 거죠.

즉 쓸데없는 노고를 거치지 않아도 되는 정보화의 능력에 힘입어서 말입니다. 노인일수록 인터넷을 더 많이 하고 필요로 하죠. 전 인터넷을 손오공의 여의봉이라고 생각해요. 어디든지 갈 수 있게 하는 공간의 확산 아닙니까? 퍼내도 퍼내도 정보라는 보물이 계속 나오는 화수분처럼요.

저는 인터넷 문명을 정말로 획기적인 문명이라고 봅니다. 인류가 처음으로 공짜로 무엇을 줄 수 있는 문명이 온 겁니다. 소유의 개념이 바뀌었어요. 우리는 우리 집에 남이 들어오지 못하게 개를 기르며 '맹견 주의' 이렇게 써놨지만 요즘 홈페이지는 어때요? 서로 들어오라고 난리 아닙니까? 경품까지 걸고 말입니다. 인터넷 문명을 저는 삼간三間 혁명이라고 보죠. 시간時間, 인간人間 그리고 공간空間의 삼간 혁명입니다.

전여옥 정말 젊으세요.

이어령 컴퓨터는 내 지적 호기심의 연장이죠. 인터넷은 제 두뇌를 언제나 풀 가동시키지요. 인간의 기억력은 금방이지만 추리력은 오래가죠. 기억력은 죽지만 추리력은 살아

나갈 수 있어요. 이십 대의 팽팽한 얼굴도 괜찮지만, 지혜와 추억이 깃든 사십 대 여자의 아름다움도 값지죠. 또 인터넷은 몰입이죠. 지적인 게임입니다. 미지의 사이버 세계를 탐험하는 직접 체험의 공간입니다. 저는 인터넷이 니드need가 아니라 원트want라고 봅니다.

전여옥 인터넷의 문제점도 많지 않습니까?

이어령 가장 큰 문제는 우리가 정보 인프라는 돼 있는데 콘텐츠가 없다는 점이죠. 광우병 갖고 온 난리를 치면서도 제대로 된 광우병 관련 사이트는 없는 거예요. 알면 객관적이 되고 대안을 마련할 수 있는데 제대로 된 콘텐츠, 지식이 없으니 오로지 패닉(혼돈)만 있는 거지요. 걱정이에요.

전여옥 벤처 기업가들 요즘 고생하고 있는데 터널의 끝이 있을까요?

이어령 우리 벤처 망하는 것, 당연한 겁니다. 미국 사람들은 실리콘 밸리에 들어갈 때도 자기들끼리 이런 말해요. '우리 죽으러 들어간다'라고. 벤처 기업을 하는 사람들은 다 꿈꾸는 사람들입니다. 기존의 틀 속에서 성장할 수 없는, 하고 싶지 않은 자들이 들어가는 거지요. 아마존도, 빌 게이츠도 왜 하필이면 시애틀입니까? 역시 모두 짜여진 동부보다는 서부라는 점 때문이었죠. 우리 벤처는 망하는 것을 당연하게 생각해야 하고 망해야 합니다. 벤처가 잘되면 그게 무슨 벤처입니까?

전 벤처 기업가는 다 예술가라고 생각해요. 망해도 좋다, 죽어도 좋다며 매달리는 게 예술가잖아요. 대가를 바라지 않는 열정과 헌신—이것은 시인이자 예술가의 마음이죠. 셰익스피어가 그랬죠. 사랑에 빠진 사람, 시인, 미친놈은 같은 종류의 인간이라고. 전 여기에 벤처 기업가를 보태고 싶어요.

인터넷은 선택 아닌 운명

전여옥 정보화 사회의 바람직한 인간은 누굴까요?

이어령 인터넷은 우리의 선택이 아니라 운명입니다. 이젠 인터넷 못 하면 연애도 못 해요. 우리는 정보의 유용함을 알아야 하지만 정보의 무서움도 알아야 합니다. 정보화 사회에서 좋은 시민의 기준은 어떻게 정보화 사회의 긍정적인 방향과 목표를 위해 헌신하고 참여하느냐 하는 점입니다.

똑같은 풀을 먹어도 독사는 독을 만들고, 젖소는 우유를 만드는 것처럼요. 정보라고 예외는 아니죠. 그런 점에서 한국은 아주 첨예한 상황critical momentum에 놓여 있다고 할 수 있습니다.

한국은 인터넷이 한마디로 대단히 파행적으로 앞서 있는 나라라고 할 수 있습니다. 뜬소문이 인터넷을 강타하고, 신뢰할 수 없는 이야기들이 인터넷에 올라오지요. '앞으로 어떻게 될까요?'라는 수동적인 질문이 아니라 '어떻게 하면 좋을 것인가?' 하는 능동적인 질문이 필요한 사회가 바로 한국입니다.

전여옥 그래도 어떻게 될까요?(웃음)

이어령 빌 조이란 사람이 있어요. 빌 게이츠, 빌 클린턴을 포함한 세 '빌' 중에서 그래도 제일 사람 같은 사람인데(웃음), 이 사람이 그랬어요. 앞으로 세계는 나노와 게놈, 그리고 로보틱스의 세상이 될 것이라고 말입니다.

특히 이 세 테크놀로지를 합치면, 예를 들어 나의 뇌를 로봇에 그대로 옮겨서 기능을 하게 하는 것이 가능합니다. 인간이 필요 없을 수도 있는 것이죠. 생각하는 기계가 나온다면 과연 인간과 무엇이 다르며, 어떻게 구별할 수 있겠어요? 좀 더 지적이고 책임 있는 인간이 필요한 시대이기도 합니다.

전여옥 인터넷이 독서가 될 수 있을까요?

이어령 물론이죠. 처음에 말이 있었고 이어서 문자가 나왔을 때 인간은 문자를 경원했죠. 다음에 활자도 똑같았죠. 라디오도 텔레비전도 마찬가지로 다 말이 많았죠. 인터넷도 그래요. 어느 시대건 신매체에 대한 적대감을 지닌 구매체의 옹호와 저항은 있는 법이지요.

저는 인간을 벤처 동물이자 인터넷 동물이라고 생각합니다. 처음에 인간은 다 네 발이었죠. 그런데 왜 네 발로 기어가는 안정성을 버리고, 엎어지고 고꾸라지는 위험 부담을 안으면서 두 발로 서려고 했을까요? 인간은 태어나면서부터 벤처 동물의 DNA를 타고났던 거죠. 당연히 인터넷은 독서를 뛰어넘는 그 이상의 인간의 지적 벤처일 수 있는 것입니다. 인터넷은 독서입니다. 팔딱팔딱 뛰는 금붕어처럼 인간은 웹 위에서 멀티미디어적 존재가 된 것이죠.

개인적으로 저는 제게 주어진 새로운 오늘을 즐기고 싶어요. 서재 안에 있는 책만이 내 책이 아니라 전 세계 도서관이 책이 다 내 장서가 될 수 있는 이 새로운 환경을 즐기고 향유하고 싶어요. 이 정확성과 신속성과 지속성을, 정보인으로서 호기심을 갖고 즐기고 싶습니다. 이 세상 누구에게나 똑같이 주어진 오늘, 하지만 그가 지닌 정보화의 나이, 인포메이션 에이지information age에 의해 그 오늘의 의미는 너무나도 다를 것입니다.

그의 퍼포먼스는 끝이 없었다. 마치 흐르는 물처럼, 화수분처럼, 정보처럼 수없이 흘러넘치고, 말해도 말해도 새로운 비유와 유머와 위트가 함께했다. 항상 '와이 낫Why not?'이라고 묻는 인간이 바로 정보화된 인간, 멀티미디어적 인간이라고 그는 마무리를 했다. 그야말로 시간과 공간을 넘어 여전히 반짝반짝 빛나는, 그야말로 영원히 'Why not?'이라고 묻는 정보화적 인간이었다.(「흙 속에 저 바람 속에 그리고 Why not 속에」, 《아이위클리》, 제51호, 2001.)

마지막 수업이 남기고 간 말

대담자: 오효진

역할이 끝났다

설레고 또 설렌다. 세계적인 지성의 거봉 이어령 씨를 만나러 가는 날엔 아침부터 나는 소년처럼 들떠 있었다. 꼭 좋아서 그런 것만은 아니었다. 걱정도 태산이었다. 말과 글로는 당할 사람이 없는 그니까, 그가 준비해 놓은 말의 성찬은 얼마나 환상적일 것인가, 그래서 나는 좋았다. 아니 그런 그니까 내가 말려들어 아무것도 못하고 허둥댈 것이 아닌가, 그래서 나는 걱정이 태산이었다.

걱정이 또 하나 있었다. 호칭을 무어라고 할 것인가. 전 장관의 예우로 하면 '장관'이라고 불러야 할 것 같고, 현직으로 치면 《중앙일보》 고문으로 있으니 '고문'으로 불러야 할 텐데……. 그러나 이런 걱정은 아주 싱겁게 풀렸다.

약속 장소로 정한 서울 종로구 평창동 올림피아 호텔의 일식집에 조금 일찍 갔더니 여자 종업원이 반갑게 맞았다. 내가 "이어령 씨와 약속이 있다"라고 하니까 여종업원은 대뜸 이렇게 말했다.

"아, 장관님요."

이어령 씨는 약속 시간에 꼭 맞춰 들어왔다. 일흔을 바라보는 노인이라고 할 수 없을 정도로 단정하고 말쑥하고 꼿꼿했다.

오효진 장관님, 활동을 그만두신다니 웬 말씀이십니까?

이어령 아, 그거요?

그가 아무렇지도 않게 받는 걸로 봐서 호칭이 무난하다 싶었다.

이전 장관은 "앞으로 일정 강의도 않겠다. 여기저기 칼럼을 쓰지 않겠다. 방송 출연도, 인터뷰도 않겠다"라고 선언하고 있었다. 그러니까 이 인터뷰는 그가 이제까지 해온 공적 문화 활동에 대한 대단원의 막을 내리는 마무리인 셈이다. 그걸 생각하니 또 두렵다.

역시 그는 청산유수였다.

이어령 나는 경계에서 사는 사람입니다. 지금까지 이 지역과 다른 지역의 경계 안에서 사는 사람의 역할을 해왔는데, 가장 큰 경계는 20세기 농업사회에서 산업사회로 넘어오는 경계였지요. 또 지금 나는 산업사회에서 정보사회로 넘어가는 경계상에 살고 있어요. 그런 경계선상에서, 남이 보면 이것저것 한 것 같지만 문화와 문명에 관계되는 글을 쓰고 활동을 해온 겁니다.

오효진 그런데요?

이어령 제 역할은 이런 경계의 긴장 속에서 살아온 것인데, 이제 그 역할이 끝난거죠.

오효진 아니, 끝나다니요?

이어령 지금 20세기에서 21세기로 넘어가고, 산업사회에서 정보사회로 넘어가고 있는데, 연령도 연령이지만, 지금은 내 시대가 아니라고 생각해요. 나는 경계가 있어야 역할이 있는데 지금 경계가 다 사라졌으니 역할이 없어진 거죠. 거창하게 말하면 문명사의 흐름이나 내 개인의 호기심이나 다 없어졌어요.

월드컵, "성性의 벽을 허물자"

오효진 역할이 끝났다고 생각한 계기가 있으시겠죠?

이어령 새천년준비위원회 위원장을 하면서 그런 걸 많이 느꼈어요. 2002년 월드컵 조직위원회에서도 내가 식전式典 문화 및 관광위원장을 맡고 있었는데, 개회식·폐회식도 다 내가 구상하고 있었거든요. 상암 경기장 만들 때도 내가 관여했어요. 그때 기본 개념이 젠더 프리Gender Free, 배리어 프리Barrier Free였어요. 21세기 월드컵이니 만치 새 콘셉트로 지어야 한다는 생각을 가지고 남이 하지 않은 여러 가지 아이디어를 낸 거죠.

화장실 쓰는 시간을 보면 여자가 남자보다 네다섯 배나 깁니다. 그런데 화장실 숫자를 똑같이 고정해 놓으면, 남자 화장실은 한가한데 여자들은 화장실 앞에서 길게 줄을 서 있거든요. 그래서 상암 경기장엔 젠더 프리 개념을 도입하도록 했죠. 화장실의 표기를 전자식으로 해서, 여자가 몰리면 그걸 여자 화장실로 바꾸고, 또 반대로 남자가 몰리면 남자 화장실로 바꾸도록 한 거죠. 성性의 벽을 없앤 것이죠.

오효진 배리어 프리라고 하셨는데, 스포츠 경기장에서 장애인과 비장애인의 벽을 어떻게 허뭅니까?

이어령 이것도 내가 세계 최초로 아이디어를 내가지고 경기장 양쪽에 전광판을 달아서 이퀄라이저 막대기 여러 개가 경기장의 소음에 따라 한꺼번에 올라갔다 내려갔다 하도록 한 겁니다. 예를 들면 골이 들어가거나 멋진 플레이를 해서 사람들이 박수를 치면 이 막대기들이 막 올라갑니다. 반대로 프리킥을 할 때면 사람들이 조용히 숨을 죽이고 있잖아요. 그러면 막대기들이 다 내려와 있는 겁니다. 이렇게 되면 청각 장애인라고 하더라도 비장애인 처럼 소리를 느끼면서 경기를 볼 수 있는 거죠.

오효진 이런 아이디어는 장관께서 제공해서 다 채택이 됐습니까?

이어령 그럼요. 다 채택되서 그대로 하고 있잖아요.

오효진 이런 게 채택돼서 시공 중에 있다면 장관님은 지금 역할을 아주 멋지게 수행하고 계신 것 아닙니까?

이어령 나는 경기장 천장의 끝 부분에 고리를 만들어서 개막식이나 폐막식 때 거기서 광光섬유를 내리기도 하고 올리기도 하면서 그 끝에 천을 달아서 상징적인 퍼포먼스를 하려고 했습니다.

나는 88올림픽 개막식 때의 어린이와 굴렁쇠가 생각나서 이렇게 물었다.

오효진 이번엔 또 뭘 하려고 하신 겁니까?

이어령 실크(비단) 로드, 사커(축구) 로드, 피스(평화) 로드, 이 세가지에 대한 상징적인 퍼포먼스를 하려고 했지요. 동서가 처음 실크 로드를 통해 만난 거 아닙니까? 지금은 또 축구를 통해서 동서가 만나지 않습니까? 이담에 또 평화로 이어질 것 아닙니까? 이렇게 과거, 현재, 미래 세 가지 개념을 세운 겁니다.

오효진 그랬는데요?

이어령 일을 하다 보니까 이게 안 돼요. 그래서 내가 월드컵도 다 그만두고 관여하지 않고 있어요. 또 대학에 관한 일도 다 그만두려고 합니다. 앞으로는 개인적으로 내가 해온 일들을 정리하려고 하는 겁니다.

떨어지지 않는 낙엽은 싫다

설명이 좀 미진했다고 생각했는지 그는 보충해서 예를 들었다.

이어령 가을에 나뭇잎이 떨어져야 하는데 안 떨어지는 나뭇잎이 있어요. 치근치근하게 붙어서 비를 막 맞고도 떨어지지 않는 그런 낙엽이 되고 싶지 않아요. 시대가 나를 원하고 사람들이 나를 원할 때 내가 일을 하는 것이지……. 그래서 상당히 유감스럽지만 한계를 느끼고 이런 생각을 하는 겁니다.

오효진 그래도 좀 섭섭하시잖아요?

이어령 그런 걸 받아들여야죠. 반드시 내가 옳은 것도 아니고.

우리는 지식의 바다 속으로 빨려 들어간다.

이어령 피카소가 죽었을 때 나는 마침 파리에 있었어요. 피카소가 개인전을 정력적으로 준비하다가 죽었는데 그때《파리 마치》에 실린 사망기사의 제목이 인상적이어서 지금까지 기억에 남아 있어요. '그가 화필을 들고 있으면 마침 총검을 들고 있는 사람처럼 연령도 죽음도 그 안으로 들어오지 못했다. 죽음도 그의 화필 바깥에서 얼씬거리고 돌아다녔다. 그는 명예를 가지고 있었고, 천재였고, 많은 여자도 있었고, 일할 수 있는 에너지도 있었지만, 신은 역시 공평하다는 걸 증명했다.…….

잠시 뒤 그는 말을 이었다.

이어령 나를 피카소하고 견준다는 건 말도 안 되는 소리지만……, 은퇴라는 것은 인간이 할 수 있는 가장 높은 경지의 행위지요. 밀려나서 쫓겨나는 게 아니고……. 우리는 작은 만년필 하나도 버리지 못하고 죽는 거요. 그러니 항상 죽음 앞에 지는 거지요. 차라리 죽기 전에 좀 더 높은 위치에서 정리해야 하는 게 아니냐, 네가 지금 떠들고 있는 재주가 별게 아니다, 다 버리자, 이런 생각을 하는 겁니다.

오효진 정말 그렇게 정리하고 싶으세요?

이어령 나는 지금까지는 그렇게 살고 싶지 않았지요. 내가 지금까지 안 해본 게 없어요. 창조에 대한 열정이 아직도 대단합니다. 내가 제일 싫어하는 말이 강연 끝나고 나면 사람들이 몰려와서 '참 많이 생각게 하는 말씀을 하셨습니다'. '그 통찰력 한번 대단하십니다' 이렇게 말하지 않고 '아이구 근력이 대단하십니다'. '힘도 참 좋습니다' 하는 말입니다. 그럴 때 나는 참 절망을 느껴요. 내 힘은 근력에서 나오는 게 아니라 창조력·통찰력 이런 데서 나오는 거요. 나는 앓다가도 기가 막힌 아이디어가 떠올라서 강의를 하게 되면 막 펄펄 나는 거요. 그렇게 살아왔는데 마지막 도전하는 게 바로 이거요. 버리고 가는 것.

오효진 이젠 아무것도 안 하시는 겁니까?

이어령 내가 해야 할 일이 있어요. 내가 아니면 안 되는 일이 있습니다. 이 세상에 남아 있는 고전 중의 고전으로, 언어의 영원한 지적·창조적 소산물들, 이상의 「날개」, 『춘향전』, 『심청전』 이런 명작들을 내 입장에서 해설하고 비평하는 책을 쓰는 겁니다. 한 작품에 책 한 권씩. 그걸 출판사와 계약했어요.

어머니의 찬 손에서 문학을 선택했다

오효진 그걸 얼마나 하시려고요?

이어령 내 체력이 견디고 내 정신이 활동할 수 있는 데까지.

오효진 문학 작품만 하시는 겁니까?

이어령 그럼요. 난 어렸을 때부터 문학 이외에는 생각하지 못했어요. 내가 어렸을 때 몸이 약해서 감기에 자주 걸렸어요. 한번은 겨울에 아랫목에 누워서 앓고 있었어요.

그때 어머니가 외출했다 돌아오시는 겁니다. 바깥에 찬 바람을 묻혀가지고 들어오셔요. 그러면 바깥의 냉기가 방 안에 쫙 퍼지는 겁니다. 어머니는 바깥의 찬 공기가 묻은 손으로 내 이마를 짚어보십니다. 그럼 그 냉기가 또 내 몸에 쫙 퍼지는 겁니다. 그러니까 어머니의 손에 묻은 공기가 내 이마의 찬 경계선에 닿아 내가 바깥을 느끼는 겁니다.

어렸을 때의 체험은 좀 더 계속된다.

이어령 그때 의사가 와서 주사를 놓고 갑니다. 그러면 주사 앰풀이 들어 있던 주사 갑 안에, 깨지지 말라고 넣어놓은 보들보들한 종이가 있잖아요, 그걸 손으로 만지작거리고 놀면서 바깥 공기를 느끼는 겁니다.

그의 이러한 감성이 어떻게 문학과 연결됐을까.

이어령 어머니가 옆에서 나를 간호하시면서 책을 읽으셨어요. 당신이 읽으시기도 하고 나한테 읽어주시기도 하고. 『철가면』, 『장발장』 이런 걸 다 누워서 알게 됐어요. 그래서 난 이담에 커서 뭐가 되겠다 그런 게 없었어요. 당연히 문학을 하는 걸로 알았지요.

그는 이 부분에 대한 결론을 내린다.

이어령 그러니까 나는 의식이 들면서부터 지금까지 문학적 상상력이나 문학 이외의 것에 대해 한 번도 생각해본 적이 없어요. 내가 교수를 하고 장관을 한 것도 사실은 그 문학적 창조의 연장선상에서 한 것이지, 난 한 번도 변한 게 없어요. 사람들은 내가 이것저것 한 줄 아는데 그렇지 않아요.

88올림픽으로 얘기가 껑충 뛴다.

이어령 하다못해 올림픽 때 기획을 한 것도 문학적 상상력을 현실에 옮겨놓은 것에 불과한 것이죠.

이야기는 또 한 번 비약한다.

이어령 내가 제일 먼저 시를 쓰니까, 사람들이 시가 왜 이러냐, 소설 같다 그래요. 그래서 소설을 썼더니 아이구 이거 비평 같다 그래요. 그럼 비평가가 되자, 그래서 비평가가 됐더니, 이번엔 이거 뭐 문화 정책가가 아니냐 그래요. 그래서 장관을 한 거죠.

이끼, 두레박, 부지깽이

장관 시절(1990년 1월~1991년 12월)엔 어려움도 많았다.

이어령 장관이 돼서 그 딱딱한 공무원 머리에다 바위의 이끼가 돼라, 우물가의 두레박이 돼라. 부지깽이가 돼라. 이랬어요.

오효진 그게 무슨 말이죠?

이어령 정치, 경제처럼 딱딱한 현실(바위)에 문화는 생명의 이끼다. 그러니 당신들은 이끼 같은 사람이 돼라. 문화 인프라란 말 대신 우물가의 두레박이라고 하자. 인프라는 여러 사람이 공유하는 것인데, 우물가에 두레박 하나만 놔두면 여러 사람이 그거 하나로 물을 떠먹을 수 있다. 그러나 그게 없으면 사람마다 두레박을 가지고 다녀야 한다. 그러니 당신들은 우물가의 두레박이 돼라.

부지깽이가 천해 보이지만 그게 없으면 불을 붙이거나 태울 수가 없다. 그리고 자신이 타야 된다. 부지깽이는 꼬부라지고 못생긴 놈이 되지만 끄트머리가 시커멓게 탄다. 문화의 불을 붙이자면 당신들은 부지깽이가 돼서 함께 타야 된다. 이런 거죠.

오효진 그게 잘되던가요?

이어령 글쎄 내가 장관이 돼서 이런 얘기를 하고 돌아다니니까 사람들이 시인이라고 그래요. 그건 장관이 할 일이 아니라고. 그래서 지금 다시 시를 쓰려고 벼르고 있는 거요. 이렇게 나는 한 바퀴 빙 돌아온 겁니다.

나는 남의 말을 정말 잘 믿는다.

오효진 그래 정말 시를 쓰실 작정입니까?

이어령 아니 그건 아니고, 마감 시간에 독촉받지 않는 글, 내가 정말 쓰고 싶은 글, 그리고 그것이 원고료나 인세로 환원되지 않는 글, 그런 걸 쓰고 싶고, 그런 걸 위해서라면 이 세상에서 귀중하다고 생각되는 모든 것을 버릴 각오가 돼 있다 이겁니다.

이제 와서 보니 그의 은퇴 선언은 또 하나의 커다란 도전이다.

오효진 그런데 88올림픽, 월드컵, 부지깽이……, 이런 생각들이 다 어디서 나옵니까?

이어령 내 공장과 농장에서 나오지요.

오효진 좀 어려운 설명입니다.

이어령 상상력의 밭이죠. 나에게는 나의 언어나 상상력을 가꾸는 텃밭이 있지요. 어떤 때는 무도 길러내고 배추도 길러내고. 거기다 여러 가지 씨를 뿌리고 가꿔내는 겁니다. 거기서 굴렁쇠(88올림픽 개막식)도 나오고 상암동(월드컵)도 나오고요.

오효진 가령 텃밭이라면 비료도 주고 물도 주고 씨도 뿌려야 하는데, 그런 것을 구체적인 작업으로 볼 때, 그 말씀은 책을 보신다는 얘깁니까, 텔레비전을 보신다는 얘깁니까, 별을 상상을 하신다는 겁니까?

이어령 처음에는 많은 책을 본 거죠. 그런데 거기에 문제가 있어요.

미치고 뛰며 꿈꾸려 했지만……

다시 얘기가 가지를 친다.

이어령 우리가 책을 본다고 다 소화가 되는 것은 아니에요. 나와 다른 체제의 것이 내 시스템으로 들어올 때는 거부반응을 일으키죠. 이게 알레르기입니다. 그런데 나의 단백질과 다른 식물 단백질, 동물 단백질, 토끼 피, 이런 걸 어떻게 수용할 수 있는가. 위가 있기 때문이에요. 위에는 T세포가 있어서 다른 것을 수용할 수 있는 아주 특이한 구조를 가지고 있어요. 그러니까 위야말로 위대한 거죠. 그런데 '밥통'이라고 그러죠. 밥통은 바보를 두고 하는 말인데.

그는 이 밥통론에 따라 여러 가지를 흡수해서 내 것으로 만들었다는 말을 하는 것 같다.

이어령 아까 그 텃밭 말인데, 우리가 책을 많이 읽으면, 그 내용이 그대로 나오는 게 아니라(밥통에서 소화돼서) 상상력이 나오는 겁니다.

우리는 한 단계 더 그윽하고 심각한 곳으로 그를 따라 들어가야 한다.

이어령 그런데 우리나라에선 이 상상력을 아주 업신여겨요. 보세요. 우리나라엔 꿈(dream)이 없었어요. 이 꿈 몽夢자가 나쁜 뜻이에요. 서양의 드림과 같은 뜻이 없어요. 그러니까 동양이 서양에 비해 압도적인 문화를 가지고 있었으면서도 서양에 뒤진 것입니다.

예를 들면 바스코 다 가마가 희망봉을 발견했을 때 타고 간 것보다 몇십 배 더 큰 배를 중국이 가지고 있었으면서도 어떻게 됐습니까? 또 화약! 이건 뭐 압도적이었어요. 우리나라도 마찬가집니다.

내가 새천년 비전을 제시했더니 어떤 사람은 그게 허황되다고 그랬어요. 우리나라에선 비전이 허황된 걸로 통하는 경우가 적지 않아요. 또 패러다임을 바꾸자면 이젠 빗나간다고 그러거든요.

그의 결론은 이렇다.

이어령 그러니까 나는 꿈을 멸시하는 사회에서 미쳐보고, 뛰어보며, 꿈을 실현해 보려고 했지만, 너무나 큰 장벽 때문에 무너져야 했죠.

오효진 제 생각엔 누구보다도 꿈을 많이 실현하신 것 같은데요.

이어령 아니에요. 새천년만 해도 그래요. 새천년엔 한국인을 위해 무얼 할 수 있겠는가. 나는 열두 대문을 만들자고 했어요. 10년에 하나씩 문(실제로 박물관)을 지어놓고 과거 10년간 있었던 넥타이다 반도체다 이런 것을 그 안에 다 진열해 놓고, 또 10년 뒤에 문을 짓고 그렇게 해놓으면……, 가령 2100년에 어떻게 되겠는가? 세계에서 한국만 한 나라가 있겠는가! 22세기를 열 때는 또 세계가 떠들썩할 텐데, 그때 과연 세계에 우리만 한 민족이 또 있겠느냐!

그는 내 눈을 한참 쳐다봤다.

오효진 참 안타깝군요.

이어령 그걸 또 나는 난지도 그 쓰레기 위에다 짓자고 그랬어요. 왜? 20세기에는 못 쓰는 쓰레기를 갖다 쌓아놓은 땅이었지만 21세기에는 새로운 평화와 번영을 꽃피우는 땅으로 만들자, 그런 뜻이 있었어요.

오효진 그것 참! 골프장 생각보다 훨씬 나은데요.

이어령 그런데 이런 비전이 허황되고 빗나가는 생각으로 비쳐졌을 때는 그 충격이 참 말로 할 수 없었죠. 파리 시장이 에펠탑을 처음 지었을 때, 모든 사람이 다 반대하고 욕하고 했지만, 지금 어떻습니까? 그 가치를 돈으로 따질 수가 없게 됐잖아요.

또 로댕이 발자크 상을 조각했을 때, 발자크하고 닮지도 않았다고 사람들이 철거하라고 야단이었는데, 지금은 명물이 됐잖아요. 모험과 꿈을 위해 평생을 살았는데, 결국 이렇게 되더라 이겁니다.

왕따론, 로빈슨 크루소

여기서 나는 좀 하기 어려운 말을 했다.

오효진 여러 사람을 설득해서 도움을 받을 수는 없었을까요?

이어령 그게 안 돼요. 문화부 장관 때도 느꼈지만, 여럿이서 하는 일은 힘이 부쳐요. 결국은 상처를 입게 돼요. 거기엔 리더십도 있어야 하고 이런 것(손바닥 비비는 시늉)도 할 줄 알아야 되는데 안 돼, 그런 게 안 돼! 도저히 글 쓰는 사람이 뛰어들어서 할 곳이 아니더라고.

그는 어느새 왕따론으로 진입한다.

이어령 나는 친구도 없고, 외톨박이예요. 왕따죠, 왕따. 내가 외국에서 더 잘 알려진 것도 내가 왕따기 때문이죠. 외국에 나가면 다 왕따 아녜요? 왕따 대 왕따면 내가 이긴다 이거지.

이어서 로빈슨 크루소론.

이어령 로빈슨 크루소가 왜 로빈슨 크루소요? 무인도에 갖다 놓으면 저밖에 없는 거요. 나는 애초부터 모든 걸 무인도로 생각했어요. 문벌도 학벌도 배경도 처갓집 뭐도……. 내가 이날까지 살아오면서 백back으로 삼은 게 없어요. 내가 서울대 나왔으니 서울대 교수입니까? 내가 고향의 문중이 밀어줘서 국회의원 됐습니까? 형제들이 사회적으로 출세해서 나를 도와줬습니까?

오효진 안 된 게 또 뭐가 있을까요?

이어령 내가 절망적으로 생각한 건, 2000년에 2천 원짜리 돈을 만들자고 했을 때요. 그 이상 기념되는 게 어딨어요? 전 세계에서 2천 원권을 낼 나라가 없어요, 화폐 단위 때문에. 중국 2천 위안[元]? 안 돼요. 미국의 2천 달러? 단위가 너무 커서 안 돼요. 일본 2천 엔[円]? 그건 20달러인데, 우린 단 2달러야. 이걸 만들어놓으면 전 세계 사람들이 우리나라 왔다가 기념품으로 다 가져갈 거요. 2000년의 기념품으로 전 세계에 다 나갈 건데!

오효진 아하! 그런데 그게 왜 안 됐습니까?

이어령 내가 이걸 실천하려고 새천년위원장으로 별짓을 다 했어요. 그런데 어떤 방송에서 두드려 패고……. 내가 5월에 이걸 발표하고도 우리가 못 만들어내니까 일본이 그 아이디어를 가져가서 9월에 2000엔짜리를 기념으로 발행했어요.

오효진 반응은?

이어령 20달러짜리니깐 너무 비싸서 많이 나가진 않은 것 같아요. 그걸 누가 사겠어요?

오효진 반대한 사람들 논리는 뭐였을까요?

이어령 뭐 별것도 없어요. 화폐 단위가 10단위로 가는데 20단위로 간다는 둥……

오효진 정말 다른 나라엔 2, 20, 200 이런 단위가 없나요?

이어령 왜 없어요? 미국에 2달러, 20달러, 다 있잖아요!

"쌈지 공원 만들고 울었다"

오효진 문화부 장관 시절엔 좋은 일도 참 많이 하셨잖아요.

이어령 쌈지 공원이 생각나네요. 지금이야 전국에 참 많은데, 그땐 그거 하나 만들기도 참 어려웠어요. 그 아이디어가 나왔을 때, 막 두드려 맞았어요. 동네의 그 조그만 터에 쌈지 공원을 만들어놓으면 '여보시오, 문화부 장관, 쓰레기 버리는 곳이 될 게 필지必至'인데, 하면서. 현실도 모르고 탁상에서 이걸 마구 쳤어요.

언론한테 이렇게 두들겨 맞고 직원들이 분개하기에, 그러지 말고 답변서 써라, 그랬어요. 달동네에서 부부 싸움하면 제일 먼저 내쫓기는 게 애들인데, 그 애들이 어디 가서 놀고 분풀이를 하느냐, 이렇게 쓰라고 그랬어요. 달동네는 연탄도 못 들어가는 뎁니다. 그러니 쫓겨나도 갈 데가 없어요.

그때 아이들이 공원에 나와서 휘영청 밝은 달빛도 보고, 아름다운 조각도 보고, 뎅그렁뎅그렁 풍경 소리도 듣다 보면……, 거기서 피카소도 나오고 모차르트도 나오는 거 아니겠어요?

나는 어릴 때 내 생각이 났어요. 아버지는 술주정뱅이고 만날 어머니랑 쌈질만 하는데, 그 부부 싸움에 분풀이로 두들겨 맞고 이 쌈지 공원에 나온 아이가 있다면, 내가 주사 갑의 그 보드라운 종이를 가지고 놀던 것처럼, 달빛·조각·풍경, 이런 것에 싸여서 놀다 보면, 그 애가 어떻게 반사회적인 아이로 자라겠느냐!

얘기를 듣다 보니 나도 모르게 콧등이 시큰해졌다.

이어령 당시 고건 서울시장이 처음 쌈지 공원 문을 여는 데 왔어요. 총 공사비가 1억 원도 안 되는 그 조그만 공원에서 첫 테이프를 끊는 데 서울시장이 참석한 겁니다. 몇십억 원, 몇백억 원짜리 준공식이 아니면 일일이 찾아갈 시간이 없는 서울시장이……. 고건 시장은 쌈지 공원의 중요성을 그때 벌써 안 겁니다. 참 훌륭한 분입니다. 내 지금도 안 잊어버려요. 내가 문화부 장관 하면서 세 번 울었는데, 그때 첫 번째로 울었어요.

오효진 무슨 일이 벌어졌습니까?

이어령 자동차도 못 들어가는 공원 입구를 들어가야 했어요. 그 근처에 수녀님들이 달동네 아이들을 모아서 돌봐주는 보육원이 있었어요. 그 아이들이 놀이터 생겼다고 하도 좋아서, '이어령 장관님 놀이터를 주셔서 감사합니다' 이렇게 종이에다 제대로 쓰지도 못하고 삐뚤삐뚤, 맞춤법도 안 맞는 글을 써서 입구에 붙여놓은 겁니다.

그때 그걸 보고 내가 울었어요. 지금도 그 생각을 하면 눈물이 나요. 누가 커다랗게 화려한 플래카드를 걸어놨더라면 아마 부끄러웠을겁니다.

정말 그의 눈엔 눈물이 고여 있었다.

이어령 내가 그걸보고 아, 내가 장관 한번 잘했다. 내가 장관을 했으니 아이들한테 이런 걸 줬지…… .

그는 잠시 쉬었다가 계속했다.

이어령 그 공원에 풍경을 만들어 달아서 뎅그렁뎅그렁 울리게 했어요. 눈으로 조각 작품을 보고, 귀로 풍경 소리를 들으라고.

오효진 그거 달기도 쉽지 않았겠군요.

이어령 그래요, 우선 직원들이 반대했어요. 달동네가 문패도 떼어 가는 덴데, 쇠로 방울을 만들어놓으면 당장 떼어 가지 그냥 두겠냐는 거요. 그래서 내가 그랬어요. 매일 한 개씩 누가 풍경을 떼어 간다 쳐도 1년이면 365개밖에 더 되느냐, 그거 예산으로 따지면 얼마나 되느냐, 걱정 말고 달아라, 이랬어요.

오효진 참 잘하셨습니다.

이어령 결국 풍경을 달아놓고 국장을 책임자로 맡겼어요.

오효진 국장을 쌈지 공원 책임자로 맡겼단 말입니까?

이어령 그럼요. 중앙청 국장한테 그런 걸 맡기니 얼마나 기가 막히겠어요. 그래 놓고 내가 묻는 겁니다. '그래 아직도 (풍경이) 남아 있어?' '예, 아직 그냥 있습니다.' 또 그 이튿날 묻습니다. '떼어 갔어?' '아직 안 떼어 갔습니다.'

동네 사람들이 자기네 공원이니까 다들 안 떼어 가는 겁니다……. 내가 고건 시장하고 그 쌈지 공원 구경 가자 해놓고 아직도 못 가고 있는데 꼭 한 번 갈랍니다.

박세직 위원장 같은 사람이 지금은 내 곁에 없다

그는 지금 자기를 알아주는 사람을 그리워하고 있다.

이어령 사실 올림픽 때 내가 많은 아이디어를 내면 그걸 누가 다 실현시켜줬느냐, 박세직 위원장이에요. 그때처럼 누가 내 옆에 있어서 끌어주고 받아주고 해야 하는데 불행하게도 내겐 지금 그런 사람이 없어요.

오효진 장관님과 시대를 같이 산 사람들은 대부분 경험의 폭이 같을 겁니다. 그런데 어떻게 장관님만 상상력의 덩어리가 됐을까요?

이어령 내 상상력을 텃밭에서 나왔고, 문학의 도구tool는 언어인데, 그 언어는 여섯 살 때부터 익혀지기 시작했어요. 그리고 학교에 다니기 전에 스스로 일본 글을 다 익혔어요. 내 위로 형님들이 네 분이나 계셔서 형님들이 읽던 신조사판新潮社版 세계 문학 전집 35권이 집에 있었으니까, 내가 그걸 다 읽었어요. 초등학교 다니는 애가 대학생들이 읽는 책을 말도 다 모르면서 막 읽기 시작한 겁니다. 왜? 그땐 애들을 위한 책은 없었으니까.

오효진 의미가 통하던가요?

이어령 모르는 게 많죠. 머리는 좋으니까 상상력으로 빈 공간을 다 채워넣는 겁니다. 예를 들면 러시아 문학에, 사모아르가 끓고 있었다. 이런 말이 나오는데, 그 사모아르가 뭔지 모르니까 상상하는 겁니다. 뭐 물 끓이는 통이겠지 하고. 그때의 그 상상력은 요즘 아이들 같은 만화적 상상력이 아니고, 빈칸을 메우는 상상력이었단 말입니다. 어린아이의 두뇌 세포가 그런 쪽으로만 발달되니까, 짐작·추리·상상, 이런 게 나한테 좋은 텃밭이 된 것 같아요. 나는 초등학교 때 세계 문학 전집을 다 읽어버렸어요. 셰익스피어까지도.

오효진 참 무서운 아이였군요!

이어령 초등학교 5학년 땐데 공부 시간에 책상 밑에 책을 놓고 읽다가 선생님한테 들켰어요. 선생님이 무협지 같은 건 줄 알고 빼앗아 보니까, 장정이 잘 된 일본 세계 문학 전집이거든. 선생님이 기가 막혀서 '네가 이게 뭔지 알아서 읽느냐'라고 해요. '재미있어서 읽습니다' 했더니, '말도 안 되는 소리 하지 마라. 대학생이 읽는 게 네게 무슨 재미가 있단 말이냐. 어디 한번 줄거리를 말해봐라' 그래요. 그래서 '사람들이 풀을 뽑는다고 어찌 봄이 오지 않겠는가' 하고 첫 줄부터 쫙 외웠더니, 선생님이 이렇게 쳐다보다가 놀라서 '야, 뭐 이런 게 있나!' 하는 겁니다.

그는 긴 얘기 끝엔 꼭 버릇처럼 결론을 내린다.

이어령 그러니까 내가 뭔가 창조적인 일을 하고, 올림픽을 기획하고, 문화 정책을 짜고, 경기장을 짓는 데 아이디어를 내고 하는 건, 다 이런 게 축적돼서 나온 겁니다. 내가 만약 초등학교, 중학교, 대학교, 이런 데서 정규 교육 잘 받은 사람이라면 이런 상상력이 나오지 않았을 겁니다.

섬세하셨던 어머니

오효진 그럼 정규교육을 제대로 안 받았단 말입니까?

이어령 나는 책만 읽었지 제대로 학교엘 다니지 않았어요. 초등학교 땐 태평양 전쟁이 일어나서 솔방울이나 따러 다녔지 별로 배운 게 없어요. 중학교 들어가니까 좌·우익 투쟁하느라고, 이쪽에서 와서 때리고 저쪽에서 와서 때리고, 그러니 무슨 공부가 되겠어요? 그러다가 6·25가 터지니까 공부 때려치우고 학병 772부대에 가서 철판 긁고, 심부름하고 다녔죠. 그러다가 1952년에 대전에서 서울대학에 시험쳐서 들어갔는데…….

대학 생활 애기가 또 남다르다. 당시 동급생들의 부러움을 샀다는 애기는 이렇게 시작된다.

이어령 대학교 때는 돈이 없어서 문경고등학교에 가서 국어도 가르치고 고문도 가르치고 영어도 가르치고 그랬어요. 지금 생각하면 있을 수 없는 일이죠.

대학 4학년 때(1955년) 내가 처음으로 거기서 대학 입시 국어 참고서 『종합국문연구』라는 책을 냈어요. 문법은 동기생인 안병희安秉禧한테 쓰라고 했고, 감수는 이숭녕李崇寧 교수 이름을 빌리고, 그때 그 책이 꽤 많이 나가서 돈 좀 들어왔어요.

오효진 왜 그런 걸 하셨어요? 학생이…….

이어령 서울에선 도저히 살 수가 없었으니까. 등록금도 없고. 그러니까 돈 벌러 간 거지.

오효진 강의는 안 듣고요?

이어령 그때는 다 대리 출석해 주고 그랬어요. 또 교수도 휴강을 아주 많이 했어요.

오효진 공부는?

이어령 아, 도서관에 가서 책 빌려보면 되고.

오효진 그럼 시험은?

이어령 아, 그건 치면 되고.

그는 어떤 사람일까. 여기서 말머리를 틀었다.

오효진 어머니는 어떤 분이셨어요?

이어령 어머니는 원주 원씨(元庚子)였는데, 외할아버지가 일정시대 고문 패스를 하셔서 군수를 하셨어요. 그런데도 어머니를 교육시키지 않았대요. 외가 후원에 복숭아 나무 한 그루 있었는데, 열매에 벌레 먹지 말라고 봉지를 싸놓았대요.

하루는 외할아버지께서 무심히 그 봉지를 보셨는데, 거기에 누가 한자를 제법 잘 써놓았더랍니다. 못 보던 글씨라 저걸 누가 쓴 거냐 해서 알아봤더니, 어머니가 썼다고 하더래요. 그걸 보고 그냥 둬서는 안 되겠다 해서 서울 진명여고에 보내 공부를 시켰답니다. 우리 아버지는 배재에 다니셨고.

어머니는 대단히 섬세하셔서, 문학적 기질은 내가 거기서 얻었어요. 아버지(李丙昇)는 끝없이 실패한 사업만 하셨지요. 그것도 진짜 사업이 아니라 촉성 재배를 연구하셨는데, 쉽게 말하면 겨울에 오이 만드는 겁니다. 그런 데 재산을 털어넣어 가지고……. 그때 온상 재배를 했는데 너무 빨랐어요.

이름도 세 개, 생일도 세 개

그는 이런 부모 아래서 충남 아산군 온양읍(지금은 시市) 좌부리에서 태어났다. 고향에서 초등학교를 마치고 공주와 부여에서 중·고등학교를 다녔다.

다시 앞의 얘기를 계속한다.

오효진 그때 아버님께선 벌써 벤처를 하셨군요.

이어령 그렇지요. 또 병아리 까는 거, 발동기, 이런 데 빠지셔서……. 그래서 기계 만지고 그러는 건 아버지한테서 온 것 같아요. 또 우리 할머니는 궁정에서 옹주들한테 그림을 가르치셨대요. 그림을 그렇게 잘 그리셨답니다. 그래서 그런지 우리 집안에는 화가들이 많아요. 이덕영李德寧(맏형·전 온양여중 교장), 이일영李逸寧(사촌·조각가)이 다 그렇고, 나도 중학교 땐 그림을 잘 그렸어요. 우리 자식 놈도 그렇고.

우리 맏형님은 운보雲甫 김기창金基昶 씨하고 동기로, 이당以堂 김은호金殷鎬 화백의 제자입니다. 그래서 우리 집안은 미술, 음악, 문학 이런 일들을 하지, 직업 군인, 경찰, 기업가 이런 사람은 한 사람도 없어요.

오효진 1972년부터 1985년까지 《문학사상》 주간을 하셨는데, 그것도 성공적이었죠?

이어령 창간호가 3판인가 4판인가 나갔어요. 찍어내면 팔리고, 찍어내면 팔리고 대히트 친 거요. 그때 《문학사상》이 최대 7만 부까지 나갔는데 당시 일반 잡지들보다 많이 나갔어요.

오효진 또 돈 좀 버셨겠네요.

이어령 그때 적선동 집을 샀지요. 나는 집 팔아서 잡지를 내려고 했는데 거꾸로 문학잡지에서 돈을 벌어서 집을 샀어요.

그는 《문학사상》이 이 땅의 문학과 지성을 이끌었던 때를 회상한다.

이어령 그 잡지에서 자료 발굴을 참 많이 했어요. 김소월 시 같은 거, 발굴할 때마다 신문이 특집으로 받았어요. 이렇게 과거 지향적으로 가장 한국적인 자료를 발굴하면서 한편으로는 마르케스의 『백년 동안의 고독』, 카잔차키스의 『그리스인 조르바』 이런 걸 다 내가 소개했어요.

다 후에 노벨상을 받았죠. 또 이상문학상을 만들어 정말 공정하게 줬지요.

오효진 내가 꼭 묻고 싶은 게 있습니다. 왜 이름을 '어령'이라고 했습니까?

이어령 아, 왜 '어령'인가? 어렸을 때는 '으영'이라고 했어요. 기호 지방에선 '어'를 '으'라고 해요. '헌병'을 '흔병'이라고 하거든요. 그래서 내 이름도 '어영'이가 아니고 '으영'이라고 했던 거지요. 후에 광복이 되니까 두음법칙이 나와서 '어녕'이가 됐거든요. 그런데 우리가 '보녕제약'이라고 합니까? '보령제약'이라고 하지. 또 '희녕'이라고 하나요? '희령'이라고 하지. 어떤 때는 '녕', 어떤 때는 '령'이란 말이오. 그런데 문교부에서 고유명사인 경우에는 속음을 인정한다고 해서 '령'이라고 한다고 했어요. 그러니까 집에서는 '어영', 서울대 학적부에는 '어녕', 문교부에서 낸 국어 교과서 필자 이름 표기에는 '어령', 이렇게 된 거지요. 그러니까 내 이름이 세 개요.

오효진 '으영'까지 네 개네요. 우리 독자들도 많이 헷갈렸습니다.

이어령 한때는 독자들이 술을 먹고 '당신 이름이 어떤 게 맞느냐, 우리가 내기를 했다'라는 전화를 수도 없이 받았습니다.

오효진 어느 게 맞다고 했습니까?

이어령 다 맞다고 하지요(웃음).

오효진 생년월일도 여러 개지요?

이어령 원래 음력으로 1933년 11월 19일인데 그게 양력으로 12월 29일입니다. 그러니 이틀 지나고 한 살을 더 먹게 되니까 아버님이 1934년 1월 15일로 17일 늦게 출생 신고를 한겁니다. 그래서 생일도 세 개가 됐습니다.

풍토=흙 속에 저 바람 속에

오효진 김윤식 교수가 이어령 전 장관께서 세 번 세상을 놀라게 했다고 했거든요. 이십 대엔 『흙 속에 저 바람 속에』로 한국을, 사십 대엔 『축소지향의 일본인』으로 일본을, 오십 대엔 서울 올림픽으로 세계를…….

이어령 나보고 나를 평가하라면 놀라게 한 게 아니라, 문명의 세 가지 변화(농업사회, 산업사회, 정보사회)에 대해 문명 비평적인 에세이를 일관성 있게 써왔다. 그런데 이것은 아주 드문 일이다, 잘 썼는지 못 썼는지는 모르지만…… 이런 데 의미가 있다고 봐야겠지요.

오효진 어떻게 신문사 논설위원을 다섯 군데서나 하셨습니까?

이어령 당시(1960년) 이항녕李恒寧, 주요한朱耀翰, 이런 분들이 논설위원이셨는데, 《서울신문》 오종식吳宗植 사장이 내가 글 쓰는 걸 보고 과감하게 스카우트 한 거죠. 최연소(27세) 기록을 세웠지요. 그때 「삼각주」라는 칼럼을 썼습니다.

일은 여기서 끝나지 않았다.

이어령 《한국일보》 장기영張基榮씨가 이걸 보고 「메아리」를 쓰라고 나를 가로채 간 거요. 다른 사람들을 견습기자를 하고 있을 나이에 논설 위원 노릇을 했으니……

오효진 풍파가 없었습니까?

이어령 오종식 사장이 다른 논설위원한테 욕을 많이 먹었지요. 논설위원 격을 떨어뜨렸다고.

오효진 《경향신문》에는 어떻게 가게 됐습니까?

이어령 《경향신문》이 부수가 제일 많은 최고 신문이었어요. 이준구李俊九라는 분이 또 나를 파격적으로 데려갔어요. 거기서 「여적」을 썼어요. 잘 쓴다고 화제가 되니까 나보고 뭘 좀 더 써보라고 해서 「오늘을 사는 세대」라는 걸 썼는데, 아주 고급스러운 산문시처럼 썼는데도 이게 히트한 겁니다.

그랬더니 사람들이 외국 걸 베껴 썼다고 시비를 해요. 그런 식으로 나가면 순수한 한국 걸 써보마, 그래서 쓴

게 「흙 속에 저 바람 속에」예요. 제목도 그래요, '한국의 순수한 풍토 속에서'를 '풍토' 또는 '풍토 속에서'로 하지 않고 '흙 속에 저 바람 속에'로 한 거요. 풍風은 바람이고, 토土는 흙 아니오!

오효진 참 반응이 대단했지요.

이어령 그거 보려고 줄을 서서 신문들을 샀고, 또 어디 시골에선 새 쫓는 애가 그걸 보고 있었다고도 하고, 별별 신화가 다 많았지요. 연재가 끝나자마자 현암사에서 바로 책을 냈는데, 그렇게 많이 나갈 줄 몰랐지요. 5000부를 찍었더니 그날로 다 나갔어요. 계속 찍어냈는데도 책이 모자랐어요. 그때만 30만~40만 부 팔렸고, 그 후 지금까지 일어판, 중국어판까지 다 합쳐 100만 부가 팔렸다나, 잘 모르겠어요.

나는 손오공, 금띠가 없어

오효진 저희들은 그때 그 책을 보고 참 충격을 많이 받았습니다. 문체, 보는 눈, 서술 방법, 이런 것들이 아주 새로워서 솔직히 놀라기도 했지만 절망감도 들었습니다. 장관님은 그 책에서 뭘 말하고 싶으셨습니까?

이어령 솔직히 말하면 우리 전통적인 농경사회에 대한 비판이었죠. 우리 의식주에 깔려 있는 우리 정서와 문화의 특이성을 얘기하면서, 거기에서 벗어나서 새로운 한국을 만들어야겠다는 거였죠. 어떤 때는 아주 혹독하게 비판했죠. 그러나 이게 다 애정이었죠.

오효진 혹시 그 문화 비평을 비평한 사람은 없었던가요?

이어령 있었죠. 한국을 욕해서 돈 벌었다고. 내 주위에는 나를 욕하는 사람이 끝없이 있어요. 그래서 나는 기립 박수를 치는 사람과 달걀 던지는 사람 사이를 뚫고 살아왔다고 생각해요. 어떤 기자한테 내가 말했어요. 나를 욕하는 사람 숫자에서 나를 칭찬하는 사람 숫자를 빼면 제로(0)가 될 거라고(웃음).

오효진 저는 한편으로 그 책을 보면서 너무 현란해서 따라가기가 쉽지 않더라고요. 새로운 얘기가 나오면 한참 풀어쓰다가 또 새로운 얘기가 나왔으면 좋겠는데, 문장도 특이하고 내용도 특이하고 입각점도 특이한데, 이것들이 사정없이 몰려오니까 어지러웠어요.

나는 이 말을 해놓고 반응이 어떻게 나올지 다소 걱정이 됐다. 그런데 그는 얼른 이렇게 받았다.

이어령 그게 내 단점이죠.

그러고는 계속했다.

이어령 내가 나를 이렇게 보니 내가 손오공이다. 이런 생각이 들어요. 손오공은 여의봉을 가지고 별 재주를 다 부리는데 지나치게 까불면 현장법사가 머리에 동여매여 있는 금띠를 꽉 조여줘요. 그러면 꼼짝 못하는 거라. 자동차에 액셀러레이터와 브레이크가 있는 것과 같습니다.

내게 그 현란한 재주를 부리는 여의봉뿐만 아니라 금띠까지 있어서 그걸 잘 조절했더라면, 좀 더 대성할 수 있었겠죠. 나한테는 금띠가 없어요. 억제하고 참으며 균형을 잡는 그런 능력이 없기 때문에 대인 관계에 어려움이 많아요. 그러니 사람들이 나를 따르겠는가!

오효진 취미가 음악이라고 돼 있던데요.

이어령 음악, 미술 얘기는 신바람이 나지요. 화가 이우환, 비디오 아티스트 백남준, 이런 사람들하고 얘기하면 불꽃이 팍팍팍 튀니까! 얘기가 끝이 없어요.

오효진 악기도 잘 다루시고요?

이어령 형들이 음악을 다 좋아했어요. 형들 따라 기타도 치고 피아노도 치고 했지만 제대로 배운 건 아니고, 일본 말도 그렇고.

오효진 초등학교 때 배우셨잖아요?

이어령 6학년 때까지 배웠는데, 일본 말을 제대로 못하는 한국인 선생한테 배웠으니 그게 오죽했겠어요. 혼자 책 읽어가며 배운 거죠. 그걸 가지고 동경 대학에 가서 강의를 했으니(웃음).

일본을 들끓게 한 『축소지향의 일본인』

오효진 『축소지향의 일본인』도 참 충격적이었지요.

이어령 거기서 매년 일본 대학 입시 문제가 출제돼요. 또 일본 출판사(講談社)에서 대역본(영어-일본어)까지 나와 있어요. 최근엔 《프레지던트》라는 일본 잡지에 이런 기사가 실린 적도 있어요.

'이어령 씨가 1980년대에 일본한테 확대 지향으로 나가지 마라. 그러면 실패한다, 도깨비가 되지 말고 난쟁이가 되라고 했는데, 우리는 그 말과 정반대로 확대 지향으로 나갔다. 그게 바로 버블(거품)이다. 그때 이어령 씨가 한 말을 우리가 들었다면 우리가 지금 이렇게 되지 않았을 거 아니냐.'

이렇게 일본의 한 비평가가 통렬하게 썼어요.

오효진 그 책은 어떻게 쓰게 됐습니까?

이어령 1973년 프랑스로 가는 길에 일본을 들렀어요. 그때 일본인론들을 봤더니 빵과 밥을 비교하는 거였습니다. 마침 술집에서 일본인들과 자리를 같이하게 됐는데, 내가 진정한 일본인론은 빵과 밥이 아니라 밥과 밥을 비교해야 된다고 했지요. 그 말을 듣고 일본출판사(學生社)의 쯔루오카 사장이 '그걸로 책 한 권 냅시다' 해서 하게 됐지요.

3년 후에 일본 고이시카와 로터리 클럽에서 이런 논지로 강연을 했는데 이게 히트했어요. 그래서 이 얘길 《아시아 공론》에 3회에 걸쳐 연재했지요. 이 글을 본 주한 일본 대사 스노베 씨가 이걸 완성시켜 달라고 하더군요. 이게 계기가 돼서 국제교류기금의 초청으로 1년간 일본에 가서 글만 쓰게 된 겁니다.

그는 일본에 1년간 머물면서 수많은 자료를 수집해 두문불출하고 책만 썼다.

일본은 커다란 것이면 뭐든 조그맣게 축소한다. 하이쿠[俳句], 나무 도시락, 분재, 트랜지스터……. 이런 축소 지향이 일본을 경제 대국으로 만들었다. 반면 일본이 확대 지향으로 나갈 때면 늘 실패했다. 도요토미 히데요시의 대륙 침략 실패, 한일 합방, 제2차 세계 대전 때의 만주 침략 실패, 그리고 오늘날 세계 시장을 정복한다면서 곳곳에서 경제 마찰을 일으키는 것 등……

이런 내용이었다.

오효진 혹시 비평하는 사람들이 일본에 가보면 궁궐도 크고, 절도 크고, 부처도 크고, 배도 큰데 한쪽만 본 게 아니냐고 하진 않던가요?

이어령 책을 잘 안 읽어서 그래요. 일본에 확대 지향이 있고 축소 지향이 있다, 확대로 나갈 땐 이렇고 축소로 나가면 이렇다…… 이렇게 썼어요. 다 양면성이 있는 거지요. 가령 왼손잡이는 오른손을 안 쓰나요? 그런데 왜 왼손잡이라고 해요!

그러고는 가차 없이 잘라버렸다.

이어령 그렇게 말하는 사람은 문화를 모르는 사람이오.

오효진 『축소지향의 일본인』으로 일본과 일본인에게 경고했던 것처럼 우리나라에 대해서도 경고하실 말씀이 없습니까?

이어령 새천년 되면서 이것이냐 저것이냐 어느 한쪽으로 가면 안 된다고 했지요. 21세기는 통합의 시대요, 퓨전의 시대인데 한국이 지금 어디로 가고 있습니까? 광복 직후 좌우로 쫙 갈라졌던 것과 똑같잖아요. 저건 보수, 저건 반동, 아주 똑같잖아요. 사람도 사람으로 보는 게 아니고 저건 보수다, 저건 좌파다, 저건 우리 편이다, 아니다 저쪽이다, 이렇게 하고 있어요.

박쥐가 돼야 산다

오효진 지금 장관께서 무슨 역할을 좀 하시지요.

이어령 그래서 내가 퓨전하고 그레이존gray zone(회색 지대)을 얘기하는 거 아닙니까? 한국인은 밥을 먹어도 흰밥하고 짠 김치가 어울리니까 먹는 겁니다. 반찬만 먹어봐요. 먹힙니까? 그런데 우리는 지금 따로따로 노는 겁니다. 그래서 내가 퓨전 얘기를 하면서 치우치지 마라, 극좌 극우는 절대 안 된다 그랬더니, 이젠 나더러 회색분자라는 겁니다.

이 얘기는 또 박쥐론으로 연결된다.

이어령 우리가 박쥐가 회색분자라고 나쁜 것으로 인식하고 있어요. 그러나 그렇지 않아요. 회색이야말로, 박쥐야말로 사는 길입니다. 왜? 짐승하고 새가 싸울 때 짐승한테 가서 '야, 나 봐. 나 발도 있고 이빨도 있다. 짐승이잖니?' 하고, 또 새한테 가서 '야, 나 봐. 나 날개가 있으니 새 아니냐? 그런데 늬들은 왜 싸워? 우리는 같은 거야!' 이렇게 얘기할 수 있는 게 박쥐요. 안 그래요?

내가 고개를 끄덕이자 그가 또 결론처럼 말했다.

이어령 그게 그레이존이야. 지금 잘돼 나가는 곳이 다 이 회색지대야. 네덜란드에서는 마리화나를 특정한 장소에서 피우면 안 걸려요. 그래서 지하로 안 들어가니까 범죄가 안 일어나요. 우리 문화에도 이런 회색 지대가 많았어요. 누이 좋고 매부 좋고, 님도 보고 뽕도 따고……. 반은 열고 반은 닫은 가위 문화, 너도 살고 나도 사는 상생. 내가 평생을 두고 이런 얘기를 하고 있는 거요. 그게 내 특허요. 신바람도 내 특허요.

여기서 얘기는 좀 건너뛴다.

이어령 우리 민족이 얼마나 정이 많아요. 옛날에 내가 어머니하고 외가에 가면 이별할 때가 기막힙니다. 외할머니가 대

문까지 나와서 '잘 가거라' 하고, 또 대문 문지방 넘어와서 '잘 가거라' 하고, 또 돌담까지 따라 나와서 '잘 가거라' 하고, 그러면 우리는 '어서 들어가라'고 손짓을 하며 또 돌아보고 또 돌아보고, 그러면서 울고 또 울고…….

이렇게 눈물이 많고 인정이 많은 민족이오. 그런 민족이 왜 늑대한테 만날 당하고만 살아야 하느냐! 그래서 나는 늑대가 두려워하는 강한 사슴이 되고, 사자가 무서워하는 강한 양이 되자는 거요. 아니, 먹히고 나면 무슨 사슴의 고귀함이 있고, 무슨 양의 착함이 있겠냐 이거요. 그러니까 강強과 약弱을 다 가져야 합니다.

나도 얘기를 훌쩍 뛰어넘어 본다.

오효진 프랑스어는 언제 하셨습니까?

이어령 대학에서 좀 배우고 프랑스 특파원으로 가서 배운 거지요. 그저 책 읽을 정도죠.

그는《경향신문》에 있을 때 유신의 탄압을 피해 프랑스 특파원으로 근무한 적이 있다. 이때도 기자 경력이 전무한 그가 특파원으로 가게 돼 곡절이 좀 있었다.

이때 그는『25시』의 작가 게오르규를 데리고 와 타고르 이후

한국의 선교사 역할을 하게 했다.

이어령 일본 말도 제대로 배운 게 아닌데 그거 가지고 책도 쓰고, 영어도 제대로 배운 게 아닌데 그거 가지고 영어 선생도 하고, 이렇게 내려온 겁니다.

오효진 영어 교사로 나가실 뻔했군요.

이어령 지금의 장충고등학교, 문경고등학교에서 국어뿐만 아니라 영어도 가르쳤는데, 발음은 엉망이지만 해석은 기가 막히게 했어요. 당시 우리가 대학 들어갈 때는 문법 문제가 안 나왔어요. 그래서 내가 문법을 몰라요. 그러다가 문제가 생긴 거요.

　고등학교 3학년 영어를 가르치는데 쉬는 시간이 걱정이에요. 학생들이 찾아와서 이게 온on입니까 인in입니까 하는데, 아이구 죽겠더라고. 그러니까 쉬는 시간만 되면 애들이 또 올까 봐 겁이 나는데 야, 그거 참!

천하의 이어령이 그놈의 전치사 때문에 그렇게 떨었다니.

"어령이가 비어령이 됐소"

나도 할 말이 있다.

오효진 요즘은 초등학교부터 대학까지 학생들이 기본적인 교육을 받고 있는데요, 상호 교육mutual education을 포함해서. 이런 정규 과정을 거치지 않았기 때문에, 장관님께서 '아, 내게 이런 점이 부족하다' 이런 걸 느낄 때는 없습니까?

이어령 내가 기본에 약한 것은 어쩔 수 없는 거지요. 내가 그동안 여러 가지 일을 했지만, 깊이 있고 치밀하게 들어간 건 한 가지도 없지요. 아이디어, 직관력 이런 걸로 살아온 거지요.

그러나 그도 또 할 말이 있다.

이어령 나 같은 사람을 보면 우리 학교 교육이 달라져야 합니다. 학교 교육만 가지고는 정상적인 사람만 만들 뿐이지 특출한 사람은 못 만들어요. 예일 대학에서 부시 대통령이 C학점을 받은 사람한테서는 대통령이 나오지만, A학점을 받은 사람한테서는 잘해야 부통령밖에 못 나온다고 했어요. 그게 그 말이오.

오효진 일본의 교육에 대해선 어떻게 생각하십니까?

이어령 일본이 바로 그 모범 교육이니까 총리 할 사람이 없잖아요! 다 고만고만하고.

첫 번째 인터뷰를 마치고 밖에 나와서, 그는 오늘의 결론을 이렇게 내렸다.

이어령 내가 평생 못 하던 큰 도전을 한 번 하는 거요. 내가 더는 공적인 활동을 안 하려고 이렇게 공언하는 거라고요. 편안한 것을 다스리는 어령御寧이가 비어령非御寧이가 됐어요.

그는 또 이렇게 말했다.

이어령 오늘은 나 혼자서 일방적으로 떠들었지요. 이담엔 질문하세요. 단답형으로 말할게요.

그렇게 되기를 바라며 우리는 헤어졌다.

나에게 결과는 중요하지 않다

두 번째 인터뷰는 이틀 뒤 서울 종로구 평창동 가나아트센타의 레스토랑 한구석에서 진행됐다. 정말 단문단답형이 될 것인가. 반신반의하며 운을 뗐다.

오효진 어느 후배 문인한테는 한 우물을 파라고 하신 적이 있으신데요.

이어령 그거야, 내가 못했으니까 그랬지.

여기까지는 단문단답형이었으나 다음 질문이 던져지자 상황은 급하게 바뀌었다.

오효진 그런데 선생님은 너무 여러 가지를 하신 것 아닙니까?

이어령 내가 문학만 했더라면, 교수만 했더라면, 언론만 했더라면 나는 쉬 늙었을 것 같아요. 문학 중에서도 시·소설·희곡·평론·시나리오, 안 한 게 없거든. 나에게 성과라는 건 중요하지 않아요. 사실 내가 논설위원을 죽 했으면 어디 사장이 됐을지 몰라. 대학 교수를 열심히 했다면 총장도 하고 그러면서 교육가로 남았을지 몰라. 장관도 그만두지 말고 계속했으면 뭐가 됐을지 몰라. 소설만 잘 썼으면 영화로도 만들어지고 외국 문학상을 탔을지도 몰라.

나는 이렇게 성공 직전에 그만뒀다고 해도 과언이 아니오. 100이라면 99까지 가고 그만둔 거요. 여자들이 밤새도록 바느질을 하고 마지막 매듭을 안 매서 후루룩 풀어진 것과 같은 건지도 몰라요……. 나는 일생 동안 살아오면서 창조적 긴장 상태가 목표였지. 창조적 긴장에 의해서 얻어지는 결과에 대해서는 별 관심이 없었어요. 진짜 농부는 가을 수확을 생각하지 않는 거요.

너는 너의 너가 돼라

오효진 세상 사람들이 다음에 장관님을 어떻게 기억해 주기를 원하십니까?

이어령 작가들한테 물어보면 똑같은 대답이 나올 텐데, 그 사람이 아니었으면 이런 글은 안 나왔을 것이다, 이런 말은 안 나왔을 것이다 하는 유일자uniqueness로 기억해 주기를 바라지요. 너는 너의 너가 돼라. 그게 목표죠. 대개 남을 닮아가려고 그러지만 나는 독특한 내가 되는 게 유일한 생존 이유예요.

남하고 똑같은 사람이 된다면 내가 이 세상에 살아 있을 이유가 없잖아요. 내가 누구의 세컨드라든가 누구의 5위쯤 되는 사람이라든가, 이런 건 난 못견뎌요. 난 베스트 원best one(가장 뛰어난 사람)보다는 온리 원only one(독특한 사람)이 되고 싶다는 거죠.

오효진 장관님의 가장 큰 장점은 뭐라고 생각하십니까?

이어령 나는 항상 하우 투 런how to learn의 정신으로 살아왔지 하우 투 언how to earn의 정신으로 살아온 게 아닙니다. 일하는 게 재밌어서 열심히 살다 보니 돈도 생겼습니다. 나는 일하는 게 항상 재미있었고, 미쳐서 했어요.

이화여대에서 내 봉급이 얼마였겠어요. 한 달 내내 아이들 가르쳐봐야 기업체에 가서 한 시간 강의해 주고 받는 강사료만 못했어요. 그래도 나는 즐거웠어요. 젊은 애들 눈이 반짝반짝하는 걸 보면…….

이번엔 얘기가 조금 다른 길로 빠져나갔다.

이어령 그런데 아이들과의 교감이 점점 사라져가는 거요. 내가 은퇴하려는 중요한 이유가 그거요. 가차 없이 그만둬야 해요. 자석 같으면 자력이 떨어져가는 거요. 남들은 대학에서 그만두라고 하지 않고 더 있으라고 하는데 왜 그럴까, 하겠지만. 옛날에는 '내 눈이 틔었습니다', '내 인생이 바뀌었습니다' 하는 아이들이 막 몰려왔는데……. 새벽이 되면 별빛이 점점 흐려지는 것처럼 그런 아이들이 점점 줄어요. 이번에 종강(6월7일)할 땐 울었다는 아이들이 열 명쯤 될까. 옛날에는 강의 끝나면 나한테 오는 이메일이 굉장했어요.

오효진 마지막 강연은 언제 합니까?

이어령 9월 7일 이화여대에서 전교생에게 합니다.

앞의 얘기가 계속된다.

이어령 애들이 두껍아 두껍아 하고 두꺼비 집을 짓는데, 그거 왜 짓습니까? 금방 부서질 건데.

'아이들이니까 짓지요' 하는 말이 목구멍까지 올라왔으나 참았다. 그는 과정이 재미있어서 지금까지 그렇게 열심히 살았지 무슨 결과물을 바란 것은 아니라는 것을 비유하는 것 같았다. 아닌 게 아니라 이런 설명을 그렇게 열심히 하는 그를 보니 일흔을 앞둔 노인의 동안童顔이 언뜻 아이처럼 보였다. 그는 아직도 식지 않았다.

이어령 지구와 공은 똑같이 둥글어요. 크기는 차이가 있지만. 미켈란젤로와 나도 똑같아요. 그렇게 치면. 그런데 미켈란젤로는 여기저기 계약을 하고 다녔는데, 열 배의 생을 살아도 다 완성하지 못할 만큼의 작업량을 계약했어요. 교황이 '이자하고 계약하는 자는 교회의 일을 방해하는 자로 간주하겠다'며 '재판에 부치겠다'고까지 했어요. 그런데도 미켈란젤로는 만들다 말고 도망하고, 만들다 말고 도망하고……. 나도 연재소설 쓰다가 끊은 게 부지기수요. 이런 거 쓰면 좋겠다 싶어서 쓰다가 보면 중간에 흥미가 없어지는 거요. 그러면 또 다른 것을 쫓아가는 거죠……. 이게 창조적인 욕망이다 이거요.

오효진 그건 알겠는데요, 장관님께서는 전에 《문학사상》의 주간으로 계셨었지요. 그때 누가 연재소설 쓰다가 도망가면 어떻게 하셨겠어요?

이어령 그러니까 그걸 받아주는 사회가 있고 받아주지 못하는 사회가 있어요. 가령 보들레르, 에드거 앨런 포, 이런 사람들은 다 사회에 해악을 끼친 사람들이오. 그런데 그걸 받아들인 사회에서는 문화의 꽃이 피었어요. 그걸 일반 잣대로 저건 신용이 없는 놈이다, 저건 계약을 지키지 않았으니 재판을 걸어야 한다, 이런 사회에선 문화의 꽃이 안 펴요.

여기까지는 앞의 내 질문에 대한 충실한 답변이 되지 못한 듯했다. 그는 계속했다.

이어령 적어도 나는 그렇게까지 훌륭한 사람이 아니지만, 나에게 애정이 있고 저 사람은 보통 사람과 다르다고 인정해 준다면, 나의 많은 결점, 남을 별로 배려하지 않는다, 친구하고 잘 사귀지 않는다, 어디 가서든지 제 얘기만 떠는다, 독창성이 있는 사람이 남의 얘기를 어디 귀중하게 듣겠어요…… 그런 걸 받아줄 수 있는 사회에서는 내가 역할을 할 수 있는데, 대단히 미안한 얘기지만 이 사회는 지금 나를 받아주지 않는다 이거요. 이 정도 받아준 게 기적이지요,

나는 내 질문에 대한 정확한 답을 추구하기보다 그를 제대로 받아들이지 않은 우리 사회의 책임이 내 책임이라도 되는 듯, 이렇게 말하고 말았다.

오효진 죄송합니다.

나를 감싸준 김옥길金玉吉 총장

여기서 말머리를 다시 인간세계로 돌린다.

오효진 이화여대에서 1966년부터 금년까지 35년이나 계셨는데, 장관님 성격으로 봐서 퍽 갑갑하셨을 것 같은데요.

이어령 교수 하면서 문학 활동도 하고 강연 다니고 논설위원도 하고 다 다녔으니까요.

오효진 이화여대가 참 인심이 좋았네요

이어령 김옥길 총장이 나를 용납해 주셨어요. 저 사람은 내가 없으면 안 되겠구나, 하고 보호해 주신 거죠.

오효진 주변 사람들 생각은 달랐을 텐데요.

이어령 그럼요, 많은 사람들이 김옥길 총장한테 저 사람은 뭔데 겸직을 하고 다니느냐, 저 사람은 강의 휴강하고 저렇게 돌아다녀도 되느냐 하며 투서도 하고 별짓 다 했지만 김옥길 총장이 끝까지 나를 보호해 주었어요.

오효진 학생들은 가만히 있던가요?

이어령 내가 휴강을 너무 해서 학교에서 문제가 됐는데 교무처장의 딸이 내 강의를 들었어요. 그런데 그 학생이 교무처장인 어머니한테 "어머니, 그 선생님은 강의 일수 가지고 따지면 안 돼. 그 선생님 강의 한 시간 듣는 게 다른 강의 열 시간 듣는 것보다 나아요" 이렇게 증언을 했대요.

김옥길 총장은 문제가 생길 때마다 이 아무개는 그릇이 크니 나눠 가져야 돼, 우리만 가져서는 안 돼, 이러면서 나를 옹호해 줬어요. 그런 김옥길 총장이 있었기 때문에 오늘날의 내가 있어요. 내가 교장하고 멱살 잡고 싸웠다고 아무 데서도 안 받아줘서 이리저리 쫓겨 다닐 때 이화여대 김옥길 총장이 받아준 거요.

오효진 교장하고 싸우다니요?

이어령 내가 어떤 고등학교에 있을 때 좀 옳지 않은 일이 학교에서 일어났는데, 그걸 못 참고 우유병을 던지고, 나중엔 교장하고 옥신각신한 일이 있었죠. 그러고는 그 학교를 나와버렸지요.

오효진 서울대를 나오셨는데 서울대로 가시지 그랬습니까?

이어령 내가 서울대에 시간강사로 나가던 분들의 작품을 비평한 적이 있어요. '작품으로 볼 때 이건 아니다' 하고 일침을 가했더니, 이 양반들이 나중에 교수가 돼서 서울대에 못 오게 기를 썼어요.

오효진 아하, 그래서 그렇게 됐군요.

이어령 이렇게 대학들이 다 나를 봉쇄했을 때 유일하게 김옥길 총장이 나를 끌어안아 준 거요.

국회에서 북받쳐 터진 울음

오효진 김옥길 총장이 우리나라의 공로자였군요. 지난번에 장관 재임시절에 세 번 울었다고 하셨는데요.

이어령 두 번째는 이거요. 내가 문화부 직원들한테 '문화 행정은 나비다. 그리고 문화 혜택자는 꽃이다. 꽃이 나비한테 가야 하나, 나비가 꽃한테 가야 하나……. 우리가 찾아가야 한다. 미술관 지어놓고 오시오, 하지 말고 사람들이 있는 곳에 미술품을 가지고 가야 한다.' 이렇게 해서, 움직이는 미술관, 움직이는 도서관을 운영했어요.

그래서 서울 을지로 6가에 있는 국립의료원 로비에 걸었어요. 그랬더니 환자들이 모두 내려와서 그림을 보는 거요. 그런데 어떤 한 환자가, 머리에 뭘 쓴 걸로 봐서 암 환자 같은데 휠체어를 타고, 꽃이 있고 여자가 있는 그 아름다운 그림 앞에서 넋을 잃고 쳐다보고 있어요. 눈물이 글썽글썽해 가지고……. 그걸 보니까 나도 모르게 뜨거운 눈물이 흐르는 거야. 두 가지 눈물이에요. 하나는 죽어갈 사람에 대한 아픔의 눈물이고, 또 하나는 만족했을 때 우는 눈물이에요. 저 죽음을 앞에 둔 사람이, 밖에 나갈 수 없는 사람이, 마지막일지도 모르는 저 작품을 보면서 느낀 황홀감! 이걸 보며, 야, 내가 장관을 안 했더라면, 내가 이것을 안 했더라면, 저 사람이 어떻게 됐을까……

우리는 한동안 침묵했다. 그는 계속했다.

이어령 세 번째는 너무너무 억울해서 울었어요. 국회에서 당했을 때, 보통 때 같으면 나하고 동석도 못 할 사람이 눈을 부라리면서 '장관! 문화부가 한 게 뭐요' 하고 소리를 질렀을 때, 참 속에서 북받쳤죠. 내가 그 사람한테 그랬어요. '여보시오, 문화부가 생겼기 때문에 국회 벽에 그 많은 그림들이 걸린 것 아닙니까. 그 회색 벽에 내가 그림을 걸어놓은 거요. 그게 문화부가 생긴 후 일어난 변화 중에 하나 아닙니까? 당장 나가보시오. 국회의 벽이 달라졌소.' 그랬더니, 그랬더니, 그 사람이 '무슨 그림인지 봐도 모르겠더군!' 그러니까, 또 '와' 웃고……. 그때 그 속에서 끓어오르는 감정! 어떻게 눈물이 안 나오겠어요. 이젠 더 장관하란 사람도 없지만, 누가 하래도 절대로 안 하겠어요.

애들도 나를 대단히 어려워하죠

오효진 술을 좀 하십니까?

이어령 못해요. 친구들하고 어울리려면 술도 하고, 술을 마시면 여자들하고 어울리고 그래야 하는데 그걸 다 못 해요.

오효진 가장으로서 스스로를 어떻게 평가하십니까?

이어령 우리 집안은 유교 전통 속의 엄한 집안으로, 부자간에 잔정을 보이는 집안이 아니에요. 아들하고 아버지 사이가 상당히 어렵죠. 아버지 살아 계셨을 때도 아버지만 오시면 난 딴 방으로 피했죠. 부자지간이 형제 같은 집안도 있죠. 아들한테 '야, 이놈아' 그러고. 우리 집안은 전혀 그런 집안이 아녜요.

오효진 자녀들한테도 그러십니까?

이어령 애들도 나를 대단히 어려워하죠.

오효진 그럼 얘기도 잘 안 하십니까?

이어령 요즘엔 컴퓨터 때문에 좀 하지요.

오효진 무슨 대화를?

이어령 고장 나거나 잘 안 되면, '야, 이거 뭐냐?' 하고.

오효진 잔정이 많으실 것 같은데요?

이어령 잔정이야 있지만 부자간에 가부장적 권위는 지켜야지. 형제는 아니지.

오효진 장관님이 이제까지 해오신 것과는 안 맞네요. 지금까지 일관되게 완고한 것 깨고, 잘못된 것 고치고, 새롭게 나가자고 하신 것으로 아는데.

이어령 물론이죠. 그러나 가정에 들어왔을 때는 평론가도 아니고 교수도 아니고(웃음).

오효진 허, 그것 참!

내가 이렇게 말을 못 하고 있는데, 그가 얼른 빠져나갔다.

이어령 아, 그러니까 내가 그런 글을 썼지요. 전통 파괴도 하고, 틀도 깨보라고. 패러다임도 바꾸라고. 완벽하게 거기서 벗어났다면 뭐하러 그런 걸 주장하겠습니까?

그러니까 내 일면에는 아주 보수적이고 아주 가부장적인 데가 있어요. 몇백 년 내려온 전통적인 그 DNA는 내 힘으로 어쩔 수가 없는거요. 내가 그렇게 쓴다고 실제와 일치한다고 생각하면 안 돼요!

나는 그저 웃었다.

「표본실의 청개구리」와 「메밀꽃 필 무렵」

오효진 어려서 점을 보니 장관을 할 거라고 했다던데, 사실입니까?

이어령 그 얘기가 왜 나왔는고 하니, 현재 《동아일보》 사장으로 있는 김학준金學俊 씨가 그런 글을 쓴 적이 있었기 때문이죠. 내가 서울대학 강사로 나갈 때 정치과 학생들을 가르쳤는데 김학준 씨가 거기서 내 강의를 들었어요. 그때 내가 '야, 이 정치과 놈들아, 명함에 서울대 정치과 아무개라고 박아가지고 다니는 놈들아, 늬들 꿈이 장관이지? 우리 어머니가 옛날에 점을 보니 내가 장관이 된다고 했다더라. 그러나 시켜줘도 안 한다. 두고 봐라' 이랬대요. 김학준 씨가 이걸 기억하고 '그때 그러시더니 장관 되셨습니다' 해서 나온 얘기요.

오효진 왜 하셨습니까?

이어령 문화부가 독립되면서 새 틀을 짜야 한다 해서 시한부로 한 거지요. 그전에 문공부 장관 하라고 할 땐 꿈쩍도 안 했어요.

오효진 염상섭의 「표본실의 청개구리」에서 해부하는 장면을 놓고 '김이 모락모락 나왔다'라고 한 게 틀렸다고 하신 글을 읽고, 한편으론 통쾌하기도 했지만 한편으론 그럴 수도 있다는 생각이 들던데요. 안개가 온도 차에서 생기는 것처럼…….

이어령 생물학과에서 실험을 수천 번 한 엄규백 씨한테 물어서 한 거예요. 논의의 대상이 안 돼요. 실험실까지 가서 확인도 했어요. 또 이효석의 「메밀꽃 필 무렵」에 대해서도 동이의 왼손잡이가 유전되는 게 아니란 걸 그때까지 아무도 지적하지 않았어요.

오효진 장관님께서는 젊은 시절의 키워드 하나가 '우상의 파괴'였는데 요즘도 그런 생각을 하고 계십니까?

이어령 창조는 이것이냐 저것이냐either or가 아니라 모두 다both all입니다. 그러니까 우상의 파괴는 선택적 지성이고, 지금 내가 많이 얘기하고 있는 것은 창조적 지성이니까, 파괴하거나 부정하는 쪽에서 긍정하거나 관용하는 쪽으로 온 거죠.

오효진 천재라는 말을 많이 들으셨죠?

이어령 젊었을 땐 정말 내가 천재인 줄로 착각했어요. 그래서 그때 나는 삼십 대 이후를 생각해본 적이 없었어요. 천재는 서른이면 죽으니까. 내년이면 일흔인데 일흔까지 사는 천재가 어딨어요?

오효진 문학 말고 다른 공부는 뭘 좋아했습니까?

이어령 수학을 좋아하지요. 지금도 미분·적분을 좋아해요. 그러나 산수는 못해요. 집사람하고 극장 가면 입장료 암산하는 건 집사람이 훨씬 잘해요. 지금도 위상기하학을 하고 싶어서 책을 사다 놨어요.

오효진 또 이담에 무슨 얘기가 나올지 겁도 나고 기대도 됩니다.

이어령 그건 아니고 지적 호기심이지. 내가 이 세상에 나와서 이런 걸 모르고 죽는다면 억울하다, 이거지.

동문수학하던 부인과 해로하고

우리는 서울 종로구 평창동 높은 지대에 자리 잡고 있는 영인

문학관寧仁文學館에서 세 번째로 만났다. 이 자리에서는 이 문학관의 관장이며 대학 동기 동창인 부인 강인숙姜仁淑 여사(건국대 명예교수)도 함께 만났다. 문학관의 이름 '寧仁'은 '이어령'과 '강인숙'의 이름자에서 한 자씩 따서 지은 것이라 했다. 전시 공간이 150평쯤 된다고 했다.

관장인 부인에게 물었다.

오효진 큰일하셨습니다.

강인숙 힘들었지요. 이 선생(남편) 평생 원고료가 여기 다 들어갔어요. 어떻게 번 돈인데 함부로 쓸까 싶어 모았다가 재단을 만들었는데 6년 전에 이 집을 지었어요.

오효진 돈도 많이 들었지요?

강인숙 그동안 모은 돈, 내 퇴직금, 마지막 3년간의 봉급, 이런 게 다 들어갔어요.

문학관 잔디밭에서 부부가 촬영을 할 때 말을 걸었다.

오효진 두 분 참 좋아 보입니다. 동문수학하시다가 부부가 되셔서 해로하시고, 자녀분 다 성공하고, 두 분 하시는 일마다 다 성공하시고…….

부인이 웃으며 받았다.

강인숙 아이구, 이 선생이 폭발력이 너무 강해서…….

오효진 그런 분이 참 좋지요. 뒤도 없고 자상하고.

강인숙 둘 다 있으면 좋겠는데 폭발력만 너무 강해요.

이 전 장관이 옆에서 듣다가 이의를 제기했다.

이어령 요샌 그것도 없어. 그게 불행이야. 화산 폭발은 일본 같은 신생대에서 일어나지 한국 같은 고생대에선 잘 안 일어나. 우린 고생대라고.

언제 거기까지 생각이 미쳤을까. 번득임이 꼭 전광석화와 같다.

이 전 장관의 아버지李丙昇는 1996년에 101세로 돌아가시는 복을 누렸고, 그토록 많은 문학적 유산을 물려준 어머니元庚子는 그가 12세 때 타계했다. 영문학을 공부하던 큰딸玟娥은 나중에 전공을 바꿔 미국 로스앤젤레스에서 지방 검사로 일하다 요즘 쉬고 있고, 장남丞茂은 한국예술종합학교 영상원 영상제작과 조교수로 있다. 차남岡茂은 일본 쓰쿠바 대학에서 조형예술학 박사(컴퓨터 그래픽 전공) 학위를 받아 와서 현재 여기저기 대학에 자리를 알아보고 있다. 그는 아버지의 힘을 빌리지 않고 혼자 직장을 찾아보겠다고 '독립 정신'을 발휘하고 있다 한다. 이 전장관은 자녀 셋 가운데 밑으로 둘은 당신을 닮아 창조성이 있는 일을 하게 됐다고 말했다.

영인문학관에는 지난 4월 14일 개관해서 개관 기념전으로 열었던 '문인 초상화 104인전'의 초상화들이 전시실에 그대로 걸려 있었다. 입구와 계단에는 개관 때 들어온 각종 난을 비롯한 화분들이 빼곡하게 진열돼 있었다.

컴퓨터가 있는 작업실

부인이 떠난 뒤 우리는 문학관에 마련된 그의 서재에서 다시 얘기를 계속했다.

오효진 어떻게 이런 문학관을 열 생각을 하셨습니까?

이어령 내가 정년퇴직하면 세미나를 열 장소로도 활용하고, 내가 가지고 있던 문학 자료를 갖다 놓을 장소로도 써야겠다고 생각했지요. 그러면 후학들이 와서 배울 것 아닙니까?

오효진 앞으로는 여기서 무슨 전시를 하게 되나요?

이어령 예를 들면 서정주 유품전 같은 것을 할 수 있고, 시화전을 할 수 있고, 대관貸館도 할 수 있고, 퍼포먼스의 장소로도 활용될 수 있고……. 나는 여기 관여 안 해요. 집사람이 다 하니까.

좀 건너뛴다.

오효진 글을 그렇게 많이 잘 쓰셨는데, 연애 시절에 부인께 사랑의 편지를 써서 감동시킨 적이 있습니까?

이어령 피카소한테 간판 그리라고 하면 좋은 그림이 나오겠어요?

우리는 얘기를 여기서 끝내고 문학관 바로 아래 블록에 있는 그의 집으로 내려갔다. 북악산 북악정이 눈높이에 정면으로 건너다 보이는 그림 같은 집이었다.

아래층에 마련된 서재엔 컴퓨터 두 대가 놓여 있었다. 그곳이 그의 작업실이라고 했다. 전에 카드 박스로 쓰던 것을 요즘엔 CD 보관 박스로 쓰고 있다고 했다. 여러 자료를 직접 CD로 구워서 보관한다는 것이었다.

컴퓨터 맞은편에는 그가 이제까지 쓴 책들이 커다란 책장 속에 가지런히 진열돼 있었다. 한쪽 옆엔 지난해 일본 무사시노 대학의 입시 문제 시험지도 놓여 있었다. 그가 일본말로 쓴 「하이쿠

문학의 연구」에서 출제된 것이었다. 일본의 돗판인쇄소(凸版印刷)에서 7년여에 걸쳐 인쇄 100년을 기념해서 만든 『인쇄박물지』도 서재에 있었는데, 그 첫머리는 이어령 전장관의 「인쇄 문화의 근원에 있는 동東과 서西」라는 글로 시작됐다.

나는 짧은 기간이지만 세 차례 10시간여에 걸쳐 그와 만나면서 그에 대해 많은 생각을 했다. 그는 누가 뭐래도 천재성을 발휘하며 천재적으로 활약해 왔다. 젊어서는 내로라하는 기성 문인들이 그의 필봉筆鋒에 걸려들까 봐 오들오들 떨었다. 저항, 반항, 파괴로 대표되는 키워드들은 그의 전유물이었으며 젊은이들은 그의 맹신자가 되어 목이 터져라 환호작약했다. 그가 쓰는 책은 책마다 히트해서 장안의 지가를 올렸다.

그는 또 27세라는 젊은 나이에 논설위원이 되어 「삼각주」, 「메이라」, 「여적」, 「분수대」 같은 독특한 칼럼의 전형을 만들어냈다.

또한 그는 나라에 중요한 일이 있을 때마다 가장 빛나는 공헌을 했다. 올림픽, 2000년, 월드컵……. 특히 올림픽 때 그가 던진 화두 '벽을 넘어서'와 그것이 몰고 온 세계사적 변환은 꼭 세계사에 기록될 것이다.

그가 쓴 일본론(『축소지향의 일본인』)은 외국인이 쓴 가장 빛나는 일본론으로 뽑혀 일본을 변화시키고 있다. 그의 저서는 이어령 전집을 포함해서 150권이 넘는다.

그의 활동 범위도 대단히 넓다. 교수, 소설가, 시인, 희곡 작가,

시나리오 작가, 평론가, 잡지 편집자, 문화 비평가, 기호학자, 언론인, 장관…….

우리는 5000년 우리 역사상 이렇게 괴물처럼 괴력을 가진 창조적 인물을 가져본 적이 없다. 우리가 그를 함께 가지고 있는 것은 어쩌면 축복을 받은 것인지도 모른다. 우리가 그런 축복을 받는 것은, 그가 일부 말한 것처럼, 괴팍하고 까다롭고 말이 너무 많고 충동적이고 대인 관계가 형편없고 리더십이 없는 그를 참아가며 감싸안은 데 대한 보상인지 모른다.

개인적으로 그는 대단히 행복한 사람이다. 정숙하고 잘 배우고 예쁜 부인과의 해로, 잘 성장하고 제자리를 잡은 자녀들. 우리 나이로 내년이 칠순인데도 아직까지 나갈 사무실이 있는 것. 무엇 하나 부족함이 없어 보인다.

그는 정말 개천에서 나서 용이 되었다. 온갖 역경을 헤치고 로빈슨 크루소처럼 살면서 마침내 승리자가 되었다. 정말 그는 그가 살아온 과정으로 볼 때 우리의 사표師表가 될 만하다. 그런데도 그는 스스로 실패했다고 생각하고 있다.

그는 지금 그 분주했던 공적 활동을 정리하고 개인적인 일을 하려고 벼르고 있다. 거기서도 큰 성공을 거둘 것으로 생각된다. 그러나 그는 그 일을 성취한 뒤에도 실패했다고 말할지 모른다.

그와 얘기하는 동안에 시각차 때문에 몇 번의 고비가 있었다. 그는 당연히 독창적인 사람의 입장에서 나와 남의 세상을 보고 말하려고 했다. 나도 또 당연히 보통 사람의 입장에서 질문을 하고 그를 이해하고 그의 말을 들으려 했다. 나는 그동안 수많은 사람과 인터뷰를 했지만, 그와 눈높이를 맞추기가 어느 때보다 힘들었다는 점을 고백하지 않을 수 없다. 생각하면 이것도 대한민국에서, 아니 우리 역사상 가장 특별한 인물을 공유하기 위해 겪어야 하는 한 부담이 아니겠는가. 김옥길 총장이 생전에 겪은 것을 생각하면 이까짓 것은 아무것도 아닐 것이다.(「오효진의 인간탐험-'마지막 수업' 예고한 '말의 천재' 이어령의 마지막 인터뷰」, 《월간조선》, 2001. 7.)

기업과 문화가 만나는 마당

대담자: 김진애

지난달 42년간 몸담았던 이화여대 교단을 떠난 이어령 교수를 지난 8일 건축가 김진애 서울포럼 대표가 만났다. 이 교수는 문화부 장관으로 있을 때 경영과 문화의 접목이라는 테마에도 깊은 관심을 갖고 실제로 고 정주영 현대 명예회장을 비롯한 재계 인사들과 함께 기업 문화 창달에 정열을 쏟기도 했다.

이 교수는 문화의 힘은 영원한 것이며 국가 경쟁력 또한 문화 경쟁력에서 비롯된다고 누차 강조했다. 그는 산업사회에서 정보화사회로 넘어갈 때 문화적 역량이 뒷받침 되지 않으면 농경사회에서 산업사회로의 전환기 때 나타났던 수많은 부작용과 소외 계층의 양산을 막을 수 없다고 진단했다.

김진애 교단을 떠나면서 어떤 생각을 하셨습니까?

이어령 저는 그동안 이분법적이고 다양성을 인정하는 데 인색한 지식 풍토에 저항해 왔다고 자부합니다만 새천년에 절망한 나머지 일체의 공적 생활public life을 정리하기로 했습니다. 찰리 채플린이 고별 무대에서 '나는 세계를 즐겁게 해주려고 했지만 한낱 어릿광대에 지나지 않았다'라고 고백했던 것이 가슴에 새삼 와 닿았습니다. 저는 나름대로 한다고 했지만 우리 사회의 문화적 역량을 향상시키기에는 한계를 느낄 수밖에 없었습니다.

김진애 경제가 어렵습니다. 기업인들은 막연히 구조조정이라는 구호를 외치고 있지만 기본적으로 모든 것이 불확실한 상황에서 갈피를 잡지 못하고 있는 것 같습니다. 바람직한 기업인의 자세는 어떤 것입니까?

이어령 기업인들은 미국의 경제학자 조지프 슘페터가 강조했던 것처럼 스스로 시장과 수요를 창조하려는 열정을 갖고 있어야 합니다.

마치 시인이 창의력과 상상력을 갖고 독자들과 기쁨을 나누는 것처럼 기업인들은 제품과 서비스로 소비자들과 즐거움을 함께할 수 있어야 합니다. 사실 기업인이 세 끼 밥 먹자고 그렇게 고단하게 생활하는 것은 아닐 겁니다. 창조적 열정이야말로 기업인의 자양분입니다. 포드가 자동차를 대중화시키겠다고 마음먹었을 때 단순히 돈을 벌려고 그랬겠습니까? 포드는 유럽 귀족의 전유물인 자동차를 보다 싼 값에 가까운 이웃들도 타게 하겠다는 '열정'에서 그 유명한 컨베이어 시스템을 구축했습니다. 고용이 늘어나고 임금도 올라갔습니다. 그 결과 미국은 노동자가 자동차 구매력을 갖춘 세계 최초의 나라가 됐습니다. 포드가 이 모든 것을 의도하지는 않았겠지만 '세상을 한번 바꿔보겠다'는 창조적 열정이 없었다면 불가능했을 것으로 생각합니다.

김진애 1990년대 이후 기업 문화의 중요성은 어느 정도 인식되고 있는 것 같습니다. 건축·환경·디자인 등 문화 산업도 산업 경쟁력의 주력으로 부각되고 있습니다. 그러나 지난 10년간 우리 사회의 문화가 얼마나 성숙했는지에 대해선 다소 의문이 있습니다.

이어령 문화는 기본적으로 비합리적인 것입니다. 이지적이고 과학적이고 기술적인 '문명'과는 대조되는 개념이죠. 한국인들은 문화 지향적입니다. 지연·혈연·학연이 중시되는 사회 풍토 또한 정서와 감정이라는 문화적 요소가 크게 작용한 탓입니다. 그러나 우리는 이런 것들을 나쁘다고만 얘기할 뿐, 문명과의 접합점을 모색하는 데는 실패했습니다. 문화가 제 역할을 하려면 문명이라는 '싸늘한 세계'와 융합해야 합니다. 예를 들어 이윤을 추구하는 기업은 문화라는 자양분을 동시에 키우지 못하면 영속할 수도 없고 경쟁력을 높일 수도 없습니다. 정주영 씨가 현대 특유의 기업 문화를 만들지 못했다면 사우디 주베일 항만 같은 20세기 최대의 역사를 일구었겠습니까.

김진애 IMF 사태 이후 우리 사회에는 '희망이 보이지 않는다'는 얘기를 많이 하고 있습니다. 정치 불안과 지도층의 부정부패에 경기 침체가 맞물리면서 누구라도 이민을 생각하게 하는 분위기입니다. 과연 우리 사회가 질적으로 성장하는 것인지, 근본적으로 '자기 신뢰'를 갖고 있는지 생각해볼 시점입니다.

이어령 하드웨어 격인 정치, 경제, 사회 제도나 시스템은 별로 나무랄 데가 없습니다. 영종도 신공항을 보십시오. 10년 전에는 그만한 시설을 갖게 될 것으로 상상조차 할 수 없었습니다. 문제는 하드웨어를 수용하고 해석하는 소프트웨어, 즉 문화적 수용 능력입니다. 우리나라가 선진국처럼 윤택하지는 못하지만 그래도 과거에 비해서 잘사는 편입니다. 그러나 과연 더 행복해졌다고 말할 수 있습니까?

김진애 문화의 힘은 도대체 어떤 것입니까? 기업들은 어떻게 문화적 경쟁력을 키울 수 있습니까?

이어령 문화의 힘은 '매력'입니다. 동시에 나눌수록 즐거움이 커지는 '체험'입니다. 우리가 똑같은 커피를 마시면서 왜 인테리어가 좋은 곳을 찾겠습니까? 매력적인 체험을 할 수 있기 때문입니다. 물질이 제공하는 만족은 유한한 것입니다. 문화적 매력이야말로 진실로 항구적 가치를 창조하는 것입니다.

컴퓨터를 예로 들어봅시다. 컴퓨터는 원래 단순한 계산기였습니다. 하지만 인터넷이라는 통신과 게임 등의 콘텐츠를 만나 대중 속에 뿌리를 내린 '엔터테인먼트'의 도구가 됐습니다. 컴퓨터는 '소유'하는 것만으로 즐거운 것이 아니라 '체험'을 나눌 수 있기 때문에 즐거운 것입니다. 컴퓨터는 '체험을 파는' 기계인 것입니다. 이렇게 보면 기업들이 나아갈 길은 자명합니다. 소비자들에게 소프트 파워, 문화적 콘텐츠를 판다는 자세를 가져야 합니다. 또 기업의 미래 비전에 대해 조직원들이 성취와 체험을 나눠 갖도록 분위기를 만들어야 합니다. 좋은 제품과 서비스, 양질의 기업 문화로 소비자와 직원들을 즐겁게 하면 그 행복이 기업에도 돌아옵니다. 요즘 말하는 고객 감동 효과지요.

김진애 우리 사회를 흔히 2대8 사회라고 합니다. 부익부 빈익빈 현상이 심화되면서 계층 간 갈등이 심화되고 여러 갈래로 비뚤어진 경쟁 양상이 빚어지고 있습니다. 이런 상황에서 글로벌리제이션(세계화)이니 정보화니 하는 단어들이 도대체 무슨 의미가 있느냐고 반문하는 사람들이 많습니다.

이어령 현실적으로 2대8 사회를 부정할 수는 없습니다. 이대로 간다면 1대9로 악화될 수도 있지요. 이른바 '디지털 소외 계층'도 양산될 것입니다. 그러나 세계화와 정보화 추세는 아무도 거스를 수 없습니다. 사회의 5분의 1만이 수혜 계층이라고 해서 5분의 4 위주로 사회 시스템을 거꾸로 돌릴 수는 없습니다. 다만 2대8의 격차를 완화하기 위해선 5분의 1이 5분의 4를 도와주고 지원해줘야 합니다. 그것이 정의로운 사회입니다. 약자에 대한 연민의 감정은 분명 좋은 것입니다. 그러나 이것이 생산적 측면으로 녹아 들어가지 않고 그저 이념적인 구호에만 그친다면 불행입니다.

우리와 북한의 경우도 마찬가지입니다. 북한을 돕는 것은 좋지만 북한 사회를 모델화 하는 것은 있을 수 없는 일입니다.

김진애 이런 혼돈의 시대에 정부는 무엇을 해야겠습니까?

이어령 1960년대에는 '잘살아 보자'는 프로젝트가 있었고 1980년대는 '민주화를 달성하자'는 목표가 있었습니다. 그러나 요즘은 '놀라울 정도로' 국가 프로젝트가 없습니다. 10년 뒤를 내다보고 진행하는 대계가 없다는 얘기입니다. 정부는 행복과 체험의 문화를 확대, 재생산 할 수 있는 시스템을 만들어야 합니다. 개인이 즐거움을 갖고 참여할 수 있는 네트워크 사회를 구축해야 합니다. 그것은 문화 인프라의 구축에서 출발합니다. 제조업은 재화가 없으면 수요자의 요구를 충족시키기 어렵지만 문화는 돈이 없어도 욕망을 충족시킬 수 있습니다. 보다 저렴한 가격으로 국민들의 행복을 증진할 수 있는 사회를 만드는 게 정부의 역할입니다.(「원로에게 듣는다-기업도 문화 자양분 먹어야 쑥쑥 크죠……」, 《한국경제》, 2001. 10. 12.)

문학의 살아남기와 새 흐름

대담자: 김승희

김승희 선생님, 뵐 때마다 늘 젊고 건강해 보여서 제자로서 무척 기쁩니다. 바쁘신 가운데도 이렇게 좋은 말씀 해주실 시간 내주셔서 감사드려요.

이어령 젊고 열정적인 거야 우리 김 교수 따라갈 사람 어디 있습니까? 어쨌든 이렇게 만났으니 자유롭게 많은 얘기를 해봅시다.

김승희 먼저 21세기의 문화적 전망에 대한 선생님의 의견부터 듣고 싶은데요. 20세기 말도 그렇지만 21세기는 정말 그야말로 다문화가 들어오고 있잖아요. 일본 문화, 미국 문화가 개방으로 들어오고요. 그렇다면 결국에는 우리 문화가 외국 문화의 잡종 문화가 될 터인데, 그런 것을 젊은이들 입장에서 생각해볼 때는 어떤지……?

이어령 다들 '우리 문화'란 말을 쓰지만 그 타 문화와 우리 문화를 구분하기 이전에, 이미 잡종 문화로서 한국 문화가 있었던 게 아닌가 싶어요.

김승희 동아시아 문화도요?

이어령 그렇죠. 예전부터 동아시아 문화와는 섞여 있었고, 근대화되면서부터 서구 양식으로 변한 거 아니냐는 거지요. 특히 한국 문화라고 하는 것은 토착 문화, 예를 들어 샤머니즘, 우랄·알타이어 문화, 대륙권 문화 같은 것들도 외래 문화였죠. 아프리카 토착민들의 속담에서 나타나듯이 문화라는 건 원래 다문화가 아니겠느냐 하는 거죠. 다만 문명에 비해서 문화라는 건 고집스럽지요. 가령 구한말에 돗자리가 카펫으로 바뀌고 가마가 자동차로 바뀌고 심지어 왕실까지도 모든 게 바뀌었는데 봉황새나 단청, 일월도는 바뀌지 않았다는 거지요. 다른 건 편해서 서양식으로 바꾼 것이고 마음이라는 건 편하다고 바뀌는 게 아니라는 겁니다.

김승희 문명은 바뀌어도 문화는 변하지 않는다는 말씀이시지요?

이어령 그래요. 문화는 지속성을 가지고 있지요. 그래서 내가 "문화는 다원적이고 나누는 것이며 원래가 혼잡·잡종인 것이다"라고 말하면서도 문명에 비해서는 고집스러운 알맹이를 가지고 있다고 보는 거예요. 생물학적으로도 DNA는 여러 이종 배합을 하더라도 끈질기게 살아남거든요. 그렇게 각 민족의 DNA가 생물학적으로 구분되듯이 문화라고 하는 것도 남아 있기 때문에, 오히려 외국과의 접촉을 통한 다원주의 문화에 휩쓸리면 휩쓸릴수록 자기 자신의 자의식도 안다는 겁니다. 우리가 보기에 지금 젊은 사람들이 완전히 다원주의 문화, 애비 없는 문화 속에 빠져서 거의 이방인처럼 느껴지지만, 그래도 그 아이들에게 변하지 않는 것이 있다는 것을 조금 지나면 알게 될 겁니다. 21세기를 그래서 글로컬리즘glocalism, 신지역주의 시대라고 말하잖아요? 이렇게 다원화되니까 반동적으로 지역주의가 생겨난 거죠. 글로벌global과 로컬local을 합쳐 글로컬리즘이 나타나는 거예요. "20세기 전체는 완전히 잡종·다원 문화를 지향해 왔는데 21세기는 거꾸로 지역성이 좀 더 강한 시대가 온다"라고 얘기한단 말이죠. 구체적인 예가 터키(튀르키예)입니다. 냉전 시대에 나토NATO(북대서양 조약기구)의 일원이었지만 냉전의 해소로 정치적 이데올로기, 경제적 시장주의가 문화적인 패러다임으로 바뀌면서 생긴 유럽연합EU에서 이슬람교 문화의 터키는 떨어져 나갔지요. 그렇게 되자 터키는 아제르바이잔이라든가 카시펜티오르 같은 터키어를 쓰는 사람들하고 유대가 깊어지고 200명의 터키어를 가르쳐주는 사람들을 보내고 하는 것처럼,

이렇게 거꾸로 남에게 배척을 당했을 때, 문화적 차이를 느꼈을 때 오히려 자기 문화의 소중함으로 다시 일어서는 겁니다. 옛날 같은 국수주의가 아니고 열린 민족주의, 열린 신지역주의가 되어서 좀 더 넓은 의미로 나아갈 거라는 거죠. 그런데 그것이 지금 당장 국경을 넘어서 바로 세계화되는 게 아니라 국경과 세계 사이의 '권역주의圈域主義'라는 단계를 거치게 됩니다. 그래서 21세기는 권역의 세기일 것이라고 해요. 우리에게도 이 아시아의 문화라고 하는 것이 싫든 좋든 강하게 나타나죠. 이런 아시아권 문화에 다시 눈뜬다는 것에 대해서 우리는 두려워하는 면이 있어요. 역사적으로 우리가 일본이 내세운 대동아라고 하는 구호에 희생당했기 때문이죠. 하지만 우리가 중심이 되어 적극적으로 만들어내는 아시아의 꿈은 일본이 강요하는 아시아의 꿈과 다르기 때문에 새로운 꿈이 될 수 있다고 봐야 하겠죠.

김승희 21세기는 선생님 말씀대로 변하지 않을까 싶어요. 그런데 어차피 21세기는 국제 자본을 따라가는 유목민들의 삶이 된다고 하잖아요. 사실 이미 인터넷을 통해 정신적 유목민은 많이 발생했죠. 오히려 이렇게 됐을 때 신지역주의 안에서는 자기 것이 확실해야 돼요. 어느 정도 외국에 대해서 고유의 것, 내가 가진 것은 이것이다, 하는 것이 갖춰져야 돼요. 그런데 제가 우려하는 것은 우리가 분명히 다문화 속에서 살고 아메리칸화되고 일본화되고, 이러면서 다른 나라 문화를 굉장히 좋아하는 것 같지만 우리 한국 사람의 심성이라는 건 사실상 굉장히 폐쇄적이에요.

이어령 그래요, 폐쇄적이죠.

김승희 문화의 다원화라든가, 신지역주의의 시대에서 민족 고유의 문화가 얼마만큼 공유되고 그 안에서 보편성을 획득할 수 있는지를 생각해봐야 할 것 같은데요.

이어령 어디 한국에 '내 것'이라는 관념이 있었나요? 관계죠. 한국이나 동양 사상에는 '나'라고 하는 게 없어요. '나'라는 걸 중심으로 해서 만들어진 문화가 서구 문화란 말이죠. 신라 때 「처용가」라든가 하는 걸 봐도 신라는 참 열린 사회였는데, 그 이후에 굉장히 닫힌 사회가 된 것은 혹시 우리가 외국 침략을 받아오면서 전쟁이나 침략에 의해서 '남-우리'라고 하는 개념이 길러진 것이 아닐까 싶어요.

김승희 주체성이 없었던 거죠. 말하자면 너무나 강대국인 나라들 주변에서 살다 보니까.

이어령 그렇다기보다는 중국의 사고방식으로 나라·민족 단위라는 것이 내가 가족이 되고, 가족이 사회가 되고, 사회가 국가가 되는 과정의 자아인데, 우리 역시 그러한 관점에서 사고하고 있는 거라고 봐야죠. '나'라고 하는, 지나친 한국의 폐쇄주의가 실은 서구 근대 초기에 일본 교육을 받은 찌꺼기인 겁니다. 사실 전에는 훨씬 열려 있었다는 거죠. 불교를 보면 얼마나 열려 있습니까?

김승희 그건 정치적·사회적 문제이고, 민족 문화의 측면에서 보면 다르죠. 왜냐하면 우리의 경우 식민지 시대에 근대 문화가 들어왔기 때문에 '나'를 찾지 않으면 그냥 합병되는 거죠. 그러니까 식민 지배에 대한 대안으로서 '나'를 찾았던 것이 아닐까요……?

이어령 그렇게 생각하는 것은 위험할 수 있습니다. 나는 우리가 이야기하는 근대적 자아라고 하는 것이 병든 민족주의의 산물이라고 봅니다. 상해 임시정부가 만들어진 것도 그렇죠. 뒤집어 보면 일본과 마찬가지인 거죠. 민족 간에 갈등이 일어났을 때 우리가 일본에 대한 반동으로 민족국가를 만들려고 하는 것, 우리 민족, 우리 국가를 찾는 것은 결국 일본과 똑같다는 겁니다. 일본에서 이토 히로부미를 애국자로 보지만, 우리는 이토 히로부미를 암살한 사람이 애국자니까요. 만약 우리가 힘이 있으면 우리가 이토 히로부미처럼 일본을 쳐들어가는 것도 상관없는 게 되죠. 그러한 관점에서는…….

김승희 그렇죠.

이어령 21세기는 이런 것을 뛰어넘는 거라는 거죠. 오늘날 서구 사상에서도 '나'가 해체되고 있어요. 펠릭스 가타리가 얘기하는 신유목민이란 게 사실 그런 거 아니겠어요? 근대를 보면 서구 농경사회적인 바탕 아래 반자아 중심적이고, 국경 중심주의, 즉 국민국가의 정신, 내국민은 다른 국민이 아닌, 그러한 것으로 형성된 근대 국가의 행정 과정에서 생기는 배타주의와 같은 것들이 나타납니다. 타인에 대해 저항할 수 있는 내가 있고, 내 민족이 있다고 생각했을 때는 참 행복한 거예요. 단순하니까요. 지금은 그런 식민주의조차도 없어졌죠. 철저한 개인주의죠. 나만 잘되면 되고. 그랬을 때, 우리가 걱정하는 건 민족의 아이덴티티가 뭐냐 하는 거죠. 아이덴티티라는 것은 오히려 남에게 지배를 당하거나 침략당했을 때 강해지기 때문에, 이광수 문학이라든지 김동인 문학 같은 것이 민족의 자의식 같은 것을 추구하고 있지만, 오늘날처럼 그렇지 않은 시대에 오면 내셔널 아이덴티티라든지 민족의 아이덴티티라는 것이 무너지게 되는데, 그 무너지는 과정이 슬픈 것이 아니에요. 우리가 지금 얘기하는 '나'라는 것은 대단히 정치적인 것이고 경제적인 것인데, 이 껍질이 깨지는 거란 말이죠. 그리고 그렇기 때문에 새로운 문학이나 소설 같은 새로운 문화 없이 진정한 의미의 문화적 아이덴티티는 성립되기 어려울 겁니다. 사실상 근대는 정치적 아이덴티티에 기대어 있던 사회였죠. 그러나 이제부터 생기려고 하는 문화주의, 21세기의 문화적 아이덴티티라고 하는 것은 냉전에서 겪었던 20세기의 민족주의, 히틀러가 보여주었던 나치즘, 또는 그 후의 파시즘이라든지 하는 패러다임에서 벗어나는 것입니다. 그것은 대단히 열린 문화, 복합적 문화, 관계적 문화죠. 이런데 지금 우리는 이미 뒤쳐져 있다는 거죠. 지배당하기 이전에 가지고 있었던 한국적인 자아조차도 없는 상태, 그 다음에 자아가 생겨나는 단계, 지금은 배타적인 자아. 그런 배타적인 자아가, 이게 새로운 것을 경험하면서 다원주의로 진행되어야 하는데 우리는 지금도 배타적 자아를 추구하고 있는 것 같아요. 그런데 지금은 문화 상대주의이기 때문에 그렇게 어느 게 옳고 그르고 우리가 좋고 싫다는 걸 따지는 것 자체가 어리석은 일입니다. 남에게 왜 굳이 내 것을 보여줘서 그들에게 우리 문화를 강요합니까? 그러니까 일리치 같은 사람은 문화 때문에 인류 역사에 얼마나 많은 전쟁이 있었는지를 말하잖아요. 이슬람교에 기독교를 자꾸 주려고 하다가 전쟁이 난 것 아니겠냐고 말이죠. 남의 것을 받으려고만 하는 것도 그렇지만 내 것을 남에게 주려고 하는 것도 문제가 있는 거죠. 이것이 문화 제국주의라는 겁니다. 경제 제국주의가 있고, 정치 제국주의가 있고, 문화 제국주의가 있어서 문화라는 이름하에 할리우드 문화라든가 이런 게 팽배하는 거죠. 문화는 나누는 것이지 폭력적인 것이 아닌데……. 신개념의 문화가 나오지 않는 한, 이제까지의 문화, 민족의 언어라는 건 폭력의 언어일 뿐입니다. 거기에서 어떻게 벗어나느냐 하는 것은 패러다임의 변화에 달려 있는데, 한국 사회에선 여러 가지 정치적·경제적 이데올로기의 목소리에 가려져서 그런 목소리가 안 들리는 것 같습니다.

김승희 그렇다면 선생님께서 말씀해주세요(웃음). 어떻게 하면 기존의 정치적 패러다임을 버리고 새로운 문화로 나아갈 수 있을까요?

이어령 새로운 문화는 소설이나 시 같은 문학으로밖에는 만들 수 없죠. 그것을 정치적·경제적 이데올로기로 했을 때는 동어 반복이 되고 마니까요. 예를 들면 독일과 프랑스가 싸웠을 때, 괴테는 "프랑스 문화를 내가 사랑하는데 내가 그들을 적군이라 부를 수 있겠는가" 그런 말을 하거든요. 그런데 그 말은 이미 정치적이나 경제적인 국경을 알고서 하는 얘기지만, '사랑에는 국경이 없다', '문학에는 국경이 없다' 그랬던 것처럼 원래 문학이란 국경이 없었다는 거죠. 마거릿 미첼의 『바람과 함께 사라지다』 같은 걸, 우리가 남북전쟁을 겪어서 감동을 하는 거냔 말이죠. 우리가 미국에 살아봐서 감동하는 건 아니잖아요? 그걸 뛰어넘는 게 문화인데 왜 자꾸 문화를 정치, 경제 안으로 끌어들여서 편협한 생각에 가두려고 하는지.

김승희 지식인의 역할이 중요할 것 같은데요.

이어령 그렇죠. 내가 생각하는 지식인은 '리브 인live in'이 아니라 '리브 위드live with'입니다. 우리가 한국과 더불어 살아가는 것이지 지식인이 한국 안에서 살아가는 게 아니죠. 리브 인이 아닙니다. 그게 지식인이죠. 지식인이 아닌 사람은 한국 안에 묻혀서 살아요. 리브 인이죠. 리브 인 코리아. 리브 위드 코리아가 아닌 거죠. 그렇기 때문에 어떻게 하면 이것을 위드로 바꿔주느냐 하는 게 문제인데, 거의 절망적으로 우리나라엔 그런 정신이 없다고 봅니다. 그러니까 소설이고 시고 그 껍데기를 들고 보면 알맹이가 없다는 거죠. 그러니까 더군다나 번역을 하면 더욱 우습고요. 그래서 오히려 그 껍질을 벗겼을 때 진정한 내 목소리가 나는 것이지, 자꾸 내가 나를 내세울 때 '나'라는 것이 있겠느냐 말이죠. 이른바 문화처럼. 불교도 그렇고, 유교도 기독교도 그렇고, 궁극적으로는 나로부터, 나의 아집으로부터 벗어나는 것이잖아요. 사랑이라는 것은 잘못하면 가장 큰 폭력이 되거든요. 공유하고 감동할 때 사랑이죠. 문화도 마찬가지입니다. 문화도 감동시켜야 돼요. 강요되거나 주어지거나 정략화됐을 때는 그건 폭력이다. 이거죠.

김승희 선생님, 그러면 그 제국주의 문화라는 것이 바로 그런 폭력성을 가지고 영역을 넓혀왔다고 생각되거든요. 그런데 포스트모더니즘에서 문제시되는 것이 아이덴티티 자체. '너는 뭐냐', '나는?' 이런 의문을 던지면서 주체 자체를 의심한단 말이에요. 그래서 내셔널 아이덴티티 같은 게 의미가 많이 와해됐어요. 그러면서 보편성이라는 걸 자꾸 내세우는데요…….

이어령 보편성이라고 하는 것은 근대 데카르트 주의에서의 보편성이고, 포스트모더니즘에서는 보편성이라는 게 없기 때문에, 오히려 남의 말을 이용도 하고 네 작품 내 작품 따지지 않고 이러는 거죠. 그건 오히려 보편성이 해체된 위에서 근대주의마저도 해체시켜 버리는 건데, 예를 들면 아주 쉬운 예로 질 들뢰즈 같은 사람이 파도에다가 비교하고 있어요. 인간을, '나'라고 하는 것을 파도의 하나로 보는 거죠. 파도라고 하는 건 최절정에 다다랐을 때 부서지는 거, 죽는 겁니다. 그러고 나서 또 파도가 하나 생겨요. 또 개체가 하나 생기는 거죠. 그리고 또 죽는 거예요. 그런데 바다라고 하는 것은 아주 거대한, 끝없는 파도를 연속적으로 만들고 있거든요. 이때 바다라고 하는 큰 물결 속에서 작은 파도가 하나 생겼다가 부서지면서 죽어가는 것이 개체로서의 인간이라는 거죠. 이런 것은 이제껏 서구에는 없었던 개인주의이고 보편주의였어요. 그러니까 '나는 바다다'가 아니고, '나는 파도다'라고도 하지 않죠. 나는 파도인데 파도 속에서 죽어요. 또 하나의 파도가 생기고, 그렇게 끝없이 생기生起하는 것……, 그 생기하는 것으로 자기를 돌려주는 것이니까, 자아도 아니고 무한도 아닌 자아 직전의 어떤 상태. 이런 것들이 들뢰즈 같은 작가들에게서 줄기찬 것으로 보여지는데 그게 참 연기론緣起論 같은 불교적인 생각과 비슷합니다.

김승희 그러면 그런 문화가 폭력성 없이 어떻게 영역을 넓히고 세계적으로 공유될 수 있을까요?

이어령 지금까지 문화는 정치·경제에서 사는 문화였습니다. 아까 얘기한 오늘날의 제국주의라고 하는 것은 경제적인 것이지, 그게 문화가 아니거든요. 많은 CD를 팔고, 영화를 팔고……. 할리우드에서 하는 것이 어떻게 그게 미국 문화입니까? 그것은 미국의 경제주의죠. 그래서 할리우드라고 하는 것은 경제를 기본으로 하는 하나의 산업으로 유통되는 것이에요. 그러면 할리우드의 문화를 누가 만드는 거냐, 그것이 바로 시장적 글로벌리스트입니다. 그렇기 때문에 우리가 얘기하는 글로벌리즘이라고 하는 것은 그런 시장적 글로벌리즘이어서는 안 된다 하는 거죠. 지금 일본도 그렇고 유럽도 우려하는 것이, 아까 얘기한 문명적인 건 세계가 같아요. 그런데 문화라고 하는 DNA에 깊이 각인되어 있는 건 공통된 게 아니란 말이죠. 한 국가가 가지고 있는 입맛 같은 거예요. 그런 것들이 다른 것으로 대체되면 괜찮은데 대체될 수가 없어요. 그러니까 할리우드 영화나 문화 같은 것에 완전히 동화되기는 힘들죠. 그래서 우리도 다른 것, 자동차나 다른 산업들은 다 개방을 했어도 마지막에 할리우드 문화에 대해서 거부감을 느끼는 겁니다. WTO 같은 데서도 마지막 남은 것까지 문제가 되는 건 영화 문제잖아요. 그래서 우리가 21세기 밀레니엄을 내다볼 때, 그때 문화는 적어도 할리우드 문화 같은 것은 아니죠. 그런 게 다원주의 문화가 아니에요. 경제적 시장주의에 의해서 세계가 통합되는 문화 같은 건 있을 수가 없습니다. 21세기에 지역 문화라는 게 생겨나고 신지역주의가 생겨나는 것은, 보편화 속에 각자의 문화가 상대적으로 존중받고 공유하는 그런 문화가 온다는 것을 예고하는 것입니다. 말하자면 꿈같은 시대가 오는 거죠.

김승희 그러면 선생님, 지금 그런 문화, 지역성이 강한 문화가 온다. 신지역주의 문화가 생길 것이다, 그래서 이제 뭐, 전 세계가 몇 개의 문화권으로 나뉠 것이다……. 이런 말씀을 하시는데 과연 이렇게 되었을 때 우리가 정말, 선생님께서 말씀하시는 것처럼 '나'는 없다. 우리 것은 없다, 이렇게 생각한다면 국제화 사회에서 이런 다원화주의 문화에 대처하기 힘들 것 같아요. 특히 미국 같은 경우 멀티컬처리즘이 많이 생기면서 약소민족 자체가 버티기 어려워지는 것 같은데요.

이어령 다시 한 번 말하지만 '나' 문화라는 걸 자꾸 주장하는 것이 제국주의 문화라는 거예요. 그러한 의미에서 '나'의 문화라고 우리가 생각하고 있는 것이 우리가 가장 혐오스럽고 우리가 배격해야 할 문화라는 얘기죠. 천축국을 가던 그 옛날 신라 사람들이 생각할 때, 석굴암에 조각을 새기는 사람들이 그때, 인도의 그걸 받아들였을 때, 그걸 내 문화라고 생각했겠어요? 그게 아니란 말이죠. 좀 더 열린 문화였어요. 그런데 언제부터 나라고 하는 편협성으로 '나를me', '나는I am'이라는 말이 생겼냐 하면, 이른바 우리들이 가장 염려하는 서구의 자아라고 하는 근대와 함께 들어온 거예요. 이게 대원군 이후에, 우리 소설 쓰는 양식이 그거라고요.

김승희 그 사실을 부정하는 것은 아니에요.

이어령 그러니까 '나'라는 그 문화를 자꾸 내세우는 그 콘셉트 자체가 서구 것이에요. 그걸 깨트려야 내 것이 나옵니다. 그게 다원주의죠. 왜? 공유하니까요. 근데 내 것이라고 말하는 순간 폭력 언어가 돼버려요. '우리끼리'라고 할 땐 배제적이기 때문에, 나라는 것은 나 아닌 것을 얘기하기 때문에 배제적인 것이라는 겁니다. 그러니까 나를 관管으로 생각해보죠, 파이프로요. 모든 것이 내 몸으로 들어와서 빠지는 관이라고 생각해보세요. 실제 우리가 지금 이렇게 차를 마시잖아요? 이게 나를 통과해서 나가요. 그렇게 '나'라는 것을 덩어리가 아닌 구멍이 뻥 뚫린 관으로 생각해보는 거죠. 파이프로. 그러니까 미셸 푸코가 '나는 파이프다'라고 했을 때 파이프라는 것은 존재하지 않는 거예요. 바깥 것이 안으로 들어와서 뚫렸으니까.

김승희 선생님 잠깐만요, 미셸 푸코라든가 자크 라캉이라든가 이런 사람들은요, 지금 20세기 최고의 사상가들에요. 미국에서도 멀티컬처multi-culture를 자꾸 얘기하면서 오히려 제3세계 사람들에게는 뭘 요구하는가 하면 네 것은 뭐냐? 네 것이 뭔가 있으면 내놔봐라, 우리는 얼마든지 보편성 원리에서 너희들 것을 취하겠다, 이런 입장이거든요. 이렇기 때문에 굉장히 입장이 다른 거죠. 우린 철저하게 받는 입장이잖아요. 그리고 우리는 사실 문화의 전파자가 아니기 때문에 굉장히 수세에 몰린다고요.

이어령 글쎄, 문화를 정치 이데올로기 면으로 똑같이 보면 그럴 수도 있겠죠. 그러면 서양에서 '우리'라고, '지금'이라고 하는 건 뭐냐 하면 서구적인 의미에 있어서의 주변 문화와 중심 문화를 얘기하는 거라고 그건. 그러니까 우리가 가장 타기해야 할 것은 바로 서구적인 생각을 가지고 서구에 반항하는, 바로 그 이중의 덫이라는 거죠. 걔들 식으로 내 것을 내놓으려고 '너희들 내놔봐라' 했을 때, '예, 내놔보지요' 그러는 건 서구식으로 내놓는 거예요. 그러면 네 것이 좋으냐, 내 것이 좋으냐 해서 폭력으로 비교가 되고 제패가 되는 겁니다. 그러니까 세계적인 것이 한국의 것이고, 한국이 제일이고, 한국 문화가 세계적인 것이고, 세계를 제패해야 되고, 우리 문화를 세계에 알려야 되고, 이러한 생각 자체가 틀린 거죠. 서구가 많은 문화를 그렇게 해석했어요. 그것이 이른바 이그조틱 콤플렉스exotic complex라는 거죠. 그것을 많은 사람들이 해체하려고 노력했습니다. 가령 자크 데리다 같은 사람은 "서구의 병은 문자에서 오는 것이다. 무문자 민족간에는 내 것 네 것이 없지 않느냐. 소유라는 개념도 없다." 이렇게 말합니다. 이렇게 많은 문학자들, 철학자들이 얘기하는 것은 정치·경제와는 달리 상당히 문화적인 걸 보여주죠. 그러니까 우리는 그런 사람들하고 '동맹'을 맺어서 우리 역시 가지고 있는 서구적 개념의 문화와 서구적 개념으로 서구적인 것을 대항하는 그 틀을 깨야 되는 거죠. 지금 바로 서양 사람들이 너희 게 뭐냐, 다원주의 문화다, 너희 것도 내놔라, 우리 공유하자, 라고 했을 때 우리 것이 이거다, 너희들하고 다른 게 이거다 하고 내놓는 것이 바로 악마의 패러다임, 서구의 패러다임에 휩쓸리는 거죠. 내가 지금 새천년 21세기를 얘기하니까 이런 말을 하는 것이지, 그냥 지금까지 내려오는 컨텍스트로 하면 이런 얘길 하지 않습니다. 정말 새로운 세기가 오고 꿈 같은 시대가 오고 21세기의 문화적 변화를 위해서는 문화 상대주의냐 문화 보편주의냐 하는 사조로부터 벗어나야 합니다.

김승희 그렇다면 그런 문화를 구체적으로 실현할 수 있는 방법이 문제시되겠는데요. 21세기가 원하는 그런 다원주의가 새로운 천년에 어떤 형태로 올까요?

이어령 인터넷에서 그런 일이 벌어지느냐 실제 소설에서 벌어지고 있느냐, 패션에서 벌어지고 있느냐, 21세기가 원하는 그런 다원주의가 새로운 천년에 온다온 어떤 양태로 올지를 구체적으로 얘기해봅시다. 가령 영화·멀티미디어·언어, 예를 들어 두 언어권의 문화를 섞어 쓰는 나라가 있어요? 일본하고 한국뿐이에요. 우리는 한자 쓰고 한글 쓰지 않습니까? 문화에서 문자가 굉장히 중요한 건데, 그 문자를 서로 다른 토착적인 것하고 외래적인 것하고 두 나라의 것을 섞어 쓰는 국가가 있어요? 우리는 표기를 한글 전용으로 한다고 하지만 한자 한글 혼용을 하잖아요. 이 이상 문화의 혼용성을 가진 나라가 어디 있습니까? 한국은 이렇게 병합적이에요. 일본도 병합적이죠, 외국 문화를 받아들이는 태도가 서구 사람들이 받아들이는 것하고 아주 다릅니다. 미국은 인종적으로 다원화됐지만, 우리는 한 종족 안에 다른 두 문화를 개척한 민족입니다. 어느 쪽이 모델이 될 수 있겠어요? 21세기에 예견되는 다원주의라고 하는 것은 우리가 한자와 한글을 동시에 쓰면서 가장 중요한 문자 언어를 병합한 것처럼, 그런 모델이어야지, 소수민족 인디언이 있고 소수민족 한국이 있고……, 이러한 생물학적·인종적 혼합주의인 미국이 다원화주의의 모델은 아니라는 거지요.

김승희 그러한 문화적 배경하에서 화제를 다시 문학이라는 걸로 돌려보면 현대 소설의 흐름을 어떻게 보고 계시는지, 20세기 말, 21세기에는 문학, 문자 문학이 어떻게 변화될지, 또 20세기 문학과 우리 문학에 대해서 선생님이 어떻게 생각하고 계시는지 등등의 이야기를 듣고 싶은데요.

이어령 그러니까 오히려 서구 사람들이 오늘날 얘기하는 탈서구주의와 우리 동양주의가 상당히 똑같다는 것을 짚고 넘어가야 하겠는데, 그것이 바로 지금 얘기하는 밀레니엄 프라블럼에서 서양 세력과 한국 세력이 같이 성장해야 할 부분입니다. 그게 그러니까 할리우드 문화 같은 게 아니죠. 정치·이데올로기가 아닌 그런 문화 쪽 정권, 가타리라든가 들뢰즈, 데리다 같은, 서구 문화를 해체하려고 하는 사람들이 21세기에는 어떤 문화 형태를 선택하겠는가 생각해볼 수 있겠죠. 가령 근대 이후 소설은 익명으로 쓰더라도 내 것이었죠. 하지만 옛날 소설이라고 하는 것은 서로 이야기하는 가운데 계속 버전version을 바꿔간다고요. 자유로운 거였죠. 그런데 오늘날 그런 일이 실제로 일어나요. 존 업다이크는 소설을 다 쓰지 않아요. 적당히 써놓고 아마존amazon.com 같은 데에 올려놓으면 다운받는 사람들이 나머지를 채우죠. 그러면 업다이크의 소설이라고 하는 것은 틈 사이, 이미지네이션의 틈 사이에 있는 것이지 소설 자체 속에 있는 게 아니죠. 그럼 소설이라고 자기 서명을 하고 이것은 내 것이고, 100퍼센트 이건 내 생각이라고 하는 건 근대의 산물이죠. 하지만 현대 소설은 얼마든지 우연성을 집어넣어 가지고 만드는 것이라는 거예요. 제임스 조이스만 하더라도 그렇습니다. 새뮤얼 베케트가 조이스의 비서였거든요. 조이스가 불러주고 베케트가 타자를 치며 소설을 쓰고 있는데 누군가 노크를 했어요. 조이스가 들어오라고 했습니다. 그런데 나중에 보니까 그 들어오라고 한 말까지 소설에 써 있는 거예요. 조이스가 이건 소설에 쓰라고 한 말이 아니라고 하니까 베케트가 "그것도 그냥 두죠. 거기에 그게 들어가면서 소설이 더 재밌게 될지 누가 압니까" 그러는 거예요. 이렇게 우연성을 집어넣는단 말이죠. 이것은 플로베르가 하던 것과 너무나 다른 겁니다. 플로베르는 일사일언一事一言이라 해서 완전한 하나의 명사, 하나의 동사를 끝까지 추구했어요. 근데 제임스 조이스만 하더라도 우연적인, 마치 옛날이야기에 버전을 많이 만들어가면서 끝없이 구조적으로 변형되는 것 같은 기법을 써요. 아마 똑같은 일이 새로운 밀레니엄에서 아직 시도는 안 되었지만, 소설책이 아니라 통신을 통해서 이루어질 거라고 생각되는데……. 통신에 소설들 실리잖아요. 그것을 다운받아서 읽는 거죠. 다운받아서 읽는 사람들은 얼마든지 고칠 수가 있죠. 이름도 한 번 클릭하면 다 고쳐요. 가령 선희란 이름이 지금 자기 딸 이름인데 소설 속에서 얘가 불행해요. 그러면 경희란 이름으로 한 번 클릭하면, 그 이름이 모두 경희로 바뀌는 거죠. 스토리도 바꿀 수가 있어요. 이렇게 되니까 포스트모던에서 '작품성이라는 게 어떻게 하나의 텍스트로서 평가될 수 있느냐. 나라는 게 뭐냐. 내가 지었다고 해서 전부 내 몫이냐?'라는 반성이 이루어지는 거죠. 21세기에 인터넷상으로 보면 존 업다이크처럼 허술한 소설을 하나 써놓고 팔아서 사람들이 자기가 보기 좋은 식으로 자기가 멋대로 만들 때, 이랬을 때 소설이라는 개념 자체가 완전히 바뀌는거죠. '나'라고 하는 지배자, 작가라고 하는 지배자와 복종하는 소비자 간의 상상력이 아니고 작가와 소비자가 함께 만들어가는 거예요. 이것이 오늘날 할리우드 영화에서도 나타나고 있어요. 주문형on demand 영화라고 하는 것은 영화 줄거리가 여섯 개 일곱 개 있어서 자기가 메뉴를 갖듯이 그걸 갖는 거죠. 「백조의 호수」의 마지막은 백조가 죽는 걸로 돼 있잖아요. 그런데 러시아에서 「백조의 호수」는 죽는 게 아니거든요. 그렇게 여러 가지 버전을 만들 수 있는 자유를 저작권에서 소설 속에 주는 거예요. 마찬가지로 영화도 그렇게 주는 거죠. 음식점에서 메뉴를 골라 먹는데 왜 영화를 전부 할리우드에서 감독하고 이 사람들이 만들어준 것을 그대로 본떠야 되느냐, 아니다, 우리 메뉴도 여러 가지 있지 않냐, 그러니까 「백조의 호수」도 여러 가지 버전이 있을 수가 있다. 내 구미에 맞는 버전을 해보자, 이것이 작가 중심의 제국주의 언어, 작가의 폭력 언어에서 벗어나는, 소비자가 좀 더 자유롭게 참여하는 문화 창조력인 거죠.

김승희 그러한 문화가 가능할 수 있는 역사적 근거 같은 걸 말할 수 있을까요?

이어령 그런 사상을 옛날 서구에서는 도저히 찾아볼 수 없어요. 근대 소설에서는 도저히 상상할 수 없고. 그런데 그런 가능성을 보이는 게 서양에서도 소설사 속에서죠. 소설이 계속 발전해 온 단계는 작가가 소설 속에서 장난하는 겁니다. "이 소설은 내가 쓴 것이 아니라 어느 사형수가 나에게 전해 준 것을 옮기는 것이다"라고. 자기가 쓴 것이면서도 이렇게 끝없이 내가 나 아닌 것으로 자꾸 바꾸는 거죠. 이것이 서정시와 다른 점이에요. 그렇기 때문에 소설은 처음부터 능청 떠는 것, 내가 쓰면서도 내가 쓴 게 아닌 것처럼 저작권을 회피하는 것, 이 속에서 벌써 소설적 자아라고 하는 것은 멀티플multiple 자아의 가능성을 보여주는 거죠. 멀티플 컬처를 실현할 수 있는 가장 유리한 위치에 있는 사람이 소설가예요. 소설이라는 걸 이제까지는 직선으로 썼는데 이제부터는 꼬불꼬불하게 쓴단 말이죠. 이 얘기했다 저 얘기했다 막 하는 거죠. 그게 자유의 소설 미학인 거죠. 직선으로 안 간다는 건 우연적인 요소가 끝없이 개입한다는 것이죠. 이렇게 말하자면 근대의 자아라고 하는 건 언제나 그림을 그렸을 때 단일 시점에서 그리듯이 한 시점에 서는 겁니다. 인생을 한 시점에서 쓰는 거죠. 그 시점을 거부하는 것이 바로 멀티컬처가 만들어지는 건데 소설가들은 일찍이 이 시점을 가장 중요하게 여겨가지고 단일 시점에서 복합 시점으로 바뀌었다는 거죠. 소설의 발전이 곧 시점의 변화예요. 서구적인 딱딱한 자아를 여지없이 무너뜨리고 도끼질한 것이 소설가들입니다. 그러니까 21세기에 소설은 쇠퇴하는 것이 아니죠. 21세기적 밀레니엄의 지아라고 하는 것은 소설적 훈련에서 비롯하는 겁니다. 이런 의미에서 서구 근대성을 해체시키는 것, 플로베르적인 것을 해체시키는 것은 바로 제임스 조이스나 마르셀 프루스트나 이런 사람들이 했던 것처럼 끝없이 소설 형식을 해체시키는 해체주의자들인 것이죠. 그러니까 20세기의 소설 발전은 이미 21세기 새로운 밀레니엄을 향하는 것인데, 그것이 극단화된 것이 업다이크가 아마존에서 낸 소설이죠. 할리우드에서 하나의 영화를 만들지 않고 주문형으로 동일한 영화를 버전을 달리해 일곱 개 여덟 개 만들어가지고 각자 취향대로 폭력이면 폭력, 로맨스면 로맨스, 마음대로 선택하라고 한다고요. 러시아에서 「백조의 호수」의 줄거리를 바꿔서 발레를 하는 것처럼요. 사람들은 그것을 아주 생소하게 느끼지만, 실제로 이런 것은 소설 문학과 함께 돈키호테 때부터 시작된 거예요. 그러니까 이런 관점에서 보면 21세기 새천년의 시대에 이야기성·픽션성, 그것이 강력해지게 된다는 거죠. 오죽하면 픽션의 세기라고 그래요. 21세기는 픽션의 시대다. 지금까지는 역사의 시대라고 했지만 이젠 픽션이 지배한다는 거죠. 내가 《대한매일》에 "옛날에는 소설가가 역사에 물어봐서 역사 소설을 썼지만 이제는 역사가 소설을 보고 모방하면서 픽션을 써간다"라고 썼어요. 내가 생각할 대, 소설이나 소설 경향이 이렇게 바뀌어가고 있다는 겁니다. 하나의 줄거리, 하나의 성격을 갖춘 것, 하나의 시점의 소설이 붕괴되는 것. 21세기를 가장 가깝게 몸으로 느낄 수 있는 징후가 소설 문학에서 나타나고 있어요. 마치 근대 소설의 출발이, 근대와 함께 출발한 것처럼, 반근대적이고 근대가 해체되는 새천년이 비로소 소설 문학에서 시작한단 말이죠.

김승희 그러면 한국 소설의 흐름을 어떻게 보세요? 너무 늦었다고 보시는지…….

이어령 아직 늦지는 않았죠. 옛날에는 얘기를 듣는 사람과 그런 얘기를 하는 사람 사이의 일대일person vs. person의 문화였던 것이, 문자화되고 소설이라는 책의 형식이 되면서부터 소설가가 굉장히 작가 중심적, 출판사 중심적, 인쇄 중심적인 것으로 얘기가 굳어졌던 거예요. 즉 가장 못된 부분의 소설을 우리가 답습하고 있는 것인데, 이제 새로운 소설이라고 하는 것은 소설가가 소설을 써놓고 읽는 독자들이 마음대로 줄거리도 바꾸고 써봐라 하는 구조로 변하죠. 그런 구조라는 건 어떤 소설이냐 하면 여러 개의 변신이 가능한 느슨한 소설이죠. 꽉 짜인 소설이 아니에요. 그러니까 업다이크까지 가지는 않는다고 하더라도 현대 작가는 그렇게 써야 한다는 얘기죠. 앞도 없고 끝도 없고 독자가 막 들어올 수 있는 것. 거기에 비해서 우리나라는 깨끗한 소설, 작가가 끝까지 책임지는 소설, 독자는 완전히 복종하고, 아 그렇군 그렇군 하는 상황이에요. 이른바 가장 상상력이 없는, 그래서 그다음 얘긴요? 그다음은요, 해가며 끝없이 머리를 끄덕이는 독자, 독자를 바보로 만드는 그런 소설은 이제 가야 되는데, 우리나라에서는 초기 근대소설이 산업주의가 처음 시작되는 상황에서 생겨서 철저하게 모든 것의 소유를 주장하는 것에 익숙해요. 소설에 완벽하게 100퍼센트 자기 이름을 적고 상표를 달아서 파는 생산자 중심의 소설. 근대 초기에 산업주의가 생겨났을 때의 방식 그대로예요. 음악을 봅시다. 처음엔 베토벤, 슈베르트……, 작곡자의 시대였거든요. 지휘자도 아니고, 극장장도 아니고, 소비자도 아니고, 연주자도 아니고 철저하게 작곡가가 군림하던 시대였어요. 그 이후 어땠어요? 카라얀, 토스카니니……, 지휘자들의 시대죠. 중간 단계, 유통 중개상인들이죠. 지금은 어때요? 완전히 중개자 위주로 바뀌어버렸죠. 그래서 생산자라는 것, 작가 측 생산주의 중심의 문화가 무너지고 있는데 우리나라는 그게 안 되고 있다는 거죠.

김승희 생산자인 작가의 역할이 축소된다면 작품성에 대한 책임 의식이 약해질 것 같은데요.

이어령 작가 혼자 작품을 만드는 게 아니니까요. 예를 들어 근대 메커니즘은 소리와 영상을 얼마든지 바꿀 수 있어요.

그래서 우리는 가수가 노래한 것을 듣고 있는 게 아니죠. 우리가 듣는 건 완전히 조종실에서 고친 소리예요. 가수의 고친 노래를 듣고 있는 거죠. 거기에 생산자라는 게 뭐겠어요? 가수가 자기를 아무리 주장해도 오디오에서는 제 목소리가 나오는 게 아니라 기계를 가지고 고치고 편집한 자기 목소리가 나오는 거죠. 그렇기 때문에 이제는 플로베르 식의, 생산자 중심의 소설이 사라지고 있는 것에 비해서, 우리는 아직도 작가의 몫, 생산자의 몫이 굉장히 큰 것으로 되어 있는 소설을 추구하고 있는 게 아니겠느냐 하는 거죠. 내가 지금 글로벌한 관점에서 봤을 때 우리의 전반적인 위치는 생산자-매개자-소비자, 이 세 가지 단계 중 첫 단계인 생산자 중심의 소설이 아니냐 하는 게 내 주장이에요.

그러면 그 근대가 무너지는 새천년이 왔을 때 서양은 어떻게 바뀌어야 되고, 우리는 어떻게 바뀌어야 되느냐? 그런데 오히려 우리 옛날이야기식으로 바뀌고 있다는 거죠. 옛날의 이야기, 버전이 여러 가지로 갈라지잖아요. 『춘향전』 판본만 해도 몇 갭니까? 그러니까 서양에서는 업다이크가 가장 새롭다고 그러는데 아니라는 거죠. 독자에 의해서 그때그때 달라진다는 거예요. 그런데 생산자 중심에선 토씨하나 바뀌어도 안 된다는 식의 절대 예술성을 주장하죠. 그런 입장에서 존 업다이크의 태도를 보면 그렇게 무책임한 것이 없죠. 그러나 소설을 하나의 정보로 생각한다고 하면, 사람마다 나하고 그 사람이 만나는 방식에 따라서 이야기하는 수단도 달라지고 얘깃거리도 달라져요. 가령 내가 불특정 상대를 독자로 소설을 썼을 때 그건 소설이 되죠. 하지만 부모들에게 어린애가 와서 얘기해 달라고 하면 그런 식으로 소설을 쓸까요? 그렇지 않잖아요? 예를 들어 김만중은 어머니를 위해서 소설을 썼는데, 내가 아들을 위해서 소설 하나 써주겠다고 했을 때는 이야기하는 방식이 불특정 대상을 놓고 얘기하는 것 하고 같겠느냐? 그러면 이제까지의 소설이라는 게, 불특정 대상이라는 게 도대체 뭐냐? 전 독자를 하나의 독자로 만들어놓고 수백 명 수천 명을 하나의 독자로 상정하고 쓴 거 아녜요? 그러면 그 상상 속에서 저자는 독자를 생각할 때 1000명으로 봤을까요? 1명으로 봤을까요? 1명으로 보고 썼죠. 그런 게 바로 우리들 의식 속의 독재고, 폭력이라는 거죠. 내가 1000명의 독자들에게 이야기한다면 1000개의 버전이 가능한 것이에요. 다 그렇게 쓸 수는 없지만 1000명의 사람을 상상해서 썼을 때 소설가가 이야기하는 시점이나 말은 대단히 다르죠. 그것이 이른바 바흐친의 대화

이론이라고 하는 겁니다. 소설 속의 말은 소설가 전용이 아니라, 민중의 말이나 작중 주인공이 말이 내 말속으로 뛰어 들어오는 거죠. 그게 바흐친의 소설이에요. 그런데 우리는 이런 것을 참 안 한다는 거죠. 대화를 썼을 때는 벌써 나의 언어 체계 속에 뭔가가 들어온 거예요. 나 아닌 어떤 체계가. 그러니까 소설은 절대로 전횡적으로 쓸 수 없는 겁니다. 대화가 들어오고 액션이 있고 픽션이 있기 때문에. 그래서 소설은 처음부터 명령하고 한 독자를 만들어서 얘기하지는 않아요.

그러니까 21세기 새천년의 환경에 맞는 생각을 소설가는 이미 근대 때부터도 시작하고 있었던 거죠. 그런 정말 소설다운 소설, 자유 소설이 이제 태어나게 됩니다. 소설의 시대가 간 것이 아니라 그런 복합적 자아, 그 해체된 자아, 그리고 복수의 독자, 이것들이 주문형으로 오는 거죠. 텔레비전 같은 건 다 만들어서 배달되죠. 기성품, 즉 다 만들어져 가지고 오는 건데, 인텔렉티브intellective 텔레비전이라고 하는 것, 주문형은 자신이 만들어가면서 보는 거예요. 그런 시대에는 예술이 안전할 수 없어요. 프로그램이라는 것은 미리 쓰는 걸 의미하죠. 프로, 미리, 그램, 쓴다. 그런데 중계는 프로그램이 아니에요. 프로그램이 아니라 리얼타임으로 동시에 가는 거죠. 그런데 인터넷이나 오늘날의 멀티미디어 환경이라는 것은 프로그램이 아니라 현재와 함께 가는 겁니다. 스포츠 중계를 하고 있을 때는 편집자는 제작자도 어떻게 될지 모르잖아요. 몇 대 몇으로 이길지, 질지. 프로그램이 아니죠. 이런 중계적인 문화라는 것은 퍼포먼스 문화죠. 그러니까 소설이 현대를 중계하는 중계자가 된다면 퍼포머performer이지 프로그래머가 아니에요. 지금까지 소설가는 프로그래머였죠. 앞으로는 중계자, 퍼포머가 되는 겁니다.

브로드캐스트broadcast라는 건 넓게 캐스팅하는 거죠. 던지는 것, 넓게 퍼뜨리는 것이에요. 그런데 지금 유선방송이나 케이블 채널이라고 하는 건 전부 브로드캐스트가 아니라 내로캐스트narrowcast거든요. 이렇게 달라져요. 소설도 지금까지는 브로드캐스트였어요. 하나 써서 전 세계에다가 말하는 거죠. 이젠 아닙니다. 한 사람, 한 사람이 얘기하듯이 써요. 소설 같은 양식이 있기 때문에 진짜 글로벌리스트가 있을 수 있는 것이고, 국경을 초월할 수가 있는 거예요. 비교해 보면, 프랑스 법은 우리와 사회적인 환경이나 입장이 너무 다르니까 안 되지만, 소설의 언어는 우리한테 통하잖아요. 보편성에 의해서 통하는 거죠. 소설의 언어는 이질적인 언어들이 섞여 있기 때문에 우리들 몫도 남아 있어요. 근데 프랑스 법은 프랑스라는 특정한 사회에서 만들어놓은 것이기 때문에 우리가 들어갈 입장은 아닌 거죠. 그러니까 법은 보편적인 것이 아니죠. 그런데 소설이란 것은 개별화되면서도 서로 합쳐질 수 있는 열린 구조예요. 그게 극단화되면 앞으로는 인터넷상에서나, 이른바 브로드캐스트나 일방 통행적인 텔레비전이 인터넷 텔레비전이 되어서 쌍방향이 되듯이 이제는 생산자 위주의 소설문학이—애초에 소설이 약간 그런 걸 담고 있듯이—듣는 자와 자유롭게 넘어들 수 있는 구멍을 많이 만들어주는 방향으로 점점 나아가게 될 겁니다. 이광수 소설처럼, 이상 소설처럼은 이제 못씁니다. 독자가 컴퓨터로 다운받아서 독자에 따라 여러 가지 버전을 만들어낼 수 있는 소설. 이미 우리 신소설 이전에 『춘향전』 같은 판소리는 전부 그 버전이 있었던 거죠. 버전이 하나인 건 소설이 아닙니다. 그건 각오해야 돼요. 그러니까 책의 형태보다는 아마존에서 하는 것처럼 실제 소설을 업로드시켜 놓고 그걸 받아보는 거죠.

여기에 또 얘기할 것은, 앞으로는 판로도 훨씬 치밀해지고 일러스트레이션이 들어가기 때문에 만화도 들어가고 소리도 들어가는 소설책이 얼마든지 나올 수 있다는 거예요. 요즘엔 다 똑같은 활자 아니에요? 그런데 컴퓨터로 업다운할 때는 이탤릭으로만, 고딕으로만 쓰면 안 되나요? 얼마든지 자기가 표현하려고 하는 대로 할 수 있고, 또 다운받는 사람들은 그게 싫으면 포인트 하나 바꾸면 되죠. 이런 놀라운 세계가 오기 때문에 인터넷상의 문제가 아니라, 인터넷으로 인해 사회가 어떻게 바뀌느냐, 하는 게 문제가 되는 거죠. 앞으로 소설에서도 그런 영향을 받게 될 텐데. 가령…… 잘 아는 얘기지만, 교향곡이라고 하는 것이, 오케스트라라고 하는 양식이 언제 생겼습니까? 그게 산업주의와 무관한 것으로 아는데, 여러 대중에게 티켓을 팔려니까 큰 장소에서 공연을 하게 된 거죠. 귀족 몇 명 놓고 할 때는 체임벌린 위주죠. 그런데 몇천 몇만 명 놓고 하는데 제대로 소리가 들려요? 그래서 바이올린 수도 늘리고 북도 늘리고 하다 보니까 교향곡이 된 거죠. 그러니까 그게 음악 공장이에요. 근대 공장 시스템과 교향곡은 일치해요. 그러니까 오늘날의 인터넷과 소설 양식도 일치할 수가 있죠. 지금 내가 얘기하는 건 서양에는 없고 한국에도 없는 체계를 얘기하는 겁니다. 아마존에만 들어가도 그런 소설, 사이언스 픽션이라는 게 얼마든지 있고, 주문형 소설이 지금 나오고 있어요. 그러니까 우리가 새천년을 얘기하자는 거잖아요. 21세기의 먼 미래를. 지금 당장의 얘기가 아니라. 그 방향으로 가는 게 엉뚱하다고 생각할 필요 없어요. 정도의 차이는 있어도 그전부터 있어 왔던 거죠. 이미 『춘향전』에서 판본이 그렇게 많았는데 우리는 왜 소설을 판본이 하나라고 생각하느냐고요. 이광수의 「사랑」은 하나뿐이에요. 그게 다 서구 근대주의의 산물인 거죠. 오늘날의 해체된 새로운 사상으로 봤을 때는 『춘향전』 판본처럼 여러 가지 판본이 있을 수 있는 소설 양식이라는 것이 지금 생겨나고 있어요. 지금 2억 명이 인터넷을 보는데, 책방에 가서 소설 사 보는 사람이 많겠어요? 인터넷상에서 다운받아서 읽는 사람이 많겠어요? 지금 보면 2000회 3000회, 보통 신인이 쓴 글을 그렇게 다운받는 데 그게 이제 점점 1만회 10만 회가 넘게 됩니다. 우리가 너무 늦게 안 거죠. 거기다 만화 같은 걸 넣으면 더 잘 읽겠죠. 지금 자유자재로, 멀티미디어가 빠지는 곳이 어디 있습니까? 그런 것들이 먼 얘기가 아니라 지금 인터넷상에서도 벌어지고 있는 거예요.

김승희 문화적 패러다임의 변화가 생산 방법의 변화까지 가져온다는 말씀이신데요. 그러면 이제 소설을 혼자 쓸 수 있느냐 쓸 수 없느냐 하는 문제까지도 연결이 되겠네요. 사회주의자들은 공동 제작이 가능하다고 했는데, 사실 그것이 예술의 질적 저하를 초래하지 않았나 싶거든요.

이어령 지금 얘기하는 건 사회주의하에선 불가능한 거죠. 이젠 달라요. 인터넷에 게시판이라는 게 있지 않습니까. 거기선 논쟁도 하지 않아요. 지휘자도 없고 편집자도 없죠. 그걸 모아놓으면 하나의 연극이 될 수도 있고 소설이 될 수도 있고 그런 거예요. 커뮤니티 메모리라고 해서, 내 노트북을 지금 당장 공원에 갖다 놓고 "마음대로 여러분들이 뜻하는 것을 치시오"라고 하면 이 사람 저 사람 다 갖다 메모리를 집어넣어요, 그래서 동네 사람들이 이 말 저 말 써놓은 것들이 하나의 게시판에 모이게 되죠. 이른바 인터넷상에서 말하는 게시판이라는 것을 동호인들이 만들어서 썼을 때는 여러 가지 풍속이나 여러 가지 생각들이 합쳐진 픽션이 만들어진단 말이에요. 그 재미를 지금 소설가들, 본인들도 느끼고 있어요. 작가들이 흔히 컴퓨터로 소설 쓴다 그러잖아요? 그런데 인터넷이나 컴퓨터를 하라는 것은 소설을 컴퓨터로 제작하라는 것이 아니라 컴퓨터 인터넷이라는 커뮤니케이션 방법의 차이를 말하는 거죠. 그러한 닫힌 개체의 자아가 아닌, 공동체의 여러 가지 자아들이 부딪치면서, 불꽃이 튀면서 만들어가는 작품이 가능하다는 겁니다.

그런 세상이 옛날에는 사회주의의 정치 이데올로기

로 오는 줄 알았는데 이제는 엉뚱하게 자본주의 체제 안에서 가장 발달한 인터넷상에서 지금 시작되고 있어요. 그건 왜일까요? 공산주의는 철저히 물질을 나누자는 거 아닙니까? 그건 나눠지지 않아요. 근데 지식과 정보를 함께 나누자는 건 가능하죠. 지식을 나누는 건 손해나지 않으니까. 우리의 옛날 문화로 돌아가서 보면 참 복합적 자아가 많았다고. 떡을 왜 돌렸어요? 정보를 공유하려고 한 겁니까? '우리 아들이 태어났습니다.' '돌입니다.' 물질적인 게 아니에요. 떡을 죽 나르면 개가 우르르 짖는데, 그게 인터넷이나 요즘의 휴대폰과 뭐가 달라요? 그 가난하던 시절에 나눠주는 게 무슨 자선하려고 그런 거예요? '우리 아들이 생일입니다', '우리가 제사를 지냈습니다' 하는 것을 온 동네에 알리고 공유하려고 하는 문제. 그러니까 21세기는 공유share·감동·모험, 복합이란 말과 퓨전fusion이란 단어들이 문학의 패러다임을 바꿉니다. 작가와 생산자와 소비자의 사이처럼 작가와 독자 사이에 퓨전이 이루어지죠. 지금까지는 퓨전이 아니라 일방통행이었어요. 불특정 독자를 향해서 얘기하는 것. 그러나 이건 특정 독자를 향해서 서로, 그 사람이 내 소설을 어떻게 읽고 있나를 봐가면서 쓸 수도 있죠.

김승희 계속해서 '관계'·'공유' 이런 것들을 강조하시는데, 아무리 예술이 소비자 중심, 상호 소통 위주가 된다고 해도 그 안에서 작품의 의미를 찾을 수 있어야 하잖아요? 선생님 견해에 따른다면 작품 안에 숨겨진 의미보다는 일련의 작업 과정에서 나타나는 의미망에 중점을 두어야 할 것 같은데요.

이어령 해체론에 맞춰서 소설이 많이 나오잖아요. 해체론이 소설 이론입니다. 만약 버전이 있는 소설이 생겨난다면, 이른바 캐넌canon이라는 게 중요해지죠. 너무 많은 판본이 있으면 판본 중에서도 대표적인 게 뭐냐, 선출된 소설 중에서도 선출된 게. 이본異本이 있으면 정본正本도 있는 거죠. 그러니까 지금 읽는 소설이 정본 하나만 만들어놓은 캐넌이라는 게 문제가 되는 거죠. 지금 비평에서 자꾸 캐넌, 캐넌 하는 것이 여러 가지 버전이 있기 때문에 뭐를 정본으로 삼느냐 하는 문제라는 거예요. 이미 정본 운운하는 것 그 자체가 이본들이 많다는 걸 의미하는 거 아니겠어요? 그러니까 캐넌을 강조할수록 사실은 복합적 텍스트가 생겨나고 있다는 거죠.

김승희 우리 소설의 상황도 그렇게 볼 수 있을까요?

이어령 그러니까 지금까지 소설은 시각 중심적인 이미지를 굉장히 중요시하고 그랬잖아요? 소리성을 줄이고. 그게 다 근대문학과도 관계가 있는 거예요. 가령 『걸리버 여행기』를 보면 걸리버는 모든 걸 다 잃어버립니다. 그런데 마지막으로 돋보기가 남았거든요. 안경이 남으니까 모든 것을 잃었지만 이것만 있으면 된다고 걸리버가 말해요. '이것만'이라는 건 시각이죠. 시각만 있으면 된다는 겁니다. 비주얼visual이란 말, 이론theory이란 말, 전부 시각에서 온 거죠. 그러니까 우리는 근대적인 입장뿐만 아니라 다른 감각도 다 배제해 버린 거예요. 듣는 것, 냄새 맡는 것, 특히 냄새를 제일 많이 배척했죠. 인간이 선천적으로 식별할 수 있는 냄새는 3만 종 이상이 된다고 해요. 그런데 지금 미국의 평균으로 가장 후각이 발달한 사람이 2000종밖에 식별하지 못한다는 거예요. 만약 시각을 80퍼센트를 잃었다고 생각해 보세요, 난리 나지. 그런데 후각을 80퍼센트 상실하고도 아무 걱정을 안 하는 것은 인간이 문명화되면서 제일 먼저 쓸데없다고 버린 것이 후각이기 때문이죠. 그런데 후각은 가장 오래 남고 회상할 수 있는 거예요. 어머니의 냄새, 메주 쑤는 냄새 등. 그래서 인간이 추억을 잊어버렸어요. 회상을 잊었죠. 비주얼이라는 건 우리 앞에 현재적이죠. 이렇게 모든 문화가 시각 중심이 되니까 현존성만 강조하는 게 됐어요. 그래서 소설도 이미지 중심으로 가고.

오늘날 한국 소설에서 굉장히 이미지가 다양해진 것

은 근대소설의 초기 현상이에요. 그러나 이제는 픽션성, 스토리성, 비시각성, 이런 쪽으로 많이 갈 가능성이 있다는 거죠. 청각성까지도요. 지금 의태어·의성어를 쓰는 것은 굉장히 유치한 것으로 보잖아요. 특히 의성어라고 하는 것은 저질의 것으로 인식되어 있어요. 환유, 은유도 마찬가지고. 은유가 좋은 걸로 되어 있고 환유는 나쁜 걸로 되어 있거든요. 그런데 환유가 스토리성이에요. 근접성이기 때문에. 은유라고 하는 것은 유사성이고. 우리는 이제까지 소설을 자꾸 은유적으로만 생각했죠. 우리나라 소설이 다 은유적 소설이에요. 이상문학상을 받았던 사람들이 대부분 그쪽이죠. 이미지가 강한 소설이에요. 나도 그런 걸 좋아했어요. 경제적인 문화. 작가가 폭군처럼 모든 소비자들을 웃고 울리는 것, 난 사실 그런 형이에요. 그러나 이제는 나 같은 사람들이 없어진단 얘기예요. 서구주의의 찌꺼기니까. 그래서 21세기를 얘기하고 싶을 때는 나를 버리는 거죠. 그래서 아까 그 얘길 한 거예요. 내가 나라고 생각하는 것, 이것이 전부 오염된 나라고요. '그게 아닌 것 같아' 그랬을 때 진짜 한국적인 게 나오고 내가 새로운 문학을 쓸 수 있을 겁니다. 그런데 지금 것은 서구적인 일본 식민지의 경향에서 자라서 '서구적인 게 아니다'라고 내가 '나'를 내세우는, 서구를 비판하는 '나'라는 게 어쩌면 그렇게 서구를 닮았느냔 말이죠. 그래서 내가 지금 들뢰즈와 가타리를 좋아해요.

대학 있을 때 마지막 강의했던 게 그쪽 후기 구조주의였죠. 그런 서구적인 단단한 자아를 어떻게 벗어날까? 아까 들뢰즈가 얘기했듯이 파도처럼 일어난다. 크고 넓은 바다 속에서, 집단 속에서, 생명의 바다 속에서 작은 파도가 된다. 절정에 이르자 중얼거리며 거품이 되어 사라져버리는 것. 그때 들뢰즈는 파도가 철썩, 철썩 하는 소리가 마치 '이 정도면 돼ça c'est fini'라고 속삭이는 듯이 들렸다는 거죠. 우리나라엔 들뢰즈 같은 사람들이 너무나 부족해요. 너무나 아름답거든요. 그거 읽으면 진짜 동양인 못지않아요. 이 사람이 도달한 게 어쩌면 그렇게 불교의 정신과 같냐는 말이죠. 이 정도면 된다, 자족하는 거예요. 비틀어져서 원망하는 이런 죽음이 아니라 그 거대한 바다 안에 거품으로 사라져가는 작은 파도. 그러나 끝없이 뒤이어서 오는 파도, 개체는 죽지만 절정에 달해서, 최고의 절정에 달해서 파도는 죽어간다 이거죠. 그것이 죽음이라는 겁니다. 끝없이 올라가서 더 이상 올라갈 곳이 없을 때 내리막길에서……. 그 무수한 수천 수만의 파도, 그 소리, 그걸 그 사람이 썼어요. 나는 이런 세계가 서양의 소리, 내가 듣던 지금까지의 서양하고는 아주 다른 소리라는 데 놀랐죠. 나의 DNA 속에 숨어 있던, 한국의 옛날 깊은 천축국을 다니던 짚신을 끌던 소리가 들려오는 것 같았다고나 할까요? 그게 어쩌면 내가 생각하는 21세기의 새천년이 아니겠는가. 내가 어떻게 새천년을 아는가. 내가 21세기를 지향하는가. 나의 독서 범위, 나의 체험 범위로서 어떻게 그 먼 천년을 생각할 수 있겠는가. 답은 이런 소설들의 구멍을 통해서, 나의 구멍을 통해서 짚신 끄는 소리가 들려온다는 거죠. 그땐 내가 비어 있어요. 나라는 게 없죠. 무한하고. 그렇기 때문에 나는 최근에 불경을 많이 읽는데 불교에서 4고四苦라고 합니다. 거기서 고苦는 산스크리트어로, 고통이란 뜻이 아니라 인간의 의지로 할 수 없는 것을 말합니다. 그러니까 생로병사生老病死가 거기 있죠. 그래서 인간의 의지로 자기 몸을 멋대로 할 수 없다는 거예요. 자기가 병 걸리고 안 걸리고를 마음대로 할 수 있어요? 늙는 걸 마음대로 할 수 있어요? 죽는 것을 마음대로 할 수 있어요? 그러면 자기 마음대로 할 수 없는 것을 그냥 마음대로 할 수 없는 걸로 받아들이면 뭐가 없겠어요? 고가 없죠. 그런데 마음대로 할 수 없는 걸 마음대로 하려고 할 때 고가 생기는 거예요(웃음). 그러니까 불교에서 말하는 고라고 하는 것은 해결할 수 없는 고, 해봐야 쓸데없는 고, 그 4고 속에서 인간이 이렇게 미미하게 산다는 것이죠. 여기서 고통이 생겨나는 거죠. 오히려 21세기에 여기서 많은 문제가 생기는 거예요. 인간들이 마음대로 못 하는 것을 마음대로 하려고 노력한 게 20세기고, 그것이 근대 과학이고 기술이고 음악이고 근대의 서양 사람들이 한 것이죠. 이젠 아니다. 각색한다는 것, 받아들인다는 것, 나라는 것을 죽인다는 것, 아까 얘기한 자멸한다는 것, 이러한 세계라고 하는 것이 구멍이 숭숭 뚫려 있는 들뢰즈가 말한 파도의 생기와 죽음, 그것은 연속이라는 것, 그것은 자아 후에 오는 것도 아니고 자아 전도 아닌, 참 말할 수 없는 자아인 거죠.

김승희 문제는 우리가 사회적으로는 아직도 서구적인 패러다임 안에서 살아가고 있다는 것이죠. 우리나라가 정치·경제적으로는 모더니즘에도 이르지 못했다는 평가들을 하기도 하는데, 그런 상황에서 선생님께서 말씀하시는 그런 자아, 그런 경지가 현실적으로 어떻게 나타날 수 있는지……?

이어령 21세기 새천년이 오면 그런 것을 훈련이나 철학으로 하는 것이 아니라, 인터넷이나 휴대폰 같은 걸 통해서 하게 되죠. 내가 지금 얘기하는데 옆에서 휴대폰이 막 걸려 오네요. 그럼 지금 '나'는 어딨어요? 휴대폰 사이버 공간에 있나요, 여기 있나요? 휴대폰을 받으면서 현재 몸은 여기 있단 말이죠. 그럼 현재 내 자아가 분열돼 있어요, 분열되지 않았어요? 자아가 하나예요, 둘이에요? 둘이라고 봐야 해요. 물리적인 공간에도 내가 있고, 사이버 공간에도 내가 있고. 복합적 자아란 말이죠. 옛날에는 몸에 처해져 있는 게 나였죠. 그런데 지금은 내가 다국적 기업을 하고 있어요. 한국에서만 장사하는 사람이지만, 미국에도 지사가 아니라 현지 법인이 있어요. 나는 개인으로 되어 있어요, 기업으로 되어 있어요? 이렇게 자아를 '나는 하나다', '나는 아이덴티티가 있다'라고 해봤자 환경이 그렇게 만들어주지 않는 거죠. '우리는 민족이다', '나다' 그게 안 돼요. 그 속에서 나를 찾고, 나라는 아이덴티티를 무수한 경우에 맞추어서case by case 이루는 것. 그런 훈련을 받은 사람이 소설을 쓴다면 플로베르처럼 쓸까요? 아니죠.

지금 내가 이런 말을 하면 사람들이 비웃을지 몰라도, 내가 《신동아》에 인터넷에 관해 쓴 것이나 지금까지의 이런 말들을 외국에서 방문하는 사람들이 들으면 놀라요. 너무나 충격을 받는 거죠. 이건 들뢰즈하고 똑같은 얘기들이거든요. 들뢰즈는 컴퓨터가 뭔지 몰랐죠. 인터넷도 못 해봤어요. 그런데 컴퓨터 환경하고 들뢰즈의 얘기가 같아요. 유목민 얘기도 그렇고. 오늘날 문명의 테크놀로지에서는 철학적 접근이 아니라 환경적 접근에서 이런 리얼리티가 생겨나는데, 그렇게 되었을 경우 휴대폰을 쓸 때하고 안 쓸 때의 차이는 뭔가? 휴대폰을 안 썼을 때 나의 나라고 하는 아이덴티티는 물리적 공간의 아이덴티티죠. 지하철에서 보면 휴대폰 켜놓고 큰 소리로 말하는 사람 있죠? 그 사람은 지금 그 사이버 스페이스 속에 들어가 있기 때문에 지하철에 앉아 있는 사람이 보이지 않는 거예요. 자신은 그 공간에서 수화기 속의 사람과 만나고 있는 거죠. 그러니까 요즘 지하철에서 떠드는 사람은 옛날에 지하철에서 떠들던 사람하고는 전혀 다른 사람이에요. 왜? 공통점이 없어서가 아니라, 사이버 스페이스 속의 나의 아이덴티티가 지하철에 있는 사람하고 다르거든요. 이건 뭐하고 같냐면 도서관에서 그 많은 사람들이 앉아서 책을 읽고 있지만 그들은 모두 도서관 사람의 아이덴티티로 봐서는 절대 안 되고, 각각 책 속의, 책의 공간 속의 아이덴티티로 봐야 한다는 거죠. 그러니까 도서관이나 박물관 같은 인위적 공간들 속에 수천 수만 개의 사이버 스페이스가 있는거죠. 서로 다른 이질 공간이. 그때 자의식이 해체되는 거예요.

헉슬리는 메스칼린이라고 하는 의학 약품을 보고, 메스칼린 체험을 한 후 인간의 지각이라는 게 가짜구나, 하는 걸 느꼈죠. 이것을 먹었을 때는 이렇게 안 보인다, 그러면 이걸 먹었을 때의 감각과 안 먹었을 때의 감각 중 무엇이 진짜냐? 감각 놀음이죠. 그러면 나라는 건 도대체 어디 있느냐? 아편을 먹었을 때의 감각의 해체로부터 자아의 해체를 느끼는 게 헉슬리거든요. 지금은 아편을 먹지 않아도 끝없는 자아의 해체를 느끼는 거예요. 그러니까 스무 개, 천 개, 만 개의 자기 해체를 경험하고 그 속에서 나를, 캐넌을, 정보를 찾아가는 것이 21세기 새천년에 예술가들이 해야 할 가장 큰 과제죠. 나를 단일적으로 설명할 수 있고 아이덴티티화해서 나의 정체성을 얘기할 수 있었던 시절은 이제 갔어요. 이제는 세기말과 함께, 이 가을이 20세기의 마지막 가을인데 이 가을과 함께 가는 거죠. 인터넷 해본 사람은 알겠지만, 난 매일 밤 인터넷을 하는데, 인터넷 할 때 나는 서울에 있지 않죠. 그 공간이라고 하는 것도 한참 가다 보면 어느 촌이고, 한참 가다 보면 저기 부둣가에 있는 어느 초등학생 집이고, 들어가다 보면 초등학생의 고향 이야기도 듣는 것이죠. 그러면 내가 서울에 있는 시간보다 그 시간이 긴데, 어떻게 한국에서 일어난 사건만이 내 아이덴티티의 축적물이 되겠어요? 내 상상력의 근원이 되겠어요? 사실 내가 지금까지 글 쓴 건 회초리예요. 때려서 눕히고 분이 풀리고. 사디스트인 거죠. 그래서 독자들이 눈물을 흘리거나 반성을 하면 나는 그걸로 만족했단 말이에요. 나는 그런 사람으로 오래 살아왔지만 지금은 조금 달라졌어요. 달라진 상태에서 쓴 책이 있는데, 곧 나올 거예요. 그건 애 키우는 주부의 입장에서 여자 얘기를 쓴 거예요.

하나만 예를 들죠. 어렸을 때 내가 눈사람을 만들었어요. 추운 건 싫은데 따뜻하면 눈사람이 녹아요. 내 겨울이 하루라도 더 연장돼야 내가 만든, 아름다운(웃음), 아주 공들여서 만든 눈사람이 하루라도 더 사는 거죠. 따뜻해지면 눈이 녹아요. 그런데 나는 봄을 기다리고 있거든. 이 모순을 뭘로 설명하겠어요? 바로 그런 얘기들이에요. 눈사람 만들어놓고 봄을 기다리면서도 겨울이 사라지지 않기를 기도하는 어린애의 마음이죠. 우리가 창조한다는 것은 이런 모순의 자아가 있기 때문에 눈사람의 모습이 보이는 거예요. 봄이 오면 다 한 줌의 물로 녹아 사라져버려요. 내 눈사람은 추위 속에서 살도록 내가 만들어놓았기 때문에 추위가 가지 않기를 바라는 거예요. 이렇게 봄을 기다리면서도 눈사람이 녹지 않기를 기도하는 것, 그 모순을 잡을 수 있는 건 두 손밖에 없죠. 지금까지는 한 손으로 했지만 새천년을 준비할 때는 모두 두 손으로 해야 된다는 겁니다.

김승희 긴 시간 선생님 말씀 잘 들었는데요. 새천년을 맞이하면서 진정한 우리 문화가 무엇인지에 대해 깊이 생각해볼 수 있는 기회였던 것 같아요. 선생님께서 생각하시는 문학에 대한 전망도 흥미로웠고요. 창작을 하는 젊은 사람들이 한번 생각해보아야 할 문제라고 생각돼요. 선생님 말씀 듣다 보니까 정말 예전과는 많이 달라지신 것 같은데, 그게 어떤 동기에서 나온 변화인지는 다음 기회에 들어야겠네요.(「21세기의 문화와 문학의 대변혁－생산자 중심에서 쌍방향 주문형으로」, 《라쁠륨》 가을호, 1999.)

레토릭으로 현실을 산 '지적 돈 후안'

대담자: 이나리

명석하고 창의적인 열정의 휴머니스트, 그러나 한편으로 피 튀는 삶의 현장을 추상의 언어로 감당해 온 양극兩極의 인간. 그를 당대의 지성으로 받아들여 기꺼이 사랑한 것은, 우리 시대의 기쁨인가 아니면 슬픔인가.

옷이 아닌 가슴을 찢으며 살았어야 하는데……

이어령(68·중앙일보 고문)은 확실한 사람이다. 어떤 주제라도 그의 손에 들어가면 잘 다듬어진 분재처럼 세련된 말과 글이 되어 되돌아온다. 이어령은 명쾌한 사람이다. 동서고금을 넘나드는 식견과 통찰력으로 누구나 고개 끄덕일 만한 결론을 이끌어낸다.

이어령은 창의적인 사람이다. 일흔을 바라보는 나이에도 여전히 실험적이며, 탁월한 상상력으로 기성旣成의 틀을 깨는 즐거움을 선사한다.

그러나 한편 어떤 이들에게 이어령은, 모호하고 일반론에 능한 전직 장관이자 또 한 명의 '기성세대'일 뿐이다. 한국의 40~50대는 젊은 시절, 그를 사랑하고 숭배했으나, 오늘의 청년들은 더 이상 그의 언설에 열광하지 않는다. 어떤 이는 그가 제 가치의 반만큼도 인정받지 못했음을 한탄하지만, 또 누군가는 그가 지나치게 쓰임 받고 찬사 받았다며 삐딱한 시선을 거두지 않는다.

1950년대, 독기 내뿜던 문화 게릴라 이어령을 기억하는 이들은, 왜 언젠가부터 그가 더 이상 총탄도, 화살도 아니게 되었는지 자못 궁금할 것이다. 그의 생래적이랄 만큼 확고한 정치 혐오 의식을 아는 이들 또한, 왜 그가 노태우 정권에서 장관직을 수행했으며, 이런저런 국가적 문화프로젝트의 단골 장長 노릇을 해왔는지 묻고 싶지 않을 수 없다. 극단과 극단, 쉽게 마음 주거나 거둬들일 수 없는 안타까움은 외부의 시선에만 존재하는 것은 아니다. 이어령의 의식, 학문, 세상 대응 방식은 그 자체로 모순이며 양 갈래 길이다. 샴쌍둥이 같은 질곡이요, 벗어날 길 없는 숙명이다.

이 무수한 분열과 이해할 수 없음(혹은 이해받을 수 없음)의 중심에도 분명 경계는 있을 터. 우리는 이제 그것을 '이어령의 문지방'이라 하자. 빈貧과 부富, 독설과 포용, 내쳐짐과 크게 쓰임, 참여문학과 순수문학, 서양적인 것과 동양적인 것, 사회적 성공과 정신적 '왕따'의식. 그 단절의 문지방에서 대체 무슨 일이 벌어진 걸까. 그럼에도 그를 끝까지 '이어령이게' 하는 가치와 독자성uniqueness은 어디로부터 오는가.

오해와 분열의 '문지방'

서울 효자동의 한 밥집에서 그를 처음 만났다. 몸이 다소 불편해 보였다. 전날 오후 차를 타다 어딘가 모서리에 된통 찧었다고 했다. 그래도 활기가 느껴졌다. 노인에게서는 쉽게 발견하기 힘든 '현재진행형'의 감感이었다.

수인사를 나눌 겨를도 없이 이야기가 시작됐다. 툭 던진 가벼운 물음에도 그는 빠르고 논리정연하게 대응했다. 일상적 질문은 소용이 없었다. 무얼 물어도 돌아오는 건 절묘한 메타포(수사법에서의 은유·비유)로 포장된 추상 답안이었다. 이어령에게 일상은 하찮은 것, 화제 삼을 이유가 없는 것으로 보였다. '사생활 보호' 차원의 대응이 아니었다. 정말로 그는 문학인이 아닌 생활인, 일상인으로서 온전히 살아온 자신을 못내 부끄러워하고 있었다. 마치 이상의 세계에 사로잡힌 10대 문학소년처럼.

두 번째 만남은 서울 평창동 비탈길에 있는 그의 집과, 아내 강인숙 씨(건국대 명예교수)가 관장으로 있는 근처 '영인문학관'에서 이루어졌다. 그는 "문학관은 몰라도 내 집 서재를 공개하는 것은 처음"이라며 멋쩍게 웃었다. 서재에는 모두 7대의 컴퓨터가 있었다. 각기 다른 운영체제로 돌아가는 데스크톱이 3대, 크기와 기능이 다른 노트북 컴퓨터가 3대, 태블릿 PC가 한 대. 그 7개의 컴퓨터를 직접 네트워킹 했다 하였다. 각각의 컴퓨터에 최신 프로그램을 깔고 작은 문제가 생기면 뚝딱뚝딱 손을 보는 것도 그였다.

8시간 동안 계속된 대화는 자못 전투적이었다. 왜 변했느냐. 변하지 않은 것은 무어냐는 집요한 물음에 이어령은 그 이상의 끈기와 열정으로 답했다. 연대기적 질문이 불가능하니 대화는 첫 만남에서처럼 이리 튀고 저리 튀었다. 소문난 다변가多辯家인 그와 대화하려면 우선 그의 말허리를 끊고 들어가는 요령부터 터득해야 했다. 그렇다고 발언에 맥락이 없는 것은 아니었다. 다만 자신이 상정한 기승전결을 다 끝내기 전까지는 차마 입을 다물 수 없음이었다. 그렇게 때로는 항변하고 때로는 수긍하며 하루해가 다 갔다.

중앙일보 고문실에서 세 번째 만난 그는 조금 지쳐 보였다. 그는 이런 이야기로 서두를 꺼냈다.

이어령 후—, 내가 오해받고 있는 점들을 분명히 하기 위해 꽤나 애를 썼는데, (두 번째 인터뷰를) 끝내고 보니 이것이 더 깊은 오해를 낳겠구나, 이 허깨비 같은, 만들어진 환상의 이아무개를 실체에 가깝게 만들려니까 더 큰 환상이 되는구나. 극단이 아닌 나를 보여준다는 게 실제로는 또 다른 극단을 낳는, 이런 모순을 피하는 게 얼마나 힘든 일인가……. 이런 식의 인터뷰를 할 기회가 앞으로 더 있겠소? 성공해 봤자 본전치기도 안 되는 이 곤혹스러움이라도 제대로 전달됐으면 좋겠어요.

남들은 다 화려하고 성공한 사람이다, 부러운 사람이다 하지만, 잔디를 멀리서 보면 흠 없이 파랗잖아요? 다가가 보면 여기저기가 성금성금하고. 반대로 거울을 너무 가까이서 보면 아무것도 안보이거든. 사람이란 그렇게 양파껍질 벗기듯 벗길수록 새로운 게 나오는 거요. 그런 어쩔 수 없는 상황에서 만들어지는 인터뷰란 것이 사람 하나를 제대로 보여주기란 얼마나 힘든 일인가. 한 발만 잘못 움직이면 떨어지고 마는 그런 긴장이 나와 우리 삶에 숨어 있는데, 그게 곧 나인데…….

그의 말이 맞다. 누군가를 "안다" "이해한다"는 것은 얼마나 치기 어린 오만인가. 실존과 소통이 오직 이어령만의 인생 화두는 아닐 것이다. 그럼에도 대화는 계속됐다. 무릇 모를 수밖에 없는 것을 알고자 하는 것이 또한 사람 아닌가.

이나리 선생은 자신을 양손의 인간, 양면성의 인간이라 말하는데 그 연원은 어디일까요.

이어령 부모님이지요. 가령 아이디어를 짜내고 창조적 작업에 희열을 느끼는 거, 컴퓨터 같은 기계에 밝은 것은 아버지 계열이에요. 일제 때 아버지는 참 남들이 안 하는 사업만 골라 했어요. 비닐하우스니 병아리 속성 부화니. 새것, 첨단인 것을 아주 좋아했지요. 우리 집엔 아버지가 사업하다 실패한 거, 그 부산물들이 여기저기 뒹굴었어요. 발동기·고무도장·전표 같은 것들. 그렇게 아버지는 사업에 실패할 때마다 내게 풍성한 장난감을 주신 분이야.

반면 어머니는 감성적이에요. 독실한 불교신자로 늘 기도를 하셨지요. 병치레가 잦았던 내 머리맡에 앉아 『철가면』·『장발장』 같은 책들을 읽어주곤 하셨어요. 내 문학적 감수성은 어머니로부터 물려받은 거예요. 그러니 아버지의 언어는 비평의 언어, 어머니의 언어는 시의 언어지요. 내 강의도 그래요. 내가 기호학 강의 같은 걸 하면 듣는 사람들이 막 미쳐. 아주 따분하거든. 군말·예문 그런 게 하나도 없으니까. 그런데 또 대중을 상대로 한 강연은 대단히 재미있다, 구수하다는 평을 들어요. 그렇게 난 양면적인데, 사람들은 댁 그중 한 면만 보려 하지요.

밥때면 슬그머니 집을 빠져나와…

이나리 망해도 또 사업을 시작할 수 있었다는 건 상당히 부유했다는 뜻일 텐데요.

이어령 그렇지요. 내가 열네댓 살 될 때까지 우리 집은 제법 잘 살았어요. 동네 사람이 다 한집안이라 늘 관심의 대상이었고.

이어령은 1933년생이다. 충남 아산군 온양읍 좌부리가 고향이다. 그는 좌부리에서 태어났지만 우봉 이씨 집안은 대대로 경기도 용인에서 살았다. 증조부·조부가 서울 정계에 진출한 경력을 가진, 시골 살림을 살면서도 '대처사람'다운 합리성과 균형감각을 지닌 지식인 집안이었다. 동네 아이들과는 처지가 다르고 감수성이 달랐던 그는 주로 형제들과 어울렸다. 안온하고 평화롭고 지적인 세계였다.

이나리 맏형과는 16세나 차이가 나는데, 형들이 무섭거나 억압적이지는 않았나요.

이어령 무섭기야 무서웠지요. 그런데 형님들이 잘 놀아줬어요. 큰형님은 함께 산책하면서 옛날 얘기를 해주시고, 둘째 형님은 기타를 가르쳐주시고, 셋째 형님은 운동을 하니 복싱을 가르쳐주고, 넷째인 누나는 문학소녀라 같이 네

잎클로버도 따러 다니며 정겹게 지냈지요. 참 그 조그맣고 유치한 애를 데리고 뭘 할 게 있다고. 하여튼 형제끼리 앉아 철학·문학·영화 얘기를 많이도 했어요. 그런 것이 다 나에게는 지적 원천이 됐어요. 큰형님만 해도 16년 앞선 그 인생을 빌려 체험한 셈이니까.

이나리 대개 위대한 예술가는 콤플렉스 속에서 성장한다는데, 선생은 적어도 가난과 관련한 콤플렉스는 갖지 않아도 좋았겠군요.

이어령 근데 그게 아니에요. 열두 살 때 어머니가 돌아가시고 아버지 사업이 실패를 거듭하면서 10대 후반부터 한 5~6년간은 적빈의 삶을 살았어요. 그야말로 집도 없고 절도 없고, 사흘 나흘 가도 쌀 한 톨 구경할 수 없는 나날. 또래 다른 사람들에 비해 그리 대단한 고통은 아니었겠지만, 곱게만 자란 나로서는 나름대로 견디기 힘든 시절이었어요. 가난보다 더 고통스러웠던 건 대가족이 완전히 해체돼 버린 것이었고.

아직 외가, 친가는 이전의 기세를 잃지 않았던 때다.

이어령 거기는 여전히 어마어마한 기와집이고, 하지만 나는 끼니도 못 이을 상황이니까. 그 자의식 때문에 잘사는 친척집에 가도 밥상이 나오면 슬그머니 빠져 나오곤 했어요. 때때로 뒷동산에 올라 보면 밥때가 돼도 우리 집 굴뚝에는 눈이 그대로 쌓여 있거든. 그럼 그냥 안 들어가요. 가봤자 밥도 없는걸.

나의 보수성은 휴머니즘

이어령은 1952년 서울대 국문과에 입학했다. 1학년을 부산 피란처에서 뒤숭숭하게 보내고 2학년 가을이 되어서야 서울 동숭동 교사에 발을 들여놓을 수 있었다. 본격적으로 시작된 서울대 문리대 시절은 절망이면서 희망이었다. 아무것도 없는, 폐허만이 수북한 파괴와 고통의 지대에서 이어령과 그 친구들은, 또한 그렇기 때문에 가능했던 전복과 반역의 꿈을 키워갔다. 이들은 게걸스레 흡수한 서양 이론과 폭발하는 젊음을 무기로, 남북으로 갈려 빈약해질 대로 빈약해진 기성문단에 독침을 쏘았다. 대학교 3·4학년 시절, 이어령은 이미 평단의 '무서운 신예'로 부상해 있었다.

이나리 문리대 시절 얘기 좀 해주시죠.

이어령 그때는 한국인이라거나, 아시안이라거나, 20대라거나, 그런 나에게 씌워지는 일체의 관사를 다 벗어버리고 싶었어요. 이상(李箱·본명 김해경)이 왜 성을 갈았는지 알겠더라고. 내가 선택하지 않은, 바깥으로부터 주어진 모든 것을 난 믿지 않았어. 신분증으로 설명되는 모든 걸 거부한 거죠. 중요한 건 실존적인 나니까. 그래서 보들레르·랭보·말라르메에게 심취하고, 또 엘뤼아르 같은 저항시인들을 좋아하고. 지적 유목민이라는 게 바로 그런 거야.

근데 그건 내 개인의 성격이라기보다 시대의 성격이었어요. 조국이 일본이라 생각한 게 엊그제 얘긴데, 그야말로 "일본 군대가 졌다" 하면 사람들이 눈물을 비칠 정도로. 우리 원수고 지배자인데 그런 줄도 모르고 산 내 어린 시절. 바꿀 수도 없고 지우개로 지울 수도 없는 그 쓰라린 과거. 근데 또 얼마 안 있어 인민군이 들어오고 중공군이 들어오고 미군이 들이닥치고. 여기저기서 잡아가고 잡혀가고, 그런 세상에서 정신 올바로 박힌 놈이 어떻게 이게 내 신념이라 자신할 수 있겠어.

그는 자신이 쓴 「전쟁 데카메론」을 예로 들었다.

이어령 그 소설에 이런 얘기가 나와요. 다 그때 실제로 벌어진 일들이지. 한 소녀가 겁탈을 당해 혀를 물고 죽습니다.

그 소녀가 마지막까지 손에 쥐고 있던 것이 국방색 내복 단추 하나요. 그러니까 범인은 군인이란 소리지. 근데 미군인지 국군인지 중공군인지 인민군인지 알 수가 없어. 그래 소녀 아버지가 그 단추 하나를 들고 온데를 헤매요. 그때 누가 말해줘. '왜 그걸 찾아다니시오. 미군이면, 인민군이면, 중공군이면 또 어찌하리오. 전쟁이란 그런 단추들이 우박처럼 쏟아지는 거라오.'

전쟁에 정의가 어디 있고 불의가 어디 있어. 국군은, 인민군은 학살 안 한 줄 압니까. 양쪽이 다 참혹하게 죽고 죽이는 걸 내 눈으로 봤는데 내가 어느 편에 서겠어요. 누구나, 무엇이다 그런 문제가 아니라, 전쟁은 똑같다는 거, 전쟁은 해선 안 되고, 나를 압도하는 것이고. 그러니 어떤 전쟁이든 반대할 수밖에. 다만 한국이 피란가라 그러면 난 북쪽이 아니고 남쪽으로 갔다 이거지.

그는 자신에게 '보수성'이란 휴머니즘이라고 했다.

이어령 전쟁 때 부역한 사람들 잡아다 깜깜한 데 가둬놓고 나에게 보초를 서라 그러면, 갇힌 사람들이 그렇게 안돼 보일 수가 없어요. 담배 한 대만 피우고 싶다며 안달들인데 그냥 두고 볼 수가 있어야지. 그래 불이랑 담배를 구해다 주면 그 사람들이 막 박수를 치고……. 그럼 난 기분이 좋으냐? 그냥 누구 편이어서가 아니 인간적으로 불쌍해 그렇게 한 것뿐인데, 한편에서는 박수를 보내고 또 다른 쪽에서는 "너 사상에 문제 있는 것 아니냐"고 의심을 하고. 양쪽으로부터 오해받는 나는 도대체 어디로 가야 하겠소. 그렇게 이념보다 휴머니즘이 앞서는 것이 나의 보수주의라면 보수주의요.

내장이 없는 욕망

오해받음, 소통의 불능으로 인한 좌절과 분노는 평생을 두고 그를 따라다니는 '업보' 같은 것이었다. '양면성이라는 생래적 특질은 무시당한 채 보는 이의 시각에 따라 무도하게 단죄되고 오해받아 왔다'는 좌절. '권력에 아부한 적도, 패거리를 만든 적도, 문학 지상주의를 외친 적도 없는데 문단 일각으로부터 반동이요, 반개혁주의자라는 비난을 듣고 말았다'는 참을 수 없는 억울함. 나의 진실과 남의 진실 사이, 참으로 진실인 것은 무엇이며, 그런 것이 진정 있기는 한 것일까.

이나리 최초의 '오해받음'의 기억은 무엇인가요.

이어령 이건 참 창피해서 안 하던 얘긴데. 내가 초등학교도 들어가기 전, 학교 사친회 임원인 아버지를 따라 운동회에 갔어요. 아버지가 단상에 앉으니 나도 그랬지. 그때 웬 아첨 잘할 듯한 사람이 와서 "밤 던지기를 할 텐데 아기한테 줍게 하라"고 해요. 정말 조금 있다 내 앞쪽으로 밤이 우수수 떨어지는데, 난 그게 나만 주우라는 건 줄 알았지. 그런데 학생들이 와 몰려나와 막 주워가는 거야. 나는 내 밤인데, 내 밤인데 하는 마음에 이리 뛰고 저리 뛰다 그만 뻗대고 누워 왕 하고 울어버렸어요. 그럼 내가 밤을 그렇게 좋아했냐. 아니에요. 내 욕망은 밤이 아니라 내 권리였거든. 근데 사람들한테는 그런 내가 어떻게 보였겠어요. 참 그 녀석 욕심도 많다, 그러지 않았겠어요?

내 인생이 그래요. 내 욕망은 돈도 명예도 아무것도 아니야. 그저 지적 호기심, 지적 욕망, 내장이 없는 욕망. 그래서 시도 쓰고, 소설도 쓰고, 시나리오도 쓰고, 비평도 하고, 칼럼도 쓰고, 강연도 하고, 문화 행사 기획도 하고……. 그게 다 내게는 문학이고 지적 탐구의 한 길인 거요. 그런데 사람들은 말하지요. 대학교수가 연구나 하지, 국문학자가 소설이나 읽지. 그렇게 내 욕망은 늘 오해받아 왔던 거요.

그러나 이어령이 가장 절통한 오해, 억울함이라 생각하는 것은 아마도 4·19 이후 일어난 그의 문학적 방향 전환에 대한 문단 일각의 비판일 것이다. 이는 자신의 '비체제 정신을 인정치 않는' 진보(반체제) 혹은 보수(친체제) 진영 사람들에 대한 항변으로 이어진다.

4·19 공간에서 무슨 일이 있었나

이나리 4·19혁명 전, 선생은 저항문학의 젊은 기수 아니었습니까.

이어령 4·19를 전후해 내 글과 문학론에 큰 변동이 옵니다. 그것은 마치 사르트르에서 카뮈 쪽으로 옮겨가는 것과 같은 거예요. 4·19 시점까지 나는 저항문학, 참여문학의 선두에 서서 젊은이의 기수 노릇을 했어요. '만송족'이라고 하여 이기붕을 찬양하고 옹호하던 기성문단과 논쟁을 벌였고, 4·19 직전에는 당시 야당지인 《새벽》의 편집을 맡아 "지성에 방화하라" 등의 기획으로 자유당 독재 정권에 정면으로 맞서 싸웠지요. 《새벽》 지면의 반 이상을 할애해 플라스코의 『제8요일』, 최인훈의 『광장』 같은 작품들을 소개하기도 했고요.

이나리 그렇다면 4·19공간의 무엇이 선생을 저항문학에서 순수문학으로, 신비평과 문명 비평의 세계로 옮겨가게 한 겁니까.

이어령 4·19 이후 같이 싸우던 정치가, 문인 중 많은 수가 권력 지향적이 된 거예요. 시류에 편승하려는 사람들이 나타나고 각종 정치단체가 난립하고 과격한 시위와 소요로 사회는 혼란스럽고. 그렇게 순수하던 4·19정신이 특정 정치세력에게 이용되고 왜곡되는 것을 보면서 정치에 깊은 회의와 실의를 느끼게 됐어요. 혁명이란 것, 역사 결정론이라는 것은 이래서 안 되겠구나. 권력의 언어로는 아무것도 안 되겠구나. 권력으로 뭘 바꾼다는 건 '미라잡이가 미라가 되는' 악순환이구나. 내가 믿을 건 천년의 역사라도 이미지네이션으로 창조된 세계, 인공 낙원의 그 세계이겠구나. 그래서 학생 모임이나 여러 사회단체에서 무슨 제의가 와도 모두 뿌리치고 문학이 정치로부터 자유로워야 한다는 신념을 구축하게 된 거지요.

존경받는 혁명가도 집권하면 또 한 명의 폭력주의자가 되는가. 그렇다면 예수님 말씀대로 카이사르의 것은 카이사르에게 주자. 2000년 전 유대가 로마의 압제하에 있을 때, 수많은 유대인이 저항하다 붙들려 가고 죽임을 당할 때, 예수는 태평스럽게도 하늘나라 얘기를 했어요. 그게 당시 사람들한테는 반동으로 보였을 거 아니오. 내가 예수라는 게 아니라, 어쨌든 예수한테는 하늘나라가 있었던 거고 나한테도 그런 게 있을 것 아닌가. '로마인'과 싸우다 보니, 헛되고 헛되니 헛되고 헛되도다…….

나는 지상주의至上主義가 싫어!

이나리 그렇듯 큰 변화를 몰고 오기엔 4·19정국이라는 것이 너무 짧지 않았나요. 일부 인사의 시류 영합주의에 염증이 났을 수도 있겠으나 그로 인해 문학적 태도를 송두리째 바꿔버렸다는 건 좀 설득력이 떨어지네요.

이어령 문학을 역사, 정치의 예속물이 아니에요. 문학이 정치나 이념의 종속물 혹은 도구로 떨어질 때 문학은 부재합니다. 내가 그거 할 생각이었으면 정치가나 사회과학자가 됐을 거요. 사회 개혁하기에 문학처럼 속절없고 둔하고 위선적인 게 없어. 4·19를 겪으며 문학의 언어가 얼마나 나약한 날갯짓인가를 깨달은 거지. 내 관심을 계층·정치·사회 같은 소유의 언어에 있지 않아요. 관계·소통·존재의 문제가 내 본령이지. 나는 정치하는 이들의 순수성을 믿지 않아. 내가 한 대도 믿지 못할 거요.

이나리 문학은 세계의 번혁에 아무런 힘도 발휘할 수 없다는 건가요.

이어령 이전에는 문학을 총탄이고 다이너마이트라 생각했지만, 4·19 이후에는 빙산을 녹이는 난류 같은 거라고 믿게 됐어요. 빙산에 총알을 쏴봐. 그저 조금 부서질 뿐 그 밑동은 그대로잖아요. 또 좀 있으면 다시 얼 것 아니오. 그러나 기후 자체를 바꾸는 것은 근본을 바꾸는 거야. 난 그렇게 상상력과 창조력이라는 바다, 혹은 하늘을 택함으로써 인력에 구속된 지상의 땅으로부터 풀려나고자 한 것이지. 언어라는 구명대에 기대를 걸고.

이나리 그 역시 또 하나의 극단주의 아닐까요.

이어령 내가 문학이 정치를 대신한다거나, 혹은 문학이 최고라고 한 적 있어요? 그런 게 있는지 한번 찾아봐요. 문학을 위한 문학이라고? 그건 사람들이 그렇게 믿고 싶은 거겠지요. 나의 한쪽 면만 보면서. 내가 역사성(역사결정론 혹은 역사발전론)이라는 걸 문제 삼는 것은 그게 중요하지 않기 때문이 아니라 (문학에서만큼은) 마이너 개념이라는 거요.

이나리 개인주의자시군요.

이어령 그래요. 난 개인주의자예요. 문학은 앞에서도 말했듯 개인이니까. 조국도 중요하지만 애인 잃고 자살하는 사람도 있는 거고, 애인을 조국과 바꿀 수 없는 사람도 있는 거요. 그걸 누가 씁니까. 문학자밖에 못 쓰는 거요. 그런 게 귀중하다는 거야. 국가라는 게 뭐고 사회라는 게 뭐요. 개인이 존재하지 않으면 무슨 의미가 있어. 근데 사람들은 그런 말을 못해요. 비난받을까 무서워서. 어떻게 민족과 사회와 국가가 지상至上이야. 난 '지상' 자 붙는 거 참 싫어. 문학 지상주의도 싫어. 난 여태껏 살면서 '지상'이라는 말이 제일 싫어. 극단적인 언어가 싫어. 그래서 종교를 안 믿는 거요. 종교도 도그마화하니. 문학의 도그마화도 나는 싫어.

이나리 집단적인 것에 염증을 느끼나요.

이어령 나는 연판장에 도장 찍는 그런 걸 도무지 싫어하는 사람이오. 무슨 무슨 성명서, 그런 데 도장 안 찍어요. 그 문장 하나하나에 진정으로 동의할 수 있어? 그렇지도 않은데 어떻게 도장을 찍어. 집단적 행위는 내 가치가 아닌데 그런 양 위장할 수는 없는 일 아니오. 로마를 망하게 한 한마디가 뭔지 아시오? '믿는 자는 복이 있나니', 이 성경 구절 하나요. 이 한마디로 로마의 모든 지적 토론, 담론, 신전과 예술과 목욕탕이 다 문을 닫고 말았어요. 그걸 되살린 게 르네상스 아니오.

'불온시' 논쟁 그 이후

이나리 자신을 있는 그대로, 통째로 이해해 달라는 건 무모한 욕심 아닌가요.

이어령 그렇죠. 소통 불능은 인간의 숙명인걸. 누구라도 세상을 볼 땐 자기만의 카메라 앵글로 보지. 그러니 내가 원망한 적 있는가. 왜 내 한쪽만 보냐고 날 세워 글 쓴 적이라도 있는가. 사람이 집을 사러 가면 절대로 그 집을 한눈에 다 보지 못해요. 빵빵 돌아다녀야지.

그런데 그걸 가능케 하는 세계가 있어요. 바로 문학이고 상상력이지. 난 일반적인 개념으로 보면 분열증 환자요. 한편으로는 지극히 수학적이고 논리적이면서 또 한편으로는 지극히 감성적이고 직관적이니까. 『공간의 기호학』 같은 책을 봐요. 그게 수학책이지 어디 문학책인가. 그러면서 또 『말』처럼 아주 메타포릭한 책도 쓰고. 그러니 내가 원하는 게 있다면, 세상엔 꼭 찬반贊反, 친체제, 반체제 그런 것만 있는 게 아니라 회색지대도 있고 비非체제도 있다는 걸 알아달라는 거요.

이나리 그럼 내 견해만이 옳다, 그런 뜻은 아니라는 건가요?

이어령 물론이지요. 당연하지요. 나도 옳고 너도 옳은 거지, 너만 옳고 나는 틀리다 하면 안 된다, 그거예요. 난 입지가 다른 문학자라도 문학 자체로 얼마든지 포용할 수 있어요. 그리고 그 장점도 이해하고, 황석영의 『장길산』을 《한국일보》에 연재할 수 있게 한 게 누구요. 아주 심플

한 거지.

이나리 선생에 대한 문단 일각의 시선은 아직도 1967~1968년 김수영 시인과 벌인 참여시 논쟁에 붙박여 있는 듯한데요.

이어령 그로 인해 평생 반사회파다, 반혁신파다, 반진보파다 하는 소리를 듣게 됐어요. 그러나 김수영 씨랑 나처럼 친하고 문학관이 잘 맞는 사람도 없어. 논쟁을 하면서도 같이 밥 먹고 술 마시고, 내가 김수영론도 쓰고. 그렇게 우린 죽는 날까지 친구로서 좋은 관계를 유지했어요. 왜냐하면 우리에겐 기본적인 공통분모가 있었거든. 언어의 존재론적 의의에 동의하는.

이나리 김수영 시인의 "서랍 속에 숨은 불온시가 세상에 나올 때 비로소 영광된 사회가 온다"는 주장을 문제 삼은 것으로 아는데요.

이어령 '불온시'라는 단어는 내가 아니라 김수영 씨가 쓴 것입니다. 그래서 내가 그랬지요. 어떻게 시를 불온하다 하느냐, 그건 중앙정보부에서나 쓰는 말이다. 그런 식으로 말하면 양쪽 다 똑같은 것이 되고 만다, 왜 시를 불온이냐 아니냐로 보느냐. 가뜩이나 정보부 사람들이 이게 시냐 하고 붙들어다 패는데……. 불온한 시가 좋은 시라면 가장 훌륭한 평론가는 불온이 가려내는 정보부원 아니겠나. 불온한 시라 해도 시가 되는 것이 있고 안 되는 것도 있는 게지, 그런 식의 획일성은 받아들일 수 없다…….

만약 내가 '불온한 시는 나쁘다'는 주장을 폈다면 이런저런 비판을 들어도 할 말이 없어요. 하지만 난 '불온한 시가 밖으로 나올 때는 또 하나의 불온한 시를 써야 한다'는 문학의 본령을 말한 것이거든. YS·DJ 정권 들어선 후로 봤잖아요. 그들과 함께 저항했지만 민주화하고 나면 그때의 불온시는 서랍 밖으로 나오고 또 다른 불온시가 탄생하는 것. 그것이 영원한 참여문학이고 저항의 문학인 거지.

천 명이 가도 나는 내 길로…

그가 사용하는 '저항'이란 단어는 일반적으로 생각하는 사회적 저항, 정치적 저항과는 상당한 거리가 있다. 그의 '저항'은 운명 혹은 인간의 조건에 대한 저항이다. 지극히 문학적이고 형이상학적인 개념이다.

그래서 전북대 강준만 교수는 《인물과 사상》 22호에서 이어령을 이렇게 비판했던가.

이어령의 그런 좋은 뜻은 알겠는데, 문제는 과연 '중앙정보부와 '민중 비평가'를 평면적으로 단순 비교하는 것이 온당한가 하는 것일 게다. 이는 현실세계에서 상호 힘의 관계를 전혀 따지지 않는 '추상의 폭력' 또는 '상상력의 폭력' 아닐까.

일면 수긍할 수 있는 해석이다. 한편 참여문학에 대한 이어령의 비판적 시각은 1990년대를 거쳐 2000년대로 넘어오면서 상당 부분 '검증'된 측면이 없지 않다. 작품성이 뒷받침되지 않은 문학과 문인은 점차 그 설 자리를 잃어가고 있는 것이 현실인 까닭이다.

이나리 그렇다면 참여문학 진영에서 선생에게 문제 제기했던 것들을 인정할 수 없다는 뜻인가요.

이어령 레지스탕스 운동이 일어났을 때 행동으로 한 사람과 글로 한 사람이 있었어요. 그중 글로 투쟁한 사람은, 사르트르나 카뮈도 그랬지만 끝없는 콤플렉스를 느꼈어요. 누가 나한테, 우리가 민주화 투쟁하며 고난당할 때 너는 마누라 자식 다 거느리고 편안히 살지 않았느냐……. 그렇게 얘기하면 할 말이 없어요. 그것까지 아니라는 건 아니야. 중요한 건, 내가 정치적인 투쟁을 하고 싶었는데 비겁해서, 나 편하려고 가만히 있었던 게 아니라는 거요.

쓰고 싶은데 겁나서 못 쓴 게 아니라 내 문학은 원래 그렇지가 않은 거야. 행위의 세계는 언제 변할지 모른다, 나는 영원한 것에 걸겠다는 결심이 있었거든. 내가 무죄하다는 말이 아니오. 그러니까 그냥 '저런 것도 삶의 한 방식이구나'하고 알아주면 되는 거지.

그의 부연이다.

이어령 그렇다고 내가 아무 사회적 발언도 안 하고 아무런 저항도 하지 않았다고 한다면 그 또한 잘못 본 거요. 다만 나는 그것을 나만의 문학적 언어로, 나만의 문명 비평, 메타포로 표현한 것이지. '박정희 정권 타도하라' 이런 말을 대놓고 하진 않았지만 나는 신문 칼럼, 에세이, 강연과 방송을 통해 정권의 반휴머니즘, 물질이면 다 된다는 식의 독선을 끊임없이 비판했어요. 특히 권력이 문학과 개인의 자유를 침해할 때는 가차 없이 일어섰어요.

이나리 1967년 2월, 작가 남정현의 반공법 위반 사건(소설 「분지」사건)과 1975년 3월, 변호사 한승헌의 반공법 위반 사건에 증인으로 출두한 것을 말하는 건가요.

이어령 그런 것도 한 예지요. 출두를 결정하기까지 내면적 갈등이 왜 없었겠어요. 사회운동 한다는 사람들도 꼬리를 뺄

때인데. 난 그때 신문사 논설위원이고 대학교수고 집과 자가용과 가족이 있었는데, 그런 것들을 다 버릴 생각으로 법정에 선 거요. 어느 한편에서라도 영웅이 돼보겠다는 생각은 애초에 없었어요.

법정 분위기는 어땠을까.

이어령 그때야 어디 요즘 같은가. 증인으로 나와 말 한마디 잘못하면 그길로 구속당하고 마는데, 속으로 오들오들 떨고 있는데 웬 고등학생들이 우— 몰려 있는 게 눈에 띄어요. 라디오에서 '이어령이 증인 선다'는 뉴스를 듣고는 그걸 보겠다고 찾아온 거지. 그 아이들이 내게 용기를 줬어요. 재들을 실망시키지 말아야지, 내 문학을 좋아하는 애들인데. 문학에도 순교자가 있다는 걸, 목숨과 가정을 바칠 수 있는 그런 인간이 있다는 걸, 인간에겐 그렇게 좋은 것이 있다는 것을 알려줘야지…….

이나리 하지만 일각에서는 선생의 문학적 방향 전환이 사회적·경제적 안정과 함께 온 것이다. 그러니 일신의 영달을 위한 선택이 아니었느냐는 비판을 합니다. 실제로 선생이 신문사 최연소 논설위원(27세)이 된 것이 4·19가 일어난 1960년이었으니까요.

이어령 내가 『흙 속에 저 바람 속에』(《경향신문》연재 칼럼 모음집)를 내고 인기몰이를 시작한 게 1963년입니다. 그 전에도 이름은 있었지만 허우대만 멀쩡할 뿐 돈이나 탄탄한 지위와는 상관이 없었어요. 나는 베스트셀러 작가가 되기 전에 참여문학과 결별을 선언했습니다. 현실참여 문인이라는 공적을 제 손으로 무너뜨리는 자해 행위를 한 거예요.

평생 정권 안 내놓겠단 말이네?

이나리 좀 더 구체적으로 말씀해주시죠.

이어령 내가 순수문학을 선언한 것은 4·19 얼마 후 《동아일보》에 발표한 「까스트로여, 현실에서 한 발자국만 물러서거라」라는 글을 통해서였어요. 남들이 순수문학에 안주할 때 사회참여론을 선언했고, 반대로 문인들이 이전의 태도와는 상관없이 모두 나서 사회참여의 기치를 높이 들 때 나는 외로이 문학순수론을 선언한 거요. 천 사람이 기도 혼자 앉아 있을 때가 있고, 천 사람이 앉아 있어도 홀로 떠날 때가 있는 것이 문학 아니오.

이나리 선생은 자신을 비체제라 하는데 사실은 친체제 아닌가요.

이어령 그럼 예를 들어봐요. 내가 새마을운동을 찬양했습니까. 육영수 여사 전기를 썼습니까. 무슨 기념시라도 쓴 게 있으면 찾아와 봐요. 옛날 박정희 대통령하고 삼선개헌하고 선거 나올 때, 《한국일보》 누군가가 나보고 연설 한 번만 해주면 평생을 보장하겠대요. 그래서 내가 물었죠. "정말 그렇게 해주신답니까?" 그렇다기에 쏴줬어요. "그럼 평생 정권 안 내놓겠다는 말이네?" 두말없이 돌아가버립니다.

난 문화부 장관 시절을 제외하고는 정치와 연을 맺은 적이 없어요. 또 여러 신문의 논설위원으로 휴머니즘에 입각해 정부를 비판했고요. 그 당시에는 반체제를 용공으로 몰았잖아요. 나는 앞장서서 '그들은 용공주의자가 아니다'라고 말한 사람이오. 내가 친체제였다면 왜 나와 뜻이 다른 사람들을 변호했겠어요.

그는 특유의 '메타포'로 말을 맺었다.

이어령 나는 동전을 안쪽이나 바깥쪽이 아니라 그것을 세워놓고 보는, 전혀 다른 차원의 관점도 있다고 생각해요. 그렇게 보면 동전은 원이 아니라, 표리의 차이가 아니라 선이 됩니다. 이분법적 사고에서 벗어나 최소한 상안적

象眼的 분류로 문학을 보아야 한다는 거지요. 정치 혹은 이념의 잣대로 문인과 문학 작품을 재단하는 것은 이제 그만두어야 한다는 것이 내 일관된 견해예요.

이나리 선생은 한국이 낳은 대표적 미디어 지식인입니다. 선생이 각광을 받는 데 미디어가 결정적 영향을 끼쳤다고 보는데요. 미디어야말로 체제 그 자체 아닐까요.

이어령 당시 누군들 미디어에 글 쓰지 않았나요. 반체제도 마찬가지였어. 필화사건은 모두 미디어에서 시작됐다고. 반체제 자체가 미디어를 통해 컸는데, 그렇게 말하면 체제주의자, 반체제주의자 아닌 사람이 없겠네요. 그리고 내 글이 지지를 받은 건 미디어의 열광이 있었기 때문이라기보다는 독자들이 내 글을 원했기 때문이오. 영향력은 미디어가 아닌 독자에게서 오는 것이거든. 흑백논리, 정치지향적 글에 염증을 느낀 사람들이 전혜린을 읽듯 나를 읽은 거지.

누가 누구를 이용했나

이나리 그런데 그토록 정치를 혐오하는 분이 장관직은 왜 맡게 된 겁니까.

이어령 당시 언론에 다 보도된 일이지만, 그 전에 난 이미 문공부 장관으로 오라는 걸 거절한 적이 있어요. 문공부 일이 결국 정권 홍보하고 신문 입 막는 거 아닙니까. 근데 문화부 장관 맡을 때는 상황이 좀 달랐어요. 그때 난 일본에서 연구원 생활을 하고 있었는데 장남 결혼식 때문에 잠깐 서울에 들어왔거든. 어떻게 알았는지 청와대에서 사람을 보낸 겁니다. 그래도 안 통하니 이번에는 저와 가까운 강원룡 목사를 찾아갔어요. 거기서 강 목사가 '문공부 장관은 안 해도 순수 문화부장관을 할 거요' 라고 말해버린 거지. 식당에서 밥 먹고 있는데 텔레비전에 내 이름이 나와요. 문화부 장관이라고. 아, 이건 빼도 박도 못하게 됐구나. 좋다, 문화부 장관이라면, 그것도 초대初代라면 밑그림 그리는 셈 치고 한번 들어가 보자, 그렇게 된 거요. 또 어쨌거나 노태우 정권은 국민투표를 통해 선택된 정부였고. 무엇보다 나처럼 어디 정당 사무실 가서 차 한잔 얻어 마신 적 없는 사람을 고른 걸 보면, 의도가 순수하지 않다고 내칠 수만은 없지 싶었어요.

이나리 선생님의 명망, 혹은 이미지를 군사정권의 색깔을 완화시키는 데 이용했다고는 생각지 않습니까.

이어령 누가 누구를 이용했는지는 내가 한 일을 보면 알 것 아니오. 문화부 장관을 하면서 내가 한 일이 국회와 청사에 그림을 걸고, '이 달의 문화인물'을 선정하고, 달동네에 쌈지공원을 만들고, 안숙선 씨처럼 가난한 예술가들을 위해 후원회를 결성하고, 예술종합학교를 세운 거요. 국립미술관에 걸린 그림을 가져다 보훈병원, 정말 돈 없고 몸 불편해 어디가서 좋은 그림 한 번 보기 힘든 사람들 위해 전시하고. 차라도 뒤집혀 작품이 손상된다면 내가 어떻게 될 일이었겠소. 미술관법·박물관법을 문화부로 가져와 누구라도 쉽게 미술관을 열 수 있게 했더니, 또 언론에서는 그게 재벌 컬렉션 도와준 거라 그래요. 아, 그러지 않았으면 그들 창고 속에 잠자고 있는 그 문화의 보고들을 어찌 대중이 접할 수 있었겠소.

이어령은 노정권 최장수 장관이었다. 자리에서 물러날 때 상황은 어땠을까.

이어령 처음 들어갈 땐 1년만 하겠다고 했어요. 내 할 일 끝나면 손 털 작정이었지. 그런데 그만둘 수가 없는 거예요. 내가 벌여놓고 마무리 하지 하지 못한 일이 많았으니까. 그런데 한 2년 돼가니 더 못하겠습디다. 국무총리 찾아가 말했더니 청와대에서 비서실장을 보냈어요. 그래 부탁했지요. '이번 개각에 나 포함시켜 주지 않으면 내 발로 나가겠소. 그러면 또 그 꼴이 얼마나 우습소. 다른 장관들께도 폐가 되고. 그러니 제발 나가게 해주시오.' 그래서 참 홀가분한 마음으로 놓여나게 된 겁니다.

이어령의 '검열론'

이나리 선생이 문학에 대한 권력의 검열에 적극적으로 저항하지 않았다는 비판은 어떻게 생각합니까.

이어령 검열하는 정치가 위에만 있나, 아래에도 있지. 민중 검열이라는 건 없어요? 제도와 권력에만 폭력이 있는 게 아니오. 내가 문화부 장관할 때 『태백산맥』이 나왔어요. 그걸 가지고 정보부에서는 못 팔려 나가게 하라고 압력을 넣었지만 문화부는 "나름의 가치를 지닌 문학 작품"이라며 더 이상 응하지 않았어요. 그건 소설을 쓴 작가도 알고 있는 부분이오. 영화 「남부군」도 그때 나왔어요.

검열 없는 나라는 없어요. 이솝 시절에도 검열은 있었어요. 문학은 지금껏 그런 사회적·도덕적 억압의 조건 속에서 성장해 온 거요. 거기서 레토릭, 문학을 문학이게 하는 기법과 기교가 나온 것이지. 검열이 문학의 모든 제약 조건은 아니에요. 언제 문학이 100퍼센트 자유를 누린 적이 있던가. 검열이 없으면 멋있게 쓸 텐데, 이것만 아니면 기가 막힌 작품이 나올 텐데 하는 것은 말이 안 돼요. 문학이란 원래 검열에 잘릴 만한 그런 거칠고 현실적인 말보다 더 '본질적으로 무시무시한' 언어를 써야 하는 거거든. 역사와 사회라는 유동적인 세계를 온전히 파괴하고 재창조할 수 있을 만한.

이나리 혹자는 『흙 속에 저 바람 속에』에선 한국적 전통 가치에 날카로운 메스를 가하던 선생이 올림픽 이후로는 다시 '한국적인 것'을 강조하게 된 이면에도 그런 보수화가 도사리고 있다고 보는데요.

이어령 내가 1950~1960년대 서구주의적 교양에 빠져 있었던 점은 부정할 수 없어요. 서구의 철학, 시, 유럽 풍광을 담은 엽서, 프랑스 인형……, 그런 것들을 사랑했지요. 저기 멀리 내가 못 가본 곳에는 새로운 세계가 있다, 젊은이들이 노를 저으며 사랑을 나누는 호수가 있고, 만년설로 빛나는 몽블랑이 있다. 그런 꿈, 희망, 삶의 전율이 없었다면 20대의 난 죽고 말았을 거예요. 당시 우리 사회는 어떤 압도적 고정관념에 사로잡혀 있었으니까. 그렇다고 사대주의라 매도하지는 말았으면 좋겠어요. 늘 보던 대추가 바나나보다 못해서가 아니라, 새롭기 때문에 바나나에 열광하는 그런 차원이었으니까. 그런데

1960년대 이후 몇 차례 해외여행을 하면서 생각에 많은 변화가 왔어요. 더 결정적인 건 1978년에 주역, 정확히 말해 이원구의 『심성록』이라는 책을 읽은 것이었고요.

이나리 일련의 여행이 선생에게 끼친 영향은 어떤 것이었습니까.

이어령 처음 유럽 여행 때부터, 내가 책과 그림엽서를 보며 키웠던 꿈과 환상이 곧 현실은 아니라는 걸 깨달았죠. 하지만 그때만 해도 서구의 물질적 풍요, 길거리에 빵과 소시지를 들고 다니는 사람들 모습은 그런 갈등을 상쇄하고도 남음이 있었어요. 굶주리는 사람이 지천에 깔린 한국을 생각할 때, 산업사회의 모순보다는 그 장점이 더 크게 들어왔던 것이죠. 하지만 1988년 미국에 가서는 전혀 다른 생각을 하게 됐어요.

이나리 그것이 한국적 가치에 대한 재평가, 혹은 정보사회에 대한 비전확립으로 이어진 건가요.

이어령 그렇지요. 그때 이미 미국이란 나라는 존재하지 않았어요. 세계가 다 미국이 되고 있었으니까. 내가 거기서 본 건 산업사회의 영광이 아니라 몰락이었어요. 뉴욕의 마천루가 우리 모델인 줄 알았더니 거기 이미 다른 세계가 열리고 있더라 그 말입니다. 너무도 황막한 그들의 삶, 현대문명이 만들어 놓은 얼굴 없는 삶, 이방인이 아니라 미국인이라도 느낄 수밖에 없을 절대 고독의 아스팔트. 사람이 이렇게는 살 수가 없다, 이런 데선 새로운 21세기가 나올 수밖에 없겠구나……. 그 와중에 정보사회의 태동을 감지한 겁니다. 오랜 고민에 해답을 찾은 기분이었지요. 정보사회는 나눌수록 부자가 되는 독특한 지평입니다. 남이 있기에 내가 있고, 내가 있기에 남이 있는, 관계 속에서만 존재 의미가 있는 쌍방향의 세계. 우리 것, 정과 관계를 중시하는 한국적 문화는 정보사회에서 엄청난 시너지를 발휘할 수 있어요.

사실 정보화 사회에 대한 이어령의 이해는 깊고, 비전 제시는 매우 설득력 있다. 요즘 그가 하는 강의의 상당수는 정보화에 대한 것이다. 일흔 가까운 나이를 생각하면 놀라운 열정이요, 부러운 능력이 아닐 수 없다.

요즘 애들이 날 좋아한다면 걔 인생은 뭐야

이나리 그런데 1988년이라면 이미 55세 아닙니까. 왜 안정된 생활, 올림픽 성공으로 한껏 높아진 위상을 뒤로한 채 미국행을 감행했나요.

이어령 그게 바로 내 나름의 저항이요, 혁신이고 모험이에요.

10년에 한 번씩은 물 밖으로 나가지 않으면 견딜 수 없어. 정체된 삶은 지옥이거든. 나는 늘 우물을 파지만 물이 보이기 시작하면 그 구덩이를 포기해버려요. 내게 필요한 건 목마름이지 물이 아니니까. 그래서 한 분야를 진득하게 붙들지 못하는 거요.

이건 내가 안정을 누리면서 보수화되지 않았느냐는 비판과도 연결되는 건데, 사실 나이 들어 먹고 살 만해지면 얼마간 독기가 빠지는 거, 그걸 누가 부인하겠어. 하지만 나는 안주할 수 있는 사람이 아니에요. 왜 자꾸 안정된 모든 것을 버리고 외국으로 가 그 고생을 하겠어요. 더군다나 미국 갔을 때는 몸도 너무너무 안 좋았는데.

이나리 그런 에너지는 어디서 나오는가요.

이어령 돈 후안이 1003명의 여자와 사랑을 나눴다는데, 그런 의미에서 나는 지적 돈 후안이오. 생명이 허락하는 한 지적 모험을 계속하고 싶으니까. 난 별로 여행을 좋아하지 않지만, 낯선 곳에 가면 괜히 슬픔이 밀려와요. 고개 한 번만 돌리면, 언덕 하나만 넘으면 내 평생 보지 못했던 어떤 거리, 어떤 사람들이 있을 텐데 그걸 다 못 보고 지나쳐 가는구나. 그런 아쉬움이 나를 끊임없이 방황하고 지치게 해요. 집이 책으로 넘치는데 지금도 '아마존'

들어가고 '예스24' 가서 자꾸 책을 사요. 그걸 다 읽을 수 있는 것도 아니련만 책장 하나를 넘기면 만나게 될 새로운 세상, 그걸 놓쳐버리는 게 너무 아쉬워서.

이나리 그럼 왜 연구에만 몰두하지 않고 강연이며 각종 문화 프로젝트에 적극 나서는 거죠.

이어령 다 지적 호기심 때문이에요. 아, 내가 무슨 돈으로 그 커다란 스타디움, 막막한 푸른 잔디 위에 은빛 굴렁쇠를 굴려봐. 지적 호기심을 채우는 일이란 그렇게 리얼라이즈(현실화)가 동반돼야 하는 거요. 그게 바로 창조적 욕망이고 지적 흥분이지. 보통 교수들은 올림픽 같은 거 같이 해보자면 여기저기 눈치 보느라 뒤로 빼는데, 난 그 세계사적 의미를 보고 그냥 뛰어들었어요. 말 꼬리만 잡지 말고 말 등에 올라타라 이거지요.

이나리 일부 학자들의 글을 보면 독자가 아닌 '동업자'들에게만 신경썼구나 하는 느낌이 들 때가 있습니다. 선생은 어떻습니까.

이어령 난 지금껏 남 눈치 보며 글쓰고 강연한 적 없어요. 다만 청중을 어떻게 효과적으로 이해시킬까, 그 방법만 생각하지. 그들을 내 신도로 만들어야겠다. 그런 생각은 전혀 안 해요. 또 이때껏 강연료 얼마주냐 물어본 적도 없어. 강연하는 그 순간 형성된 공감대, 그것이 내겐 대가요.

근데 전혀 안 먹힐 때가 있거든. 반응이 전혀 없을 때, 뻥하니, 젊은 사람들 앞에 서 있을 때. 그래서 내가 대학 강의를 안 가잖아요. 그거 끝내고 돌아왔을 때처럼 내가 바보스럽고, 자다가도 벌떡 일어나고……. 나와 그들, 절벽 같았던 한 시간의 그 어색한 강의. 서로 나누고 싶은데 감동이 안 나눠지는 거요.

이나리 왜 그런 것 같으세요.

이어령 특히 서울대 같은 데 가면 더 그런데, 애들 머리가 딱 굳어 있어요. 결론은 이미 다 나 있어. 내 얘기가 너무나도 생소한 거지. 선생·친구들 모두 역사결정론, 정치·경제 그런 것만 얘기하는데, 고정관념이, 그렇게 막혀 있을 수가 없어. 난 딱 보면 알아요. 저 사람은 내가 무슨 말을 해도 인생에 이미 결론을 내린 사람이구나. 그런데 내가 무슨 말을 하겠어.

이나리 그래서 요즘 대학생들에 대해서는 실망뿐인가요.

이어령 아니에요. 사실 내 나이 일흔인데 요즘 젊은이가 내 강의에 열광하면 걔 인생은 뭐야. 그래도 이 친구들은 개그맨 보면서 웃고, 데모도 하고, 오빠부대 노릇도 해보고, 그러면서 직설적이고 총명하잖아. 그러니 너희들은 날 닮지 말고 너희들의 인생을 살아라……. 그런데도 글을 쓰는 건 그들도 20~30년 후에는 나처럼 화석이 되리라는 것, 그런 화석들이 모여 긴 물결을 이루리라는 믿음 때문이지요.

1989년, 미국 맨해튼에 방을 얻은 이어령은 랩톱 하나를 사 컴퓨터 학습에 몰두했다. 집주인이 새로 이사 왔다며 문에 페인트칠을 해주었는데 사흘 내리 복도에 한 번 안 나가고 몰두한 나머지 그만 페인트가 엉겨 붙어, 안에서는 문을 열 수 없는 지경이 돼버렸다. 그렇게 그는 영문 도스 매뉴얼 한 권을 통째 소화하는 것으로 정보화 사회에 첫 발을 내디뎠다.

이어령 뉴욕은 불야성이잖아요. 그런데 아직 해 뜨려면 먼 시간인데도 가로수에 잠들어 있던 새들은 용케 아침 햇살을 느끼고 짹짹 노래를 불러요. 처음에는 한 마리가 자신 없는 소리로 삑삑거리는데 곧 여러 마리가 그 뒤를 따르고, 그러면 어느새 동쪽에서 해가 떠오르지요. 쑥스러운 말이지만 그걸 보며 이런 생각을 했어요. 나에게도 저 새들처럼 얇고 예민한 눈꺼풀이 있어, 21세기가 열리는 그 순간을 내 소리로 울 수 있으면 좋겠다…….

맨해튼에서 주역의 세계를 보다

이나리 아까 『주역』을 말씀하셨는데 그건 또 뭔가요.

이어령 이거 참, 이것도 안 하던 얘기예요. 내가 『주역』까지 들여다봤다면 또 사람들이 참 욕심 많다. 안 하는 게 없다고 수군거릴 테니까. 뭐냐 하면, 철학자 박종홍 선생이 돌아가시기 전 쓰신 글에 '『주역』을 풀어 쓴 이원구(18세기 실학자)의 『심성록』을 조금만 더 일찍 알았더라면' 하는 구절이 있었어요. 궁금했지요. 그게 뭘까. 근데 1978년인가. 그 책이 신기하게도 내 손에 쏙 들어온 거예요. 내가 《문학사상》을 운영하며 한 일 중 큰 것 두 가지가, 하나는 수용미학 이론이니 프랑크푸르트 학파니 마르케스니 카잔차키스니 하는 해외 문학이론·작가를 소개한 거였고, 또 하나가 국학이나 고전작품을 발굴하는 일이었어요.

어느날 허름한 차림의 한 시골 어른이 보자기에 책 몇 권을 싸 오셨는데 그게 바로 『심성록』이야. 비싸기도 하고 내 한자 실력도 별 볼일 없고 해서 그냥 돌려보내려다가 혹시나 싶어 카피를 했지요. 그날밤 가만히 펼쳐보니 이게 뭐 그렇게 어려운 한자가 아니야. 술술 읽어 내려가다가 무릎을 탁 쳤어요. 서양과 동양의 기본적 차이가 선명히 드러나는데, 이걸 기호학적으로 풀면 기가 막히겠더라고.

이어『심성록』이 제시하는 동양적 세계관의 정수에 대한 설명이 길게 이어졌다. 그는 1980년대 이후 자신이 발휘해 온 상상력, 예컨대 텅 빈 스타디움에 굴렁쇠를 굴리는 식의 창의력은『심성록』을 통해 촉발된 점이 적지 않다고 고백했다. 그렇게 재정립된 '동양의 눈'으로 세기말의 뉴욕을 보니 정보사회의 장점과 가능성이 한꺼번에 보이더라는 것이다.

이나리 선생의 현란학 추상의 언어는 때때로 사람을 숨 막히게 합니다.

이어령 나 역시 추상성에 회의를 느낄 때가 있어요. 그래도 그것이 바로 나의 진정성인데, 진정성은 추상으로만 표현될 수 있다는 것이 내 생각인데. 그건 어느 만큼은 우리 세대가 짊어질 수밖에 없었던 콤플렉스 때문이라고 봐요. 요즘 젊은이들은 셰익스피어와 고우영 만화를 함께 즐길 줄 알지만, 우리 세대는「목포의 눈물」하면 그냥 무시해 버렸거든. 서양적 교양에 완전히 치여버린 세대고. 거기서 돈과 권력을 무시하는 지적 오만이 생겨난 거요. 그게 바로 속물적 지식인 근성, '모름지기 지식인이란 어때야 한다'는 식의 행태로 나타난 거지.

이나리 그럼 선생 개인의 콤플렉스는 무엇입니까.

이어령 사회성이 부족한 거. 사람들이 자기들끼리만 알아듣게 귓속말 할 때, 그들이 내가 존경하는 사람들이 아니라 할지라도 굉장한 소외의식을 느끼지요.

패거리 혐오, 그리고 '왕따' 의식

사실 이어령은 만만치 않은 영향력을 갖고도 문단 내에 패거리를 만들지 않은 것으로 유명하다. 《문학사상》을 창간하고 그 주간으로 활발한 활동을 펼쳤지만 '창비파(창작과 비평)', '문지파(문학과 지성)'는 있으되 '문사파'는 존재하지 않는다는 것이 대체적 평가다. 혹 그런 반反 패거리 의식은 생래적인 사회성 부족에 기인하는 것은 아닐까.

이어령 그런 것만은 아니지요. 나는 패거리주의를 경멸해요. 내가 펜클럽, 무슨 문인회 같은 데 회원이나 임원으로 참여하는 거 봤어요?

이나리 그럼 왜 무리 속에 끼지 못하는 것을 콤플렉스라 생각하지요.

이어령 어쩌면 하고 싶었는데 못 한 건지 모르니까. 하여튼 난 그게 정말 잘 안 돼요. 대놓고 남한테 싫은 말 막하고.

또 말이 안 통하는 사람하고는 한 시간을 앉아 있어도 입을 열지 않아요. 의례적인 인사치레 같은 건 도저히 못하니까.

사람들이 나보고 말 참 많다 하는데, 나한테는 그게 곧 대화거든. 자기중심적인 사람이지요. 한편으로 옆에서 칭찬해 주는 사람이 있으면 그것도 또 숨 막혀 못 살아요. 계속 위대해야지 하는 부담감 때문에. 그러니 이른바 '꼬붕'을 못 두는 거지. 또 하나는 경험의 소산이에요. 문단에서 내가 취직시켜 주고 알게 모르게 마음 썼던 사람들이 오히려 날 욕하고 배신해요. 아, 내가 잘하면 할수록 상처도 크구나, 어느새 그런 생각이 내 머리에 박혀버린 거지요.

이나리 그래도 선생처럼 유명한 분이 '나는 왕따'라고 말씀하시면 정말 왕따 당하는 사람들이 속상할 것 같은데요.

이어령 아까도 말했지만 비체제, 반체제 그런 거하고도 연결돼 있어요. 비체제도, 반체제도 나를 자신들의 친구로 생각하지 않으니까. 성격 때문이기도 하고. 지난해 이화여대에서 석좌교수 고별 강연을 할 때, 처음에는 사람이 많았는데 막상 헤어질 때 보니 후배 몇 명 말고는 아무도 없어요. 진짜 손님은 그들일 텐데. 글쎄, 내가 과민반응하는 건가.

이나리 그런데 왜 문화권력이라는 말이 나오는 걸까요.

이어령 권력은 휘두를 때 권력인 거요. 예를 들어 뉴턴은 엄청난 문화권력을 행사했어요. 반대 이론자들을 철저히 분쇄했으니까. 대한민국의 문단 권력은 무엇보다 신춘문예에서 나오는 것 아니오. 또 조직을 갖고 있어야 하고. 문단에서 '이어령이한테 밉보이면 큰일'이라는 얘기 들어본 적 있어요? 대학입시에 내 작품이 거론되고 예문으로 나오는 거 봤어요?

이나리 다시 추상성이란 주제로 돌아가죠. 선생은 누구 못지않은 사회 생활, 사회적 발언을 해왔고, 또 경제적 안정, 행복한 가정, 명예와 권위라는 세속적 가치들을 모두 누린 것 같습니다. 그렇듯 지극히 현실적인 상황과 상상력·언어로 대변되는 정신적 추상성 사이에는 어떤 '문지방'이 있는 건가요.

먼저, 랭보와 보들레르에 심취했던 선생이 어떻게 결혼이라는 지극히 세속적인 장치 속으로 발을 들여놓게 됐는지가 궁금합니다.

이어령 나도 20대 초반까지는 애를 업고 있는 내 모습을 상상할 수 없었어요. 그때는 내가 천재인 줄 알았으니까(웃음). 그런데 서른이 넘어도 죽지 않데? 그러니 천재가 아니지. 어쨌건 그때는 이 느글느글한 세속과 접점을 갖는 나를 상상조차 할 수 없었는데, 왜 그런 거 있잖아요, 얼음에 금간 거. 인생에도 다 그런 금이 있는 거야. 나한테는 그게 결혼이었어요. 가정의 편안함을 느껴보고 싶었던 것도 사실이고, 무엇보다 그때 사랑하는 여인이 있었고. 어머니의 죽음, 그리고 대가족이 해체된 후로 맛보지 못했던 안정을 느껴보고 싶었던 거지요.

그는 "당시에는 결혼을 하지 않는다는 게 더 속물스러워 보이기도 했다"고 말했다.

이어령 문학을 위해 결혼을 안 하겠다, 무슨 상을 타겠다 안 타겠다, 이런 건 뒤집어 말하면 그 결혼이나 상에 대단히 큰 의미를 두는 거거든. 난 그렇지 않았어요. 그저 생존의 파트너를 만난 거였지. 당시는 독신이라도 요즘처럼 자유롭게 여행 다니고 보헤미안처럼 떠돌 자유 같은 건 없었어요.

이나리 하지만 자녀를 갖는다는 건 분명 남다른 경험이었겠지요.

이어령 그럼요. 첫딸이 태어나면서(1959년) 비로소 내 안의 독기가 빠져나가기 시작했어요. 어제까지 없던 생명이 나로 인해 생겨났다는 그 신기함, 또 책임감. 그때 속으로 말했어요. 너는 세 끼 밥 안 굶게 해줄게, 갖고 싶은 것을 갖게 해줄게, 아버지가 못 가져 경멸할 수밖에 없었던 그 모든 것들, 콤플렉스와 고통으로부터 해방시켜 줄게. 그래서 그때부터는 아침에 취직했다 저녁 때 보따리 싸 들고 나오는 짓은 더 이상 하지 않게 됐지요.

'세속적 삶'에 대한 죄의식

이나리 그래도 선생 말씀을 들어보면 결혼을 하고 아이를 가진 것에 대한 어쩔 수 없는 죄의식 같은 게 묻어나는데요.

이어령 성직자가 가족을 안 갖는 건 왜겠어요. 작가도 마찬가지이지요. 문학적 순결성에 온몸을 던져야 할 사람이 세금 내고 애 키우고, 그런 일상적 삶에 가치를 두는 건 맞지 않아요. 그러니 내겐 가정생활이 끝없이 모순으로 다가오고, 내면은 아웃사이더인데 외면은 영락없는 인사이더의 삶. 그런 속물로서의 나에 대한 자조, 멋쩍음이 없을 수가 없는 거지요.

이나리 이젠 그런 것들을 잊어버릴 때도 되지 않았나요.

이어령 근데 아니에요. 손주 녀석들 안고 있다 누구랑 마주치면 막 창피하고.

이나리 아직 문학소년 같은 데가 있으시군요.

이어령 맞아요. 사실 난 시장으로 상징되는 사회생활은 거의 하지 않은 것이나 마찬가지예요. 이렇게 험한 세상에서, 상아탑으로 상징되는 일종의 방파제 안에 머물러왔으니까.

어쩌면 그러한 '경험 부족'이 오늘의 그를 추상이 일상을 압도하는 자아의 세계로 이끈 것 아닐까.

이나리 일상적인 건 선생에게 중요하지 않은가요.

이어령 글세……, 난 생활을 주제로 한 대화는 잘 안 나눠요. 누가 '건강은 어떠십니까' 해도 '육체의 건강은 중요치 않다, 정신적 건강이……' 어쩌고 하는 대답을 늘어놓으니까. 생활·현실 그런 것들을 모두 상상·언어·메타포 같은 것으로 치환해서 생각하는 거지. 난 살림이 어떻게 돌아가는지도 몰라요. 내 손으로 편지 한 장 부쳐본 적 없는 걸. 그렇게 따지면 사실상 현실과의 접점이 별로 없는 거지.

이나리 그렇게 바닥에서 10센티미터쯤 붕 뜬 상태로 살아왔는데도 아주 정상적으로, 현실적으로 보이는 건 무슨 이유지요.

이어령 내가 생각해도 나 같은 사람이 정상적인 가정을 갖고 큰 고비 없이 살아온 게 신기해요. 나를 잘 아는 사람, 그러니까 형제들만 해도 다 기적이라 그래. 만약 내가 사업이나 정치를 했으면 완전히 망가졌겠지. 그나마 문학, 이미지의 세계에 살았기 때문에 이만큼이나 됐지 싶어요. 만나는 사람 대부분이 문화인이고 교육자고.

또 초기에는 독자가, 그 다음에는 이화여대 김옥길 총장 같은 분이, 또 올림픽위원회 박세직 씨 같은 사람, 그렇게 날 '참아주는' 사람들이 있었던 게 결정적이었어요. 세속적인 부분을 감당해 준 아내도 빼놓을 수 없겠고. 이건 참 말 안 되는 거지만, 혹시 돌아가신 어머니가 날 봐주고 있는 건 아닌가, 그런 생각도 해요. 하지만 남들은 그걸 믿지 않겠지. 얼마나 약삭빠르고 끈 대고 아부했으면 정권을 바꿔가며 장관도 하고 새천년준비위원장도 했을까, 그러지 않겠어요.

우리 시대의 기쁨 혹은 슬픔

이나리 남들 도움 말고 내적 '비결'이 있다면 무엇일까요.

이어령 아마도 순수했기 때문 아닐까요. 음흉한 플롯이나 뒷거래, 그런 걸 하지 않은 게 그나마 날 견디게 해준 것 같아요. 어쩌다 결혼식 같은 데 갔다 오면 고맙다는 전화가 와요. 난 깜짝 놀라는 거야. 생전 그런 일은 해본 적이 없는데. 그렇게 은혜도 모르고 인사성도 없는 나를 어떻게 이 세상이 받아줬을까.

이나리 사후에는 어떤 사람으로 기억되고 싶습니까.

이어령 뭐 솔직히, 후하게 평가해 줬으면 하지. 그러나 한편으로는 내가 참 별게 아닌데 하는, 그런 미안한 마음. 그렇게 나는 언제나 양극단이오. 나에 대한 평가도 그렇겠지. 누군가는 굉장히 과장하고, 또 누군가는 한없이 짓밟아버리고. 하지만 적어도 하나, 하늘에 맹세코 어린애처럼 순수한 사람이었다, 재주 피우는 사람 아니었다, 그리고 창의적인 사람이었다, 그렇게 기억되고 싶어요. 비록 모든 꿈을 이루지는 못했지만 창의적 열정만큼은 남 못지 않았다. 그렇게 말이에요.

이어령은 마지막까지 자신의 본령은 문학임을, 언어의 장사꾼임을 역설했다. 실제로 그는 아직 '소년'이었고, 칠순을 눈앞에 둔 '주류 인사'라기엔 지나치리만큼 순수했다. 문제는 자신을 무엇으로 규정하건, 많은 이들에게 그는 한국의 대표적 논객이요, 엄청난 사회적 영향력을 행사해 온 오피니언 리더라는 점이다. 명석하고 창의적인 열정의 휴머니스트, 그러나 한편으론 신문도 잘 읽지 않고 피 튀는 삶의 현장을 추상의 언어로 감당해 온 양극의 인간. 그런 그를 당대의 지성으로 기꺼이 받아들인 것은 우리 시대의 기쁨인가 아니면 슬픔인가. 아직도 실존을 향한 회의懷疑를 멈추지 않는 노석학의 겸손한 말은 그래서 더 아프고 오히려 당당하다.

이어령 내가 가장 두려워하는 건 나 자신이에요. 어떨 땐 멍하니 앉아, 내 나이 벌써 70인데 뭘 위해 살아왔나, 이것이 행복인가……. 예수는 "너의 옷을 찢지 말고 가슴을 찢어라"라고 했는데, 찢으면 피가 나는게 삶이지. 난 찢으면 가슴이 아니라 옷이 찢겨요. 옷 찢는 데서 글이 나오는 거라. 문학의 뿌리는 언어인데 그 언어가 마치 양말 위로 발 긁는 것처럼 불편하고 고통스럽고. 언어로 만들어진 나와 실제 피와 살로 만들어진 나는 왜 이다지 다른가…….

아무리 잘 만들어진 언어도 실제 그 자체일 순 없는데, 그래서 언어도단이라는 말이 나오고 선문답이 있는 거라. 선문답이 뭐요. 언어 뛰어넘기고 언어와 격투를 벌이는 것 아닌가. 그러니 과연 문학은 옳으냐. 리얼한 삶이란 '강물이 아름답다'고 말하는 게 아니라 '아름다운 강물에 몸을 던지는 것'인데, 그것이 참 문학일 텐데. 나는 상징의 숲을 헤맸어요. 행위로서의 삶과 상징으로서의 나 사이에는 엄청난 차이가 있거든. 나는 과연 엎어지면 무릎 깨지는 그 삶 속에 발 담그고 고통스레 몸부림쳐 봤는지…….”(「이나리 기자의 사람 속으로—레토릭으로 현실을 산 '지적 돈 후안' 이어령과의 논쟁적 대화」, 《신동아》 2002.)

III

21세기의 바람을 읽는다

의식의 새 호흡법

대담자: 이문열

'과거' 악용 말아야

이문열 지금 한 시대가 끝나고 새로운 시대가 열리고 있습니다. 정치적으로는 이 시대를 문민정부의 시대라 일컫고 그로 인해 달라진 우리 사회를 '신한국'이라 이름 붙였습니다. 그러나 추상적인 정의와 구호만 요란할 뿐, 방금 대단원의 막을 내린 시대나 새로이 열릴 시대 모두 그 의미조차 제대로 규정되어 있지 않습니다. 기껏해야 군사정권과 문민정부, 권위주의적 통제와 자발적 참여, 하는 식의 대립적 개념만 그 두 시대를 재단해 이해하는 정도입니다. 이 자리가 새로운 시대의 개막을 상징하는 문민정부의 출범에 즈음해 정부와 국민 양자에게 모두 유익한 신호가 발신되기를 기대해 마련된 자리라면, 먼저 그 두 시대에 대한 명료하고 구체적인 이해에서부터 얘기가 시작되어야 할 것 같습니다. 이를테면 폭력과 회유, 설득 등을 중심으로 하는 통치 수단에 유의해 이야기를 풀어가는 것도 한 방법이 될 것 같습니다.

이어령 한글 전용을 할 때 아주 곤란한 것은 정부란 말입니다. 정부政府가 정부情夫나 정부情婦와 구별되지 않기 때문이지요. 실제로 정통성이 모호한 정부政府는 합법적인 부부가 아닌 정부情夫·정부情婦의 경우처럼 떳떳하게 행동할 수가 없었지요. 그래서 해방 이후 오늘날까지 국민을 통치해 온 그 방법도 변칙적인 것이 많았다고 생각됩니다. 비유적으로 요약하면 '호랑이와 곶감'이었지요. 이북 지방에서는 호랑이 대신 '강구 온다'라고 한다는군요. 강구는 칭기즈칸이라는 뜻이라고 합니다. 그 말에서도 알 수 있듯이 호란이라 외란이 많았던 민족의 불행한 기억을 역으로 이용한 통치술입니다. 해방 직후에는 반일 감정, 그리고 6·25전쟁 이후에는 국가 안보 의식을 고취하면서 대내의 모순이나 실정을 눌러온 것이 그렇지요. 이러한 위협술이 유효성을 잃게 되었을 때 제2의 통치술로 등장한 것이 바로 '곶감'입니다. 그것이 '우리도 잘살아 보세'라는 경제 성장의 신화였지요. 곶감 정책 역시 따지고 보면 호랑이와 마찬가지로 늘 굶주려온 불행한 민족의 가난 콤플렉스를 이용한 정책이었지요. 그리고 무서운 호랑이의 위협과 달콤한 곶감의 유혹이 실효성을 잃게 된 것이 민주화의 진통을 겪은 제6공화국이었다고 봅니다. 낡은 통치와 새로운 통치 수단 사이에 낀 '물의 통치술'이라는 것이었지요. 그 바람에 문민정부의 시대가 열린 것이고요. 그러나 그런 통치술은 오래 지속될 수 없는 것이므로 새 시대가 요구하게 되는 것은 아이의 울음을 그치게 하는 편법이 아니라, 오히려 그 울음소리를 잘 듣고 왜 아이가 우는지 원인을 캐내어 정공법으로 대응하는 대담한 제3의 통치술입니다.

이문열 구체적으로 제3의 통치술이란 무엇인지요? 그리고 또 국민은 새로 열리는 시대에 울기만 할 것이 아니라 무엇을 해야 할는지요?

사라진 혁명 원리

이어령 물에 빠진 사람에게는 수영술을 가르치기보다는 구명대를 던져주어야 합니다. 지금까지 국민들이 요구했던 것은 수영술이 아니라 당장 급한 구명대에 매달리는 것이고 그 구명대를 차지하기 위한 싸움이었지요. 그러나 이 위기 상황에서 벗어나면 구명대보다는 수영술이 요구됩니다. 새 시대의 국민이란 자율성과 지속성을 지닌 성숙한 사회인이 되는 것이지요. 불이 나면 정문보다 비상구를 이용해야 하지만 그렇지 않을 때는 돌아가더라도 정문으로 다녀야 되지요. 그러면 통치술도 달라져요. 같은 양치기라도 동양과 서양이 다르다고 합니다. 동양의 양치기들은 지팡이를 들고 초원을 찾아가면 양 떼들이 뒤에서 졸졸 따라오지요. 인도형입니다. 그러나 서양의 양치기들은 양들을 뒤에서 몰아가지요. 풀밭을 찾아가는 것은 양 떼들 자신입니다. 다만 양치기들은 뒤에 처지거나 대열에서 벗어나는 양들을 지키고 도와줍니다. 관리형입니다. 비상 시에는 인도형으로 모세처럼 민족을 이끌고 나가는 강력한 지도자라야만 합니다. 국민은 묵묵히 믿고 따라가면 됩니다. 그러나 민주화가 이루어지는 정상적인 사회에서는 양 떼는 스스로 초원을 찾아 움직이는 의지와 슬기를 가져야 합니다. 제3의 통치술이란 이 인도형과 관리형을 어떻게 조정하는가에서 나올 것입니다.

이문열 지도자가 앞에서 민중을 이끄느냐, 아니면 뒤에서 이탈자와 낙오자만 관리하고 길은 민중 스스로 찾아가게 하는 게 더 나으냐의 문제는 한마디로 쉽게 대답할 수 있는 성질의 것이 아닌 듯합니다. 민중의 방향 설정 능력 같은 것도 감안되어야 할 테니까요. 오히려 이상적이기는 그 양면이 조화되어 있는 상태가 되겠지요. 그런데 이왕 지도자론이 나왔으니 그 부분에 대한 우리 국민들의 특이한 정서를 짚고 넘어가는 것도 의미가 있을 듯싶습니다. 다른 나라도 대개 그렇지만, 특히 가까운 일본의 예를 들면 그들의 대중적인 영웅은 거의 예외 없이 당대 체제 안에 있던 지도자 혹은 영웅입니다. 전국 시대로 보면 노부나가나 히데요시, 이에야쓰가 되고 근대에 이르면 러일 전쟁을 승리로 이끈 노기나, 진주만 기습을 지휘한 야마모토 이소로쿠 같은 장군들입니다. 그런데 우리의 대중 영웅은 전혀 다릅니다. 옛날에는 홍길동이고 요즘에는 임꺽정이나 장길산 같은 체제 밖의 영웅들이 더 많이 알려지고 사랑받는 것 같습니다. 존경하는 인물로 김유신이나 왕건, 세종대왕 같은 이들은 대면 어딘가 촌스럽고 무식해 뵌다는 식의 정서죠. 지식인층에서도 마찬가집니다. 다산이나 유대치 같은 체제 밖의 지식인들에 대해서는 과장의 혐의가 들 만큼 후한 점수를 주면서도 황희·유성룡·김성일 같은 체제 안의 인재들을 높여 말하기는 꺼리는 경향이 있지요.

이어령 왜 도박이 나쁜 것이냐 하면 따는 사람과 잃는 사람은 있어도 전체 판돈을 두고 계산해 보면 조금도 달라진 것이 없다는 점입니다. 말하자면 생산이 아니라 분배에만 관여하는 행위이기 때문에 도박꾼은 아무리 밤새도록 애를 써도 결과적으로 이 사회에 단 한 푼도 보태준 것이 없다는 것입니다. 이것의 의도의 허구성이란 것입니다. 의도는 부자의 것을 빼앗아 가난한 사람에게 나누어 주는 것이므로 아무리 미화해도 분배의 영웅일 뿐 생산의 영웅은 못 됩니다. 가령 의도義盜소설이 아니라 신소설 이후의 개화기 때의 소설을 보면 아들이 아버지보다 삼촌을 존경하는 모델로 삼고 있는 경우가 많습니다. 실제로 자기를 먹이고 키워주는 것은 농사를 짓는 아버지인데, 아들이 따르는 것은 일본쯤 유학을 가서 약간 물이 들어 온 룸펜인 삼촌입니다. 아버지는 타협자고 비굴한 사람으로 보이고, 삼촌은 정의로운 지식인으로 영웅으로 비치는 것이지요.

러시아 형식주의자들의 문학사 이론처럼 새로운 소설 양식은 언제나 아버지에서 아들로 이루어지는 것이 아니라 삼촌에서 조카로 방계 상속이 되는 것입니다. 체제 내적 영웅이냐 체제 외적 국외자의 영웅이냐에서 우리는 바로 이 '삼촌 문학' 쪽의 지적 계보가 상속되어 온 것 같습니다. 잘은 몰라도 경제적 측면에서도 그럴 것입니다. 산업 혁명으로 발생된 도시 빈민 문제에서 경제학이 생겨났다고 한다면, 그 빈곤을 해결하는 대표적인 방법으로 우리는 마르크스와 같은 '혁명의 원리'와 마셜과 같은 '경쟁이 원리'를 들 수 있지 않나 합니다. 의도 문화, 삼촌 문화의 그 근저에는 '혁명의 원리'가 향수처럼 깔려 있었다 해도 과언이 아닌데, 한국만이 아니라 전 세계의 추세는 소련 동유럽의 붕괴 등 '혁명의 원리'의 쇠퇴기로 접어든 것 같습니다.

이문열 혁명론은, 많은 경우 제도론적입니다. 예외가 없는 것은 아니지만 대개의 혁명론이 사람들의 마음을 끄는 것은 경쟁의 공포에서 해방시켜 주는 까닭인 것 같습니다. 이미 이루어진 경쟁에서의 패배를 보상해 주는 것이든 미래에 있을지 모르는 경쟁에서의 패배를 피할 수 있게 해 주는 것이든 말입니다. 따라서 가혹한 경쟁에서의 해방을 약속하는 한 혁명론은 우리에게 영원한 유혹으로 남게 됩니다. 사람들 중에는 경쟁에서 자신감을 가진 이들보다는 자신 없어 하는 이가 훨씬 많습니다. 예를 들어 100명 중에서 49등 하는 사람은 객관적으로 보면 경쟁에서 비교 우위가 있는 사람에 속합니다. 그러나 주관적으로는 아무도 그렇게 생각하지 않습니다. 뒤에 있는 51명보다 앞에 있는 48명이 두렵기 때문입니다. 아마 한 20등쯤 하는 사람도 마찬가지일 것입니다. 뒤에 있는 80명보다 앞에 있는 19명이 몇 배나 더 무겁게 그의 자신감을 짓누를 게 분명합니다. 그런 그들에게는 경쟁 없는 사회가 언제나 뿌리치기 힘든 유혹이 아니겠습니까?

'행복한 공존' 지향

이어령 곡식은 비료를 주고 농약을 뿌려주어야만 자랍니다. 그런데 왜 잡초는 사람이 손을 안 대는데도 병충해도 없이 강력한 생명력으로 번져갈까요? 그 이유는 농작물은 늘 풀을 뽑아주어 인위적으로 경쟁자가 없는 환경 속에서 살고 있기 때문이라고 합니다. 콩밭에는 콩만 있고 논에는 벼만 있습니다. 그러나 잡초는 한 뼘 안에도 수십 종의 다른 종류들의 풀들과 어울려 경쟁하면서 함께 생존하고 있습니다. 곡물이 자생력을 잃은 것은 인간 보호로 경쟁력을 잃었기 때문입니다. 스포츠도 그래요. 육상 경기에서 100미터 경주 종목이 각광을 받게 되는 것은 칼 루이스와 존슨, 그리고 버렐 같은 강력한 경쟁자가 있기 때문입니다.

개인으로 보면 괴로운 경쟁이지만 전체로 보면 행복한 공존이라고 할 수 있어요. 경쟁자가 쓰러지면 자기도 쓰러지게 되는 것이 경제 원리의 아이러니입니다. 남북대표 회담에 참석한 북한 대표가 저에게 정말 모르는 것이 있다면서 물어보더군요. 왜 서울 시내에서는 사과 장수들이 일렬로 늘어서서 사과를 파느냐는 것이에요. 사과 장수들이 한군데 모여서 장사를 하면 전부 손해 보는 것이 아니냐는 것이지요. 이 사람은 혁명의 원리는 알지만 경쟁의 원리를 몰랐던 겁니다. 그래서 제가 이렇게 설명해 주었습니다. 사과 장수들이 한 자리에 모이면 사람들 사이에 어디에 가면 사과를 판다는 것이 알려지니까 사람들이 많이 모이는 겁니다. 만약 그 사과 장수들이 띄엄띄엄 앉아 있다면 지금보다 손님이 덜 모이게 될 겁니다.

"내 탓이다" 인식 절실

이어령 기회를 균등하게 주고, 서로 자멸하지 않기 위한 '생태학적룰'을 만들어야 합니다. 경쟁의 원리가 창조적인 쪽으로 가면 혁명의 원리가 빛을 잃습니다. 혁명의 원리가 지금까지 매력이 있었던 것은 공정한 경쟁이 이루어지지 않았기 때문입니다.

지금 중국의 경우 머리는 사회주의이고, 몸은 자본주의라는 것이 옛날과는 전혀 달라요. 엄청난 경쟁 속에 발전돼 가고 있으며, 일을 안 하면 사회주의적 방식으로 엄격한 통제를 가합니다. 하루만 결근해도 보너스가 절반으로 줄어버려요. 그러니까 자본주의적 경제 체제를 도입하면서 룰에서 벗어나는 것은 가차 없이 물어버려요. 지금 중국은 불과 몇 년 만에 일본 시장의 7퍼센트를 점유했지만, 우리는 20년 이상 수출했으면서도 고작 5퍼센트에 불과합니다. 이렇게 사회주의에서도 경쟁이 일어나고 있습니다. 우리 국민들도 경쟁에 대한 의식이나 사물을 바라보는 접근의 참신성 없이는 새로운 시대를 열 수 없습니다. 내가 어려울 때 책보를 짊어지고 학교를 가다가 언덕에서 내려갈 때는 서로 말없이 불문율처럼 달리기를 시작합니다. 그런데 뒤에 처진 아이가 도저히 앞에 가는 아이를 따라잡지 못할 것 같으니까 우뚝 서가지고는 "앞에 가는 놈은 도둑놈"이라고 외쳤습니다. 여태까지 같이 경쟁하다가 진 놈이 앞에 가는 놈은 도둑놈이라고 그러니, 앞에 가는 아이는 머쓱해져서 그 자리에 서버립니다. 우리는 오랫동안 '앞에 가는 놈은 도둑놈'이라는 문화 속에 살았습니다. 계장이 과장을, 과장이 부장을 서로 앞에 가는 놈은 도둑놈이라고 쑥덕거렸습니다. 지는 자는 선하고, 이긴 자는 악하다는 식으로 경쟁 사회였으면서도 이긴 자를 인정하지 않았어요. 이제는 구실이 없어야 합니다. 어디에다 탓을 합니까. 모든 국민이 패배의 원인은 나에게 있다고 하는 사회가 돼야 하고, 구실이 통하지 않는 사회를 만들어야 합니다.

이문열 얘기를 문화 쪽으로 넘기면, 우리 문화가 세계화를 지향한 지 오래됐습니다만 실질에서는 의문스러운 구석이 더 많습니다. 얼핏보면 세계로 뻗어가고 있는 듯 보이지만 그 시선은 실상 국내를 향한 경우가 자주 있습니다. 예술이나 미술의 경우 외국에서의 공연이나 전시회 그 자체보다 그 사실을 국내 활동의 후광으로 삼길 원할 때도 있는 듯 합니다. 어쩌면 이전보다 더 철저한 국내 지향이라 할까요.

눈을 밖으로 돌려야

이어령 외국에서의 활동을 국내 활동의 후광으로 삼으려는 전략은 우리 문화가 스스로 발광체가 되지 못하고 서구 문화의 태양을 받아 되쏘는 '달빛의 문화'이기 때문이라고 할 수 있지요. 우리의 의식이 세계로 나가지 않는 한 진정한 의미에서의 민족 문화의 동질성도 모르게 됩니다. 이질성을 경험하지 않고 동질성을 느낄 수 있겠습니까? 왜 유럽은 통합되어야 하는가에 대해 한 지식인은 이렇게 말합니다. "스위스 안에 있을 때는 독일어를 사용하는 스위스인과 프랑스어를 쓰는 스위스인들 사이에 동질성이 생겨나지 않는다. 그러나 스페인에서 이 다른 두 스위스인이 만나면 그들은 비로소 같은 스위스 사람이라는 동질성을 발견하고 느끼게 된다. 그런데 스페인 사람과 이 스위스인이 일본으로 오게 되면 그때는 스위스인도 스페인인도 같은 유럽 사람이라는 새로운 사실을 체험하게 될 것이다. 아시아가 있기 때문에 유럽은 한 나라가 될 수 있다." 그런데 우리는 오랫동안 분단국가에서 살면서 대내 문제의 불안과 정치 투쟁 등 대내 경쟁력으로 바깥에 눈을 돌릴 수 없었습니다. 기업 간에도 국제 경쟁력보다는 자기네끼리의 싸움으로 미국의 가발 시장을 한국인이 독점해 놓고 자멸해 버렸고, 중동 경기 등 건축 붐을 타고도 손해를 보았습니다. 지금은 또 석유화학이 그렇습니다. 내부 경쟁으로 소모전을 하고 있을 때 유럽은 한 블록으로 뭉쳐 통합 국가를 형성하고, 미국은 나프타NAFTA로 남미와 북미가 동일 경제권으로 형성해 가게 되었습니다. 지구촌이니 지구인이니 하지만, 스위스인의 논법대로 하면 우리가 달나라 아니면 화성인과 전쟁을 치르지 않는 한 지구가 하나라는 세계 인식이 나오기는 어렵습니다. 대내 경쟁 지향에서 대외 경쟁 지향으로 모든 의식이 바뀌어야 합니다.

통일도 이북 체제가 남쪽의 민족을 적으로 삼는 대내 경쟁이 아니라 외국과의 경쟁 체제로 하루빨리 바뀌어야 가능합니다. 그런데 이 때 제일 먼저 걸리게 되는 좌초는 일본입니다. 상징적인 예를 들면 우리는 동해라고 하지만 일본은 '일본해'라고 합니다. 세계의 지도에는 그렇게 이름 지어 있지요. 그런데 지중해는 말할 것도 없고 이슬람 국가는 비록 흩어져 있다 하더라고 문화적으로 하나의 블록을 형성하고 있어서, '페르시아 만'은 특정 나라 이름이 삭제되어 그냥 걸프(만)라고 불리고 있습니다. 한국·일본·러시아·중국이 다 같이 면해 있는 공해公海를 일본해라고 부르는 한 동해同海 문화권은 불가능합니다.

이문열 얼마 전 『마이니치 신문』에서 일본의 젊은 작가와 대담하는 중에 대동아 공영권 문제가 나왔습니다. 저는 동북아시아의 공영권 형성은 틀림없이 필요한 것이고 이상화할 만한 가치도 있지만, 당신네들이 잘못해서 어렵게 되었다고 말해주었습니다. 사실 제 진심도 대동아 공영권의 실패에 대해서는 애석함을 금치 못합니다. 말 그대로의 '공영'이 되었다면 단결된 동북아의 힘만으로도 서양 세력의 침투를 막아냈을지도 모르는데, 그걸 구실로 우리 한반도를 두고 각축하는 마당에 러·청·일이 나

란히 망하지 않았습니까? 러시아 제국은 볼셰비키 혁명에, 청나라는 신해혁명, 일본은 제2차 세계대전 패망으로……. 하지만 진정한 의미의 공영권 내지 블록화의 필연성은 아직도 남아 있다고 봅니다.

이어령 세계사에서 서양의 우위는 산업혁명 뒤 오늘까지 약 200년 밖에 되지 않았습니다. 그동안에는 문화는 물론 경제·기술 분야에서도 아시아가 압도하였지요. 동아시아가 이렇게 서양 문명에 굴복하고, 또 오늘날에도 그 이니셔티브를 서양에 빼앗긴 채 있는 것은 중국과 일본의 역할이 잘못되었기 때문이라고 할 수 있지요. 서양은 여러 나라가 서로 경쟁을 하면서도 힘의 균형을 유지하면서 발전해 왔습니다. 그러나 중국은 화이사상으로 변방 문화를 한 도가니에 넣어 녹여 버렸습니다. 중국은 수·당·송·청 등 모두 외자로 불렀지만, 우리처럼 변방국은 신라니 고구려니 조선이니 두 자 이상으로 국호를 지었던 것이지요. 근대화 이후에 아시아는 서양의 목장이 되고, 일본은 그 목장의 풀을 뜯는 양 떼 구실을 하게 되었습니다. 물론 양 떼를 치는 목동은 서양 사람이고요. 이 양이 늑대로 변해 목동에게 대든 것이 이른바 일본을 위한 동아시아 통합 정책인 대동아 공영권을 부르짖은 것이었습니다. 앞으로 블록화를 향해 세계 질서가 옮아갈 때 동아시아를 하나로 묶을 수 있는 유일한 가능성을 지닌 숨겨진 패는 한국밖에 없습니다.

베네통 상표 4억 달러

이어령 더구나 21세기의 문명은 문명사가들이 지적하고 있듯이 서구를 축으로 한 근대 산업문명에서 벗어나는 세계 시스템이 되어야 하는 것입니다. 경제는 말할 것도 없고 사상적 측면에서도 냉전 이데올로기의 종언 이후 동아시아의 역할은 엄청난 것입니다. 한국이 다시 대륙과 섬을 잇는 반도의 역할을 하기 위해서도 한반도의 통일은 조속히 이루어져야 합니다. 물이 낮은 곳으로 모여 바다를 만드는 것처럼 한국은 강대하지 못하기 때문에 오히려 강대한 옛 중국이나 오늘의 일본을 모을 수가 있습니다. 연금술사들은 이질적인 귀금속을 이을 때 납을 썼습니다. 납은 귀금속을 융합시키는 힘을 가지고 있기 때문에 그 귀금속보다 가치가 있지요. 스파게티는 이탈리아를 대표하는 요리지만, 막상 그 면은 마르코폴로가 중국에서 가져온 것이고, 그 소스의 토마토는 남미에서 가져온 것입니다. 이탈리아 것이 하나도 없이 스파게티는 이탈리아의 것입니다. 중화로 통합되었던 옛날의 아시아는 한국이 그 중화로 상징되는 새로운 아시아로 바뀌어야 합니다.

이문열 다시 문화로 돌아가서 이번에는 문화의 생산성에 대해 얘기해 보았으면 합니다. 이 땅의 많은 사람들은 문화를 소비의 측면에서만 바라보지만 최근의 국제적인 추세는 문화의 생산성에 주목하고 있습니다. 실제로는 상품화된 문화만큼 고부가가치인 생산도 없을 듯 싶습니다. 예를 들면 이탈리아의 베네통은 작은 초등학교 정도의 규모인 회사이지만 1년에 상표 로열티로 전 세계에서 거둬들이는 것만도 4억 달러나 된다고 합니다. 베 한 자투리 들지 않고, 산업공해도 없이 우리나라에서 잘된다고 하는 자동차 공장보다 더 많은 순익을 올리는 셈이지요. 또 영국의 세계적인 흥행사 매켄토시는 뮤지컬 「레미제라블」과 「미스 사이공」 두 편의 흥행만으로도 유전에 손댈 만큼 많은 수익을 올렸다더군요. 일본 한 곳에서 「미스 사이공」 로열티만으로 400만 달러 가까이 거둬들였다고 합니다. 이제는 우리도 생산으로서의 문화에 눈 돌릴 때가 된 듯합니다. 이것과 아울러 우리의 미래에 대한 전망도 다시 한 번 정리해 보는 게 좋겠습니다.

이어령 학자들 간에도 21세기를 문화산업 시대로 규정하고 있는 사람들이 많지요. 농경시대에는 농산물을 낳았고, 산업시대에는 공산품을 낳았습니다. 그렇다면 오는 세기의 새로운 시대의 산물은 무엇이냐. 그것은 지적 소유권에서 나온 지산품知産品일 것입니다. 물론 이 말은 제 자신이 만든 조어입니다만. 앞으로 지구 자원은 고갈될 것이고 또 기술은 금세 국경을 넘어가 확산됩니다. 그러므로 산업 시대를 주도해 온 공산품이 국력을 좌우하던 시대와는 많이 달라지게 되겠지요. 남이 모방할 수 없고 다량 생산되어 그 값이 하락되는 일도 없는 고부가가치의 문화 산업이야말로 한국인이 도전해 볼 만한 영역이라고 생각합니다.

음악이나 무용과 같은 예술 분야는 아무리 생산해도 지구 자원의 고갈이나 공해 문제도 없습니다. 또 이런 문화는 개인의 상상력을 자원으로 하는 것이라 자원국이나 자본을 가진 경제 대국이라 하여 반드시 우위를 차지한다는 법도 없어요. '경제 향상'이 절대 욕구였던 시대는 지나가고 있습니다. 앞으로 오는 시대는 '문화 향상'의 욕망이 지배하게 될 것입니다. 그동안 우리는 두 개의 독獨 자에 시달려 왔습니다. 하나는 독재이고 또 하나는 독선입니다. 모든 분야에서 치자治者는 독재를 했고 그에 저항하는 사람들은 자기만이 정의로운 사람이라는 독선에 빠져 있었습니다. 그러나 문화 산업 시대는 독재적인 것과 독선적인 것이 필요 없게 됩니다. 오로지 독창이라는 새로운 독자만이 힘을 쓰게 될 것입니다.

공장에서 일하는 사람도 작업자나 노동자가 아니라 예술가처럼 고통스럽지만 누가 시키지도 않는데 제가 좋아서 스스로 일하는 플레이어가 돼야 합니다. 지금까지는 국민총생산량GNP을 갖고 국가 간에 경쟁했지만 21세기에는 국민총행복량을 따져야 합니다. 행복이란 마음의 문제인데, 이 마음을 컨트롤하는 게 문화예요. 기업도, 정치도 플레이어로서의 행복을 만들어야 합니다. 기술을 개발하지 말자는 것이 아니라 기술도 행복을 주어야 한다는 겁니다. 옛날 선풍기는 바람만 내뿜으면 됐지만 이제는 '기분이 좋아지게 하는 선풍기'가 아니면 안 써요. 자연의 산들바람처럼 불었다 안 불었다 하거나, 위에서 혹은 옆에서 바람이 부는 선풍기(퍼지 팬)가 바람과 함께 기분도 내뿜는 거예요.

적어도 문민 시대에는 문화적 가치를 선행시키지 않고는 정치적·경제적 가치로 이어질 수 없어요. 지금까지 내려오던 통치, 지금까지 대항해 오던 방식에 대대적인 변화가 없으면 21세기에 도달하지 못합니다. 친과 반의 논리에 매달리지만 말고, 체제를 벗어나서 체제를 끝없이 부드럽게 하는 비체제주의자가 많이 나와야 합니다. 미국의 소설가 존 업다이크가 이런 말을 했어요. "소련의 작가들은 얼마나 행복한가. 그들이 싫어하는 독재자를 공박하면 솔제니친처럼 노벨 문학상도 받지만, 무한한 자유를 가진 우리 미국 작가들은 얼마나 힘든가."

이제는 우리의 지식인들도 정치적·사회적 프리미엄이 없는 시대에 왔습니다. 이것은 대단히 기쁜 시대이면서, 개개인이 자기 실력을 닦아야 하는 대단히 고통스러운 시대입니다.

이문열 원점으로 돌아와서 새 정부와 국민이 해야 할 사고의 대전환은 지금까지 내려오던 쟁점 자체를 바꾸는 일이라고 할 수 있습니다. 쟁점의 변화 가운데 가장 큰 것은 무엇이겠습니까?

핑곗거리 사라졌다

이어령 경제도 문화적으로 생각하고 정치도 문화적 가치로 따져보는 가치 기준의 대전환이라고 할 수 있겠지요. 부의 경제적 분배만이 아니라 이제는 감동의 분배(민족 공감 확대)입니다. 그중에서도 가장 새롭게 대두되어야 할 문제는 책임의 공동 분담이지요. 옛날에는 핑곗거리가 있었지요. 심지어 술에 많이 취하는 것도 사회 탓으로 돌렸지요. 자기의 무능이나 잘못에 대해서 구실을 내세울 수가 있었다는 거지요. 그러나 민주화가 이룩되고 사회가 맑아지면 모든 책임은 자기가 져야 합니다. 그렇게 되면 사회의 어두운 면만 보게 되지 않고 밝은 면도 보게 될 것입니다. 하느님은 인간에게 두 눈을 주셨지만 그 동안 우리는 한 눈을 감고 세상을 보았지요. 한 사람은 눈 하나를 감고 밝은 점만 보고, 또 한 사람은 역시 한쪽 눈을 감고 어두운 면만 봅니다. 이제 양면성·양의성으로 사회를 보는 복안적 사회를 이룰 때가 온 것이라고 봅니다. 세기말로 넘어가는 앞으로의 5년은 우리의 마지막 기회이며, 이것을 놓치지 않기 위해 4000만이 책임을 서로 나눠 가져야 하므로 어느 의미에서는 국민들 개개인이 어려운 시대가 될 것입니다.

이문열 우리의 변화는 고립된 것이 아니라 세계사적 징후들과 맞물려 있는 것이라고 생각합니다. 저는 이번에 영미 뮤지컬을 중심으로 세계의 연극들을 여러 편 볼 기회가 있었습니다. 여러 가지로 느낀 게 많았지만 그중에서도 한 섬뜩한 징후로 느낀 것은 언어가 쇠퇴하고 있다는 것이었습니다. 문화에서 언어의 역할이 눈에 보이게 축소되고 있는 듯한 인상을 받았는데, 그게 일시적인 현상에 지나지 않는지 아니면 지속적인 추세가 될지는 얼른 가

늠이 서지 않습니다.

만약 그것도 세계사적인 한 징후라면 우리의 미래와 그 징후는 어떤 연관을 맺게 될지, 그리고 거기에 대한 우리의 내용은 어떤 것이어야 할지 한 말씀 해주시고 이 대담을 마무리해주셨으면 좋겠습니다.

랩 유행 "언어 설사"

이어령 전 세계적으로 언어의 시대가 가고 있습니다. 우리는 올해를 책의 해로 정하여 캠페인을 하고 있습니다만, 미국에선 작년에 책을 한 권도 사지 않는 가정이 60퍼센트라고 합니다. 책을 많이 읽는다는 일본도 활자보다는 만화책을 더 선호하여 만화 대국이 되었습니다.

언어를 통한 의사소통보다는 영상을 통해 정보를 얻고 전달하는 일렉트로닉스 카테지, 일렉트로닉스 키드가 등장하고 있지요. 일전에 미국에서 살고 있는 내 손자가 왔는데 컴퓨터 게임을 함께하자고 조르더군요. 그리나 번번이 속수무책으로 지구를 공격하는 우주인에게 깨지는 나를 보고 그 녀석이 한숨을 쉬면서 아주 걱정스럽다는 듯이 "할아버지는 바보"라고 하는 것이에요. 할아버지는 교수고 장관을 지낸 사람이라고 들었는데 아무것도 아니라고 실망을 한 거지요. 일렉트로닉스 키드는 머리로 사고하기보다는 손끝으로 생각하고 행동하지요. 요즘 우리나라의 젊은 세대 랩 가수들의 노래를 들으면 거의 언어가 설사를 하고 있다는 생각이 들어요. 말이 목구멍에서 머리를 거치지 않고 그냥 입으로 새어 나오는 거지요. 베스트셀러라고 하는 소설집 가운데는 역사 소설이 아니라 야담이라고 해야 옳을 것들이 많고요. 물과 공기는 하느님이 인간에게 공짜로 주신 가장 귀중한 보물입니다. 그렇기 때문에 도리어 우리는 그 귀중함을 모르고 낭비하고 오염시키고 급기야 그 위기를 피부로 느끼게 되었습니다. 언어 역시 문화의 자원 가운데 가장 값진 것이면서도 말에는 세금도 돈도 지불하지 않는 것으로 생각했기에 오늘날 언어는 혹심한 병을 앓고 있습니다.

1960년대까지만 해도 세계적인 거장들이 있었어요. 헤밍웨이·포크너·그리고 카뮈·사르트르. 그러나 이제 거장들의 시대는 오지 않고 있습니다. 그러나 한 가지 분명한 것이 있어요. 지금까지는 경제와 정치 발전이 민족의 과제였다면, 이제는 인간의 의식과 마음을 결정하는 언어문화의 발전이 우리 앞날을 결정한다는 것입니다.(「'시대 변화'…… 의식의 새 흐름을 말한다」, 『조선일보』, 1993. 3. 6.)

새로운 천년의 문턱 넘기

대담자: 강인선

'천년은 역사 체험의 시간'

이어령 이화여대 석좌교수(전 문화부 장관)는 밀레니엄millennium(천년의 기간)의 의미를 생각하게 된 것 자체가 이미 혁명적인 사건임을 전제한다.

이어령 시간을 1000년, 2000년 단위로 생각하는 밀레니엄이라는 단위는 자의적恣意的이기는 하지만, 이러한 기준은 우리가 처음으로 인간과 한국을 1000년이라는 단위 속에서 생각해보게 한다는 점에서 의미가 있는 것이지요. 세계 속에서 한국을 생각해보는 '글로벌리즘'이 공간 혁명이라고 한다면, 1000년의 시간 속에서 한국을 생각해보는 '밀레니엄'은 시간 혁명입니다.

그러나 1000년이라는 시간 단위는 한 개인이 받아들이기에는 너무나 장구한 시간이다. 새로운 천년을 맞는다는 것을 개인들은 어떻게 받아들여야 할까.

이어령 개인에게 10년은 체험 가능한 시간 단위입니다. 그리고 100년은 체험하지 못하더라도 예측 가능한 시간이지요. 1000년이라고 하면 그때부터는 개인의 차원이 아니라 역사 체험이 가능한 한계를 말하는 것이 됩니다. 조선 왕조가 500년 동안 지속되었고, 일본의 도쿠가와 막부가 300년을 갔습니다. 그 정도면 역사에 보기 드물게 오래 지속된 왕조입니다. 1000년이 지속된 왕조란 역사에서 찾아보기 힘드니까요. 역사 감각으로 받아들일 수 있는 시간 단위가 바로 1000년입니다. 우리가 고구려·백제·신라를 이야기하지만, 그것은 사실 먼 얘기처럼 들립니다. 그러나 고려·조선이라고 하면 훨씬 더 피부에 가깝게 와 닿아요. 그것은 1000년이라는 단위가 가시적可視的인 역사 경험을 가능케 하는 시간이기 때문입니다.

다른 나라의 예도 마찬가지입니다. 역사를 1000년 단위의 사이클로 나누어 볼 때 거기에는 가시화되는 역사의 매듭이 있어요. 영원한 과거로 거슬러 올라간다고 하지만, 1000년 이후가 되어야 유물도 나오는 등 인간의 지능으로 도달 가능한 범위가 됩니다.

1000년도 더 전의 유물인 불국사, 진흥왕 순수비, 석굴암 등을 생각해보세요. 그 흔적들은 지금도 남아 역사를 짐작하게 해줍니다. 500년 전 조선조의 역사를 살펴봅시다. 천년사직千年社稷이란 것이 결코 단순한 수사修辭가 아님을 알 수 있습니다. 따라서 우리가 1000년 뒤를 생각하는 것은 결코 허망한 이야기만은 아닙니다.

유목문화와 농경문화의 쟁투

그는 우리의 이전 1000년은 "오늘날 우리가 말하는 한국과 한국인이라고 하는 것이 이루어진 시간"이라고 규정한다. 그리고 지난 2000년 동안 한반도에서 일어난 사건 중 문명사적文明史的으로 가장 중요한 것은 유목민과 농경민 간의 싸움으로 보고 있다.

이어령 우리 역사는 초기에는 말[馬]의 문화로 대표되는 유목민의 승리였지만, 점차 소[牛]로 상징되는 농경민의 문화, 즉 정주定住와 정착의 시대에 들어서게 됩니다. 그러니까 우리 역사는 북위 40도 선 위에 살던 몽골족이 한반도에 정착하는 과정이라고 할 수 있지요. 그 이후의 과정은 유목적 문화와 농경적 문화의 쟁투爭鬪라고 할 수 있습니다. 우리는 중국의 영향을 많이 받은 것으로 생각하지만, 몽골 유목문화의 영향도 적지 않게 받았습니다.

복식의 경우는 말할 것도 없고, 가까운 예로 우리가 박정희 대통령 시절 '잘 살아보세'하며 경제 건설에 나섰던 경험, 수출, 인력 진출 등 외국으로 뻗어나가는 기운, 또 '다시 뛰자'고 하는 움직임 등은 바로 이 유목민의 기질이 발현된 사례입니다. 그런데 또 한편으로는 어딜 가나 고향을 그리워하고, 나그네 설움을 말하는 것은 전형적인 농경민의 정서를 반영하는 것입니다. 한국 문화는 바로 이러한 두 가지 기운이 서로 엎치락뒤치락 상호작용하는 과정에서 이뤄진 것이지요.

아시아 전체라는 관점에서 볼 때 한반도의 역사는 대륙 세력과 해양 세력의 접점接點에서 이뤄진 역사라고 할 수 있다. 천년 단위로 볼 때 몽골의 침입은 대륙 세력이 밀고 내려온 역사, 그리고 일본의 침입은 해양 세력이 밀고 올라온 역사의 큰 흐름이 나타난 사례였다. 한반도는 그 사이에서 이 두 세력의 씨름판이 되었다. 각축하는 큰 세력들 사이에서 씨름판 역할을 한 것은 한국에 시련을 안겨주었지만, 이 시련의 역사 속에서 미래 한국의 새로운 역할의 단초端初가 보인다고 하는 것이 이 교수의 해석이다.

이어령 과거 갈등의 시대에는 한반도가 싸움터가 되었지만, 새로운 시대에는 두 개의 이질적인 문화를 조화시키는 역할을 하게 될 것입니다. 그것은 반도가 어떤 형태로든 '매개'의 역할을 해온 것과 관련이 있습니다. 지난 1000년 동안 한반도는 갈등의 불구덩이였지만, 이제는 그 매개의 체험을 오히려 새로운 문화의 접속 라인으로 활용할 수 있기 때문입니다.

과거 1000년 동안 한반도에서는 중요한 세 가지 싸움이 벌어졌습니다. 중국과 몽골의 침략, 일본의 침략, 그리고 한국전쟁이 그것입니다. 한반도는 전쟁과 충돌과 갈등이 집중적으로 벌어졌던 지역입니다. 갈등의 시대에는 그랬어요. 그러나 조화의 시대, 문화의 시대로 특징지어지는 새로운 천년에는 한국의 역할이 달라집니다.

세인트 조지 콤플렉스의 종언

그는 과거 1000년의 세계 문화를 갈등과 투쟁이라는 특징으로 규정한다.

이어령 지난 1000년의 문화, 특히 서구 중심의 문화는 한마디로 베토벤적인 문화라고 말할 수 있습니다. 어둡고 괴로운 터널을 지나야 환희의 벌판으로 나온다고 하는 것입니다. 십자군 전쟁의 영웅인 세인트 조지의 이름을 딴 세인트 조지 콤플렉스Saint George Complex라는 것이 있습니다. 지난 1000년의 서구 문명의 핵심이 되는 기본 틀은 영웅이 악령惡靈을 죽이고, 납치된 공주를 구출해서 사랑을 얻고 마침내 해피 엔딩이 되는 것입니다. 자유, 사랑, 고귀한 것을 얻기 위해서는 반드시 용과의 싸움에서 용을 죽여야만 한다는 것입니다. 이와 같은 악령 죽이기는 오늘날까지도 계속되어 왔습니다. 미국과 옛 소련을 중심으로 한 냉전도 이 틀로 설명될 수 있습니다. 미국은 옛 소련이라는 악령을, 옛 소련은 미국이라는 악령을 죽이려고 한 것이지요.

이제 이 세인트 조지 콤플렉스는 사라져야 하는 시점이 되었습니다. 그러면 여기 대체되는 모델이 무엇인가? 그것은 모차르트적인 것입니다. 모차르트적인 것은 즐겁고, 포용하고, 조화로운 특성을 지니고 있어요. 최근 일본 NHK방송이 조사한 바에 따르면, NHK방송이 1년 동안 내보낸 모차르트의 음악이 베토벤의 것보다 많다고 합니다. 메이지유신[明治維新] 이래 일본에서는 베토벤의 음악이 가장 사랑을 받아왔는데, 처음으로 모차르트의 음악이 베토벤을 앞선 것입니다. 메이지유신 이래의 일본 역시 근대화를 추진하고, 서양을 이기기 위해 투쟁해 왔습니다. 모차르트 음악의 강세는 이제는 그런 대결과 투쟁의 시대가 막을 내리고 화해의 시대로 들어가는 분위기가 되고 있음을 예고하는 것이지요.

인류는 어리석기 때문에 지난 1000년 동안 전쟁을 하고서야 전쟁보다는 평화가 낫다는 것을 깨달은 것이지요. 많은 사람들이 옛 소련은 원자폭탄이나 수소폭탄에 의해 망할 것이라고 예측해 왔습니다. 저런 식으로 평화적으로 무너지리라고는 예상을 못 했어요. 이제는 융합하고, 화해하고, 결합하는 시대입니다. 이것은 제 이야기가 아니라 세계 문명사가들의 이야기이기도 합니다.

아버지를 뜻하는 부父 자는 두 손에 도끼를 든 모양입니다. 지난 1000년의 문화는 한마디로 도끼 문화입니다. 도끼가 다시 나무를 찍는 데 쓰입니다. 이렇게 찍힌 나무가 다시 쇠를 녹이는 데 이용되지요. 결국 도끼 한 자루가 숲 전체를 망치는 것입니다. 결국 인류는 지금까지 지혜를 이용해서 스스로 죽이는 길을 걸어온 것입니다. 공해가 바로 이런 사례이지요. 도끼 한 자루가 거대한 숲을 죽이듯 사람의 지혜로 만든 문명이 문명을 죽여온 것입니다.

금속이나 석유 등 지하자원을 기반으로 한 20세기의

문명은 시작부터 한계를 내포하고 있었습니다. 지하자원이란 언젠가는 바닥나는 것이고 그런 의미에서 계속 성장한다는 것은 불가능한 것이지요. 농업의 경우는 다릅니다. 씨 뿌리고 거두고, 또 씨 뿌리면 다시 거둘 수 있는 재생산이 가능한 문화로 천년만년 지속될 수 있는 힘이 있었습니다. 그러나 산업사회라는 것은 지하자원을 다 쓰고 난 뒤에는 그 이상 성장할 수 없는, 1000년이 못 가는 문화이지요.

새로운 천년, 문화의 시대

이어령 교수는 다가오는 새천년은 문화의 시대가 될 것이라고 예측한다. 그리고 그것은 많은 미래학자들과 문명사가들의 예측이기도 하다. 그는 이 새로운 문화의 시대는 다음과 같은 특징을 갖게 될 것이라고 한다.

첫째는 새천년의 문화는 문제의 해결이나 발전보다는 그로 인해 부수적으로 발생하는 문제들을 줄이는 데 주안점을 두게 된다는 것이다. 둘째는 성장에 집착하기보다는 정체하는 쪽으로 갈 것이라고 한다. 셋째는 일과 놀이가 하나가 되는 경향이 강화될 것이며, 넷째는 인터넷의 발달과 확산에 힘입은 '새로운 은둔의 시대'가 올 것이라고 본다. 다섯째는 이전처럼 축적하고 남기는 문화가 사라지리라는 것이다.

이 교수는 다가오는 새천년에 이루어질 가장 중요한 발상의 전환 중 하나가 '리스크risk'를 없애는 것이 중요시되는 점이라고 보았다.

이어령 지난 1000년의 역사를 보면, 빨리 달리기 위해 자동차를 만들어내고, 계단을 더 빨리 올라가기 위해 엘리베이터를 만들어내는 과정이었습니다. 발전만 중요시했지 그로 인해 발생하는 리스크에는 별로 신경을 쓰지 않았어요. 리스크는 아랍어로 '일용할 양식'이라는 뜻입니다. 그러나 절대적으로 필요한 일에는 반드시 그에 따르는 부수적인 대가가 있는데, 그게 리스크예요.

예를 들어 자동차를 타다 보니 사고 때문에 위험하다고 해서 안전벨트를 만들어 해결했어요. 그런데 안전벨트를 매면서부터, 운전자들은 이제 안전하다는 생각에 더 공격적이 되어 운전하는 속도가 빨라졌어요. 일단 문제를 해결했다고 생각했는데 거기에 다른 문제가 등장한 것이지요. 그것은 새로운 위험이 생겼다는 뜻입니다. 그럼 이 문제를 어떻게 해결할 것인가 생각해야 하지요. 앞으로는 이런 식으로 리스크를 관리하는 데 더 많은 시간과 노력을 들이게 되는 겁니다. 그래서 앞으로의

1000년은 리스크에 도전하는 시대가 된다는 겁니다.

새천년의 두 번째 특징이 될 정체의 시대를 그는 이렇게 설명한다.

이어령 앞으로 1000년의 시대는 정체의 시대가 될 것입니다. 더 이상 발전하고 변화하는 시대가 아닙니다. 지금 이 시대의 우리는 정체를 두려워합니다. 내년에는 금년보다 더 성장해야 한다고 합니다. 그런데 우리는 왜 성장해야 합니까? 왜 잠을 덜 자면서까지, 스스로 괴로워하면서까지 성장해야 합니까? 왜 그래야 하는가, 이런 기본적인 질문에서 시작하는 것이 다음 1000년입니다. 그 결과 '두려움 없는 정체의 시대'가 시작되는 것입니다.

지난 1000년 동안 우리는 생산성에 집착해 왔습니다. 그러나 생산성을 중시하는 것은 농업사회, 산업사회의 미덕일 뿐입니다. 수렵과 채집의 시대에서 생산성은 긍정적인 의미로 볼 수 없었어요. 숲에서 나는 먹을 것과 자원은 일정하니, 남은 것은 공평하게 나누어 먹는 것 뿐입니다. 그런데 한 사람이 높은 생산성으로 발휘하여 모조리 다 차지한다고 해봅시다. 그것은 요즘 감각으로 도둑이나 다름없어요.

우리가 '학교 종이 땡땡땡'으로 시작하는 노래를 부르는데, 이게 전형적인 산업사회 시대의 사고思考를 반영합니다. 아이들은 학교에 다니면서부터 학교에 늦을까 봐, 성장해서 직장에 다니면서는 거기 늦을까 봐 잠자는 시간을 줄여 일찍 일어나야 합니다. 공장이라는 곳은 같은 시간에 사람들이 한자리에 모여 일해야 하는 곳입니다. 따라서 시간에 늦지 않게 가는 것이 너무 당연하게 여겨졌어요. 에디슨이 전구를 발명한 이후, 인류는 잠을 빼앗기고 잠자는 것을 시간 낭비라고 여기며 살아왔어요.

그러나 새로운 1000년의 사회에서는 꼭 한자리에 같은 시간에 모여 일하지 않아도 되는 생활 방식이 등장합니다. 여가 시간과 일하는 시간을 마음대로 조절할 수 있어요. 이미 퇴근 시간을 마음대로 정할 수 있는 근무 형태가 나타나고 있지 않습니까.

그는 앞으로 오는 1000년이 수렵 채집 시대와 비슷한 측면을 많이 보이게 될 것이라고 한다. 물론 질적으로는 다르지만, 자연 친화적으로 움직이고 성장 신화가 파괴되는 점에서는 비슷한 양상이 나타날 것이라고 보고 있다. '인간답게 한다는 것은 무엇인가'라는 기본적인 의미에서부터 출발하면, 성장 콤플렉스에 사로

잡혀 수단에 얽매인 삶이 재조정될 수밖에 없기 때문이다.

전사戰士, 이성理性, 기氣

인간다운 삶, 그것은 일과 놀이의 거리를 좁히는 방향으로 움직여 갈 것이라는 세 번째 특징과 맞물려 있다.

이어령 헤겔은 최초의 인간을 전사戰士, 그 다음 단계를 이성理性의 인간, 그리고 마지막 인간을 기氣의 인간이라고 보았습니다. 여기서 기란 기개氣槪를 말하는데, 그리스어로는 티모스thymos라고 합니다. 스포츠맨이나 예술가 같은 사람들이 바로 이 기의 인간에 속합니다, 목숨을 걸고 뛰는 운동선수들은 전사나 이성의 인간들이 이해할 수 없는 인간형입니다. 티모스의 인간은 다른 사람들로부터 인정받기 위해 무언가를 열정적으로 하는 사람들입니다.

이것이 바로 한국의 신바람 문화와 통합니다. 한국인들은 전사로서 실패했고, 이성의 인간으로서도 성공하지 못했습니다. 사실 서양에서 말하는 티모스라는 것은 우리말로 옮기기 어려운데, 문맥으로 보면 이것은 돈이나 먹을 것을 위해서가 아니라 신이 나서 일을 하는 사람들을 말하는 것입니다. 기개의 인간, 사기士氣의 인간이지요.

바로 이 기개가 삶의 원동력이 되는 시대가 다음 1000년입니다. 헤겔이 말하는 마지막 단계인 인간이 완성되는 티모스의 시대지요. 이런 시대에는 예술가, 스포츠맨 등 창의적인 인간들이 주목을 받게 됩니다.

그는 이러한 새로운 1000년의 일과 놀이 문화의 변화 가능성을 엿볼 수 있는 곳으로 미국의 실리콘 밸리를 든다.

이어령 실리콘 밸리에는 노조가 없어요. 그곳은 끝없이 머리싸움을 하는 곳이지 투쟁을 하는 곳이 아닙니다. 실리콘 밸리는 아이디어로 사는 곳이지, 조직이나 투쟁으로 사는 곳이 아니에요. 이곳에서 지식인과 단순노동자의 수입의 차이는 200대1입니다. 창조적인 것을 중시하지 단순노동을 하는 인간의 값을 크게 치지를 않아요. 우리가 아직도 대단찮게 생각하는 아이디어가 바로 이곳에서는 가장 중요하게 여겨집니다.

실리콘 밸리에서 발견되는 중요한 특성은 노동과 놀이가 하나가 되어 있다는 것입니다. 과거 1000년은 노동과 놀이의 거리가 점점 벌어지는 과정이었습니다. 죽어라고 일해서 돈 벌어, 그 돈을 놀이하는 데 썼습니다. 바캉스의 열기라는 것이 다 이렇게 설명될 수 있습니다. 플라톤은 일과 놀이가 하나가 되는 것이 인류 문명에서 가장 중요하다고 보았습니다. 이 상태를 '리라'라고 하는 데 바로 이 실리콘 밸리에서 '리라적'인 요소가 발견됩니다.

벤처 산업이라는 것이 바로 '미쳐서 하는 일'입니다. 벤처 산업을 하는 사람들은 마치 연애를 하는 사람들 같아요. 뭔가에 미쳐 있어서 주변의 다른 것들은 눈에 들어오지 않는 상태가 돼요. 실리콘 밸리에 들어가는 사람들은 열 명 중 아홉 명이 죽어 나갑니다. 그래도 계속 거기로 뛰어들어요. 마치 서부 개척 시대를 보는 것과 같습니다. 위험을 무릅쓰고 뛰어들어 성공하면 부富를 얻습니다만, 그것은 돈에 대한 욕심만 가지고 할 수 있는 일이 아닙니다. 거기에는 엄청난 모험과 성공 가능성이 있어요. 마치 도박판 같은 곳이지요. 그런 곳에는 열정과 놀이라는 기본이 없이는 뛰어들 수가 없습니다. 싸늘한 계산만으로는 할 수 없는 일이니까요.

지금 미국 산업의 중심이 되는 것이 왜 동부가 아닌 실리콘 밸리, 그리고 보잉사社와 마이크로소프트사社가 있는 시애틀이 위치한 서부에 자리를 잡게 되었을까요?

왜 할리우드가 서부로 갔을까요? 그 사람들은 한마디로 미친 사람들이기 때문이에요. 금에 미친 사람들이 서부로 달려가듯 영화에 미치고 첨단 컴퓨터 산업에 미친 사람들이 서부에 몰려듭니다. 제도와 틀이 꽉 짜여 있는 동부에서는 이런 생동감 있는 기운이 자리 잡기 어렵기 때문입니다.

저는 21세기적 인간의 전형으로 킴 폴리제라고 하는 여자를 듭니다. 이 여자는 자바java라는 소프트웨어를 개발한 여자인데 지금은 마림바라는 회사를 운영하고 있어요. 미모를 갖추고 있고, 생물학을 전공했고, 춤을 좋아하는 이 여자에게 어느 기자가 성공 비결을 물었습니다. 킴 폴리제는 "나는 일하는 동안 춤을 잊어본 적이 없다"고 말했어요. 아마 똑같은 질문을 이사도라 덩컨에게 던졌다면 "나는 춤추는 동안 일을 잊어본 적이 없다"고 했겠지요. 그녀는 돈과 권력을 얻기 위해 일하는 것이 아닙니다. 일에 미쳐 있는 거예요. 그러나 이런 사람들이 기존의 일 벌레와 다른 것은 일을 놀이처럼 생각하고 한다는 점입니다. 모험적인 인간, 기가 살아 있는 인간, 놀이와 일을 하나로 생각하는 인간, 바로 이런 사람들이 새천년을 이끌어갈 주역이지요.

베짱이 기질의 한국인

이 교수는 한국인이야말로 새천년의 주역이 될 수 있는 이 세 가지 기질을 다 갖추었다고 본다.

이어령 '뽕도 따고 임도 본다'든가, '쉬엄쉬엄 일한다'든가 하는 것이 바로 이런 기질을 나타냅니다. 한국인들은 일만 하라고 하면 잘 못 해요. 일본처럼 감독 밑에서 집단적으로 열심히 작업을 하는 것, 그런 것을 한국인들은 잘 못하지요. 일본인들에게 열심히 일하는 개미의 속성이 강하다면, 한국인은 놀기 좋아하는 베짱이 기질이 있어요. 저는 한국인이 갖고 있는 기질이 21세기에 새로운 자산을 만들 수 있는 요소가 된다고 봅니다.

개미와 베짱이의 속편으로 이런 게 있습니다. 여름내 놀아 먹을 것이 없어 배가 고픈 베짱이가 개미의 집 문을 두드립니다. 그런데 안에서 응답이 없어요. 문을 열고 들어가 보니 개미가 먹을 것을 산더미처럼 쌓아놓고 죽어버렸어요. 열심히 일만 하다가 과로사過勞死한 것입니다. 열심히 일해서 세계 최고의 채권 국가가 되었지만 불황에 시달리며 고생하고 있는 일본인들이 이런 상황이지요.

21세기가 되면, 기존 산업 시대의 미덕만 가지고는 살아남을 수 없어요. 이제 새천년의 모델을 우리 스스로 만들어야 합니다. 한국은 그동안 서구와 일본을 따라서, 그들이 한 것을 보면서 따라가면 됐어요. 그러나 이제는 더 이상 바라볼 곳이 없습니다. 한국인이 처음으로 자신의 두 발로 자신의 지평地平에 서서 자신의 눈으로 세상을 바라보아야 하는 시대가 된 겁니다.

한국인들이 지난 1000년을 살아온 패러다임이 바뀌게 되는데, 이것을 긍정적으로 바꾸어야 합니다. 아무리 미인이라도 네거필름에 찍힌 사진을 보면 흉측하기 짝이 없어요. 그렇지만 그것을 사진으로 만들면 아름다운 모습이 살아나지요. 갈등의 시대에 싸움터가 되었던 시련의 체험을 문화의 시대에 매개 역할로 바꾸어내고, 베짱이 기질에서 미래의 자산이 될 수 있는 가능성을 찾아야 합니다. 지난 시대의 부정적인 역사와 체험을 긍정적으로 변화시켜야 하는 겁니다. 그것이 지금 새로운 천년을 앞두고 우리가 해야 하는 일입니다.

앞으로의 1000년을 생각해 봅시다. 한국은 세계에 자랑할 만한 것을 별로 가지고 있지 않습니다. 지난 1000년 동안 기억할 만한 인물인 이순신·강감찬·김유신 같은 사람들은 전쟁 영웅입니다. 예술가나 발명가 같은 사람들은 어떤 시대에나 나올 수 있지만, 전쟁 영웅은 난세亂世에만 나올 수 있습니다. 전쟁이 없는 시대에는 아이젠하워, 맥아더, 패튼 장군 같은 전쟁 영웅은 더 이상 나올 수 없어요. 평화 시대의 영웅은 가수고, 빌 게이츠입니다. 바로 이러한 사람들이 주역이 되는 시대가 오는 겁니다.

새로운 은둔의 시대

그는 인터넷이 가져올 미래의 변화를 중시한다. 인터넷의 특징을 한마디로 '원융회통圓融會通'으로 정리한다. 전 세계적인 차원에서 이뤄지고, 융합적이면서, 그 안에서 만날 수 있고, 통한다는 것이다. 그리고 이러한 새로운 차원의 커뮤니케이션이 가능한 상황이야말로 새로운 은자隱者들의 출현 배경이 되리라고 한다.

이어령 새로운 1000년은 새로운 은자들의 시대가 될 것입니다. 인터넷으로 인해 다시 은둔이 가능한 시대가 옵니다. 이것은 전 세계 인구가 함께 있는 은둔을 의미합니다. 다들 조용한 방에서 컴퓨터 앞에 혼자 있어요. 그러나 사이버스페이스에서 다른 사람들과 만날 수 있습니다. 실제로는 혼자 외롭게 있지만, 인터넷을 통해서 다른 사람을 만날 수 있는, 커뮤니케이션 속의 은둔이 되는 것이지요.

인간다운 삶을 중시하는 생활은 사용가치에 중점을 두게 된다. 나에게 정말 필요한 것, 쓸모 있는 것을 중요시하게 된다. 그리고 이러한 경향 '무엇인가 남긴다'는 것에 더 이상 집착하지 않는 문화를 형성하는 요인이 된다.

이어령 중국의 경우를 생각해 봅시다. 중국의 황제들은 엄청난 규모의 거대한 무덤을 남겼습니다. 중국 천년의 역사는 절대로 죽지 않겠다고 몸부림친 역사였어요. 마오쩌둥[毛澤東]까지도 그랬습니다. 그런데 처음으로 덩샤오핑[鄧小平]이 자신이 죽은 후에 화장火葬해서 강에 뿌려달라고 그랬습니다. 이것은 커다란 변화입니다. 사후에까지 남겠다고 몸부림친 역사가 끝났다는 것을 의미합니다. 이런 것이 바로 수천년 계속되어 온 패러다임이 변화했다는 것을 보여줍니다.

지난 1000년의 역사는 무엇인가를 남기려고 애를 쓴 역사였어요. 사후에 무언가 남기기 위해서 살아 있는 동안 얼마나 낭비하고 힘을 들입니까. 명예를 남기려고. 부富를 남기려고. 자식을 남기려고 했어요. 그런데 사람들은 이제 '남긴다는 것이 무엇인가' 이런 의문을 갖는 방향으로 가고 있어요. 수렵 시대에는 무언가 남기려고 하지 않았어요. 그 자리에서 살다가 먹을 것을 찾아

자리를 옮기면 그만이었습니다. 그러나 지난 천년의 역사란 불필요한 것을 쌓아오는 과정이었습니다. 가족이 10명인 집에서 숟가락 30벌도 넘게 있어요. 그 필요하지도 않은 것을 잔뜩 쌓아두고 사는 것입니다.

사실 문화재라고 하는 것은 역사의 찌꺼기나 마찬가지입니다. 우리가 찬란한 문화유산이라고 소중하게 여기는 것들을 알고 보면 불필요한 것들을 남긴 것에 불과해요. 사는 동안 그 순간에 충실하게 살면 찌꺼기가 남지 않아요. 고작해야 100년 단위로 살아가는 인간이 왜 1000년도 더 지나서까지 남아 있을 철옹성을 만들려고 합니까? 그런 것을 만들려고 하니 몇천 배의 물자가 필요해지는 것이지요.

몽골을 생각해 봅시다. 몽골은 엄청난 제국을 이룩했지만 남은 게 없어요. 무덤조차 찾기가 힘들어요. 그것을 가리켜 몽골의 문화가 야만스럽다느니, 문화라고 할 것이 없었다느니 하지만 몽골은 월드 시스템을 만들어 전 세계를 지배한 문화였어요. 화끈하게 살고 사라졌어요. 그러나 그들은 세계를 지배했고, 그 시대 사람들은 다 먹고 살았어요. 문자가 없었다느니, 큰 도시를 만들지 않았다느니 하지만 그 시스템은 남아 있어요. 그 이상의 문화가 어디 있습니까?

만일 끊임없이 무엇인가 남기려고 한다면, 그 찌꺼기 때문에 후대 사람들은 살아갈 수가 없어요. 지금 미국에서는 거대한 빌딩을 지을 때 단추 하나 누르면 흔적도 없이 허물어지는 그런 장치를 합니다. 그렇게 하지 않으면 부수는 데 더 많은 비용이 들어요. 콘크리트라는 것은 100년 이상은 못 가는 겁니다. 이런 시각에서 본다면, 언제고 부술 수 있는 판자촌이야말로 최고의 도시지요.

세계를 지배한 몽골이었지만, 몽골이 사라지고 난 뒤 초원의 바람만 남지요. 그게 위대한 문화입니다. 오늘날 몽골이 재평가받고 있는 것도 바로 이런 이유에서입니다. 그런 점으로 본다면 로마 문화는 반대로 가장 많이 남긴 문화지요. 그러나 새로운 천년의 문화는 언제고 뜯어 없앨 수 있는 문화가 될 것입니다. 후세에 무언가 남기겠다는 생각이 없어지는 문화지요. 그래야 살아남을 수 있어요.

남기지 않는다는 것은, 남기는 것에 애쓰지 않는다는 것은 현재에 가장 충실하게 산다는 의미입니다. 그래야 후대가 살 수 있고 그것이 바로 죽음의 생산성입니다. 죽어 사라져주는 것이 후대를 위해 잘하는 겁니다. 이건 패러독스가 아닙니다. 그런 삶의 지혜가 새천년을 사는 지혜입니다.(「새로운 천년千年의 문턱에서」, 《월간조선》, 1999. 1.)

21세기 문화 패러다임의 전환

대담자: 오세정

21세기 새 패러다임은 '전문성의 벽'과 '자기 문화의 벽'을 허물고 인류의 보편 문화를 추구해야 한다. 《동아일보》 창간 79주년을 맞아 '21세기 한국이 나아가야 할 길'이란 주제로 대담을 나눈 이어령 이화여대 석좌교수와 오세정 서울대 물리학과 교수는 이렇게 강조했다. 예를 들어 사회과학과 자연과학의 조화로운 융합과 분절되어 있는 분야가 합치되어 상생相生하는 패러다임이어야 한다는 것. 이렇게 해야 세기말의 혼돈과 무질서를 극복하고 새천년을 우리의 기회로 맞을 수 있다고 힘주어 말했다.

이어령 이야기의 화두를 꺼내기 위해서는 우선 21세기 자연과학 패러다임의 변화부터 살펴볼 필요가 있습니다. 물리학이나 화학의 발견은 한 시대를 살아가는 정신문화의 화두까지 제공했지요. 이제 학자들이 서로 다른 자신의 학문적 '사투리'로 이야기하던 시대는 끝났다고 생각합니다.

오세정 바로 그 이유가 21세기의 패러다임을 모색해 보자는 이번 대담에 국문학자와 물리학자가 등장하게 된 이유인 것 같군요(웃음).

'모든 것 정복' 환상 깨져

이어령 20세기를 통틀어 봤을 때 미시적으로 굉장히 큰 변화가 일어났던 것 같지만 1000년 단위로 봤을 때는 그리 큰 변화가 없었습니다. 과학 분야에서 본다면 19세기 뉴턴의 만유인력 법칙과 다윈의 생물학적 진화론에서 크게 벗어나지 못했고, 경제도 산업혁명의 연장에 불과했습니다. 행정이나 기업 조직도 20세기 초의 군대 조직을 모델로 한 것에서 크게 변하지 않았지요.

오세정 그렇습니다. 20세기를 지배한 주요 패러다임은 19세기의 '결정론적 세계관'이었습니다. 세계는 모든 것을 일목요연한 수식으로 표현할 수 있고, 변화를 예측할 수 있을 것이라고 믿었습니다. 그러나 '상대성 이론'과 '양자역학'이 등장하면서 인간이 모든 것을 알고 정복할 수 있다는 환상은 깨졌습니다. 상호 작용이라는 '복잡성'을 이해해야 전체를 파악할 수 있다고 깨닫게 된 것이지요. 생명체의 경우 각 기관의 기능도 알아야 하지만 상호 작용이 더 중요합니다. 이제 자연과학의 무게중심은 물리학에서 생물학 쪽으로 옮겨가고 있습니다.

이어령 사회과학 분야에서는 더욱 심각합니다. 옛 소련이 갑자기 붕괴된 것은 원인과 결과라는 선형 논리로는 절대 설명이 되지 않아요. 전 세계가 컴퓨터 망으로 연결된 증권 시장이 하루아침 폭락하는 것도 설명할 수 없는 일입니다. IMF도 동아시아의 경제 위기를 예측하지 못했습니다. 예상 밖의 결론을 이끄는 '우발적인 요소'의 중요성이 자연과학이나 사회과학의 전면에 등장하게 된 것이지요.

다가올 세기는 '문화의 세기'

오세정 예, 그렇습니다. 컴퓨터는 모든 것이 중앙집권적으로 연산되고 처리된다는 한계를 지니고 있습니다. 그러나 자연 현상은 그렇지 않습니다. 우리 몸만 하더라도 뇌에서만 판단하고 처리하는 것이 아니라 신체의 각 부분이 스스로 외부의 자극에 대해 통제하는 경우가 많습니다. 인터넷이 개발된 이후 컴퓨터도 이제 분산화되고 있습니다. 인터넷의 발전으로 컴퓨터도 이제 몸통과 팔다리를 갖춰 진화하고 있지요. 숫자로 공식화하거나 계산할 수는 없지만 그래픽으로 그림을 그리고 시뮬레이션을 할 수 있게 된 것입니다.

이어령 '복잡계 이론'은 현대 경제학에서도 많이 도입하는 이론입니다. 여기서 '문화역학文化力學'이라는 재미있는 개념이 생각나는군요. 케인스는 기업가가 투자할 때 시장 조사, 비용, 기술 등 다양한 요소를 고려하지만 최종적으로는 '투자 심리'가 결정한다고 말했습니다. 요즘은 이런 비과학적 변수의 결정을 미디어가 하는 경우가 많습니다. 그것이 바로 '문화역학적'인 요소입니다. 과학으로 짜인 틀 속에서 변화를 주는 것은 바로 문화입니다. 그래서 21세기를 '문화의 세기'라고 말하는 것이지요.

오세정 자연과학자의 입장에서는 정량화되지 않은 이론은 뭔가 꺼림칙한 것이 있다고 느낍니다. 프리고진의 '복잡성의 과학'에 대해서도 많은 자연과학자들은 그 아이디어는 이해하면서도 정량화해서 테스트해볼 수 없다는 데 불만을 제기합니다. 학문의 발전이 일상생활에까지 영향을 주려면 정량화하려는 노력이 중요하지요.

이어령 인터넷 커뮤니케이션의 가장 큰 특징도 '상대적'이란 것이죠. 인터넷은 모두가 발신자이면서 동시에 수신자입니다. ID 번호로 통용될 뿐 어떤 권위도 없습니다. 중요한 것은 '콘텐츠'일 뿐입니다. 20세기까지 통용됐던 일방적인 실체론이 상대적인 관계론으로 변화한다고 할 때 가족·시민·정당 등의 운영 방식이 어떻게 변할 것인지 생각해봐야 합니다.

생명공학 윤리 확보 시급

오세정 특히 우리 사회에서는 자연과학과 사회과학의 벽이 높습니다. 생명공학 분야에서 눈부신 발전이 이뤄지고 있지만 생명에 대한 윤리나 철학은 황무지나 다름없습니다. 원자폭탄의 경우 몇몇 핵 보유국들에 대한 통제만으로도 확산 금지가 가능합니다만, 병원 연구실에서 일어나는 생명 복제는 통제가 불가능합니다. 핵 연료처럼 먼저 만들고 나중에 규제할 수 없는 일이지요. 개발할 때부터 통제를 해야 한다고 생각합니다.

이어령 생명공학에 대한 윤리 정립도 중요한 일입니다. 복제한 장기로 죽어가는 생명을 구할 수 있고 식량 문제 해결도 가능한 장점도 있습니다. 영국에서 돌리 양을 복제한 로슬린 연구소도 제2차 세계대전 때 식량 증산을 위해 설립된 연구소지요. 1970년대 심장 이식 수술 때도 마찬가지지만 새로운 기술에 대해 감정적으로 거부반응을 일으키는 자세도 문제입니다.

오세정 현실적으로 학문의 전문화로 인해 생명과학자가 윤리학을 하는 것은 어려운 것이 사실입니다. 전문 지식을 갖추지 않더라도 장르간에 서로 이해하려는 노력이라도 있어야 합니다. 학문하는 사람들간의 벽을 허무는 일도 매우 중요합니다.

우리나라 사람들의 연구 업적은 무시하고 외국 것만 인용하는 자세도 지양해야 한다고 봅니다. 국내의 인문과학자와 자연과학자 들 사이에 직접 학문을 교류할 수 있는 통로가 넓어져야 합니다.

통합의 발상법 지녀야

이어령 지금까지 '과학'과 '문화'는 서로 대립 관계였습니다. 심장 이식 수술과 터널 시공, 파리 에펠탑 건립 등의 경우 문화인들의 윤리적·정서적 저항이 심했습니다. 과학과 윤리가 가장 극명하게 대립했던 사건은 제2차 세계대전 때 나치의 유대인 학살이었습니다. 의학자들과 과학자들은 인간을 실험 도구로 삼았죠. 이제 '이것이냐 저것이냐' 하는 선택의 문제가 아니라 '보스 올Both all'의 발상법을 지녀야 합니다. 이는 문화 패러다임에서도 마찬가지입니다. 과학자와 예술가가 서로 만나 교류할 때 새 패러다임을 만들어낼 수 있지요.

오세정 앞으로는 분화보다 통합력이 중요하다고 그러셨는데, 글로벌 시대에 국지전이 많이 일어나고 민족주의가 발흥하는 것은 어떤 이유에서입니까?

이어령 글로벌한 세계 속에서 국지전과 민족 전쟁이 많아지는 것은 아이러니입니다. '세계화'와 '민족주의'는 21세기 국제 정치의 가장 핵심적인 원리 중 하나지요. 다극화되고 다양해질수록 보편성을 상실하게 되고 문화 원리가 강해지는 겁니다. 미국의 실리콘 밸리에서는 100여 개의 민족이 모여 새로운 첨단 기술을 만들어냅니다. 민족의 벽이 없기 때문에 각종 문화의 아이디어들이 합쳐져 글로벌한 첨단 정보를 만들고 있지요.

오세정 '1민족 1국가'라는 것이 폐쇄적이지만 않으면 '정체성'을 지니고 있다는 점에서 좋은 것이 아닙니까? 관계가 중시되는 사회에서는 오히려 정체성이 있는 것이 중요하다고 봅니다.

이어령 인터넷 사회 원리의 세 가지 키워드는 '수평적·개방적·분산적'입니다. 우리도 21세기의 인터넷 패러다임에 맞춰 수직적·폐쇄적·중앙집중적인 사회 구조를 바꿔야 합니다. 21세기의 지식인상은 르네상스 시대를 일궈낸 레오나르도 다 빈치나 실학자 정약용같이 자연과학과 예술을 모두 통합한 '토털맨'이어야 합니다. 정보와 문화적 마인드를 겸비한 총체적 인간이 미래형 지식인이라고 말할 수 있지요.(「문화 패러다임」, 《동아일보》, 1999. 4. 2.)

꿈을 현실로 만드는 방법

대담자: 김순덕·이승헌

“새천년 기념사업은 단순한 이벤트가 아닙니다. 우리 국민에게는 국제통화기금IMF 사태의 긴 터널을 빠져나오는 환희의 마당이자, 천년 뒤의 후손까지 염두에 두는 축제가 될 것입니다.”

대통력 직속 새천년준비위원회 이어령 위원장은 20일 기자와 만나 이렇게 말했다. 그는 또 19일 발표한 ‘평화지수’, ‘평화의 공원’, ‘평화와 행복에 이르는 열두 대문’ 건설 등 새천년맞이 기념사업 시안에 대해서도 해명을 잊지 않는다. “‘아직 확정되지는 않았지만’ 이번 기념사업이 우리 국민이 오랫동안 잊고 살았던 ‘천년 의식’을 일깨워 주는 계기가 되기 바란다”고.

대담자 ‘새천년 기념사업’을 꿰뚫는 핵심 정신, 비전이란 무엇입니까?

이어령 평화입니다. 과거 1000년간 세계 역사를 지배한 것은 전쟁이었습니다. 파괴와 갈등은 전쟁 패러다임을 평화의 패러다임으로 바꾸자는 것입니다. 사랑은 천년을 갑니다.

대담자 이 패러다임으로 글로벌리즘을 대체하자는 말씀이십니까?

이어령 그렇죠. 한 손에 글로벌리즘을 들고 다른 한 손에는 천년을 꿰뚫는 시간 축, '밀레니어니즘'이라는 새로운 개념을 잡아야 합니다. 오늘 내가 한 행동이 내 자손에게, 천년 후의 후손에게 영향을 미친다고 생각하면 아무렇게나 살아갈 수 없습니다. 자기의 행동을 천년 단위로 생각해보자는 것이 '천년 의식'입니다. 앞으로 '빨리빨리'로 상징되어 왔던 한국병을 극복하고 오늘 당장이 아니라, 천년 후의 후손에게 물려줄 평화·행복·창조의 역사를 만들어주자는 것이지요.

대담자 그런데 아직 확정되지도 않은 기념사업 시안이 발표된 데에 대해 의아해하는 시각도 있습니다.

이어령 사실 2000년 1월 1일의 D-200일인 6월 15일에 완성된 프로그램을 내놓을 예정이었습니다. 그런데 이곳저곳에서 새천년 관련 계획을 발표하는 바람에 새천년을 이런 식으로 맞아서는 안 되겠다 싶어 쫓기듯이 기본적 '틀'만 발표한 것입니다. 뉴스거리를 주기 위해 '평화지

수', '평화와 행복에 이르는 열두 대문' 등을 내놓았습니다. 실제 열두 대문이 들어설 수 있을지, 대문 한 개만 세울지는 많은 이들의 여론을 수렴하여 결정하게 됩니다.

대담자 한국적 새천년 맞이를 강조하고 있습니다만 외국의 밀레니엄 맞이와 어떻게 차별화할 계획입니까?

이어령 외국의 밀레니엄 이벤트는 과학과 기술에 집중돼 있습니다. 우리는 '두 손'으로 전통과 미래까지 균형 있게 보여주자는 것입니다. 2000년 1월 1일 0시에 펼쳐질 TV 섹션을 상상해 보십시오. 첨단의 초박형 TV에 가장 한국적인 콘텐츠를 담는 겁니다. 한국적 리듬으로 우주를 꿰뚫는 생명의 교감을 보여주는 것이지요. 우리에게는 융합과 상생의 패러다임이 있습니다. 인간과 자연, 물질과 정신, 개인과 공공, 국가와 세계 등 이항 대립의 갈등과 마찰을 '두 손'으로 모으는 것을 새천년맞이 행사를 통해 보여줍니다.

대담자 일회성 행사나 이벤트에 그치는 것이 아니냐는 우려도 나오고 있습니다.

이어령 외국의 밀레니엄 위원회야말로 이벤트와 행사를 위주로 준비하는 것이 대부분입니다. 우리는 행사 위주가 아니라 비전을 내놓았습니다. '즈믄 해 법(밀레니엄 법)' 등은

이 같은 비전을 특별법으로 만들어 국가가 장기적으로 시행할 겁니다.

대담자 경제가 살아나고 있다고는 하나 아직도 'IMF 졸업'을 하지 못했습니다. 새천년 맞이 사업이 꼭 필요하다고 보십니까?

이어령 그런 시각도 있다는 것을 잘 알고 있습니다. 그러나 경기 하남시에서 열릴 천년 맞이 박람회를 예로 들어봅시다. 이 박람회를 일회성 행사로 그치게 할 것이 아니라 우리 위원회의 아이디어를 담아 환경 산업으로, 환경 도시로 발전시켜 나가는 겁니다. IMF 사태가 터졌을 때 우리 국민은 금반지를 뽑았습니다. 이번 새천년 기념사업은 '눈에 보이지 않는 금반지'를 빼는 작업입니다. 온 국민이 다 함께 한마음이 되어 '1000년을 산다'는 희망을 얻는다면 새천년 기념사업의 의의는 충분하다고 봅니다.

이 위원장은 "우리 20명의 위원들은 '1000년의 요리'를 만드는 요리사라는 각오로 일하고 있다는 점을 꼭 써달라"고 당부했다. 좋은 아이디어가 있는 사람들은 연락해 달라는 부탁과 함께.(「이어령 새천년 준비위원장에게 듣는다」, 《동아일보》, 1999. 5. 21.)

비전을 가리는 장막

대담자: 정숭호

2000년이 저물어간다. 신문사의 한 동료는 얼마 전 자신의 칼럼을 '뉴 밀레니엄 찬가讚歌가 어느새 만가輓歌로 바뀌었다'고 시작했다. 이 이상으로 올 한 해를 나타낼 수 있는 표현이 또 있을까.

열두 달 전, 2000년이라고 좋은 일만 생길 거라고 생각한 사람도 없었겠지만 지금 보고 느끼듯 이렇게 나빠질 거라고 생각해본 사람도 없을 것이다.

올해 마지막 '정숭호가 만난사람'은 이어령 새천년준비위원장이다. 새 세기의 첫해를 맞아 민족과 나라가 새로 나아갈 길을 이모저모 궁리하고 준비했던 그였기에 허망하게 보내고 마는 2000년에 대한 감회가 남다를 것 같아서였다.

정숭호 2000년 마지막 주일을 맞은 심정이 어떠신지? 새천년을 준비해 온 사람으로 올해를 넘기는 소감은 또 다를 것 같다.

이어령 0자가 세 개 붙은 해를 다시 맞기 위해서는 앞으로 1000년을 기다려야 한다. 지금도 하늘의 별들이 내려앉은 것 같은 열두 달 전 광화문 거리의 장식등이 눈에 선하고, 50만 시민들이 1000년의 자정을 카운트다운 하던 함성이 귀에 선하다. 0시 0.1초, 방송과 인터넷 전문가들이 모두 불가능하다고 했던 즈믄둥이 김태웅 군의 탄생 현장을 리얼타임으로 온 국민에게 보여주고 그 메시지를 전 세계에 보낸 것은 더한 감격이었다. 어떤 불꽃이 그보다 더 아름답고 어떤 에어돔이 그보다 더 값지고 감동적이겠는가. 그러니 이러한 희망과 감동이 사회 분위기로 지속 발전하지 못하고 급랭한 데 대한 아쉬움도 크다.

그는 그 아쉬움을 이렇게 말했다.

이어령 광화문 네거리에서 열린 새천년 첫날 행사는 단순한 축제가 아니었다. 우리 민족이 미래를 준비하기 위한 좋은 기회였다. 누구나 정월 초하루에 1년을 계획하듯 100년밖에 못 사는 사람이 1000년의 미래를 생각해 볼 수 있는 유일한 기회였다. 그 기회가 사회적 에너지로, 사회 자본으로 승화하지 못하고 넘어가게 됐다.

아쉬움이라기보다는 회한과 한탄이 섞여 있는 토로였다.

정숭호 새천년 맞이의 고조된 국민 분위기가 사회적 에너지로 이어지지 못한 건 무슨 이유에서였을까?

이어령 새천년에 대한 희망과 기대는 국민의 관심이 곧바로 찾아온 국회 선거 등 현실적인 정치 문제로 쏠리면서 훼손되기 시작했다. 서울 올림픽 성공의 무드가 청문회 등 당시의 정치 쟁점으로 급랭한 것과 비슷한 일이 벌어졌다. 새천년준비위원회로서도 선거를 앞두고 이벤트성 사업을 해서는 안 된다는 생각도 있었다. 자칫하면 선거 홍보에 이용될 수 있었다.

그러나 그는 덧붙였다.

이어령 희망과 사랑의 꿈은 달걀처럼 깨지기 쉽지만, 껍질을 깨는 그 아픔 없이는 새 생명과 창조가 이루어지지 않는다. 한 해 동안 실망스러운 일들이 많았지만 남북 공동성명과 이산가족의 만남 등, 지난 세기와는 다른 새 징조들이 나타나기 시작한 데서 위안을 찾는다. 비록 지금은 지탄을 받기도 하지만 올 한 해 벤처에 대한 국민적 관심이 높았던 것도 새 세기에 대한 희망의 징조다.

정승호 기대와 희망이 금세 한탄과 절망으로 바뀐 것은 쉬 끓고 쉬 식는 냄비 기질과도 관련이 있지 않을까?

이어령 냄비 현상은 우리에게만 있는 것이 아니라 인류의 특성이다. 어느 짐승에게 버블이 있고 유행이 있나? 쉬 끓고 쉬 식는 습관 때문에 미국의 골드러시, 네덜란드의 튤립 버블 같은 것이 생기지 않았나? 두려워해야 할 것은 냄비 현상이 아니라 냄비에 계속 불을 때어 끓이는 제도적 장치가 없다는 점이다. 그래서 새천년준비위원회에서도 선거 전후해서는 문화를 문명이나 제도로 바꾸기 위한 법 개정이라든가 프로그램 모델 개발 등 비전 사업 개발에 노력해 왔다. 가슴으로 하는 새천년 준비(행사)와, 머리로 하는 천년의 준비(연구와 세미나)를 조화와 균형 있게 다루려고 했던 거다. 그 결과로 평화·환경·인간·지식·역사의 다섯 분야 총 61개의 사업 가운데, 남북 관계 등 여건이 허락하지 않은 3개를 제외하고는 모두 끝낼 수 있었다. 우리 위원회에서 나온 20권의 리포트와 연구서 모두가 한국이라는 냄비를 계속 끓게 하는 제도적 장치가 될 것으로 확신한다.

정승호 선생님께서는 연초 '21세기는 이종배합異種配合이 원칙인 융합의 사회가 될 것'이라고 단언하면서 '융합을 위해서는 관용이 중요하다'고 강조했다. 당장 이 사회가 관용이 넘치는 사회가 될 거라고는 생각하지 않지만 참을 수 있을 만큼 가까운 시일 안에 우리 사회가 그런 사회가 될 것 같지도 않다. 어떻게 해야 사회 구석구석에 관용과 그를 뒷받침할 덕德·인仁·정情이 넘칠 수 있을 거라고 보는지?

이어령 관용은 우리나라의 전통적 가치인데 시대 흐름은 반대로 가고 있는 게 사실이다. 그러나 프랑스 혁명의 3대 정신인 자유·평등·박애가 혁명 직후 바로 실천되었던가? 금세 제정으로 다시 돌아가지 않았나? 하지만 역사는 그렇게 흘러왔다. 아무리 몸부림쳐도 극단론·전투론·호전론은 발을 못 붙인다. 프랑스 축구 대표팀을 보라. 6명이 이민자들이다. 관용이란 내 친척이 아닌 사람, 과거의 숙원이 있는 사람도 포용하고 융합하는 것이다. 판다가 왜 멸종 위기인지 아는가? 죽순만 먹기 때문이다. 다른 것은 받아들이지 않아 종 전체가 절멸 위기에 놓인 것이다. 이제 순수주의로는 안 된다. 창조적 에너지는 다원성을 포용하는 데서 발생한다. 우리나라에는 현실적으로 관용이 모자란다. 원래는 그러지 않았는데 어느새 지연·학연·혈연이 아주 깊어졌다. 남을 인정해라. 한 손으로 해결하려 하지 말고, 두 손으로 해결할 생각을 가져야 한다. 그러면 우리의 잠재력이 엄청난 힘을 발휘한다. 남북 분단이 문제이기는 하지만, 그것도 민족이 힘을 모아 풀어가기로 한 이상 긍정적으로 작용할 것이다.

정숭호 '천년의 문'을 건립하자느니, 말자느니 말이 많은데 어떻게 받아들이고 있는지?

이어령 원래 문화부와 서울시가 따로 새천년 기념 조형물을 세우려던 것을 새천년준비위원회가 낭비와 중복을 피하기 위해 하나로 통합하자는 기획안을 제시해 천년의 문 건립이 추진되었다. IMF 체제하에 낭비가 아니냐고도 하지만 우리는 몽골군이 쳐들어왔을 때도 팔만대장경 사업을 벌인 민족이다. 천년에 한 번이라는 상징성, 월드컵 구장이 들어설 난지도의 환경 개선, 관광자원 개발이라는 경제성, 현대사 박물관이라는 문화성 등을 감안한 다목적 복합 건물을 지으려 한 것이었다. 그러나 새천년준비위원회가 금년 말 해체되므로 문화부 산하에 '천년의 문' 법인을 별도로 설립, 여론 수렴과 설계 현상 모집 등을 관장토록 하고 위원회는 예술가의 창의성과 전문가의 의견을 존중하고 독립 법인에 모든 것을 맡겨왔다. 지금은 우리 위원회와 아무 관련 없는 사업이 됐다. 짓느냐 마느냐 하는 문제도 '천년의 문' 법인에서 이달 말로 끝내도록 되어 있는 기술 검토, 재원 조달 방안

등을 문화부가 정밀 검토하여 합리적으로 풀어갈 것이다.

그는 '천년의 문' 건립이 새천년준비위원회와 지금은 관련이 없다는 말을 하면서 "이건 꼭 써주셔야 하오. 그래야 역사에 기록이 남습니다"라고 몇 번이나 되풀이했다.

새천년준비위원장으로 일하면서 고통이 있었다는 뜻일 게다. 냄비 기질이 나쁜 것이 아니라고 말할 때도 "내가 벌여온 여러 이벤트를 일회성, 일회성이라고 하는데 밥 먹는 건 일회성이 아니오? 결혼식도 일회성이지. 일회성이 있어야 영속성이 있는 거요. 일회성이 쌓여야 평생성이 생기는 겁니다"라고 강한 어조로 말했다.

사회적 축제가 되풀이되어야 사회자본, 곧 문화가 된다는 말을 그렇게 이야기한 것이다. 21세기 첫해의 잔치 차일을 너무 일찍 거두게 된 데 대한 불만이었다. 잔치·축제……, 사회적 이벤트가 많아야 한다는 그의 말에 기자도 동의한다. 사회적 이벤트는 곧 사회적 스킨십일 터이고, 깊은 스킨십이 깊은 동료애를 낳듯 사회적 스킨십이 깊어야만 공동체 의식이 깊은 뿌리를 내린다고 보기 때문이다.

"남들 술 마실 때 독서…… 공적 생활 올해로 끝"

그의 트레이드 마크는 해박한 지식을 바탕으로 한 치밀한 논리와 그 논리들이 또 한 번 교직해서 이뤄지는 광대한 '말'이다. '동서고금에 막히는 것이 없도다'라는 고전적 표현이 그 외에 또 어울릴 사람도 별로 없을 것이다. 인터넷 혹은 IT·DNA에 대한 최첨단 지식도 전문가 수준에 이르렀으니 더 말할 것이 없다.

이어령 내 지식이 폭넓은 것은 첫째, 술을 안 먹기 때문이다. 남이 술 먹는 시간에 나는 창조적인 일을 해왔다. 술 마시는 게 반드시 노는 건 아니지만 나는 그 시간을 활용한다. 저녁 6시 이후에는 누구와도 약속을 하지 않는다. 6세 때부터 해온 독서는 내 생명이다. 독서를 통해 끊임없이 새 정보를 얻는다. 요즘엔 인터넷을 통해서도 정보를 얻는다.

누구나 독서를 하지만 나는 요령이 있다. 어디에 밑줄을 쳐야 하는가를 안다. 그러다 보니 관계없는 책들을 읽어도 엮을 줄 안다. 말로 읽어도 되로밖에 못 내놓는 사람이 있지만, 되로 읽고 말로 내놓을 수 있는 사람도 있다. 나도 그중 한 명이다. 읽으면서 이 책 저 책을 꿰어놓는다. 그대로 옮기면 표절이지만 내가 새롭게 엮는 건 창조 행위다. 여태 몇 권이나 읽었냐고? 서문부터 끝까지 다 읽어야만 읽었다고 하지만 나는 그렇게 생각하지 않는다. 집과 연구실에 수만 권의 책이 있지만 거의 한 번은 내 눈길을 거친 것들이다. 정독은 하지 않았어도 대부분의 책이 무슨 내용인지는 알고 있다는 말이다.

"IQ를 재본 적이 있느냐"고 한번 물어보았다.

이어령 머리가 좋아서가 아니라 서로 다른 것들을 연결하는 능력, 상상력을 바탕으로 제3의 것을 만드는 창조력이 남보다 뛰어나기는 할 것이다. 물론 암기력도 나쁘지는 않다. 얼마 전만 해도 무슨 책 몇 페이지에 어떤 내용이 있는지가 훤했다. 요즘엔 그 정도까지는 안 된다."

그는 내년부터는 대학 교수도 그만두고 외국 여행과 집필, 독서 시간을 늘리면서 쉬겠다고 말했다.

이어령 공적인 생활은 금년으로 끝이다. 여태 쓴 것, 읽을 것을 다 정리해 내 삶의 끝마무리를 할 계획이다. 문화부 장관과 새천년준비위원장 등 공직을 두 번 했는데 개성이 강해 상처를 많이 입었다. 그러면 밤잠을 못 이뤘다. 그 스트레스가 내 창조력을 얼마나 마모했나. 이제는 내 일만이라도 제대로 해봐야겠다. 이게 일흔 가까이 살면서 얻은 교훈이다. 세계를 바꾸려면 나를 바꾸는 것부터 시작해야 하는데 그걸 요즘 다시 깨닫고 있다. 2000년을 보내면서 자꾸 생각하게 되는 말이다.(「정승호가 만난 사람-아쉬웠던 2000년…… 희망도 많이 봤죠」, 《한국일보》, 2000. 12. 25.)

세계화로 가는 길과 스핑크스

대담자: 이인화

이인화 건강하신 모습을 뵈니 반갑습니다. 선생님께서는 자신의 문학 세계를 정리할 수 있는 고적한 시간을 찾아 이화여대 석좌교수를 비롯한 공직을 자진해서 사퇴하셨습니다. 벌써 고별 강연을 하신 지 두 달이 지났는데 이제는 좀 마음의 여유를 찾으셨는지요?

이어령 정말 그래야 할 텐데 근래는 더 바빴습니다. 사퇴한 것이 아니라 새로 데뷔한 꼴이 되었어요. 후진들에게 민망해.

이인화 선생님의 빈자리가 너무 커서 그런 것이겠지요. 아프간 전쟁을 전후해 '문명의 충돌', '문명의 융합', '문명 전환기의 한국' 이런 논제들이 저널리즘에 대두대고 있습니다. 이만큼 큰 이야기가 나오면 선생님을 빼고는 달리 물어볼 사람이 마땅하지 않습니다. 어느 한 분과 학문의 전문가가 아니라 한국인으로서 자신의 머리로 사유하는 대지식인이 더욱 소중해지는 시점입니다. 그래서 저는 오늘 단단히 준비해서 다섯 가지 정도의 화두를 들고 왔습니다.

이어령 부담 주지 마세요. 그런 이야기라면 며칠 전 후배들에게 일장 강의도 했는데 지금은 다 잊어먹었어. 지금은 아무것도 몰라요(웃음).

스핑크스의 수수께끼 — 세계화와 반세계화

이인화 2001년에는 이제까지 우리가 당연한 상식이라고 생각했던 것들 가운데 상식으로 통하지 않게 된 문제들이 있습니다. 당연하게 받아들여졌던 '세계화' 이념이 '반세계화'의 강력한 반동을 만난 사태가 그런 예가 아닐까 합니다. 올해 2월 24일 반세계화 이념을 전파하는 IFG, 즉 세계화에 대한 국제 포럼International Forum on Globalization이 제레미 리프킨, 제리 맨더 같은 쟁쟁한 지식인들의 주도로 출범했습니다.

9월 11일에는 오사마 빈 라덴의 뉴욕 테러처럼 미국 중심의 세계화를 폭력적인 수단으로 저지하겠다는 움직임도 나타났고, 이런 움직임은 현재 아프간 전쟁으로 진행되고 있습니다,

IFG는 다양한 입장이 섞여 있지만 대체적으로 환경 문제를 강조하면서 세계를 자원 고갈의 무한 경쟁으로 몰아가는 다국적 기업들의 기업 권력에 반대하는 반시장 개방주의라고 정리할 수 있습니다.

오사마 빈 라덴의 알 카에다의 경우에는 미국 중심의 세계화가 이슬람 문명의 종교적 정체성을 파괴한다고 보고 여기에 저항하려는 반미주의라고 하겠습니다. 우리 한국은 이 같은 반세계화 문제에 지금 당장 연루되어 있지는 않습니다. 그러나 이 같은 세계화와 반세계화의 갈등은 한국의 미래에도 매우 중요한 의미를 갖는 것이 아닐까 합니다.

이어령 그렇습니다. 그동안 한국인들은 세계화라고 하면 불가피한 문명의 진로라고 생각해 왔습니다. 우리나라에서는 세계화를 먼저 국제화라고 했지요. 정치적인 입장의 편차에도 불구하고 국민 중 국제화·세계화에 반대한 사람은 거의 없었어요. 그 말의 깊은 의미에 대해서는 유보한 채 말이죠. 김영삼 정부 당시 방송에서 나에게 국제화와 세계화가 어떻게 다른 것이냐 하고 묻기에 농담 삼아 '국제화를 더 세게 하면 세계화'가 되는 것이라고 말한 적이 있지요(웃음).

그런데 2001년에 들어서면서는 반세계화의 움직임

이 급진화되었을 뿐만 아니라 우리나라에서도 『세계의 덫』이라든지 『20대80』이라든지 하는 책들이 출판되면서 반세계화에 대한 새로운 목소리들이 나오고 있습니다. 그렇기 때문에 2001년은 우리에게 나 개인이 이렇다 저렇다가 아니라 한 민족과 국가가 어떤 길을 선택할 것인가 하는 큰 화두, 거시적 담론의 주제로서 반세계화 문제를 던져주었다고 할 수 있습니다.

이러한 세계화·반세계화 화두는 한국인들에게 스핑크스의 수수께끼라고 표현할 수 있습니다. 그리스신화를 보면 사자의 몸뚱이에 상반신은 여자인 괴물 스핑크스가 테베 시로 들어가는 길목의 바위 위에 웅크리고 앉아 길 가는 사람을 막아 세우고 수수께끼를 내지 않습니까? 수수께끼를 푸는 자는 통과할 수 있으나 풀지 못한 자는 생명을 잃고 맙니다. 20세기를 넘어 우리가 이제 평화와 희망과 번영의 아름다운 나라로 가고자 하는 21세기 첫해의 길목에서 뜻밖에도 스핑크스를 만나게 된 것입니다. 그것이 바로 거의 폭력화한 반세계화의 시위였으며, 9월 11일의 슈퍼 테러 사건이었고, 중국·일본 등의 급격한 변화였다고 할 것입니다. 이러한 낯선 현상들이 던지는 수수께끼 같은 물음에 답변할 수 없으면 곧 바위 절벽 아래로 떨어져 죽어버리는 것입니다.

이인화 그러니까 우리의 생각이나 마음을 바꾸는 패러다임 시프트를 하지 않고서는 21세기로의 진입이 어려워진다는 말씀이신가요? 그리고 너무나 성급한 질문입니다만 수수께끼를 푸는 능력이 우리에게 있는지, 과연 그 해답은 어떻게 구할 수 있는지요?

이어령 그 수수께끼의 해답은 바로 괴물과 마주해 있는 '인간' 자신이었지 않습니까. 세계화 대 반세계화, 미국 대 빈 라덴의 싸움이 바로 남의 문제가 아니라 내 문제이며, 한국인의 문제이며, 그리고 당연히 새롭게 대두한 인류 전체의 문제라는 생각과 그런 마음을 갖는 데서 시작된다는 것입니다.

오늘날의 세계화는 어느 한 나라나 몇몇 사람의 의도된 구상에서 비롯된 것이 아니라 자연 생태계에서 벗어나 독자적인 역사를 만들어 온 인간, 인류 문명의 과정 속에서 나타난 현상이라는 점입니다. 정보의 민주화, 기술의 민주화, 금융·투자의 민주화가 만들어낸 지구 전체의 변화지요. 반세계화를 주장하는 사람들이 생각하듯이 다국적 기업이나 미국 같은 일부 세력, 소수의 힘 있는 사람들이 꾸며낸 음모라면 해답도 아주 간단하고 분명할 것입니다.

세계화를 몇몇 강대국이 가난한 나라를 착취하던 지

난날의 그 식민주의 문맥으로 읽는 한 그 수수께끼를 풀지 못하게 될 것입니다. 필리핀 같은 아시아 변두리 작은 나라의 한 개인이 러브 바이러스로 미국을 비롯한 전 세계의 통신 시스템을 뒤흔들어 막대한 피해를 입힐 수 있는 것이 오늘의 현상입니다. 그리고 그를 추적하고 잡아낸 것도 역시 한 소년 해커였지요. 이번 빈 라덴이 초강대국인 미국과 세계 전체의 생활양식을 바꿔놓은 충격도 역시 기술·정보·금융 시스템에 의한 세계화가 일어나지 않았더라면 불가능한 일들입니다.

한마디로 세계화로 덕만 보는 나라가 따로 있고 손해만 보는 나라가 별개로 있는 것이 아니라, 그것은 서로 연동되어 있어 선택적인 것이 아니라 피해 갈 수 없는 자연현상과도 같은 것이라고 할 수 있습니다. '우박은 가난한 자의 밭에만 떨어진다'는 속담처럼 세계화는 가난한 나라에 액운을 더 많이 떨어뜨리는 것처럼 느껴지는 거지요.

세계화는 숙명

이인화 선생님, 정보와 기술과 투자가 세계화되었다는 현상과 그것이 자연스럽고 필연적인 것이라는 해석은 약간의 괴리가 있는 것 같습니다. 글로벌화가 반드시 정치적으로 의도적인 행동과 결부되지 않는다는 것은 납득될 수 있지만, 그것이 물이 높은 곳에서 낮은 곳으로 흐르는 것처럼 자연스러운 변화라는 해석에는 더 설명이 필요하지 않을까요?

아까 말씀드린 IFG는 기술 개발과 자유무역까지 다국적 기업의 무분별한 경쟁이 만든 세계 전략이라고 비판합니다. 그래서 그 사람들을 새로운 러다이트Luddite 운동가들, 18세기 말 영국에서 일어났던 기계 파괴 운동의 재판再版이라고 비판하기도 합니다만……. 선생님 같은 의견에는 현상추수적이라는 비판이 있을 수도 있겠습니다.

이어령 그렇지요. 그런데 러다이트와 같은 기계 파괴의 대중운동이 산업화를 막을 수 있었나요? 물론 실패했지요. 결국 모든 나라들은 산업화를 지향했습니다. 알다시피 산업화는 영국에서 일어난 것이지만 그 기술 헤게모니는 세계로 퍼져 독일·미국, 급기야 일본 같은 곳으로 옮겨 왔지요.

IT의 민주화는 더 말할 나위가 없어요. 오늘날의 인터넷 망과 위성통신망 같은 것은 미국과 옛 소련의 냉전 시절 군사 목적으로 이루어진 것이지요. 인터넷의 전신인 아르파넷ARPANET은 워싱턴에 집중돼 있는 군사 정보를 소련의 유도탄 공격을 피해 분산하려는 의도에서 시작된 컴퓨터 네트워크였습니다.

인공위성을 발사한 것도 마찬가지입니다. 하지만 그 네트워크는 원래의 목적을 벗어나 대학과 기업, 그리고 급기야 개인의 공간으로까지 이어지면서, 네트워크의 네트워킹이라는 새 날개를 달고 전 세계로 거의 자생적으로 증식해 갔습니다. 인터넷이 비록 영어로 통용되고 있기는 하나 미국이 인터넷을 지배하여 세계에 정보 제국을 수립했다고 말하는 사람은 정보화가 무엇인지 모르는 사람입니다.

인터넷은 분산 체제여서 권력이나 메시지를 중앙집권화할 수 없다는 것이 바로 그 특성이기 때문입니다. 그리고 신문·라디오·텔레비전과 같이 일방통행의 정보가 아니라 쌍방향으로, 마음만 먹으면 개인이라 하더라도 전 세계를 향해 자기의 메시지를 전달할 수 있습니다. 정보의 습성은 물질의 소유와 달리 독점이 아니라 공유하는 데 있습니다.

두 번째, 기술의 세계화도 마찬가지입니다. 그래요. 물은 높은 데서 낮은 데로 흐릅니다. 그렇기 때문에 시간이 흐르면 낮은 곳에도 물이 차 수평을 이루려고 하지요. 무서운 것은 오히려 고립된 웅덩이 물이지요. 반세계화는 물이 흘러 들어오는 것을 막고 웅덩이를 만들자는 주장이지요. 곧 썩거나 말라버립니다. 하지만 흐르는 물과 우물물은 기술 개방의 민주화를 부릅니다.

우물물처럼 퍼내야 새 물이 솟는 것처럼 기술의 민주화는 퍼서 남에게 이전해야 새 우물이 나오게 됩니다. 반도체 기술은 미국에서 발명된 것이지만 그것이 일본으로 흘러오고 다시 한국으로 와서 꽃을 피웠지요. 이제는 대만·중국·동남아로 퍼져갑니다. 물론 의도해서 기술을 이전하는 것은 아닙니다.

옛날에는 한 기업이 자체 개발한 기술을 독점하고 있으면 이윤이 보장되었습니다. 오늘날에는 어림도 없어요. 이렇게 설비 투자가 과잉되고 구매력에 비해 생산력이 비정상적일 정도로 커진 세계에서는 한 푼이라도 인건비가 더 싼 나라에서 만들어야 합니다. 기술을 이전하지 않을 수 없다는 말이지요.

오늘날 실리콘 밸리의 정보 통신 기술은 물밀듯 인도로 이전되고 있습니다. 덕분에 인도의 IT 산업이 미국에 연동해서 발전하고 있어요. 이것이 미국 사람들이 인도를 밀어주려고 작정해서 이루어진 일입니까? 아니에요. 미국과 인도가 정확하게 열두 시간의 시차가 난다는 우연 때문에 생긴 일입니다. 실리콘 밸리의 기술자들이 저녁 9시까지 일한 뒤 그 결과를 이메일로 인도로 전송하면 인도는 그때가 아침 9시입니다.

인도 노동자들은 그때부터 또 저녁 6시까지 일을 하고 다시 그 결과를 미국으로 전송하면 미국은 그때부터 또 하루를 시작하는 거예요. 이렇게 해서 진행되는 것이 기술의 민주화에 의한 세계화입니다.

이제 웬만한 기술에는 국경이 없어지고 있어요. 미국 자동차 산업의 메이저 회사들, 즉 빅 스리는 인터넷에 합동으로 홈페이지를 만들어놓고 전 세계에서 그 부품을 경매해 함께 쓰고 있습니다. 핵심 기술만 자기네가 가지고 있는 것이지요. 이것이 기술의 세계화, 기술의 민주화입니다.

세 번째가 금융·투자의 세계화, 투자의 민주화입니다. 달러를 미국 돈이라고 생각하면 안 됩니다. 달러는 어느 나라 돈이기 이전에 국제무역을 만드는 기축통화基軸通貨라는 것이죠. 투자할 수 있는 안정성만 갖춰주면 달러가 미어터지게 모일 수도 있고, 투자가 불안해지면 있던 달러가 다 나갈 수도 있습니다. 돈에는 국적이 없습니다. 많이 벌게 해주는 나라가 제 나라예요.

어느 나라에 얼마가 투자되는 것은 전적으로 그 나라

의 투자 여건을 파악한 자본의 합리주의가 결정할 문제이지 자의적으로 결정할 수 있는 것이 하나도 없다는 것이죠. 미국 역시 금융·투자의 민주화에서 손해 볼 수 있습니다. 만약 이번 테러 사건으로 주식이 안정되지 않고 경제적 패닉이 오면 달러화의 폭락을 미국 정부나 씨티은행의 힘으로도 막을 수 없게 되지요.

이미 국가 통제의 범위를 벗어나 있기 때문입니다. 그러나 이런 현상이 옳다는 것은 아닙니다. 정보, 기술 그리고 돈의 민주화에 의한 세계화는 선택적인 변화가 아니라 마치 계절 같은 문명의 한 흐름과도 같은 것이라는 점입니다. 겨울이 춥다고 주먹질해 봐야 소용없어요. 얼어 죽기 전에 솜옷을 장만하는 것이 현실적이지요. 그래야 겨울은 다시 봄으로 변해요.

이인화 말꼬리 잡는 것 같아 죄송합니다만 방금 말씀하신 투자의 세계화는 별로 자연스러운 것 같지 않은데요. 확실히 반세계화 운동가들의 논리에는 전 산업사회에 대한 낭만적 동경의 감상주의라든지 기술 공포증, 테크노포비아technophobia 같은 약점이 있습니다.

그러나 한편으로는 자국 화폐를 기축통화로 가지고 있다는 미국의 이점은 너무 큰 것이고, 그런 미국 중심의 세계화는 자본 투자 면에서 확실히 문제가 있는 것입니다. 아까 투자의 민주화라는 부분에서 말씀하신 세계화의 순기능은 맞습니다. 유권자들이 좋은 정부를 뽑아 국가의 거버넌스governance만 잘 갖춰놓으면 달러가 들어올 수 있어요. 그런데 문제는 그 달러라는 것이 핫 머니hot money라는 것 아니겠습니까?

한국의 IMF 사태가 좋은 예라고 생각합니다. 1997년 당시 제이피 모건은 한국에 TRS라는 파생 상품을 팔았습니다. 투자 제안서만 보면 TRS는 환상적인 파생 상품이었습니다. 한국 돈 100원을 투자해 그 100원을 담보로 금리가 가장 낮은 일본의 엔화를 100원 빌리고, 합계 200원으로 달러를 사서 그 달러로 태국의 바트화를 사고, 그 태국 바트화로 달러화 표시 태국 채권을 산다는 구조였지요. 금리와 환율 차이 때문에 1년 후에는 앉아서 80퍼센트의 수익을 얻을 전망이었습니다.

그것은 이른바 모든 아비트리지arbitrage(차익 거래) 펀드, 무위험 거래였습니다. 그러나 모든 무위험 거래는 위험 범위라는 것이 있습니다. 상식적으로 최대의 위험 범위는 이 정도라고 생각하는 그 한계 안에서 설계된 거래입니다. 금리·환율·원유·주식·선물·옵션 등 무수한 변수들 가운데 하나가 그 위험 범위를 벗어나게 되면 무한대의 이익이 발생하거나 무한대의 손실이 발생해요.

TRS의 경우에는 국제적인 환 투기꾼들이 태국 바트화를 공격해 달러당 24.5바트였던 바트화가 폭락, 20년 만에 처음으로 달러당 39.1바트까지 치솟는 상상을 초월하는 비극으로 끝났습니다. TRS는 무한대의 손실이 발생했지요. 거기에 300억 원을 투자했던 한국의 모 대기업은 원금을 다 까먹은 것은 물론 3000억 원, 즉 원금의 열 배에 해당하는 손실액을 청구당했습니다. TRS에 투자했던 한국 기업들의 손실은 모두 6조 원이 넘었습니다. 무수한 기업이 도산했고 그 여파는 IMF라는 한국의 국가 부도의 중요한 원인이 되었습니다.

제가 하고 싶은 이야기는 선생님께서 말씀하신 투자의 세계화, 투자의 민주화 안에 이런 상상을 초월하는 핵폭탄이 숨어 있다는 것입니다. TRS의 경우 폭탄은 바트화가 깨진다는 사실이었습니다. 당시 바트화는 철저한 고정환율제도 아래 있었기 때문에 누구도 예상하지 못한 변수였지요. 제이피 모건은 어린아이 팔을 비트는 식으로 한국의 투자자들을 속였습니다. TRS가 바트화 선물을 매입하게 한 뒤 제이피 모건 자신이 국제적 투기꾼들과 함께 바트화 선물을 매도했지요. 선물 투자라는 것이 어차피 누군가는 잃어야 누군가가 버는 구조니까요.

핫머니는 소수의 야비한 투기꾼들이 움직이는 돈이 아닙니다. 세계 굴지의 신용을 자랑하는 투자회사가 입에 침도 안 바르고 태도를 바꿉니다. 고객이 손해를 보도록 자기 쪽에서는 적 진영에 가담하면서도 투자 결정은 투자자가 한 것이지 제안한 사람이 한 것이 아니라고 말하는 사람들입니다. 150쪽이 넘는 투자 제안서에 한 줄, 그것도 아주 모호한 말로 위험을 암시하고는 자기는 미리 다 경고했다고 시치미를 떼는 것입니다.

확실히 국제적인 투기 자본은 변화를 만들어주고, 그런 변화가 없다면 세계 자본주의는 불황과 침체의 나락으로 떨어질지도 모릅니다. 그러나 그런 핫머니 때문에 많은 기업이 도산하고 많은 사람들이 노숙자가 되어 거리를 방황했습니다. 생계가 막막해진 가족들이 함께 자살했고요.

이런 상황은 기본적으로 제조업에 약한 미국이 막대한 무역 적자를 안고 있으면서도 금융 자본에 의한 투자 수익을 가지고 그 적자를 보전하려다 발생한 사태입니다. 아무리 무역 적자를 내도 미국은 기축통화 국가이니 달러를 자꾸 찍어 지불하면 된다는 것입니다. 찍어낸 달러를 중국같이 활발하게 성장하는 신흥공업국이나 발전도상국에 투자해 그 투자 수익으로 대외 채무를 메워가겠다는 전략입니다.

그 결과 미국은 계속 달러를 흘려보내고 달러는 선물 옵션·스와프 같은 파생 금융 상품, 헤지펀드 같은 규제 외 금융 상품이 되어 점점 더 빠르게 이동합니다. 바로 이 같은 자본 유동성의 과잉이 항상 세계 어느 곳에선가는 금융 위기가 일어날 수밖에 없는 상태를 만들어내고 있습니다. 1994년에는 멕시코, 1995년에는 아르헨티나, 1997년에는 태국·말레이시아·한국, 1998년에는 러시아, 1999년에는 다시 중남미……. 이렇게 금융 위기는 지구를 일주하고 있습니다.

달러화의 오만

이어령 그래요. 그것을 모를 사람이 어디 있겠어요. 솔레스 같은 사람들도 금융의 세계화에 따른 모순을 지적하고 부정적인 발언을 하고 있습니다. 그런데 태국이 투자가들에 의해 폭락했다는 점만 보고 있는 사람들은 쌀밖에 생산할 수 없었던 열대의 나라 태국이 추위에 견디는 특수 설계의 자동차를 만들어 캐나다와 같은 한대국寒帶國에 팔고 있는 예는 놓치기 쉽습니다. 미국이 매도한 바트화는 본래 태국에 투자되었던 미국 자본입니다.

미국 자본이 태국에 투자되었다가 그것을 빼내 간 것이지 애초에 태국이라는 나라가 가지고 있던 자체 자본은 아니라는 이야기죠. 그러면 태국에 투자해 줄 때는 글로벌 오케이, 빼 갔을 때는 글로벌 노, 이런 속 편한 태도가 가능하리라고 보십니까? 그것은 새로운 세계화의 법칙, 글로벌 룰을 모르고 하는 소리예요. 태국은 세계화 때문에 금융 위기를 맞은 것이 아니라 세계화가 무엇인지, 실수하면 얼마나 무서운 결과가 오는지를 몰랐기 때문입니다.

그리고 문제는 미국의 기축통화에서 오는 불이익을 알면서도 글로벌 시장을 움직이기 위해 당장 그것을 대체할 만한 다른 묘수가 아직 없다는 데 있어요. 그러니 유로화처럼 그것을 넘어서는 길을 찾는 방향으로 플러스 사고를 해야지, 다시 지역 경제로 되돌아가 19세기처럼 자국 통화에 입각한 자급자족 경제의 틀로 되돌아가야 한다는 식의 해답이나, 모든 불행은 '미국에서 온다'는 반미 운동의 데모 같은 것으로는 결코 스핑크스의 수수께끼를 풀 수 없다는 것이지요.

이인화 세계화나 통화 위기 같은 것을 미국의 음로론으로 보는 단순한 해답으로는 스핑크스의 앞을 지날 수 없다는 말씀이시군요.

이어령 쥐불놀이할 때를 생각하면 됩니다. 처음에는 아이들이 깡통을 자기 힘으로 돌리지요. 그런데 자꾸 깡통을 돌리다 보면 원심력이 붙어서 깡통에 자기가 끌려갑니다. 한때 미국이 주도했던 세계화는 꼭 이런 쥐불놀이처럼 이제 미국도 자신의 의지로 추스를 수 없는 단계에 이르게 된 것입니다. 어쩔 수 없는 수준에 이르렀습니다. 런어웨이 월드run away world라는 말이 있지요.

우리는 우리의 존재를 확대시킬 수 있는 거대한 에너지를 부여받았습니다. 동시에 우리는 우리를 전락시키려고 위협하는 태풍의 추격을 받고 있어요. 그래서 세계는 지금 필사적으로 고속 질주하며 침체로부터 도망치고 있는 것입니다. 해병대는 어느 나라에서나 강합니다. 왜 그런지 아십니까? 일단 땅 위로 상륙하면 뒤는 바다입니다. 한 발자국도 뒤로 물러설 수 없기 때문입니다. 죽으나 사나 앞으로 갈 수 밖에 없어요. 긴 안목으로 볼 때 역사의 시곗바늘은 거꾸로 돈 적이 없습니다.

미국인뿐만 아니라 인류는 이제 영원히 9월 11일 이전으로 돌아갈 수 없게 되었습니다. 바로 이 21세기의 상륙 지점에서 생각해야 합니다. 그런데 우리 인터넷을 들여다보십시오. 트레이드 센터의 자폭 테러가 미사일 방어MD 계획을 밀어붙이기 위한 부시의 자작극이었다느니 빈 라덴이 미국의 중앙정보국CIA 요원이었다느니 하는 음모설이 난무합니다. 이런 엽기토끼식 발상은 전문가의 논설에서도 엿볼 수가 있습니다.

해양 세력과 대륙 세력의 각축

이인화 듣고 보니 과연 수긍이 가는 말씀입니다. 그러나 모든 지구촌 사람들이 그런 합리적인 선택에 선뜻 동의하리라고는 생각할 수 없는 것이 현실 아니겠습니까? 9월 11일 뉴욕 쌍둥이 빌딩 테러 같은 사건들도 그런 시각 차이에서 생기는 것 같습니다. 또 이런 사건들이 엄청난 파장을 몰고 와 미국에서는 보잉과 아메리칸 에어라인이 도산할 지경이고, 보험업계가 위기에 처하고, 항공업·여행업·숙박업·유통업에 대량 실업이 일어났습니다. 결국 국외적으로는 아프간 전쟁이 일어났고요.

이런 일련의 전개를 보면 자연 새뮤얼 헌팅턴의 『문명의 충돌』이라는 책이 생각납니다. 사실 헌팅턴의 저서는 1994년 헨리 키신저가 쓴 『외교Diplomacy』의 통찰에 의지하고 있는 바가 큽니다. 키신저에 의하면 21세기는 6대 강국에 의해 주도될 것이며, 그 6대 강국은 미국·유럽·중국·일본·러시아·인도라는 것입니다.

이 가운데 미국·유럽을 제외하면 모두 각각 서로 다른 종교를 가지고 있는 고유한 문명권이라고 볼 수 있습니다. 2001년 현재 6대 강국의 대두는 상당히 근거 있는 예측이 아니었나 생각합니다. 문제는 세계가 정말 이렇게 다극화된 구조로 바뀌고 이런 다극 구조 사이에 문명의 충돌이 일어난다면 보통 문제가 아니라는 생각이 듭니다.

즉 현재의 지역으로 말해서 중국·북한·한국·일본·대만·베트남을 아우르는 동아시아 문명 속에서 한국은 고립된 섬이라고 볼 수 있습니다. 왜냐하면 한국만이 동아시아에서 유일하게 기독교 신자가 전 인구의 27.3퍼센트나 되는 상당히 서구화된 문명 감각을 가진 국가이기 때문입니다. 외견상 우리보다 더 서구화되었다고 생각하는 일본도 기독교·천주교를 합쳐서 신자가 2.3퍼센트에 불과합니다. 이런 동아시아에서 헌팅턴이 예언한 것과 같은 문명의 충돌이 일어난다면 정말 큰일날 일 아닐까요?

리처드 로티의 말처럼 문학 문화가 종교를 대신해 간 것이 근대사회라지만, 21세기에 이르면 종교 공동체 간의 극단적인 대립을 중재할 문학·문화도 쇠퇴하고 있습니다. 역사상 민족의 운명을 바꿔놓은 모든 대규모 전쟁은 종교 전쟁이었습니다. 만약 인간들이 자기 인생의 문제를 다시 종교에만 의지해 풀어간다면 그것의 귀착점은 처절한 사회 갈등과 살육, 전쟁과 궁핍, 전 지구적 파멸이 될지도 모릅니다.

2001년에 또 하나 간과할 수 없는 사건은 올해 5월부터 중국이 본격적으로 태평양으로 진출하면서 태평양 도서 국가들에 대한 원조를 둘러싸고 호주·뉴질랜드와 갈등하며, 태평양 환초의 위성 기지 설치를 둘러싸고 미국과 갈등하게 되었다는 사실입니다. 헌팅턴의 시각으로 보면 이런 것은 유교와 한자. 율령제를 기초로 한 중앙집권적 체질의 동아시아 문명 대 서구 기독교 문명 국가 사이의 대립이 될 것입니다. 만약 동아시아에서 이런 문명의 충돌이 발생한다면 한국은 어떤 운명에 처하게 될까요? 이 점이 문명사에 대한 선생님의 통찰력을 빌리고 싶은 요긴한 대목입니다.

이어령 질문이 상당히 복잡하네요.

이인화 제가 원래 좀 산만한 사람이 돼서…… 죄송합니다(웃음).

이어령 그러면 가장 원론적인 문제부터 하나씩 풀어가겠습니다. 첫째는 무엇보다 먼저 문명이라고 하는 것이 그렇게 단순하지 않고 하나의 문명, 하나의 문화 안에도 표층 구조가 있고 심층 구조가 있다는 것입니다.

어제 텔레비전에서 재미있는 뉴스를 들었습니다. 이웃집 여자가 개를 밤낮 두들겨 팬다고 하여 동네 사람들이 동물 학대죄로 고소했습니다. 그래서 법원에서 10만원의 벌금형을 내렸다는 것입니다. 프랑스의 브리지트 바르도 동물 애호 운동에 관한 뉴스를 듣는 것 같은 일이 우리나라에서도 일어나게 된 것입니다. 자기 집 개를 학대한다고 이웃 사람을 고발한 것은 방금 이 교수가 말한 것 같은 동아시아적인 문명권의 모습이 아닙니다. 한동네 사람이라는 전통적 커뮤니티 의식이 강한 한국 문화에서 개를 패는 문제 때문에 이웃을 고발한다는 것은 상상도 못 할 일 아닙니까?

그렇지만 이런 모습, 이렇게 서구화된 모습이 겉으로 드러난 표층의 한국이라고 볼 수 있겠지요. 2001년 표층의 한국은 산업 시스템, 학교 교육 시스템, 도시의 핵가족 구조, 개인의 정체성 모두가 이런 서구화된 모습으로 만들어진 것처럼 보입니다.

그러나 한번 뒤집어보십시오. 우리나라에는 복날 개 패듯 팬다는 말이 있습니다. 올해 복날에도 말이지요. 수백 마리, 아니 수천 마리의 개들이 전국에서 목에 오랏줄이 묶인 채 나뭇가지에 매달려 몽둥이로 사정없이 얻어맞아 죽어갔을 것입니다. 세상에 이렇게 개를 타살

해서 그 고기를 먹은 사람들이 수십만 명인데, 그렇게 먹은 사람들은 아무 죄가 없고 자기 집 개를 좀 때린 사람은 벌금형을 받게 됩니다. 너무 이상하지 않습니까? 여기에 표층의 한국을 열고 들어가는 열쇠가 있습니다.

더구나 이상스러운 것은 고발 이유를 묻는 기자에게 밤낮으로 개를 패는 바람에 "시끄러워서 잠을 잘 수 없었다"는 동네 사람들의 대답이었습니다. 겉으로는 동물 학대의 문제인데 실상은 개가 불쌍해서라기보다 자기의 안면安眠 방해의 문제였던 것이지요. 문제는 여기에서 끝난 것이 아닙니다. 이 분규에 동물 애호 단체가 등장한 것이지요.

개를 다시 학대할까 봐 사러 온 것입니다. 개 주인은 화를 내면서 당신네한테 절대로 팔지 않겠다고 합니다. 그러나 결국 돈을 많이 내겠다는 것으로 결말을 보게 된 것이지요. 결국 돈이 모든 것을 해결해 준 셈입니다. 어찌되었든 결과적으로 그 개는 편안하게 되고, 이웃 사람들은 편안하게 잠잘 수 있게 되고, 개 주인은 벌금형에도 불구하고 손해를 입지 않게 되었으며, 법원에서는 선진 사회 부럽지 않은 다윗 같은 명판례를 내리게 된 것이지요.

다만 이런 해피엔딩에도 불구하고 여전히 한국의 개

들은 내년에도 복날을 걱정해야 하고, 사람들은 어김없이 복날이 되면 보신탕으로 더위를 이기려 할 것입니다(웃음). 이것이 우리가 처해 있는 심층의 한국과 표층의 한국 사이에 가로놓인 깊은 심연에 어려 있는 풍경이지요. 개와 개를 때린 사람, 그것을 고발한 사람과 판결을 내린 사람, 그리고 개를 구제하려고 온 사람……. 모두 겉돌고 있는 셈이지요.

한국 문화라고 하는 것 안에는 이런 표층적 한국과 심층적 한국의 상이한 요소들이 공존하고 있습니다. 지금 한국인들의 27.3퍼센트가 기독교인이고, 크리스마스는 기독교인이 아니라도 전 국민이 추석보다 더 성대하게 맞는 명절입니다. 이렇게 표층만 보면 기독교 신자로서의 한국인, 동물을 애호하는 한국인, 이런 서구적 가치가 우리 속에 들어온 것입니다.

그러나 그 심층 구조를 파고 들어가 보면 전혀 다른 모습이 있습니다. 그리고 그 심층 구조의 밑바닥에는 또 다른 모습이 있는 것입니다. 우리만 그런 것이 아니라 세계화 속의 전 세계가 다 그렇습니다. 이슬람권에서도 마찬가지지요. 알라를 위해 자폭하는 테러리스트가 있는가 하면, 강제로 수염을 기르게 한 탈레반 원리주의자들이 물러간 카불에는 수염을 깎은 남자들과 차도르를 벗어던지고 청바지를 입고 환호하는 이슬람교도들도 있습니다.

쿠웨이트 등 이슬람권 대학의 학생회장은 모두 원리주의자들이 차지해 왔지만 최근 몇 년 전부터는 비원리주의, 즉 종교적 색채가 없는 학생들이 학생회장에 대거 당선되고 있는 추세인 것입니다. 이란도 많이 변해 가고 있습니다. 호메이니보다 개혁주의자였던 팔레비왕의 그림자가 더 커지고 있지요.

이인화 예, 그렇다면 논의는 심층과 표층의 어떤 요소가 어떻게 충돌하느냐, 어떻게 융합하느냐의 복잡한 양상을 띠게 되겠습니다. 그런 관점에서 보신다면 올해의 9월 11일 테러와 현재의 아프간 전쟁은 어떻게 이해하고 계십니까? 아까 말씀하셨듯 역시 세계화에 의해 국민 국가의 힘이 약해져 이슬람교나 힌두교 등 국가의 테두리를 넘어선 종교가 강해진 현상인가요?

이어령 바로 그런 것이 표층적인 이해라고 생각합니다. 세계화돼 갈수록 한편에서는 개인화해 가는 현상이 벌어지고 있지요. 그래서 어느 지역에서나 국민 국가는 더 이상 국민이나 시장을 지배하고 통제하기 힘든 상태로 약화돼 가는 것처럼 보였습니다. 하지만 아이로니컬하게도 9월 11일의 테러 사태 이후 국가에 대한 새로운 인식이 대두되고 개인이나 시장주의만으로는 평화도 번영도 없다는 것을 깨닫게 된 것이지요.

동시에 '좋은 전쟁은 없어도 나쁜 평화는 분명히 존재한다'는 전쟁 긍정의 새로운 평화관이 대두되기도 했지요. 테러를 근절할 수는 없어도 테러를 방임하는 '나쁜 평화'에 빠져서는 안 된다는 것이 다수자로 등장하기 시작했다는 것입니다. 현재의 미국이 그런 예입니다. 일찍이 미국인들이 지금처럼 무섭게 국가 의식을 가지고 단결해 본 적이 없다고 하지요.

그러니까 지금은 세계화로 인해 국민 국가가 약해지고, 약해진 국가를 비국가 조직이 공격하고, 그로 인해 혼돈이 발생하자 국가가 새롭게 필요해지는 이런 단계라고 할 수 있습니다. 그런 역설적인 의미에서 오사마 빈 라덴은 미국이라는 국가에 사그라지는 애국심을 불사르게 한 것이라고 할 수 있어요. 세계화 때문에 무너져가던 국가가 지금 오사마 빈 라덴이라는 병원체 때문에 국가 백신을 맞았다는 것이죠.

이인화 후기 냉전 시대에 갈피를 잡지 못했던 세계의 흐름이 새 방향을 잡아가기 시작했다는 말씀이신가요?

국가와 '모기'의 대결

이어령 냉전이 끝나자 두 개의 대조적인 저서들이 세계의 화두로 등장하게 되었지요. 프랜시스 후쿠야마의 『역사의 종언』과 새뮤얼 헌팅턴의 『문명의 충돌』이 그것입니다. 두 저서는 정반대되는 지점에서 있습니다. 후쿠야마는 문화 보편주의의 관점에서 이제는 공산주의 이데올로기가 멸망하고 전 세계가 인권, 자유, 개인의 가치를 신봉하는 서구 자유민주주의로 역사가 완성 종결되었다는 낙관론이었지요. 이런 시각은 이제 서구 문명이 유일 보편의 문명이라는 것, 그러니까 역사는 서구 자본주의에서 완성된 것이라는 입장을 취하고 있지요.

거꾸로 지금 얘기한 헌팅턴은 세계를 하나의 보편 문명이 지배하던 시대는 갔으며, 냉전 질서가 무너진 지금 비서구 문명 역시 서구와 대등한 위치에서 삶을 기획하는 새로운 다극화로 들어섰다고 보았습니다. 냉전이 끝난 후에는 지금까지 정치 이념을 중심으로 한 미국·유럽의 서구적 가치를 추종하던 사람들이 자국 문화를 중심으로 다시 재편되면서 세계는 쪼개지고, 마지막에는 충돌까지 벌어질 수 있다고 예측했습니다. 일종의 문화 상대주의라고 말할 수 있는 비관론이지요.

9월 11일의 테러로 헌팅턴도 후쿠야마도 다 옳지 않

았다는 것을 알게 된 것입니다. 오사마 빈 라덴의 알 카에다 같은 사조직私組織이 세계 최강의 미국과 전쟁하고 있는 사태야말로 자유민주주의 중심의 세계화가 가져온 개인화로 인해 국가가 통제할 수 없는 힘들이 생겨나고 있다는 증거니까요. 바로 그 서구 문명을 역이용한 것입니다.

도대체 오사마 빈 라덴이 누구입니까? 미국과 싸우고 있는 오사마 빈 라덴은 국가가 아닙니다. 빈 라덴이 살 수 있는 나라는 국가가 통제 불능한 아나키anarchy적 상황의 나라, 비국가 조직이 가능한 나라들입니다. 그런 곳은 많습니다. 소말리아, 아프가니스탄, 필리핀 남부, 인도네시아 변경, 중국 변경입니다. 지금 세계는 46개국이 내전 상태에 들어가 있다고 합니다. 그러므로 오사마 빈 라덴과 같은 슈퍼 테러 집단과 싸우는 데는 이념도 체제도 문명도 관계없습니다.

미국의 반테러 전선에는 소극적이든 적극적이든 국민국가 형태의 나라들은 모두 손을 들지 않을 수 없습니다. 중국도 러시아도 바로 그 내부에 빈 라덴과 같은 테러 집단들로 골머리를 앓고 있는 까닭입니다. 위구르족이 살고 있는 중국의 타림 분지에는 이슬람교 원리주의자의 테러가 빈번히 일어나고 있지요. 러시아는 체첸이 있습니다. 사회주의냐 자본주의냐에 손들라고 한 것처럼, 지금은 테러에 반대할 국가와 테러를 지원할 국가로 나뉘는 것입니다. 지구상에는 3000여개의 언어가 다른 문화가 있습니다.

그러나 국가는 200개도 안 됩니다. 국가 내부의 분열과 테러의 위협은 끊이지 않습니다. 미국만의 문제가 아닌 것입니다. 오사마 빈 라덴으로 상징되는 테러 집단은 문명의 충돌도 아니고 역사의 종언도 아닙니다. 많은 국가들이 오사마 빈 라덴과 같은 트로이 목마를 가지고 있습니다. 러시아는 체첸을, 아프가니스탄은 북부 동맹을, 인도는 카슈미르 반군을, 중국은 위구르족을 비롯한 몇몇 이슬람교계 소수 민족들을 끌어안고 있는 것입니다.

이슬람의 원리주의만이 아니라 일본의 옴진리교나 오컬트의 집단처럼 국가와 공공 제도에 도전하는 세력들이 전체 세계에 난기류를 일으키고 있습니다. 국가와 국가의 전쟁이 국가와 사집단 네트워크와의 전쟁으로 옮겨오면서 전선의 개념도, 전략도, 전시의 국제 협약이나 적십자 같은 활동도 무력하게 되었습니다. 미국의 한 언론사는 9·11 사태 이후 전쟁 비상 상태로 들어간 미국의 안보 상태를 시험하기 위해 세계무역센터 폭파범과 똑같은 흉기를 소지하고 공항 보안 구역을 통과하는 특공 취재를 하게 됩니다. 놀랍게도 거뜬히 성공했던 것이지요.

한 시간 동안 비행기를 타기 위해 두세 시간 줄을 서야 하는 부조리한 일이 벌어지고 있으면서도 마약 조직처럼 눈에 보이지 않는 테러 커넥션을 막는다는 것은 불가능에 가까운 일이라고 할 것입니다. 더구나 모든 것을 시장에 맡기려는 신자유주의로 국가에서 하던 보안업무까지 사기업에 맡기는 일이 많아졌지요. 보안 체크도 저임금을 주고 고용한 항공사들이 하고 있으니 더욱 그 취약점이 큽니다.

뿐만 아니라 대륙 간 탄도탄으로 무장한 국가와 슈퍼테러의 결투는 '견문발검見蚊拔劍(모기를 보고 칼을 뺀다는 뜻. 하찮은 일에 너무 크게 허둥지둥 덤빔)'과 같은 희극의 수준이 되고 만 것이지요.

이인화 문명 대 문명의 대결이 아니라 국가 조직 대 비국가 조직의 대결이라는 말씀이군요? 과연 오사마 빈 라덴은 반미냐 친미냐 대외 문제가 아니라 세계 모든 국가가 자기 내부에서 직면하고 있는 문제인 것 같습니다.

이어령 그렇습니다. 이런 심층 구조의 인식이 왜 중요하냐 하면 9·11 테러를 보고 그것 참 고소하다. 그동안 미국이 너무 오만하고 독선적이었는데 좀 반성해야 한다고 생각하는 사람들에게 경종이 될 수 있기 때문입니다. 현재의 세계화를 미국 중심의 정치적 구도로 이해하는 것은 냉전적 사고를 탈피하지 못한 지식인 그룹의 한계입니다.

냉전적 사고로 보면 세계화는 잘사는 20과 못사는 80의 불평등 구조를 낳는 재앙처럼 보입니다. 그러나 프리드먼이 『렉서스와 올리브나무』에서 지적한 것처럼 실상은 그렇게 일차 방정식 같은 단순한 문제가 아닙니다. 20대 80이 시간이 흐를수록 그 비율이 커지는가 줄어드는가 하는 다이내믹한 변동을 염두에 두어야 합니다.

광케이블 같은 빛의 속도로 달리는 20과 평생 전화조차 걸어보지 못한 80의 수가 앞으로 10대 90이 될 것인가, 그렇지 않으면 30대 70, 50대 50으로 될 것인가를 물어봐야 합니다. 인도나 중국의 경우를 보면 세계화에 의해 그 추세는 후자의 경우입니다. 우리의 선택은 낡은 것에 매달리는 올리브가 아니라 새로운 시도를 하는 렉서스 편에 서야 합니다. 20의 틀을 깨는 것이 아니라 20의 안에 들어가 20 자체를 변하게 해야 합니다. 그리고 80에 희망의 모델이 되어야 합니다.

중국의 한류韓流, 동남아의 한류가 달리 일어났습니까. 중국을 개방시킨 것이 집단 농장을 사경농으로 변혁

한 19명의 안후이[安徽] 성의 농부들이었듯 말입니다. 우리는 지금 G7과 선진국과 개발도상국 사이에 끼어 있는 빛과 어둠의 그레이 존 안에 있습니다. 그러므로 20대 80의 밸런서로 작용하여 세계화와 지역화의 글로컬리즘을 실현해 갈 수 있습니다.

금융의 민주화만 성공을 거두면 앞에서 말한 정보의 민주화, 기술의 민주화에서 우리는 모델 국가가 될 수 있습니다. 우리만이 그런 일을 해낼 수 있습니다. 한국인들은 지금 거시적인 역사를 어떻게 읽느냐에 따라 20에 들어갈 수도 있고 80으로 추락할 수도 있습니다. 우리의 선택과 태도에 따라 우리의 운명은 완전히 바뀌게 될 것입니다.

그렇지 않아도 헌팅턴의 문명 충돌 미래의 세계 지도에서 '코리아'는 중국의 유교 문명권에 들어가 이슬람 문명과 커넥션을 이루고 서구 국가와 대결하는 것으로 되어 있습니다. 자칫 잘못하면 반테러권과 테러와 테러 지원국의 대결에서 후자의 대열에 끼이게 됩니다.

이인화 일본은 이것을 기화로 자위대의 해외 파견의 새 기원을 마련하려 하고 있고, 중국은 세계무역기구WTO에 가입하여 무서운 속도로 세계 시장 속에 잠입하고 있는데, 우리는 그 사이에서…….

이어령 그것 역시 마찬가지입니다. 앞으로 중국의 대륙 세력과 일본의 해양 세력이 마주치게 되리라는 것은 불을 보는 것처럼 뻔합니다. 한반도의 분단은 지오컬처에서 보면 해양 문화와 대륙 문화 사이에 끼어 있는 반도 문화가 분단되어 한쪽은 대륙권에, 한쪽은 해양권에 편입되었음을 의미합니다. 통일은 단순한 민족만의 문제가 아니라 해양과 대륙의 충돌에 대한 밸런서로서 그것을 조화와 창조적 긴장으로 발전시킬 수 있는 반도 문화(인터미디어트 컬처)를 다시 회복하고 활성화하는 중요 과제이기도 한 것입니다.

동시에 동양과 서양의 사이, 20대80의 사이에서 옛날 원융회통의 불교가 글로벌한 문화를 창조했던 것처럼 그 매개자의 역할을 하게 되는 것입니다. 이질적인 것을 서로 어우르고 포용하는 문화가 분명 우리 문화의 밑바닥에 깔려 있습니다. 이것저것 한데 합쳐 놓으면 키메라 같은 괴물이 되는 것이 서구 문명이라고 한다면, 여러 짐승의 특성이 하나가 되어 용와 같은 것이 만들어지는 것이 한국(동아시아) 문화라고 할 수 있습니다.

세계화가 성공하려면, IT 문명이 성공하려면, 세계 시장주의가 진정한 인류의 행복과 연계되려면, 유·불·선 3교를 융합했던 한국 문화의 자원을 다시 발굴해 내야 합니다. 그래서 판도라의 상자 마지막에서 나오는 것이 바로 한국의 차례요, 우리의 몫이라는 자각을 가져야 합니다. 그러한 긍지 없이는 우리의 21세기도 없습니다. 세계화와 반세계화, 테러와 반테러, IT 신경제의 심화와 거품—스핑크스가 던진 이러한 21세기의 수수께끼를 풀고 당당하게 그 앞을 통과해 혼돈에서 희망의 도시로 나가야 합니다.

이인화 선생님 말씀을 들으니 어렴풋했던 지금 이 시점의 시대정신이 확실히 손에 잡히는 것 같습니다. 오랜 시간 감사합니다.

이어령 감사합니다.(「불안한 시작의 21세기, 한국의 길-세계화는 선택적 변화 아닌 계절 같은 문명의 한 흐름」, 《월간중앙》, 2001. 12.)

세계화 속의 한국 지성인

대담자: 방민호

> 우리는 지금 하나의 벽화 앞에 있다. 그것을 너무 떨어져서 또는 너무 가까이 가서 바라보면 안 된다. 적당한 거리가 필요할 것이다. 말하자면 형상의 윤곽만 짐작할 수 있는 그런 원거리와 반대로 어느 부분의 디테일만 보이는 근접된 거리에 서지 않는 것이 좋다.
>
> —이어령 『저항의 문학』 중에서

전후문학戰後文學에 대해 공부하면서 이어령 선생의 글을 접한 적이 있다. 무덤 속에서 죽은 이상李箱을 깨워낸 그는, 당대의 한국 문학에 현대성과 보편성이라는 화두를 던졌다. 그리고 지금도 그는 한국 사회의 한 끝에 있다.

어느 날 아침 라디오에서 기업가들을 앞에 놓고 세계사의 향방을 이야기하는 선생의 목소리를 들었을 때 나는 그 젊은 목소리에 귀를 기울이지 않을 수 없었다. 하시는 말씀이 최신식이었던 까닭이다. 나는 오늘도 그런 기대를 안고 선생을 찾아갔다.

방민호 문명 비평가로서, 《중앙일보》 고문으로서 선생님의 근황에 대해 궁금해하는 분들이 많을 것 같습니다.

이어령 내 나이가 이제 고희를 지났습니다. 새로 시작하기보다는 정리하는 쪽으로 하려고 합니다. 세 가지로 요약할 수 있어요. 하나는, 내가 본래 문학 평론을 했기 때문에 현암출판사하고 우리나라의 대표적인 시와 소설을 지금까지 내가 해오던 방식으로 정밀 분석하는 시리즈를 내려고 합니다. 두 번째는, 10월부터 일본문화연구소의 초청으로 일본에 장기 체류하게 되는데 거기서 동아시아 문화 읽기를 시리즈 방식으로 써나가려고 합니다. 마지막은, 서양 중심의 관점에서 벗어나 한국의 입장에서 새 문명의 지도를 그려보려는 뜻에서 세계 각국을 주유하면서 석학들을 만나보려고 합니다.

방민호 특히 마지막 대목이 흥미롭습니다.

이어령 잘 알다시피 영국·미국·호주·필리핀·싱가포르·일본 이런 나라들은 해양 국가들입니다. 미국이라는 게 큰 대륙이지만 문명사적으로 보면 유럽에서 떨어져 나간 섬이죠. 일본이 대륙권 문화에서 떨어져 나간 섬인 것처럼 말이죠. 이런바 섬들의 문화입니다. 그런 해양 세력하고 유럽 중심 속의 유라시아하고 우리나라·러시아·중국 등을 대비해 보려고 합니다. 그러니까 사실상 문명 충돌은 헌팅턴이 본 것처럼 이슬람 대 기독교, 이렇게 되는 게 아닙니다. 지정학적인·지리적인 위치에 따라 해양 세력과 대륙 세력이 부딪치는 관계인 거죠. 우리는 반도라는 양립성을 가지고 있는 위치에 있기 때문에 그 위치에서 세계를 바라볼 필요가 있습니다.

선생의 목소리는 카랑카랑하고 자신감에 차 있다. 선생을 문명비평가라 칭한 것은 잘한 일 같다.

방민호 선생님께서 호적상 1934년생이신데요. 어느 누구보다 부단한 갱신을 이뤄오셨습니다. 이를 가능케 한 시대나 세대상의 배경은 없을는지요?

이어령 내가 성장하던 시대는 자기 정체성이 분명하게 없었던 시대였죠. 서울의 도시 체험이라고 하는 것도 첨단 도시가 아니라 완전히 폐허의 도시였어요. 전쟁 때문에 울타리도 없고 길거리도 없고. 한마디로 우리 세대는 자기 정체성마저도 상실한 세대이기 때문에 제로에서부터 시작하는 거라고 생각했습니다. 그리고 나는 이것이 굉장한 불행인 줄 알았는데 내 일생을 살아가는 데 귀중한 체험이 되었습니다.

연필이 왜 좋은가? 만년필이 있고 볼펜이 있는데, 지

울 수 있기 때문이죠. 한번 쓰면 절대로 지워지지 않는 게 요즘 젊은 세대들이 아닌가 해요. 386세대, 한총련 세대 전부 지워지지 않는 볼펜 같습니다. 우리 세대는 확실하게 지워질 수 있었습니다. 끝없이 자기를 소거했던 거죠. 내가 컴퓨터를 좋아하는 것은 아무리 어마어마한 것이라 해도 컴퓨터는 딜리트 키 하나만 누르면 전체를 날려버릴 수 있다는 점 때문입니다. 이 쾌감이 우리 세대를 대표하는 겁니다. 이것이 지금까지 내 문학 이론의 기본적인 바탕입니다. 끝없이 낡은 것을 버리고 새로운 것을 찾아 자기를 몰입시킬 수 있는 것입니다.

선생은 말을 끊을 사이도 없이 숨 가쁘게 말씀을 이어간다. 나는 선생의 어조와 표정에서 씌었거나 들린 사람의 표징을 본다.

방민호 선생님은 문학 비평에서 문명 비평으로 그 폭을 넓혀오시지 않았던가요?

이어령 내가 역사나 사회로부터 도피적이라고 생각하는 사람이 많은데요. 문학이라는 것은 사회 개혁의 수단이 아니라고 이야기한 것이지 내가 사회와 역사에 대해 관심이 없다는 소리는 아닙니다. 나보고 직함이 많다고 하는데, 그러나 나는 너무나도 단순하게 살아왔습니다. 창조적 상상력을 위해서 일평생 바쳤고, 그것이면 뭐든 가리지 않고 지적 호기심을 바쳤다고 할 수 있지요. 책도 그렇게 읽었고.

다만 한 우물을 파는 사람을 나는 믿지 않는 사람이에요. 인생에 할 일이 이렇게 많은데 재미없게 왜 한 우물만 파느냐. 토끼도 수십 마리 쫓아라. 놓쳐도 좋다. 수백 개의 우물을 파라는 겁니다. 끝없이 수맥을 찾아다니는 사람이 어떻게 우물을 하나 파서 마십니까?

나는 우물물을 마시는 사람이 아니고, 토끼를 잡는 사람이 아니라, 토끼를 쫓고 우물을 파는 사람, 창조가의 역할을 수행하고자 했습니다. 진짜로 토끼를 잡아서 놔주면 내 작업은 끝난 거예요. 이것을 잡을 때까지 전심을 다하는 그 긴장을 사랑하는 것이지 토끼 잡아서 뭐합니까? 내가 목마름의 갈증이 있는 한 나는 또 하나의 우물을 파지만 우물을 파서 마셔도 내 갈증이 없어지지 않는데 내가 왜 한 우물만 팝니까? 우물 파기와 토끼 잡기, 이것이 내 평생의 일이지요.

이제 나는 질문을 선생의 문명 비평 쪽으로 돌려본다.

방민호 선생님께서 이라크 전쟁을 계기로 쓰신 칼럼이 많은 이들의 관심을 불러일으켰던 것으로 아는데요.

이어령 내가 그 칼럼에서 말하고자 했던 것은 오늘날 전쟁이 뭐냐 하는 것이었어요. 새로운 시대에 있어서의 전쟁이라고 하는 것은 평화다, 반전이다, 참전이다를 가릴 것 없다는 거죠.

우리의 생활 곁에 끝없이 선고받은, 종전終戰 없는 전쟁에 들어섰다는 거죠. 부뚜막에 전쟁이 올라와 있는 시대에 우리가 살고 있다는 것이죠. 그것을 갖다가 모럴 문제, 환경 문제, 발전 문제로만 보는 것은 좁다 이거죠. 그러니까 새롭게 보아야하는 것이죠.

방민호 오늘날 세계는 이라크 전쟁, 북한의 핵 문제 같은 '낡은' 문제로 몸살을 앓고 있는가 하면 초국가적인 기술 발전으로 인해 나날이 새로운 국면을 형성하고 있는 것 같은데요. 과연 이러한 현상을 어떻게 보아야 할는지요?

이어령 오늘날 어느 나라를 보든지 세계 시스템이라는 것은 국민국가예요. 국민국가라고 하는 틀이 점점 커져서 글로벌화되다 보니까 다민족 국가 대부분을 차지하게 되었어요. 중국 같은 나라가 55개 민족이 사는 나라가 아닌가 말이에요. 미국도 다민족 국가고. 스위스도 조그맣고 말레이시아도 조그마하지만 전부 다민족 국가예요. 언어도 다 다르고. 그게 바로 네이션 스테이트예요. 그런데 지금 남들은 그런 국민국가에서 벗어나서 국민국가 자체가 허물어지고 있는데, 우리는 지금 국민국가는커녕 통일도 못 하고 있단 말이죠. 그런 와중에도 한국은 세계적인, 이른바 보편적인 시스템에 들어서 있습니다. 한국은 지금 세계의 20퍼센트를 차지하고 있는 이 보편 시스템에 들어와 있는 걸 거부할 수가 없어요. 북한은 80퍼센트의 질서 속에 남아 있고 우리는 20퍼센트의 질서 속에 들어와 있어요. 지금 남한은 20퍼센트 중에서, 세계 IT 국가 중에서도 최강국이다 이거예요. 이걸 잘 알아야 된단 말이죠.

그러니까 민족주의적 감상으로 보면, 핵 문제 등에서 물보다 피가 더 짙다고 얘기하면서, 정권이 뭐 민족이냐 이런 디테일한 문제를 따지기 전에 그냥 진짜 민족이다, 우리끼리 그러니까 남의 나라가 위협하면 같이 싸워야 된다. 이런 식으로 생각하는 젊은이들이 많은데, 현실적으로는 북핵 문제라든지 이웃나라와의 공조 문제라든지 했을 때는 20퍼센트에 속해 있으면서도 80퍼센트에 남아 있는 북한을 아우르는 데에서 오는 사고의 편차, 물질적·경제적인 편차, 국제적 외교 관계들을 살필 수 있어야 합니다.

방민호 상황이 그렇다면 우리 한국의 지성이 나아가야 할 방향은 어디일까요?

이어령 이른바 '엔드 오브 히스토리end of history', 역사는 결론이 났다. 프랜시스 후쿠야마는 그렇게 보았습니다. 헤겔식 절대주의죠. 새뮤얼 헌팅턴은 문명 충돌론에서 정반대로 문화는 상대주의다, 어느 하나가 세계를 지배할 수 없다고 했습니다. 나는 후쿠야마도 헌팅턴도 잘못 됐다고 봅니다. 문명 충돌이라고 할지라도 이슬람하고 이렇게 싸우는 것이 아니죠. 명색은 지금 이라크와 미국이 붙어서 기독교 문명과 이슬람 문명이 싸우는 것 같지만, 그러면 왜 유럽이 미국하고 손잡고 싸워야 하는데 안 그러느냐, 왜 이슬람 국가들이 다 같이 싸우지 못하고 방관하는 나라가 있느냐는 거죠. 지금은 이른바 지정학적 내셔널리즘이 지배하고 있어요. 글로벌까지도 아니에요.

지역 컬처입니다. 그럼 지역 컬처는 뭐냐? 크게 보면 대륙 문화권과 해양 문화권의 충돌입니다. 그러니까 세계를 좀 더 복합적으로 크게 보아야 합니다. 이런 눈으로 우리 반도를 보면 우리는 국내적으로가 아니라 국내외적으로 영향을 받고 있음을 볼 수 있어요. 그렇다면 혼자, 일국만으로는 살아갈 수 없고 어딘가와 연맹을 맺어야 하는데 이념적 연맹이 아니고 세계 시장 질서 속에서 하나의 경제권이라는 연맹을 맺어야 해요. 쉽게 말하자면 세계 시장이 글로벌리즘으로 바뀌면서 경제 내용이 바뀌었다는 거지요. 물동物動 중심의 경제가 지금 문화 콘텐츠 중심 경제로 바뀌고 있어요. 배고픈 경제로부터 눈고픈 경제, 귀고픈 경제로 바뀌고 있어요. 이러한 경제를 공유할 수 있는 문화 공유권을 만들어야 합니다. 이것은 정치 이념이나 경제 이념하고는 달라요. 문화를 공유하고 있는 나라 위에 경제 공동체가 생기고 그것이 한 단위가 되어 세계 시장에 참여하게 되는 거지요. 그러니까 결론은 창조적인 문화로 나아가야 한다는 겁니다. 화석처럼 굳은 사고를 하지 말아야 합니다. 강렬한 해체를 통해서 재창조해야 합니다.

선생의 사고는 크고 넓다. 그 속에서 나는 한국 사회를 이끌어 가고 있는 대선배들의 세계관을 엿본다. 386이라는 이름으로 한정된 세계관으로는 이 세계관에 맞서 양립할 수가 없음이 명약관화하다. 큰 사고 없이는, 우물 안 사고로는 한국 사회는 이미 대적할 수 없는 괴물이 돼버린 것이다.(「21세기 한국을 읽는다-세계사 새 조류와 한국 지성인」, 《서울신문》, 2003. 8. 15.)

부록

한 우상 파괴자의 고독

이가림 | 시인, 불문학자

'李御寧'이라는 한자 이름을 이어녕으로 읽어야 할지 이어령으로 읽어야 할지 애매하여 어정쩡하게 그냥『지성의 오솔길』을 쓴 사람이라고 지칭하던 시절. 선생이 쓴 에세이와 평론은 하나같이 나를 사로잡아 끌어당기는 묘한 힘이 있었다. 특히『지성의 오솔길』이라는 수상집은 1962년에 나온 것으로 갓 대학에 입학한 나에게 '수상'과 '문학 비평'에의 호기심을 짜릿하게 자극하는 촉매제 같은 것이 되었다.

허공虛空을 향하여 독침毒針을 찌르고 땅 위에 떨어진 웅봉雄蜂의 시체屍體를 본다.

어느 왕자王子의 장렬葬列과 같이 숱한 개미 떼가 열을 지우고 간다.

이 조그만 비극의 모형模型 앞에서 나는 차마 울 수도 없다.

묘지에 피는 하나의 꽃송이처럼 인간은 인간의 피를 마시고 아름답게 핀다.

이렇게 시작되는 「수인囚人의 영가靈歌」 첫머리를 접했을 때, 나는 '딱딱한 산문 투의 문장도 잘 쓰기만 하면 얼마든지 굉장한 감동을 불러일으킬 수 있는 것이구나'하고 속으로 감탄했다. 한자와 한글이 적당히 뒤섞여 다소 현학적인 냄새를 풍기면서도 독특한 아포리즘의 문체 속에 많은 의미를 함축하고 있는 문장들이 이상한 흡인력을 가지고 다가왔던 것이다.

터무니없는 반항 의식에 사로잡혀 이것저것 두서없이 겉핥기식으로 난독을 일삼고 있던 나에게 이어령 선생의 유려하고 광채나는 글들은 시원하기 짝이 없는 청량제 바로 그것이었다. '낡은 것에의 사격'을 소리 높이 외치면서 거의 무차별하게 한국 문단의 대가로 떠받들어지던 시인, 작가, 평론가 들을 도마에 올려놓고 비판의 칼날을 휘두르던 풍운아—그 재기 넘치는 독설과 종횡무진한 인용의 풍요로움 앞에서 일단 박수를 치지 않을 수 없었다.

선생의 글이 신문에 나오거나 잡지에 실리면 그것을 모조리 스크랩하여 읽어보면서 그 문체를 닮은, 우상 파괴적인 어조의 에세이를 나름대로 끼적거려 본 적도 여러 번 있었다. 그러나 사람을 홀딱 반하게 하는 강한 설득력의 비유와 문제의 핵심을 파헤치는 날카로운 해부 능력의 탁월함을 하루아침에 흉내 낼 수는 없는 노릇이었다. 나는 나의 엷은 독서량과 무딘 재능을 탓하면서 훗날의 도전을 다짐할 수밖에 없었다.

내가 이어령 선생을 처음 훔쳐본 것은 1962년 무렵이다. 당시 혜성과 같이 나타난 문단의 무서운 테러리스트로서 주목을 받고 있던 선생은 서울 문리대 동숭동 캠퍼스에서 '문학 연구 방법론'이라는 강좌를 맡아 한창 학생들의 인기를 끌고 있었다. 그 무렵엔 인기 있는 강좌를 몰래 청강하는 '도강盜講'이라는 것이 학생들 사이에 유행하고 있었다. 나 역시 명륜동의 성균관대에 다니는 풋내기 불문학도로서 틈이 있을 때마다 가까운 동숭동 캠퍼스에 스며들어 가 이름 있는 교수의 강의를 듣곤 했다. 마침 강의 시간이 맞아 박종홍 교수의 인식론 강의와 이어령 강사의 문학 연구 방법론을 들을 수가 있었다.

그때 이어령 선생은 시간 강사로 바바리코트를 걸치고 나타나 특유의 유창한 말솜씨로 강의를 해나갔는데, 뉴 크리티시즘의 이론을 바탕으로 한국 문학 작품을 분석하는, 당시로서는 매우 참신하고 선구적인 것이었다. 특히 이상의 「날개」 분석과 카프카의 「굶는 광대」 분석은 독특한 해석을 보여주는 것으로 30여 년의 세월이 흘러갔음에도 나의 기억 속에 아직도 생생히 남아 있다.

문학 텍스트 자체의 구조를 면밀히 분석함으로써 깊은 이해에 도달할 수 있다는 점을 강조하면서, 적절한 예를 들어 설명하는 당시 선생의 강의는 그야말로 시간 가는 줄 모르게 흘러가는 명쾌하고 열띤 것이었다.

이상의 '날개'가 답답한 현실 세계에서 벗어나 이상 세계를 향해 도망치고자 하는 도피의 날개가 아니라, 거꾸로 '사람들이 모두 네 활개를 펴고 닭처럼 푸드덕거리는 것 같고 온갖 유리와 강철과 대리석과 지폐와 잉크가 부글부글 끓고 수선을 떨고 하는 것 같은 찰나'의 현실 한복판으로 뛰어들고 싶은 강렬한 삶에의 의지를 표상하는 '인공의 날개'임을 지적한 것은 오늘에 와서도 여전히 유효한 매우 획기적인 분석이 아닐 수 없다.

그리고 카프카의 「굶는 광대」라는 작품 역시 선생의 기막힌 해석의 대상으로 다루어지지 않았다면 아마도 나로서는 별다른 의미를 발견할 수 없는 평범한 단편 중 하나 정도로 취급하고 말았을 것이다. 굶은 광대가 마지막으로 한 말, "나는 말이지. 맛있다고 생각되는 음식물을 찾아내지 못했던 거야. 맛있는 음식이 있기만 하다면야 일부러 사람들의 인기를 모으는 것 같은 일을 하지도 않았고 당신이나 다른 사람들처럼 배불리 먹고 지냈으리라고 생각해"라는 고백의 의미를, 일상적 삶을 거부하고 오로지 비전의 세계에서만 살고자 하는 예술가의 양심으로 설명하던 선생의 모습이 지금도 뚜렷이 떠오른다.

하나의 문학 작품을 단순히 표피적으로 감상하는 수준이 아니라 유기적인 구조물로 파악하여 그것의 감추어진 의미를 새롭게 발견해 내려는 분석적인 태도를 갖게 된 것은 선생의 문학 연구방법론 강의를 훔쳐 들은 데서 비롯된 것이 아닌가 생각된다.

그 후 상당한 세월이 흘러 1975~1976년경으로 기억되는데, 문학사상사 측의 루이제 린저 초청을 계기로 대전에서 이어령 선생을 만나뵙게 되었다. 당시 《문학사상》의 주간으로 일하시던 선생께서 대전에서의 초청 강연을 추진하면서 나에게 숭전대학교 신문사가 후원하는 장소 물색 등의 일을 도와줄 것을 부탁한 적이 있었다.

『생의 한가운데』로 대단한 인기를 끌고 있던 루이제 린저의 명성에 힘입어, 대전 상공회의소 강당에서의 초청 강연은 그야말로 모여드는 청중으로 벽이 무너질 정도의 대성황을 이루었다. 그때 마치 엘비스 프레슬리 공연에라도 몰려들 듯이 마구 밀어닥치는 여학생들의 아우성 때문에 출입구 계단에서 불상사라도 일어나면 어쩌나 하고 조마조마해하던 기억이 떠오른다.

시대 심리에 딱 맞아떨어지는 작가의 초청 강연을 빈틈없이 처리해 나가는 사전 계획과 준비, 일의 성과를 예측하여 추진해 나가는 선생의 정열 또한 남다른 것이었다. 초청 강연이 무난히 끝나자 선생께서는 다음 날 아침 이른 시간에 오세영·김종철·김병욱 등을 불러 작가와 함께 기념사진을 찍게 한 뒤, 차를 나누면서 뒷전에서 도와준 것에 대한 고마움을 표시하는 것이었다. 조그만 일에까지 배려를 하며 깔끔하게 마무리 짓는 선생의 따스한 일면을 언뜻 엿볼 수 있었다.

이어령 선생의 특징적인 매력을 한마디로 요약하기는 어렵다. 선생은 문학 평론가, 에세이스트, 소설가, 희곡 작가인가 하면 신문사 논설위원, 대학교수, 장관이기도 했다. 그러나 선생은 그 많은 역할에도 불구하고 언제나 한 사람의 탁월한 문학 비평적 '에크리뱅écrivain(글 쓰는 사람)'의 모습으로 떠오른다. 그것은 선생이 누구보다 빨리 시대가 가야 할 방향을 예견하여 올바른 처방을 내려주는 전위적 기수로 달려왔기 때문일 것이다. 역사와 현실의 배후에 숨어 있는 신화적 기호를 명확히 읽어내는 선생의 '귀신같은' 혜안은 갑년의 나이에 들어서도 조금도 흐려지지 않고 반짝반짝 빛나고 있다.

한국인이 갖고 있는 여러 가지 지혜의 우수성을 뿌리에서부터 밝혀주는 숱한 재발견의 가치 부여, 뼈아픈 자기 성찰의 냉혹한 비판, 꿈과 비전의 세계를 구체적인 삶의 공간 속에서 실현하는 형상 능력에 있어서 선생이 남긴 성과는 가히 국보적인 것이라 할 만하다. 88서울올림픽 개막식에서의 굴렁쇠를 굴리는 아이의 아이디어가 보여주는 바와 같은 가장 한국적인 것의 아름다움과 꿈을 선생은 무엇보다 사랑한다고 할 수 있다.

단순한 것 속에서 사람을 깜짝 놀라게 하는 비밀을 캐어내는 통찰력이 있기에 선생이 쓰는 글은 아무리 짤막한 것이라 할지라도 늘 충격을 불러일으킨다. 선생이 파놓은 말의 길이는 그래서 두레박으로 아무리 퍼 올려도 신선한 맛이 살아나는 우물처럼 깊고 풍요롭다.

—『64가지 만남의 방식』(1993) 중에서

이가림(1943~2015)

성균관대학교 불어불문학과와 동 대학원을 졸업하고, 1989년 프랑스 루앙 대학에서 불문학 박사 학위를 받았다. 1966년《동아일보》신춘문예에 시가 당선되어 문단에 데뷔했다.『촛불의 미학』『물과 꿈』『꿈꿀 권리』『살라망드르가 사는 곳』『홍당무』『시지프의 신화』『내 귀는 소라 껍질』『미술과 문학의 만남』등의 저서가 있다.

이어령 작품 연보

문단 : 등단 이전 활동

「이상론-순수의식의 뇌성(牢城)과 그 파벽(破壁)」	서울대 《문리대 학보》 3권, 2호	1955.9.
「우상의 파괴」	《한국일보》	1956.5.6.

데뷔작

「현대시의 UMGEBUNG(環圍)와 UMWELT(環界) -시비평방법론서설」	《문학예술》 10월호	1956.10.
「비유법논고」	《문학예술》 11,12월호	1956.11.

* 백철 추천을 받아 평론가로 등단

논문

평론·논문

1.	「이상론-순수의식의 뇌성(牢城)과 그 파벽(破壁)」	서울대 《문리대 학보》 3권, 2호	1955.9.
2.	「현대시의 UMGEBUNG와 UMWELT-시비평방법론서설」	《문학예술》 10월호	1956
3.	「비유법논고」	《문학예술》 11,12월호	1956
4.	「카타르시스문학론」	《문학예술》 8~12월호	1957
5.	「소설의 아펠레이션 연구」	《문학예술》 8~12월호	1957

6. 「해학(諧謔)의 미적 범주」	《사상계》 11월호	1958
7. 「작가와 저항 - Hop Frog의 암시」	《知性》 3호	1958.12.
8. 「이상의 시의와 기교」	《문예》 10월호	1959
9. 「프랑스의 앙티 - 로망과 소설양식」	《새벽》 10월호	1960
10. 「원형의 전설과 후송(後送)의 소설방법론」	《사상계》 2월호	1963
11. 「소설론(구조와 분석) - 현대소설에 있어서의 이미지의 문제」	《세대》 6~12월호	1963
12. 「20세기 문학에 있어서의 지적 모험」	서울법대 《FIDES》 10권, 2호	1963.8.
13. 「플로베르 - 걸인(乞人)의 소리」	《문학춘추》 4월호	1964
14. 「한국비평 50년사」	《사상계》 11월호	1965
15. 「Randomness와 문학이론」	《문학》 11월호	1968
16. 「최남선의 「해에게서 소년에게」 분석」	《문학사상》 2월호	1974
17. 「춘원 초기단편소설의 분석」	《문학사상》 3월호	1974
18. 「문학텍스트의 공간 읽기 - 「早春」을 모델로」	《한국학보》 10월호	1986
19. 「鄭夢周의 '丹心歌'와 李芳遠의 '何如歌'의 비교론」	《문학사상》 6월호	1987
20. 「'處容歌'의 공간분석」	《문학사상》 8월호	1987
21. 「서정주론 - 피의 의미론적 고찰」	《문학사상》 10월호	1987
22. 「정지용 - 창(窓)의 공간기호론」	《문학사상》 3~4월호	1988

학위논문

1. 「문학공간의 기호론적 연구 - 청마의 시를 중심으로」	단국대학교	1986

단평

국내신문

1. 「동양의 하늘 - 현대문학의 위기와 그 출구」	《한국일보》	1956.1.19.~20.
2. 「아이커러스의 귀화 - 휴머니즘의 의미」	《서울신문》	1956.11.10.

3. 「화전민지대 - 신세대의 문학을 위한 각서」 《경향신문》 1957.1.11.~12.
4. 「현실초극점으로만 탄생 - 시의 '오부제'에 대하여」 《평화신문》 1957.1.18.
5. 「겨울의 축제」 《서울신문》 1957.1.21.
6. 「우리 문화의 반성 - 신화 없는 민족」 《경향신문》 1957.3.13.~15.
7. 「묘비 없는 무덤 앞에서 - 추도 이상 20주기」 《경향신문》 1957.4.17.
8. 「이상의 문학 - 그의 20주기에」 《연합신문》 1957.4.18.~19.
9. 「시인을 위한 아포리즘」 《자유신문》 1957.7.1.
10. 「토인과 생맥주 - 전통의 터너미놀로지」 《연합신문》 1958.1.10.~12.
11. 「금년문단에 바란다 - 장미밭의 전쟁을 지양」 《한국일보》 1958.1.21.
12. 「주어 없는 비극 - 이 시대의 어둠을 향하여」 《조선일보》 1958.2.10.~11.
13. 「모래의 성을 밟지 마십시오 - 문단후배들에게 말한다」 《서울신문》 1958.3.13.
14. 「현대의 신라인들 - 외국 문학에 대한 우리 자세」 《경향신문》 1958.4.22.~23.
15. 「새장을 여시오 - 시인 서정주 선생에게」 《경향신문》 1958.10.15.
16. 「바람과 구름과의 대화 - 왜 문학논평이 불가능한가」 《문화시보》 1958.10.
17. 「대화정신의 상실 - 최근의 필전을 보고」 《연합신문》 1958.12.10.
18. 「새 세계와 문학신념 - 폭발해야 할 우리들의 언어」 《국제신보》 1959.1.
19. *「영원한 모순 - 김동리 씨에게 묻는다」 《경향신문》 1959.2.9.~10.
20. *「못 박힌 기독은 대답 없다 - 다시 김동리 씨에게」 《경향신문》 1959.2.20.~21.
21. *「논쟁과 초점 - 다시 김동리 씨에게」 《경향신문》 1959.2.25.~28.
22. *「희극을 원하는가」 《경향신문》 1959.3.12.~14.

* 김동리와의 논쟁

23. 「자유문학상을 위하여」 《문학논평》 1959.3.
24. 「상상문학의 진의 - 펜의 논제를 말한다」 《동아일보》 1959.8.~9.
25. 「프로이트 이후의 문학 - 그의 20주기에」 《조선일보》 1959.9.24.~25.
26. 「비평활동과 비교문학의 한계」 《국제신보》 1959.11.15.~16.
27. 「20세기의 문학사조 - 현대사조와 동향」 《세계일보》 1960.3.
28. 「제삼세대(문학) - 새 차원의 음악을 듣자」 《중앙일보》 1966.1.5.
29. 「'에비'가 지배하는 문화 - 한국문화의 반문화성」 《조선일보》 1967.12.28.

30. 「문학은 권력이나 정치이념의 시녀가 아니다-'오늘의 한국문화를 위협하는 것'의 조명」	《조선일보》	1968.3.
31. 「논리의 이론검증 똑똑히 하자-불평성 여부로 문학평가는 부당」	《조선일보》	1968.3.26.
32. 「문화근대화의 성년식-'청춘문화'의 자리를 마련해줄 때도 되었다」	《대한일보》	1968.8.15.
33. 「측면으로 본 신문학 60년-전후문단」	《동아일보》	1968.10.26.,11.2.
34. 「일본을 해부한다」	《동아일보》	1982.8.14.
35. 「푸는 문화 신바람의 문화」	《중앙일보》	1982.9.22.
36. 「떠도는 자의 우편번호」	《중앙일보》 연재	1982.10.12.~1983.3.18.
37. 「희극 '피가로의 결혼'을 보고」	《한국일보》	1983.4.6.
38. 「북풍식과 태양식」	《조선일보》	1983.7.28.
39. 「창조적 사회와 관용」	《조선일보》	1983.8.18.
40. 「폭력에 대응하는 지성」	《조선일보》	1983.10.13.
41. 「레이건 수사학」	《조선일보》	1983.11.17.
42. 「채색문화 전성시대-1983년의 '의미조명'」	《동아일보》	1983.12.28.
43. 「귤이 탱자가 되는 사회」	《조선일보》	1984.1.21.
44. 「한국인과 '마늘문화'」	《조선일보》	1984.2.18.
45. 「저작권과 오린지」	《조선일보》	1984.3.13.
46. 「결정적인 상실」	《조선일보》	1984.5.2.
47. 「두 얼굴의 군중」	《조선일보》	1984.5.12.
48. 「기저귀 문화」	《조선일보》	1984.6.27.
49. 「선밥 먹이기」	《조선일보》	1985.4.9.
50. 「일본은 대국인가」	《조선일보》	1985.5.14.
51. 「신한국인」	《조선일보》 연재	1985.6.18.~8.31.
52. 「21세기의 한국인」	《서울신문》 연재	1993
53. 「한국문화의 뉴패러다임」	《경향신문》 연재	1993
54. 「한국어의 어원과 문화」	《동아일보》 연재	1993.5.~10.
55. 「한국문화 50년」	《조선일보》 신년특집	1995.1.1.

56.「半島性의 상실과 회복의 역사」	《한국일보》 광복50년 신년특집 특별기고	1995.1.4.
57.「한국언론의 새로운 도전」	《조선일보》 75주년 기념특집	1995.3.5.
58.「대고려전시회의 의미」	《중앙일보》	1995.7.
59.「이인화의 역사소설」	《동아일보》	1995.7.
60.「한국문화 50년」	《조선일보》 광복50년 특집	1995.8.1.
외 다수		

외국신문

1.「通商から通信へ」	《朝日新聞》 교토포럼 主題論文抄	1992.9.
2.「亞細亞の歌をうたう時代」	《朝日新聞》	1994.2.13.
외 다수		

국내잡지

1.「마호가니의 계절」	《예술집단》 2호	1955.2.
2.「사반나의 풍경」	《문학》 1호	1956.7.
3.「나르시스의 학살 – 이상의 시와 그 난해성」	《신세계》	1956.10.
4.「비평과 푸로파간다」	영남대 《嶺文》 14호	1956.10.
5.「기초문학함수론 – 비평문학의 방법과 그 기준」	《사상계》	1957.9.~10.
6.「무엇에 대하여 저항하는가 – 오늘의 문학과 그 근거」	《신군상》	1958.1.
7.「실존주의 문학의 길」	《자유공론》	1958.4.
8.「현대작가의 책임」	《자유문학》	1958.4.
9.「한국소설의 헌재의 장래 – 주로 해방후의 세 작가를 중심으로」	《지성》 1호	1958.6.
10.「시와 속박」	《현대시》 2집	1958.9.
11.「작가의 현실참여」	《문학평론》 1호	1959.1.
12.「방황하는 오늘의 작가들에게 – 작가적 사명」	《문학논평》 2호	1959.2.
13.「자유문학상을 향하여」	《문학논평》	1959.3.
14.「고독한 오솔길 – 소월시를 말한다」	《신문예》	1959.8.~9.

15. 「이상의 소설과 기교－실화와 날개를 중심으로」	《문예》	1959.10.
16. 「박탈된 인간의 휴일－제8요일을 읽고」	《새벽》 35호	1959.11.
17. 「잠자는 거인－뉴 제네레이션의 위치」	《새벽》 36호	1959.12.
18. 「20세기의 인간상」	《새벽》	1960.2.
19. 「푸로메떼 사슬을 풀라」	《새벽》	1960.4.
20. 「식물적 인간상－『카인의 후예』, 황순원 론」	《사상계》	1960.4.
21. 「사회참가의 문학－그 원시적인 문제」	《새벽》	1960.5.
22. 「무엇에 대한 노여움인가?」	《새벽》	1960.6.
23. 「우리 문학의 지점」	《새벽》	1960.9.
24. 「유배지의 시인－쌍죵·페르스의 시와 생애」	《자유문학》	1960.12.
25. 「소설산고」	《현대문학》	1961.2.~4.
26. 「현대소설의 반성과 모색－60년대를 기점으로」	《사상계》	1961.3.
27. 「소설과 '아펠레이션'의 문제」	《사상계》	1961.11.
28. 「현대한국문학과 인간의 문제」	《시사》	1961.12.
29. 「한국적 휴머니즘의 발굴－유교정신에서 추출해본 휴머니즘」	《신사조》	1962.11.
30. 「한국소설의 맹점－리얼리티 외, 문제를 중심으로」	《사상계》	1962.12.
31. 「오해와 모순의 여울목－그 역사와 특성」	《사상계》	1963.3.
32. 「사시안의 비평－어느 독자에게」	《현대문학》	1963.7.
33. 「부메랑의 언어들－어느 독자에게 제2신」	《현대문학》	1963.9.
34. 「문학과 역사적 사건－4·19를 예로」	《한국문학》 1호	1966.3.
35. 「현대소설의 구조」	《문학》 1,3,4호	1966.7., 9., 11.
36. 「비판적 「삼국유사」」	《월간세대》	1967.3~5.
37. 「현대문학과 인간소외－현대부조리와 인간소외」	《사상계》	1968.1.
38. 「서랍 속에 든 '不穩詩'를 분석한다－'지식인의 사회참여'를 읽고」	《사상계》	1968.3.
39. 「사물을 보는 눈」	《사상계》	1973.4.
40. 「한국문학의 구조분석－反이솝주의 선언」	《문학사상》	1974.1.
41. 「한국문학의 구조분석－'바다'와 '소년'의 의미분석」	《문학사상》	1974.2.
42. 「한국문학의 구조분석－춘원 초기단편소설의 분석」	《문학사상》	1974.3.

43. 「이상문학의 출발점」 《문학사상》 1975.9.
44. 「분단기의 문학」 《정경문화》 1979.6.
45. 「미와 자유와 희망의 시인－일리리스의 문학세계」 《충청문장》 32호 1979.10.
46. 「말 속의 한국문화」 《삶과꿈》 연재 1994.9~1995.6.
외 다수

외국잡지

1. 「亞細亞人の共生」 《Forsight》 新潮社 1992.10.
외 다수

대담

1. 「일본인론－대담:金容雲」 《경향신문》 1982.8.19.~26.
2. 「가부도 논쟁도 없는 무관심 속의 '방황'－대담:金環東」 《조선일보》 1983.10.1.
3. 「해방 40년, 한국여성의 삶－"지금이 한국여성사의 터닝포인트"－특집대담:정용석」 《여성동아》 1985.8.
4. 「21세기 아시아의 문화－신년석학대담:梅原猛」 《문학사상》 1월호, MBC TV 1일 방영 1996.1.
외 다수

세미나 주제발표

1. 「神奈川 사이언스파크 국제심포지움」 KSP 주최(일본) 1994.2.13.
2. 「新瀉 아시아 문화제」 新瀉縣 주최(일본) 1994.7.10.
3. 「순수문학과 참여문학」(한국문학인대회) 한국일보사 주최 1994.5.24.
4. 「카오스 이론과 한국 정보문화」(한·중·일 아시아 포럼) 한백연구소 주최 1995.1.29.
5. 「멀티미디아 시대의 출판」 출판협회 1995.6.28.
6. 「21세기의 메디아론」 중앙일보사 주최 1995.7.7.
7. 「도자기와 총의 문화」(한일문화공동심포지움) 한국관광공사 주최(후쿠오카) 1995.7.9.

8. 「역사의 대전환」(한일국제심포지움)	중앙일보 역사연구소	1995.8.10.
9. 「한일의 미래」	동아일보, 아사히신문 공동주최	1995.9.10.
10. 「춘향전'과 '忠臣藏'의 비교연구」(한일국제심포지엄)	한림대·일본문화연구소 주최	1995.10.
외 다수		

기조강연

1. 「로스엔젤러스 한미박물관 건립」	(L.A.)	1995.1.28.
2. 「하와이 50년 한국문화」	우먼스클럽 주최(하와이)	1995.7.5.
외 다수		

저서(단행본)

평론·논문

1. 『저항의 문학』	경지사	1959
2. 『지성의 오솔길』	동양출판사	1960
3. 『전후문학의 새 물결』	신구문화사	1962
4. 『통금시대의 문학』	삼중당	1966
* 『축소지향의 일본인』 * '縮み志向の日本人'의 한국어판	갑인출판사	1982
5. 『縮み志向の日本人』(원문: 일어판)	学生社	1982
6. 『俳句で日本を讀む』(원문: 일어판)	PHP	1983
7. 『고전을 읽는 법』	갑인출판사	1985
8. 『세계문학에의 길』	갑인출판사	1985
9. 『신화속의 한국인』	갑인출판사	1985
10. 『지성채집』	나남	1986
11. 『장미밭의 전쟁』	기린원	1986

12.『신한국인』	문학사상	1986
13.『ふろしき文化のポスト·モダン』(원문: 일어판)	中央公論社	1989
14.『蛙はなぜ古池に飛びこんだのか』(원문: 일어판)	学生社	1993
15.『축소지향의 일본인-그 이후』	기린원	1994
16.『시 다시 읽기』	문학사상사	1995
17.『한국인의 신화』	서문당	1996
18.『공간의 기호학』	민음사(학위논문)	2000
19.『진리는 나그네』	문학사상사	2003
20.『ジャンケン文明論』(원문: 일어판)	新潮社	2005
21.『디지로그』	생각의나무	2006
22.『이어령의 삼국유사 이야기1』	서정시학	2006
*『하이쿠의 시학』	서정시학	2009
*'俳句で日本を讀む'의 한국어판		
*『젊은이여 한국을 이야기하자』	문학사상사	2009
*'신한국인'의 개정판		
23.『어머니를 위한 여섯 가지 은유』	열림원	2010
24.『이어령의 삼국유사 이야기2』	서정시학	2011
25.『생명이 자본이다』	마로니에북스	2013
*『가위바위보 문명론』	마로니에북스	2015
*'ジャンケン文明論'의 한국어판		
26.『보자기 인문학』	마로니에북스	2015
27.『너 어디에서 왔니(한국인 이야기1)』	파람북	2020
28.『너 누구니(한국인 이야기2)』	파람북	2022
29.『너 어떻게 살래(한국인 이야기3)』	파람북	2022
30.『너 어디로 가니(한국인 이야기4)』	파람북	2022

에세이

1.『흙 속에 저 바람 속에』	현암사	1963
2.『오늘을 사는 세대』	신태양사출판국	1963

3. 『바람이 불어오는 곳』	현암사	1965
4. 『하나의 나뭇잎이 흔들릴 때』	현암사	1966
5. 『우수의 사냥꾼』	동화출판공사	1969
6. 『현대인이 잃어버린 것들』	서문당	1971
7. 『저 물레에서 운명의 실이』	범서출판사	1972
8. 『아들이여 이 산하를』	범서출판사	1974
* 『거부하는 몸짓으로 이 젊음을』	삼중당	1975
* '오늘을 사는 세대'의 개정판		
9. 『말』	문학세계사	1982
10. 『떠도는 자의 우편번호』	범서출판사	1983
11. 『지성과 사랑이 만나는 자리』	마당문고사	1983
12. 『푸는 문화 신바람의 문화』	갑인출판사	1984
13. 『사색의 메아리』	갑인출판사	1985
14. 『젊음이여 어디로 가는가』	갑인출판사	1985
15. 『뿌리를 찾는 노래』	기린원	1986
16. 『서양의 유혹』	기린원	1986
17. 『오늘보다 긴 이야기』	기린원	1986
* 『이것이 여성이다』	문학사상사	1986
18. 『한국인이여 고향을 보자』	기린원	1986
19. 『젊은이여 뜨거운 지성을 너의 가슴에』	삼성이데아서적	1990
20. 『정보사회의 기업문화』	한국통신기업문화진흥원	1991
21. 『기업의 성패 그 문화가 좌우한다』	종로서적	1992
22. 『동창이 밝았느냐』	동화출판사	1993
23. 『한,일 문화의 동질성과 이질성』	신구미디어	1993
24. 『나를 찾는 술래잡기』	문학사상사	1994
* 『말 속의 말』	동아출판사	1995
* '말'의 개정판		
25. 『한국인의 손 한국인의 마음』	디자인하우스	1996
26. 『신의 나라는 가라』	한길사	2001
* 『말로 찾는 열두 달』	문학사상사	2002

* '말'의 개정판

27. 『붉은 악마의 문화 코드로 읽는 21세기』	중앙M&B	2002
* 『뜻으로 읽는 한국어 사전』	문학사상사	2002
* '말 속의 말'의 개정판		
* 『일본문화와 상인정신』	문학사상사	2003
* '축소지향의 일본인 그 이후'의 개정판		
28. 『문화코드』	문학사상사	2006
29. 『우리문화 박물지』	디자인하우스	2007
30. 『젊음의 탄생』	생각의나무	2008
31. 『생각』	생각의나무	2009
32. 『지성에서 영성으로』	열림원	2010
33. 『유쾌한 창조』	알마	2010
34. 『빵만으로는 살 수 없다』	열림원	2012
35. 『우물을 파는 사람』	두란노	2012
36. 『책 한 권에 담긴 뜻』	국학자료원	2022
37. 『먹다 듣다 걷다』	두란노	2022
38. 『작별』	성안당	2022

소설

1. 『이어령 소설집, 장군의 수염/전쟁 데카메론 외』	현암사	1966
2. 『환각의 다리』	서음출판사	1977
3. 『둥지 속의 날개』	홍성사	1984
4. 『무익조』	기린원	1987
5. 『홍동백서』(문고판)	범우사	2004

시

『어느 무신론자의 기도』	문학세계사	2008
『헌팅턴비치에 가면 네가 있을까』	열림원	2022

『다시 한번 날게 하소서』	성안당	2022
『눈물 한 방울』	김영사	2022

칼럼집

1. 『차 한 잔의 사상』	삼중당	1967
2. 『오늘보다 긴 이야기』	기린원	1986

편저

1. 『한국작가전기연구』	동화출판공사	1975
2. 『이상 소설 전작집 1,2』	갑인출판사	1977
3. 『이상 수필 전작집』	갑인출판사	1977
4. 『이상 시 전작집』	갑인출판사	1978
5. 『현대세계수필문학 63선』	문학사상사	1978
6. 『이어령 대표 에세이집 상,하』	고려원	1980
7. 『문장백과대사전』	금성출판사	1988
8. 『뉴에이스 문장사전』	금성출판사	1988
9. 『한국문학연구사전』	우석	1990
10. 『에센스 한국단편문학』	한양출판	1993
11. 『한국 단편 문학 1-9』	모음사	1993
12. 『한국의 명문』	월간조선	2001
13. 『뜻으로 읽는 한국어 사전』	문학사상사	2002
14. 『매화』	생각의나무	2003
15. 『사군자와 세한삼우』	종이나라(전5권)	2006
1. 매화		
2. 난초		
3. 국화		
4. 대나무		
5. 소나무		
16. 『십이지신 호랑이』	생각의나무	2009

17. 『십이지신 용』 생각의나무 2010
18. 『십이지신 토끼』 생각의나무 2010
19. 『문화로 읽는 십이지신 이야기 - 뱀』 열림원 2011
20. 『문화로 읽는 십이지신 이야기 - 말』 열림원 2011
21. 『문화로 읽는 십이지신 이야기 - 양』 열림원 2012

희곡

1. 『기적을 파는 백화점』 갑인출판사 1984
   * '기적을 파는 백화점', '사자와의 경주' 등 다섯 편이 수록된 희곡집
2. 『세 번은 짧게 세 번은 길게』 기린원 1979, 1987

대담집&강연집

1. 『그래도 바람개비는 돈다』 동화서적 1992
* 『기업과 문화의 충격』 문학사상사 2003
   * '그래도 바람개비는 돈다'의 개정판
2. 『세계 지성과의 대화』 문학사상사 1987, 2004
3. 『나, 너 그리고 나눔』 문학사상사 2006
4. 『지성과 영성의 만남』 홍성사 2012
5. 『메멘토 모리』 열림원 2022
6. 『거시기 머시기』(강연집) 김영사 2022

교과서&어린이책

1. 『꿈의 궁전이 된 생쥐 한 마리』 비룡소 1994
2. 『생각에 날개를 달자』 웅진출판사(전12권) 1997
   1. 물음표에서 느낌표까지
   2. 누가 맨 먼저 시작했나?
   3. 엄마, 나 한국인 맞아?

4. 제비가 물어다 준 생각의 박씨

5. 나는 지구의 산소가 될래

6. 생각을 바꾸면 미래가 달라진다

7. 아빠, 정보가 뭐야?

8. 나도 그런 사람이 될 테야

9. 너 정말로 한국말 아니?

10. 한자는 옛 문화의 공룡발자국

11. 내 마음의 열두 친구 1

12. 내 마음의 열두 친구 2

3. 『천년을 만드는 엄마』	삼성출판사	1999
4. 『천년을 달리는 아이』	삼성출판사	1999
* 『어머니와 아이가 만드는 세상』	문학사상사	2003
* '천년을 만드는 엄마', '천년을 달리는 아이'의 개정판		
* 『이어령 선생님이 들려주는 축소지향의 일본인 1, 2』		
* '축소지향의 일본인'의 개정판	생각의나무(전2권)	2007
5. 『이어령의 춤추는 생각학교』	푸른숲주니어(전10권)	2009

1. 생각 깨우기

2. 생각을 달리자

3. 누가 맨 먼저 생각했을까

4. 너 정말 우리말 아니?

5. 뜨자, 날자 한국인

6. 생각이 뛰어노는 한자

7. 나만의 영웅이 필요해

8. 로그인, 정보를 잡아라!

9. 튼튼한 지구에서 살고 싶어

10. 상상놀이터, 자연과 놀자

6. 『불 나라 물 나라』	대교	2009
7. 『이어령의 교과서 넘나들기』	살림출판사(전20권)	2011

1. 디지털편 - 디지털시대와 우리의 미래

2. 경제편 - 경제를 바라보는 10개의 시선

3. 문학편 – 컨버전스 시대의 변화하는 문학

4. 과학편 – 세상을 바꾼 과학의 역사

5. 심리편 – 마음을 유혹하는 심리의 비밀

6. 역사편 – 역사란 무엇인가?

7. 정치편 – 세상을 행복하게 만드는 정치

8. 철학편 – 세상을 이해하는 지혜의 눈

9. 신화편 – 시대를 초월한 상상력의 세계

10. 문명편 – 문명의 역사에 담긴 미래 키워드

11. 춤편 – 한 눈에 보는 춤 이야기

12. 의학편 – 의학 발전을 이끈 위대한 실험과 도전

13. 국제관계편 – 지구촌 시대를 살아가는 지혜

14. 수학편 – 수학적 사고력을 키우는 수학 이야기

15. 환경편 – 지구의 미래를 위한 환경 보고서

16. 지리편 – 지구촌 곳곳의 살아가는 이야기

17. 전쟁편 – 인류 역사를 뒤흔든 전쟁 이야기

18. 언어편 – 언어란 무엇인가?

19. 음악편 – 천년의 감동이 담긴 서양 음악 여행

20. 미래과학편 – 미래를 설계하는 강력한 힘

8. 『느껴야 움직인다』	시공미디어	2013
9. 『지우개 달린 연필』	시공미디어	2013
10. 『길을 묻다』	시공미디어	2013

일본어 저서

* 『縮み志向の日本人』(원문: 일어판)	学生社	1982
* 『俳句で日本を讀む』(원문: 일어판)	PHP	1983
* 『ふろしき文化のポスト・モダン』(원문: 일어판)	中央公論社	1989
* 『蛙はなぜ古池に飛びこんだのか』(원문: 일어판)	学生社	1993
* 『ジャンケン文明論』(원문: 일어판)	新潮社	2005
* 『東と西』(대담집, 공저:司馬遼太郎 編, 원문: 일어판)	朝日新聞社	1994. 9

번역서

「흙 속에 저 바람 속에」의 외국어판

1.	*「In This Earth and In That Wind」(David I. Steinberg 역) 영어판	RAS-KB	1967
2.	*「斯土斯風」(陳寧寧 역) 대만판	源成文化圖書供應社	1976
3.	*「恨の文化論」(裵康煥 역) 일본어판	学生社	1978
4.	*「韓國人的心」 중국어판	山侏人民出版社	2007
5.	*「В ТЕХ КРАЯХ НА ТЕХ ВЕТРАХ」(이리나 카사트키나, 정인순 역) 러시아어판	나탈리스출판사	2011

「縮み志向の日本人」의 외국어판

6.	*「Smaller is Better」(Robert N. Huey 역) 영어판	Kodansha	1984
7.	*「Miniaturisation et Productivité Japonaise」 불어판	Masson	1984
8.	*「日本人的縮小意识」 중국어판	山侏人民出版社	2003
9.	*「환각의 다리」「Blessures D'Avril」 불어판	ACTES SUD	1994
10.	*「장군의 수염」「The General's Beard」(Brother Anthony of Taizé 역) 영어판	Homa & Sekey Books	2002
11.	*「디지로그」「デジログ」(宮本尙寬 역) 일본어판	サンマーク出版	2007
12.	*「우리문화 박물지」「KOREA STYLE」 영어판	디자인하우스	2009

공저

1.	「종합국문연구」	선진문화사	1955
2.	「고전의 바다」(정병욱과 공저)	현암사	1977
3.	「멋과 미」	삼성출판사	1992
4.	「김치 천년의 맛」	디자인하우스	1996
5.	「나를 매혹시킨 한 편의 시1」	문학사상사	1999
6.	「당신의 아이는 행복한가요」	디자인하우스	2001
7.	「휴일의 에세이」	문학사상사	2003
8.	「논술만점 GUIDE」	월간조선사	2005
9.	「글로벌 시대의 한국과 한국인」	아카넷	2007

10. 『다른 것이 아름답다』	지식산업사	2008
11. 『글로벌 시대의 희망 미래 설계도』	아카넷	2008
12. 『한국의 명강의』	마음의숲	2009
13. 『인문학 콘서트2』	이숲	2010
14. 『대한민국 국격을 생각한다』	올림	2010
15. 『페이퍼로드-지적 상상의 길』	두성북스	2013
16. 『知의 최전선』	아르테	2016
17. 『이어령, 80년 생각』(김민희와 공저)	위즈덤하우스	2021
18. 『마지막 수업』(김지수와 공저)	열림원	2021

전집

1. 『이어령 전작집』	동화출판공사(전12권)	1968
1. 흙 속에 저 바람 속에		
2. 바람이 불어오는 곳		
3. 거부한는 몸짓으로 이 젊음을		
4. 장미 그 순수한 모순		
5. 인간이 외출한 도시		
6. 차 한잔의 사상		
7. 누가 그 조종을 울리는가		
8. 하나의 나뭇잎이 흔들릴 때		
9. 장군의 수염		
10. 저항의 문학		
11. 당신은 아는가 나의 기도를		
12. 현대의 천일야화		
2. 『이어령 신작전집』	갑인출판사(전10권)	1978
1. 현대인이 잃어버린 것들		
2. 저 물레에서 운명의 실이		
3. 아들이여 이 산하를		
4. 서양에서 본 동양의 아침		

5. 나그네의 세계문학

6. 신화속의 한국인

7. 고전을 어떻게 읽을 것인가

8. 기적을 파는 백화점

9. 한국인의 생활과 마음

10. 가난한 시인에게 주는 엽서

3. 『이어령 전집』 삼성출판사(전20권) 1986

1. 흙 속에 저 바람 속에

2. 노래여 천년의 노래여

3. 푸는 문화, 신바람의 문화

4. 내 마음의 뿌리

5. 한국과 일본과의 거리

6. 여성이여, 창을 열어라

7. 차 한잔의 사상

8. 거부하는 몸짓으로 이 젊음을

9. 누군가에 이 편지를

10. 하나의 나뭇잎이 흔들릴 때

11. 서양으로 가는 길

12. 축소지향의 일본인

13. 현대인이 잃어버린 것들

14. 문학으로 읽는 세계

15. 벽을 허무는 지성

16. 장군의 수염

17. 둥지 속의 날개(상)

18. 둥지 속의 날개(하)

19. 기적을 파는 백화점

20. 시와 사색이 있는 달력

4. 『이어령 라이브러리』 문학사상사(전30권) 2003

1. 말로 찾는 열두 달

2. 하나의 나뭇잎이 흔들릴 때
3. 흙 속에 저 바람 속에
4. 뜻으로 읽는 한국어 사전
5. 장군의 수염
6. 환각의 다리
7. 젊은이여 한국을 이야기하자
8. 푸는 문화 신바람의 문화
9. 기적을 파는 백화점
10. 축소지향의 일본인
11. 일본문화와 상인정신
12. 현대인이 잃어버린 것들
13. 시와 함께 살다
14. 거부하는 몸짓으로 이 젊음을
15. 지성의 오솔길
16. 둥지 속의 날개(상)
16. 둥지 속의 날개(하)
17. 신화 속의 한국정신
18. 차 한 잔의 사상
19. 진리는 나그네
20. 바람이 불어오는 곳
21. 기업과 문화의 충격
22. 어머니와 아이가 만드는 세상
23. 저 물레에서 운명의 실이
24. 노래여 천년의 노래여
25. 장미밭의 전쟁
26. 저항의 문학
27. 오늘보다 긴 이야기
29. 세계 지성과의 대화
30. 나, 너 그리고 나눔

5. 『한국과 한국인』 삼성출판사(전6권) 1968

1. 한국인의 정신적 고향(상)
2. 한국인의 정신적 고향(하)
3. 노래여 천년의 노래여
4. 생활을 창조하는 지혜
5. 웃음과 눈물의 인간상
6. 사랑과 여인의 풍속도

편집 후기

지성의 숲을 걷기 위한 길 안내

34종 24권 5개 컬렉션으로 분류, 10년 만에 완간

이어령이라는 지성의 숲은 넓고 깊어서 그 시작과 끝을 가늠하기 어렵다. 자칫 길을 잃을 수도 있어서 길 안내가 필요한 이유다. '이어령 전집'의 기획과 구성의 과정, 그리고 작품들의 의미 등을 독자들께 간략하게나마 소개하고자 한다. (편집자 주)

북이십일이 이어령 선생님과 전집을 출간하기로 하고 정식으로 계약을 맺은 것은 2014년 3월 17일이었다. 2023년 2월에 '이어령 전집'이 34종 24권으로 완간된 것은 10년 만의 성과였다. 자료조사를 거쳐 1차로 선정한 작품은 50권이었다. 2000년 이전에 출간한 단행본들을 전집으로 묶으며 가려 뽑은 작품들을 5개의 컬렉션으로 분류했고, 내용의 성격이 비슷한 경우에는 한데 묶어서 합본 호를 만든다는 원칙을 세웠다. 이어령 선생님께서 독자들의 부담을 고려하여 직접 최종적으로 압축한 리스트는 34권이었다.

평론집 『저항의 문학』이 베스트셀러 컬렉션(16종 10권)의 출발이다. 이어령 선생님의 첫 책이자 혁명적 언어 혁신과 문학관을 담은 책으로

1950년대 한국 문단에 일대 파란을 일으킨 명저였다. 두 번째 책은 국내 최초로 한국 문화론의 기치를 들었다고 평가받은 『말로 찾는 열두 달』과 『오늘을 사는 세대』를 뼈대로 편집한 세대론 『거부하는 몸짓으로 이 젊음을』으로, 이 두 권을 합본 호로 묶었다. 베스트셀러 컬렉션의 세 번째 책은 박정희 독재를 비판하는 우화를 담은 액자소설 「장군의 수염」, 보카치오의 『데카메론』 형식을 빌려온 「전쟁 데카메론」, 스탕달의 단편 「바니나 바니니」를 해석하여 다시 쓴 한국 최초의 포스트모던 소설 「환각의 다리」 등 중·단편소설들을 한데 묶었다. 한국 출판 최초의 대형 베스트셀러 에세이 『흙 속에 저 바람 속에』와 긍정과 희망의 한국인상에 대해서 설파한 『오늘보다 긴 이야기』는 합본하여 네 번째로 묶었으며, 일본 문화비평사에 큰 획을 그은 기념비적 작품으로 일본문화론 100년의 10대 고전으로 선정된 『축소지향의 일본인』은 베스트셀러 컬렉션의 다섯 번째 책이다.

여섯 번째는 한국어로 쓰인 가장 아름다운 자전 에세이에 속하는 『하나의 나뭇잎이 흔들릴 때』와 1970년대에 신문 연재 에세이로 쓴 글들을 모아 엮은 문화·문명 비평 에세이 『현대인이 잃어버린 것들』을 함께 묶었다. 일곱 번째는 문학 저널리즘의 월평 및 신문·잡지에 실렸던 평문들로 구성된 『지성의 오솔길』인데 1956년 5월 6일 《한국일보》에 실려 문단에 충격을 준 「우상의 파괴」가 수록되어 있다.

한국어 뜻풀이와 단군신화를 분석한 『뜻으로 읽는 한국어사전』과 『신화 속의 한국정신』은 베스트셀러 컬렉션의 여덟 번째로, 20대의 젊은이에게 들려주고 싶은 말을 엮은 책 『젊은이여 한국을 이야기하자』는 아홉 번째로, 외국 풍물에 대한 비판적 안목이 돋보이는 이어령 선생님의 첫 번째 기행문집 『바람이 불어오는 곳』은 열 번째 베스트셀러 컬렉션으로 묶었다.

이어령 선생님은 뛰어난 비평가이자, 소설가이자, 시인이자, 희곡작가였다. 그는 남들이 가지 않은 길을 가고자 했다. 그 결과물인 크리에이티브 컬렉션(2권)은 이어령 선생님의 장편소설과 희곡집으로 구성되어 있다. 『둥지 속의 날개』는 1983년 《한국경제신문》에 연재했던 문명비평적인 장편소설로 10만 부 이상 팔린 베스트셀러이고, 원래 상하권으로 나뉘어 나왔던 것을 한 권으로 합본했다. 『기적을 파는 백화점』은 한국 현대문학의 고전이 된 희곡들로 채워졌다. 수록작 중 「세 번은 짧게 세 번은 길게」는 1981년에 김호선 감독이 영화로 만들어 제18회 백상예술대상 감독상, 제2회 영화평론가협회 작품상을 수상했고, TV 단막극으로도 만들어졌다.

아카데믹 컬렉션(5종 4권)에는 이어령 선생님의 비평문을 한데 모았다. 1950년대에 데뷔해 1970년대까지 문단의 논객으로 활동한 이어령 선생님이 당대의 문학가들과 벌인 문학 논쟁을 담은 『장미밭의 전쟁』은 지금도 여전히 관심을 끈다. 호메로스에서 헤밍웨이까지 이어령 선생님과 함께 고전 읽기 여행을 떠나는 『진리는 나그네』와 한국의 시가문학을 통해서 본 한국문화론 『노래여 천년의 노래여』는 합본 호로 묶었다. 한국인이 사랑하는 김소월, 윤동주, 한용운, 서정주 등의 시를 기호론적 접근법으로 다시 읽는 『시 다시 읽기』는 이어령 선생님의 학문적 통찰이 빛나는 책이다. 아울러 박사학위 논문이기도 했던 『공간의 기호학』은 한국 문학이론사에서 빼놓을 수 없는 명저다.

사회문화론 컬렉션(5종 4권)은 이어령 선생님의 우리 사회와 문화에 대한 관심을 담았다. 칼럼니스트 이어령 선생님의 진면목이 드러난 책 『차 한 잔의 사상』은 20대에 《서울신문》의 '삼각주'로 출발하여 《경향신문》의 '여적', 《중앙일보》의 '분수대', 《조선일보》의 '만물상' 등을 통해 발표한 명칼럼들이 수록되어 있다. 『어머니와 아이가 만드는 세상』은 「천년을 달리는 아이」, 「천년을 만드는 엄마」를 한데 묶은 책으로, 새천년의 새 시대를 살아갈 아이와 엄마에게 띄우는 지침서다. 아울러 이어령 선생님의 산문시들을 엮어 만든 『시와 함께 살다』를 이와 함께 합본 호로 묶었다. 『저 물레에서 운명의 실이』는 1970년대에 신문에 연재한 여성론을 펴낸 책으로 『사씨남정기』, 『춘향전』, 『이춘풍전』을 통해 전통 사상에 입각한 한국 여인, 한국인 전체에 대한 본성을 분석했다. 『일본문화와 상인정신』은 일본의 상인정신을 통해 본 일본문화 비평론이다.

한국문화론 컬렉션(5종 4권)은 한국문화에 대한 본격 비평을 모았다. 『기업과 문화의 충격』은 기업문화의 혁신을 강조한 기업문화 개론서다. 『푸는 문화 신바람의 문화』는 '신바람', '풀이'라는 키워드를 통해 고금의 예화와 일화, 우리말의 어휘와 생활 문화 등 다양한 범위 속에서 우리 문화를 분석했고, '붉은 악마', '문명전쟁', '정치문화', '한류문화' 등의 4가지 코드로 문화를 진단한 『문화 코드』와 합본 호로 묶었다. 한국과 일본 지식인들의 대담 모음집 『세계 지성과의 대화』와 이화여대 교수직을 내려놓으면서 각계각층 인사들과 나눈 대담집 『나, 너 그리고 나눔』이 이 컬렉션의 대미를 장식한다.

2022년 2월 26일, 편집과 고증의 과정을 거치는 중에 이어령 선생님이 돌아가신 것은 출간 작업의 커다란 난관이었다. 최신판 '저자의 말'을 수록할 수 없게 된 데다가 적잖은 원고 내용의 저자 확인이 필요한 부분이 있었으니 난관이 아닐 수 없었다. 다행히 유족 측에서는 이어령 선생님의 부인이신 영인문학관 강인숙 관장님이 마지막 교정과 확인을 맡아주셨다. 밤샘도 마다하지 않으면서 꼼꼼하게 오류를 점검해주신 강인숙 관장님에게 이 지면을 빌려 감사의 말씀을 드린다.

KI신서 10661
이어령 전집 24

나, 너 그리고 나눔

1판 1쇄 인쇄 2023년 2월 17일
1판 1쇄 발행 2023년 2월 26일

지은이 이어령
펴낸이 김영곤
펴낸곳 (주)북이십일 21세기북스

TF팀 이사 신승철
TF팀 이종배
출판마케팅영업본부장 민안기
마케팅1팀 배상현 한경화 김신우 강효원
출판영업팀 최명열 김다운
제작팀 이영민 권경민
진행·디자인 다함미디어 | 함성주 유예지 권성희
교정교열 구경미 김도언 김문숙 박은경 송복란 이진규 이충미 임수현 정미용 최아림

출판등록 2000년 5월 6일 제406-2003-061호
주소 (10881) 경기도 파주시 회동길 201(문발동)
대표전화 031-955-2100 **팩스** 031-955-2151 **이메일** book21@book21.co.kr

ISBN 978-89-509-4003-4 04810

(주)북이십일 경계를 허무는 콘텐츠 리더

21세기북스 채널에서 도서 정보와 다양한 영상자료, 이벤트를 만나세요!
페이스북 facebook.com/jiinpill21 포스트 post.naver.com/21c_editors
인스타그램 instagram.com/jiinpill21 홈페이지 www.book21.com
유튜브 youtube.com/book21pub